빨간 구두 꺼져! 나는
로켓 무용단
이 되고 싶었다고!

A LOT LIKE CHRISTMAS

빨간 구두 꺼져! 나는
로켓 무용단
이 되고 싶었다고!

코니 윌리스 지음 이주혜 옮김

아작

크리스마스를 제대로 보내는 법을 알았던
찰스 디킨스와 조지 시튼에게

일러두기

1. 이 책은 《A Lot Like Christmas》를 두 권으로 나누어 옮긴 것입니다.
2. 모든 주석은 옮긴이의 것입니다.
3. 수록작 중 〈모두가 땅에 앉아 있었는데〉(김세경 옮김)는 코니 윌리스 걸작선 2 《여왕마저도》에 수록되었던 것을 다듬어 다시 실었습니다.

서문

나는 크리스마스를 사랑한다. 트리를 장식하고 성가대에서 노래하고 쿠키를 굽고 선물을 포장하는 그 모든 것이 좋다. 심지어 대다수가 싫어하는 일들, 붐비는 쇼핑몰에서 선물을 사고 크리스마스 소식지를 읽고 친척들을 만나고 공항에서 수하물을 부치려고 긴 줄을 서는 것조차 좋아한다.

좋다, 거짓말이다. 수하물을 부치겠다고 긴 줄을 서는 걸 좋아하는 사람은 없다. 하지만 비행기에서 내리는 사람들을 보는 건 좋다. 호랑가시나무와 촛불과 에그노그와 캐럴도 좋다.

그러나 무엇보다 나는 크리스마스 이야기와 영화를 좋아한다. 좋다, 또 거짓말이다. 모든 크리스마스 이야기와 영화를 좋아하지는 않는다. 예를 들면 영화 〈멋진 인생〉 그리고 한스 안데르센의 〈전나무〉는 좋아하지 않는다.

그러나 영화 〈34번가의 기적〉과 크리스토퍼 몰리의 〈다듬어지지

7

않은 나무〉와 크리스티나 로제티의 시 〈적막한 한겨울에〉를 사랑한다. 우리 가족은 매년 〈사랑에 눈뜰 때〉와 〈크리스마스 스토리〉를 보고, 크리스마스 이브에는 조지 V. 히긴스의 〈'크리스마스 과거 유령'은 눈웃을 못 입어요〉를 큰 소리로 읽으며 우리 집 전통에 보탤 새로운 고전을 간절하게 찾는다.

그리 많지는 않다. 우선은 크리스마스 이야기들이 보기보다 훨씬 더 쓰기 어렵기 때문이고, 또 부분적으로는 관련 주제가 매우 제한적이기 때문이다. 사람들은 거의 2천 년 동안 크리스마스 이야기를 써왔고 눈사람, 산타, 목동에 관해 가능한 모든 변주가 이루어져 왔다.

(베들레헴으로 가는 길에 길을 잃은) 네 번째 동방박사, 여관주인, 여관주인의 아내, 당나귀, 별의 관점으로 들려주는 이야기들이 있다. 또 백화점에서 일하는 산타, 가짜 산타, 불타버린 산타, 대역 산타, 마지못해 일하는 산타, 다이어트 중인 산타에 관한 이야기도 있고 당연히 산타의 아내, 산타의 요정들, 산타의 순록, 그리고 루돌프에 관한 이야기도 있다. 또 크리스마스에 분만을 하고(왜 아니겠나?) 죽음과 이별과 만남과 아수라장과 자살시도와 제정신인지 감별하는 청문회를 겪기도 한다. 그리고 하와이에서 보내는 크리스마스와 중국의 크리스마스, 과거의 크리스마스, 미래의 크리스마스, 먼 우주에서 맞는 크리스마스도 있다. 가장 어린 목동, 가장 어린 동방박사, 가장 어린 천사의 이야기도 있고 요리를 거들지 않는 생쥐의 이야기도 있다. 그러니 아직 나오지 않은 이야기는 별로 없다.

게다가 크리스마스 이야기를 쓰려는 작가는 감상과 회의 사이에서 팽팽한 줄타기를 해야 하는데, 대다수는 결국 냉소나 신파 중 하나에 빠지고 만다.

그렇다. 한스 안데르센 말이다. 그는 손수건 세 개는 적시고 남을 만큼 슬픈 이야기를 만들어냈는데, 막심 고리키는 안데르센의 이야기를 두고 "가난한 소녀나 소년을 데려다가 대개 화려한 빛을 뿜어내는 크리스마스 트리가 보이는 창문 아래 어딘가에서 얼어 죽게 한다"고 발끈한 적이 있다. 성냥팔이 소녀도, 빳빳하게 서 있는 장난감 주석 병정도, 심지어 눈사람도(물론 얼어 죽은 게 아니라 녹아 사라졌지만) 모두 억울한 운명을 맞았다. 그것도 크리스마스에 말이다.

안데르센이 나타나기 전에는 누구도 그리 우울한 크리스마스 이야기를 쓸 생각을 하지 않았다. 심지어 책 속에서 꽤 많은 어린이를 죽게 만든 디킨스조차도 〈크리스마스 캐럴〉의 타이니 팀은 죽이지 않았다. 그러나 안데르센은 모두의 크리스마스를 망치기로 작정한 사람처럼, 아무 잘못도 없는 아이들을 얼어 죽게 하고 충직한 장난감을 녹여 주석 덩어리로 만들고 가만히 숲에 서 있기만 했던 죄 없는 전나무를 베어내 땔감으로 만들어버렸다.

더 안타깝게는 안데르센에게 영감을 받은 수십 명의 모방자가 남은 빅토리아 시대 내내 거룩한 아이들을 죽이고(일부는 도무지 참아줄 수가 없어 죽을 만했다는 생각이 들기도 하지만), 가난한 사람들을 죽였다.

20세기가 되자 안데르센 풍의 눈물을 쥐어짜는 이야기들은 영화계로 넘어가 (누가 봐도 죽어 마땅한) 마거릿 오브라이언을 캐스팅하고 창백한 안색과 기침 능력으로 선택된 아역 배우들을 기용했다. 이들은 〈내 모든 것을 다 주어도〉나 〈크리스마스 트리〉 같은 제목을 달고 유쾌한 크리스마스 영화를 보게 될 거라고 기대한 가없은 관객들을 불러모았지만, 정작 영화는 크리스마스 이브에 방사능 중독으로 쓰러진 어린 소년에 관한 이야기를 들려준다.

텔레비전이 등장하면서 이런 식의 이야기들은 다양한 드라마의 '크리스마스 특집 에피소드'로 변했는데, 이 중 최악은 〈초원의 집〉으로 몇 년간 크리스마스만 오면 눈보라를 비롯한 개척시대 재난을 만나 엄청난 수의 아이들이 죽었다. 이 작가들은 크리스마스 이야기는 절대로 해피엔딩이면 안 된다는 말이라도 들었던 걸까?

뭐, 안타깝게도 그랬고 덕분에 사실성 떨어지는 감상적인 이야기와 사카린이 듬뿍 들어간 이야기가 일일이 언급할 수조차 없을 정도로 쏟아져 나왔다.

그렇다면 좋은 크리스마스 이야기는 아예 없을까? 본래의 크리스마스부터 시작해보자. 최초의 크리스마스(구유에서 태어난 아기 말이다) 이야기에는 훌륭한 스토리텔링의 모든 요소가 다 들어 있다. 드라마, 위험, 특수효과, 꿈과 경고, 배신, 아슬아슬한 탈출, 그리고 (부활절 이야기까지 결합하면) 최고로 행복한 결말까지.

그리고 여기에는 훌륭한 캐릭터들이 있다. 능력 밖의 일에 연루되었지만 최선을 다한 요셉, 궁궐을 기대했지만 결국 마구간에 가게 된 동방박사들, 그들에게 "왕을 발견하면 어디 있는지 알려달라. 그래야 내가 가서 경배를 올릴 수 있지 않겠는가."라고 말해놓고 아기를 죽이라고 자객을 보낸 교활한 헤롯왕, 그리고 이중적인 모습을 보였던 여관주인까지. 그리고 열네 살 나이에도 불구하고, 앞서 말한 모든 것을 마음속 깊이 생각할 줄 알았던 마리아가 있다. 훌륭한 이야기다. 2천 년이나 이어온 것도 당연하다.

내가 사랑하는 현대의 크리스마스 이야기로는 오 헨리의 〈크리스마스 선물〉, T. S. 엘리엇의 〈동방박사들의 여정〉, 그리고 허드만 집안의 말썽꾸러기 아이들이 어느 교회의 예수 탄생 연극에 끼어드는 이야기를 다룬 바버라 로빈슨의 〈최고의 크리스마스 연극〉이 있다. 허드만 집안 아이들은 사람들을 괴롭히고 담배를 피우고 욕을 하며 예수 탄생 연극이 끝나고 나서 다과회가 있다는 말을 듣고서야 교회에 간다. 그리고 조용하고 지루하기만 했던 크리스마스 연극을 특별하게 바꿔버린다.

나는 SF 작가이므로 당연히 SF 크리스마스 이야기를 편파적으로 좋아한다. 늘 다른 각도로 세상을 보게 하는 SF의 능력은 크리스마스에 관해서도 예외가 아니다. SF는 최초의 크리스마스도 새로운 관점으로 바라보았고(마이클 무어콕의 고전 〈이 사람을 보라〉), 새로운 외관을 입혔다(조 L. 헨슬리와 알렉세이 팬신의 〈다크 컨셉션〉).

SF는 우리에게 미래의 크리스마스(신시아 펠리스의 〈트랙 오브 레전드〉)와 우주의 크리스마스(레이 브래드버리의 환상적인 단편 〈크리스마스 선물〉)를 보여주었다. 또 크리스마스의 어두운 면(밀드레드 클링어맨의 〈야생의 숲〉)도 보여주었다.

내가 좋아하는 SF 크리스마스 이야기는 아서 C. 클라크의 〈동방의 별〉로 동방박사를 베들레헴까지 안내했던 크리스마스의 별에 관한 이야기다. 또 유쾌하기 짝이 없는 토머스 디쉬의 〈산타클로스의 절충안〉은 겁 없는 여섯 살 두 기자가 산타클로스 뒤에 숨은 충격적인 스캔들을 폭로하는 이야기다.

나는 추리소설도 사랑한다. 살인사건과 크리스마스라니, 어울리지 않는다고 생각하겠지만 겨우살이, 자두 푸딩, 산타클로스와 얽힌 살인사건 무대와 가능성은 수많은 추리소설 작가들에게 영감을 불러 일으켜왔다. 우선 아서 코난 도일의 〈푸른 카벙클의 모험〉이 그 시작으로 크리스마스 거위가 등장한다. 내가 좋아하는 추리소설 중에는 도로시 세이어즈의 〈진주 목걸이〉, 아가사 크리스티의 〈크리스마스 살인〉, 제인 랭튼의 〈가장 짧은 날: 리벨스 살인사건〉이 있다. 절대적으로 좋아하는 작품은 존 모티머의 코미디 〈럼폴과 크리스마스 정신〉으로 심술궂은 스크루지 영감 같은 법정 변호사 호레이스 럼폴과 그의 멋진 아내 '무서운 마누라'가 등장한다.

내가 가장 좋아하는 크리스마스 이야기는 아마도 코미디일 것이다. 나는 데이먼 러니언의 〈춤추는 댄의 크리스마스〉를 사랑한다. (사실 나는 데이먼 러니언이 쓴 모든 소설을 사랑한다. 그의 작품을 읽어본 적이 없다면 당장 〈아가씨와 건달들〉을 사러 가라. P. G. 우드하우스도 마찬가지인데 〈지브스와 성탄 정신〉과 〈또 하나의 크리스마스 캐럴〉은 최고의 우드하우스표 작품들이고 그 말은 따로 설명이 필요 없다는 뜻이다. 우드하우스 역시 읽어보지 못했다면 당신은 이제 대단히 멋진 경험을 하게 될 것이다! 그는 총 100권이 넘는 책을 썼으니 어디서 시작해도 좋을 것이다.) 러니언도 우드하우스도 감상과 냉소, 아이러니와 크리스마스 정신, 인간 본성과 해피엔딩 사이의 균형을 실수 없이 깔끔하게 잡아낸다.

그리고 앞서 말한 크리스토퍼 몰리의 〈다듬어지지 않은 나무〉가 있다. 한스 크리스티안 안데르센의 〈전나무〉에 대응하는 이야기다. 그러나 안데르센과 달리 몰리는 크리스마스의 목적이 고통만이 아니라 구원까지 일깨워주는 것임을 알고 있다. 그의 이야기는 독자를 아프게 하고 좌절하게 하지만 종국엔 대단한 기쁨을 안겨준다.

크리스마스에 관한 것이든 아니든 거의 모든 위대한 이야기에는 모든 것을 잃은 것 같고, 도무지 상황이 나아질 것 같지 않고, 나쁜 놈이 이기고, 기사는 제시간에 오지 않고, 절대로 구원받지 못할 것만 같은 끔찍한 순간이 하나씩은 꼭 들어 있다. 존 포드의 크리스마스 서부영화 〈3인의 대부〉에도 그런 순간이 있다. 〈모건 크리크의 기적〉에도, 내가 최고의 크리스마스 영화로 치는 〈34번가의 기적〉에도 있다.

그렇다, 나도 안다. 천만번이나 상영되고 동반상품판매도 성공한 최고의 크리스마스 영화는 〈멋진 인생〉이라는 것을(작년 크리스마스에는 〈멋진 인생〉 마우스패드도 보았다). 그리고 이 영화에 훌륭한 장면이 있다는 것도 부인하지 않는다(이에 관해서는 본 책에 수록한 단편 〈기적〉을 볼 것). 그러나 이 영화에는 실질적인 문제가 있다. 무엇보다 악랄한 미스터 포터가 영화가 끝날 때까지 계속 벌을 받지 않고 자유로운 상태로 나오는데 좋은 옛이야기라면 절대로 허락할 수 없는 요소이다. 〈34번가의 기적〉에 나오는 나쁜 심리학자는 매우 적절하게 즉석 해고되고 제 할 일을 했을 뿐인 지방검사도 결국 잘못을 뉘우친다.

그러나 〈멋진 인생〉의 미스터 포터는 이미 악랄한 악당임이 증명되었는데도 악행을 들키지도 않고 자유롭다. 이번 일이 성공하지 못했어도 그는 틀림없이 다른 나쁜 짓을 시도할 것이다. 가엾은 주인공 조지 베일리는 결말 부분에 빚을 갚고 마지막 장면에서 경찰이 미소를 지으며 끝이 나도 끝까지 횡령혐의는 사라지지 않는다.

그러나 내가 보기에 이 영화의 가장 나쁜 점은 결말이 베드퍼드 폴즈 주민들의 선의에 의존한다는 것인데 이마저도 앞선 사건들의 관점에서 보면 어딘가 불안해 보인다.

반면 〈34번가의 기적〉은 이런 일에 의존하지 않는다. 이 영화의 아이러니는 기적이 사람들의 행동 '때문에' 일어나는 게 아니라 사람들의 행동에도 '불구하고' 일어난다는 점이다(솔직히 말하겠다. 〈멋진 인생〉이 정말로 마음에 들지 않는 것은 아이러니가 전혀 없기 때문이다).

크리스마스는 이타심과 순수함이 바탕이 되어야 하지만 〈34번가의 기적〉에는 맨 마지막까지 사실상 크리스 크링글을 제외하고는 누구도 이런 모습을 보여주지 않는다. 오히려 정반대. 남자 주인공도 여자 주인공도 모두 냉소적이고 현대인답게 이기적으로 행동한다. 메이시 백화점의 산타클로스는 추수감사절 퍼레이드 직전에 흥청망청 술을 마시고, 도리스는 궁지에서 벗어나고 직업을 지키고자 크리스를 고용하며, 존 페인은 아이 엄마의 환심을 살 목적으로 어린 소녀 수전을 퍼레이드에 초대한다.

그리고 이 도시에 진정한 크리스마스 정신을 회복하려는 크리스 크링글의 단호한 노력에도 이런 모습은 계속된다. 메이시 백화점과 김벨 백화점이 다른 상점을 추천하자는 협약을 맺는 이유도 그게 옳다고 믿어서가 아니라 더 많은 이윤을 얻기 위해서다. 크리스가 제정신인지 판단하는 재판에서 판사가 우호적인 판결을 내린 이유도 오직 재선에 성공하기 위해서다. 심지어 대단원을 장식하는 우편노동자들도 단지 잔뜩 쌓여 있는 배달불능편지를 없애고 싶었을 뿐이다.

그러나 이런 점에도 불구하고(맛깔스러운 아이러니의 관점으로 말하자면 솔직히 이런 점들 때문에) 그리고 주요인물에게 인간성의 아주 희미한 빛만 있어도 가망이 전혀 없어 보였던 크리스마스의 기적은 딱 일정에 맞춰서 일어난다. 해마다 그랬던 것처럼 말이다.

이런 상징성 때문에 〈34번가의 기적〉은 이토록 만족스러운 영화가 될 수 있었다. 또한 조지 시튼의 시나리오와 완벽한 캐스팅(특히 나탈리 우드와 델마 리터), 기쁜 순간들(산타가 어린 네덜란드 고아에게 네덜란드 캐럴을 불러주는 장면, 재앙 같은 풍선껌 에피소드, 아무리 막막해도 끝까지 믿음을 가져야 한다는 말을 듣고 나탈리 우드가 지어 보였던 역겹다는 표정 등)도 일조했다. 거기에 당연히 에드먼드 그웬이 누구에게나 산타클로스가 정말로 존재한다는 믿음을 심어준 사실이 있다. 이 모든 요소가 결합해 역대 최고의 크리스마스 영화를 만들어냈다.

그러나 이 영화가 최고의 크리스마스 이야기는 아니다. 그 영광은 디킨스와 그의 불멸의 작품 〈크리스마스 캐럴〉에 돌려야 한다. 디킨스가 크리스마스를 고안했다는 소문은 사실이 아니고 그가 죽었을 때 가난한 행상의 어린 딸이 울며 "디킨스가 죽었다고요? 그러면 크리스마스도 죽은 거예요?" 했다는 이야기도 사실이 아닐 것이다. 그러나 모두 사실이어야 한다.

디킨스는 불가능한 일을 해냈기 때문이다. 그는 크리스마스의 본질을 포착했을 뿐만 아니라 오랜 시간 그 명성을 이어올 수 있었던 명작을 썼다. 베이실 래스본부터 아서 폰자렐리(일명 폰즈)까지 무수한 이들이 스크루지를 연기했고 헤아릴 수 없을 정도로 많은 TV, 영화, 뮤지컬 버전과 개정판이 나왔지만 그중 최악의 것도 스크루지와 타이니 팀의 훌륭한 이야기를 감히 손상하지 못했다.

이 이야기가 그토록 훌륭한 한 가지 이유는 디킨스가 크리스마스를 사랑했기 때문이다. (그도 그럴 것이 그의 어린 시절은 올리버 트위스트와 리틀 도릿의 어린 시절이 결합한 형태였고 다정한 할아버지나 아서 클레넘은 보이지 않았다. 그런 그에게 어른이 된 후의 삶은 온통 크리스마스처럼 보였을 것이다.) 크리스마스에 대해 쓰려면 크리스마스를 사랑해야 한다.

또 한 가지, 그는 인간의 본성에 대해 잘 알았다. 과거를 기억하고 현재를 제대로 바라보며 우리 행동이 어떤 결과를 낳을지 상상하는 것이야말로 우리가 진정으로 성장하고 변화하는 방법임을 디킨스는 프로이트보다도 먼저 알고 있었다.

또한 그는 글쓰기에 대해서도 많이 알았다. 구성이 빼어나고 대사가 훌륭하며 첫 문장 "우선 말리가 죽었다는 말부터 해야겠다."는 문학사에서 가장 위대한 첫 문장 "나를 이슈마엘이라 불러달라." 다음 좋은 문장으로 꼽힌다. 그는 이야기를 어떻게 끝내야 하는지도 알았고 크리스마스 이야기는 해피엔딩이어야 한다는 것도 알았다.

마지막으로 이 이야기가 우리에게 감동을 안겨주는 것은 우리가 사람은 변할 수 있다는 것을 믿고 싶어 하기 때문이다. 사실 사람은 그렇지 않다. 우리는 세상은 오직 악착같이 돈을 긁어모으려는 사람과 커튼 고리 도둑으로 가득하다는 것을 안다. 우리는 스크루지는 끝까지 스크루지로 남고 타이니 팀을 도우려고 손가락 하나라도 들어 올릴 사람은 아무도 없다는 것을 쓰라린 경험으로 배웠다. (디킨스의 경험만큼 쓰라리지는 않겠지만.)

그러나 압도적인 증거에도 불구하고 크리스마스는 '인간은 변할 수 있고 속죄할 가치가 있다'는 교훈을 믿는 사람들의 시간이다. 디킨스의 크리스마스 이야기는 사실상 '그러한' 크리스마스 이야기다. 이야기의 끝에 다다르면 딱딱해진 우리의 심장은 어느새 쩍 갈라지며 열린다.

크리스마스 이야기에 관한 내 말이 열정적으로(그리고 때론 인색하게) 들린다면, 그래 맞다. 나는 그 모든 복잡성과 아이러니에도 불구하고 크리스마스를 사랑하고 크리스마스 이야기를 사랑한다.

얼마나 사랑하면 나 역시 수년간 크리스마스 이야기를 써왔다. 여기 그 이야기들을 모았다. 교회 성가대와 크리스마스 선물과 우주에서 온 기분 나쁜 녀석들에 관한 이야기, 기대하지 않았던 방식으로 소원이 이루어지는 이야기, 소원이 이루어지지 않는 이야기, 그리고 소원이 있는 줄도 몰랐던 이야기, 별과 목동과 동방박사와 산타클로스와 겨우살이와 〈멋진 인생〉과 재생용지로 만든 크리스마스 카드에 관한 이야기들을 모았다. 심지어 살인사건도 나온다. 그리고 '다가올 크리스마스의 유령'에 관한 이야기도.

여러분이 좋아하면 좋겠다. 그리고 다들 아주 즐거운 크리스마스를 보내면 좋겠다!

— 코니 윌리스

차례

기적

Miracle

로렌이 출근했을 때 로비에는 크리스마스 트리가 반짝였고 안내 직원은 한 손으로 턱을 괴고 앉아 보안용 모니터를 들여다보고 있었다. 로렌은 뭔가 싶어 쇼핑백을 내려놓고 화면을 들여다보았다. 영화 〈멋진 인생〉의 한 장면으로, 지미 스튜어트와 도나 리드가 찰스턴을 추고 있었다.

"직원복지위원회에서 크리스마스라고 유선방송을 연결해주었지 뭐예요." 안내직원이 설명하며 로렌에게 전달사항이 적힌 쪽지를 건넸다. "이 영화, 정말 좋지 않아요?"

로렌은 쇼핑백에 쪽지를 끼워 넣고 부서로 올라갔다. 사무실 천장에 빨간색과 초록색 주름 종이로 만든 띠가 줄줄이 붙었고 로렌의 책상 둘레에도 빨간색 주름 종이로 커다란 리본이 매어져 있었다.

"직원복지위원회 짓이야." 에비가 읽고 있던 카탈로그를 들고 로렌 책상으로 다가왔다. "이 사람들 건물 전체를 장식하고 있어. 또 우리 팀이랑 문서관리부랑 같이 오늘 오후 캐럴을 부르며 돌아다니래. 직원복지위원회 사람들, 크리스마스 정신 어쩌고가 점점 감당이 안 되는 기분이야. 요즘 누가 크리스마스 이브에 회사 파티에 가고 싶어 하겠어?"

"나 같은 사람." 로렌이 말했다. 그녀는 책상 위에 쇼핑백을 내려놓고 자리에 앉아 부츠를 벗기 시작했다.

"스테플러 좀 빌려줄래?" 에비가 말했다. "내 건 또 잃어버린 거 있지. 엄마 선물로 '이달의 물'을 주문하려는데, 주문서에 수표를 스테플러로 찍어야 하거든."

"이달의 물이 뭐야?" 로렌은 책상 서랍을 열고 스테플러를 꺼내며 물었다.

"매달 다른 생수를 보내주는 거야. 페리에, 에비앙, 칼리스토가 같은 거." 에비는 로렌의 쇼핑백을 흘낏 들여다보았다. "크리스마스 선물이야? 난 크리스마스 4주 전에 선물 쇼핑을 끝내는 사람들 정말 싫더라."

"크리스마스까지 나흘밖에 남았어." 로렌이 말했다. "게다가 아직 쇼핑을 다 끝내지도 않았고. 우리 언니 선물을 못 샀어. 하지만 친구들 선물은 다 샀어. 물론 네 것도 샀지." 로렌은 쇼핑백으로 손을 뻗어 펌프스 구두를 꺼냈다. "회사 파티에 입고 갈 드레스도 하나 봐뒀어."

"샀어?"

"아니." 그녀는 구두 한쪽을 신었다. "점심시간에 가서 한번 입어보려고."

"그때까지 남아 있어야 할 텐데." 에비가 비관적으로 말했다. "우리 오빠 선물로 바늘두더지 모양 이쑤시개 통을 점찍어놨었는데, 사러 갔더니 다 팔리고 없더라고."

"드레스를 남겨놓으라고 부탁해뒀어." 로렌이 말했다. 그녀는 다른 쪽 구두도 마저 신었다. "정말 예쁜 드레스야. 검은색에 오프숄더고 스팽글이 달렸어."

"아직도 스콧 버클리의 눈에 띄고 싶은 거야? 나는 이제 그런 짓 안 하려고. 90년대 여성들은 남자를 유혹하겠다고 성차별적인 술수를 쓰지 않지. 게다가 그 남자, 너무 귀여워서 나 같은 여자한테 눈길을 줄 틈도 없을걸." 에비는 로렌의 책상 가장자리에 앉아 카탈로그를 훌훌 넘겨보았다. "너희 언니가 좋아할 만한 게 있어. 이달의 채소. 2월의 채소는 오크라야."

"우리 언니 캘리포니아 남부에 살아." 로렌은 부츠를 책상 밑에 밀어 넣었다.

"아. 그럼 이달의 자외선차단제는 어때?"

"아니야." 로렌이 말했다. "언니는 뉴에이지 어쩌고에 푹 빠져 있어. 강령술이니 아로마테라피니 하는 거. 작년 크리스마스에는 크리스털 피라미드로 만든 '배우자 감별기'를 선물로 보냈더라."

"이달의 동양철학은 어때?" 에비가 말했다. "선(禪)이나 수피즘, 태극권 같은 거."

"언니가 정말로 좋아할 만한 걸 주고 싶어." 로렌은 곰곰이 생각해보았다. "크리스마스에 사람들에게 뭘 선물하면 좋을까, 하고 생각하는 게 너무 어려워. 그래서 올해는 좀 다르게 해보기로 했지. 크리스마스 전날에야 쇼핑몰을 정신없이 돌아다니거나 결국 아무도 원하지 않는 것을 사거나 회사 파티에 뭘 입고 가면 좋을지 고민

하는 걸 그만두기로 했어. 9월부터 쇼핑을 시작했고 사자마자 선물 포장을 했어. 크리스마스 카드도 다 써서 이제 부치기만 하면 돼."

"어우, 너 정말 재수 없다." 에비가 말했다. "아 참, 깜박 잊을뻔 했네. 여기." 그녀는 카탈로그에서 작은 쪽지 하나를 꺼내 로렌에게 건넸다. "비밀 산타 선물을 줄 사람이야. 직원복지위원회가 그러는데 금요일까지 선물을 가져와야 회사 파티에서 산타클로스가 선물을 차질 없이 나눠줄 수 있을 거래."

로렌이 쪽지를 펴자 에비가 몸을 기울여 쪽지를 흘끔거렸다. "누구야? 아, 말하지 마. 설마 스콧 버클리야?"

"아니야. 프레드 해치. 이 사람에겐 뭘 주면 딱 맞을지 알고 있어."

"프레드? 문서관리부 뚱보남 말이야? 그렇다면 이달의 다이어트는 어떨까?"

"지금은 사랑과 박애의 계절이지 과체중이라는 이유만으로 남의 험담을 하는 계절이 아니야." 로렌이 엄하게 말했다. "프레드에게는 〈34번가의 기적〉 비디오테이프를 사줘야겠어."

에비가 이해가 안 된다는 듯한 표정을 지었다.

"프레드가 좋아하는 영화야. 작년 회사 파티에서 그 사람이랑 그 영화 이야기를 정말 재미있게 나누었지."

"처음 듣는 영화야."

"메이시 백화점의 산타클로스 이야기야. 산타가 손님들한테 김벨 백화점 장난감이 더 싸다고 말하자 백화점에서 고용한 정신과 의사가 산타더러 미쳤다고 해."

"그냥 〈멋진 인생〉을 선물하지그래? 내가 가장 좋아하는 크리스마스 영화야."

"너뿐만 아니라 다른 사람들도 전부 좋아하는 영화지. 아마 세상에서 〈34번가의 기적〉을 더 좋아하는 사람은 나랑 프레드, 딱 두 사람밖에 없을걸? 에드먼드 그웬이 산타클로스로 나오는데, 그는 자신이 진짜 산타라고 생각해서 결국 정신병원에 감금되고, 산타가 정말로 존재하지 않으니까 그는 진짜로 미친 게 맞아야 하지만 사실 그는 진짜 산타였어. 존 페인이 연기하는 프레드 게일리가 영화 속 변호사인데 진짜 산타인지 증명하는 법정 청문회를 열기로 하고…."

"나는 매년 크리스마스에 〈멋진 인생〉을 봐. 지미 스튜어트하고 도나 리드가 수영장에 빠지는 장면이 정말 좋더라." 에비가 말했다. "스테플러 안 줄 거야?"

매장에는 봐두었던 드레스가 남아 있었고 잘 맞기도 했지만 계산대가 엄청나게 혼잡했고 마지막에는 직원이 드레스에 맞는 옷걸이 커버를 찾지 못했다.

"그냥 쇼핑백에 넣어주세요." 로렌은 초조하게 시계를 들여다보며 말했다.

"그러면 드레스가 구겨져요." 점원이 불길한 말투로 말하고 계속해서 옷걸이 커버를 찾았다. 마침내 로렌이 쇼핑백이면 충분하다고 직원을 설득했을 때는 벌써 12시 15분이었다. 언니 선물도 둘러보고 싶었지만 시간이 없었다. 빨리 집에 가서 드레스를 걸어놓고 크리스마스 카드를 부쳐야 했다.

'프레드에게 줄 비디오테이프는 살 수 있겠다.' 그녀는 생각하며 몸싸움을 벌이다시피 해서 에스컬레이터에 올랐다. 뭘 살지 알고 있으니 시간이 오래 걸리지 않을 테고 운이 좋으면 비디오 매장에 언니에게 선물할 만한 셜리 맥클레인의 영화가 있을지도 모른다. '10분이면 비디오를 살 수 있겠지, 야호!'

하지만 거의 30분이 걸렸다. 그 비디오가 딱 하나 있었는데 직원이 어디 있는지 찾지를 못했다.

"〈멋진 인생〉이 아닌 게 확실해요?" 직원이 말했다. "제가 가장 좋아하는 영화랍니다."

"저는 〈34번가의 기적〉을 사고 싶어요." 로렌은 꾹 참고 말했다. "에드먼드 그웬과 나탈리 우드가 나오는 영화예요."

직원은 거대한 비디오 더미에서 〈멋진 인생〉을 하나 뽑아냈다. "보세요. 지미 스튜어트가 곤란에 빠져서는 차라리 태어나지 말 걸 하고 한탄하자 천사가 소원을 들어주려고…."

"예, 알아요." 로렌이 말했다. "상관없어요. 저는 〈34번가의 기적〉을 원해요."

"알았어요!" 점원이 뭐라 뭐라 중얼거리며 비디오를 찾아 헤맸다. "크리스마스 정신이라곤 눈곱만큼도 없는 사람들이 있다니까."

직원은 매장을 샅샅이 뒤진 끝에 마침내 비디오를 찾아내고는 선물 포장을 해주겠다고 고집했다.

로렌이 아파트로 돌아왔을 때는 1시 15분 전이었다. 점심도 크리스마스 카드 부치기도 건너뛰어야 했지만 적어도 카드를 들고 나가 우표를 사다가 사무실에서 우표를 붙이는 것까지는 할 수 있을 것 같았다.

그녀는 쇼핑백에서 비디오테이프를 꺼내 커피 테이블 위 핸드백 옆에 놔두고 쇼핑백을 들고 침실로 향했다.

누군가 문을 두드렸다.

"시간 없는데." 그녀는 중얼거리며 쇼핑백을 손에 든 채 문을 열었다.

'고래를 살리자'라고 쓰여 있는 티셔츠와 카키색 바지를 입은 젊은 남자였다. 금발 머리를 어깨까지 기르고 캘리포니아 남부가 생각나는 모호한 표정을 짓고 있었다.

"무슨 일이죠?" 로렌이 물었다.

"크리스마스 선물을 주러 왔습니다." 남자가 말했다.

"고맙지만, 당신이 파는 물건이 뭐든 전혀 관심이 없어요." 그녀는 말하고 문을 닫았다.

남자는 곧바로 다시 문을 두드렸다. "뭘 팔러 온 게 아니에요." 그는 문 너머에서 말했다. "정말입니다."

'이럴 시간 없는데.' 그녀는 생각했지만, 다시 문을 열었다.

"저는 외판원이 아닙니다." 남자가 말했다. "마하리시 람 다스라고 들어보셨습니까?" 종교 또라이로군.

"당신하고 얘기할 시간이 없네요." 그녀는 "회사에 늦었어요."라고 말하려고 했다. 그러나 낯선 사람에게 곧 아파트가 빌 거라고 말해서는 안 된다는 사실을 떠올렸다. "제가 아주 바쁘거든요." 그녀는 이렇게 말하고 문을 닫았다. 이번에는 조금 더 단호하게.

다시 문 두드리는 소리가 들렸지만 무시했다. 그녀는 쇼핑백을 들고 침실로 향하다가 문으로 돌아가 잠금장치를 누르고 체인을 걸고 드레스를 걸어두려고 침실로 들어갔다. 드레스를 싸놓은 얇은 종이를 벗겨 내고 옷걸이를 찾아냈을 무렵 문 두드리는 소리가 멈추었다. 그녀는 드레스를 걸어놓고 이렇게 보니 얼마나 치명적으로 아름다운가 생각하고는 다시 거실로 돌아갔다.

젊은 남자가 소파에 앉아 로렌의 TV 리모컨을 함부로 만지고 있었다. "자, 크리스마스 선물로 뭘 원해요? 요트? 조랑말?" 그는 얼굴을 찌푸리며 리모컨 버튼을 마구 두드렸다. "새 텔레비전?"

"당신 어떻게 들어왔어요!" 로렌이 날카롭게 외쳤다. 그녀는 문을 보았다. 잠금장치도 체인도 그대로였다.

"나는 유령입니다." 남자가 리모컨을 내려놓으며 말했다. 갑자기 TV가 요란한 소리를 내며 켜졌다. "'크리스마스 선물(present)의 유령'이죠."

"아." 로렌은 전화기 쪽으로 다가가며 말했다. "〈크리스마스 캐럴〉에 나오는 그 유령이요?"

"아니요." 남자는 채널을 이리저리 돌리며 말했다. 그녀는 리모컨을 보았다. 리모컨은 여전히 커피 테이블 위에 놓여 있었다. "'크리스마스 현재(present)의 유령'이 아니라 '크리스마스 선물의 유령'이요. 알잖아요. 바비인형이나 못생긴 넥타이나 치즈 덩어리처럼 사람들이 크리스마스에 주는 물건 말이에요."

"아, 크리스마스 선물의 유령. 알겠어요." 로렌은 조심스럽게 전화기를 집어 들며 말했다.

"사람들이 꼭 그 친구랑 나를 헷갈린다니까. 정말 모욕적이죠. 누가 봐도 콜레스테롤 수치가 하늘을 찌를 것 같이 생긴 친구랑 나를 혼동하다니. 어쨌든 나는 크리스마스 선물의 유령이고 당신 언니가 보냈어요."

로렌은 경찰을 부르려던 전화번호 마지막 버튼을 누르기 직전에 멈추었다. "우리 언니가요?"

"예." 남자는 TV를 물끄러미 바라보며 말했다. 지미 스튜어트가

담요로 온몸을 감싼 채 경비실에 앉아 있었다. "와우! 〈멋진 인생〉
이잖아."

'언니가 보냈단 말이지.' 모든 게 설명되었다. 남자는 통일교 광
신도도 연쇄살인마도 아니었다. 말하자면 올해의 크리스털 피라
미드 배우자 감별기 같은 것이었다. "우리 언니를 어떻게 알아요?"

"언니가 날 불러냈어요." 그는 소파에 등을 기대며 말했다. "마하
리시 람 다스가 당신 언니한테 트랜스 명상을 가르쳤는데 우연히 아
스트랄 계에서 나를 소환했어요." 그가 화면을 가리켰다. "천사가 지
미 스튜어트한테 죽었다는 사실을 알려주는 저 장면 정말 좋더라."

"나 죽은 거 아니죠?"

"아니에요. 나는 천사가 아니라 유령이니까요. 크리스마스 선
물의 유령. 줄여서 '크리스'라고 불러요. 당신 언니가 당신이 크리스
마스에 정말로 원하는 것을 주라고 날 보냈어요. 그러니까, 진심으
로 바라는 거요. 그게 뭐죠?"

'언니가 더는 나한테 선물을 보내지 않는 거요.' 그녀는 생각했
다. "이봐요. 나 정말 서둘러야 해요. 내일 다시 와서 얘기하면 안
될까요?"

"모피코트는 아니길 바랄게요." 남자는 그녀의 말을 못 들은 것
처럼 말했다. "나는 멸종위기 동물을 죽이는 것에 반대합니다." 그
는 프레드의 선물을 집어 들었다. "이건 뭐죠?"

"〈34번가의 기적〉 비디오테이프예요. 나 정말 가야 해요."

"누구 줄 거예요?"

"프레드 해치요. 제가 그 사람 비밀 산타거든요."

"프레드 해치라…." 그는 선물 포장된 비디오를 뒤집어 보았다.

"이 포장, 가게에서 해준 거죠?"

"예. 얘기는 나중에….."

"여기도 중요한 대목이에요." 그는 몸을 숙여 TV를 보았다. 천사가 지미 스튜어트에게 아직 날개가 생기지 않았다고 말하고 있었다.

"전 빨리 나가야 해요. 지금은 점심시간이고 크리스마스 카드도 부쳐야 하는데 근무시간까지 돌아가려면….." 그녀는 손목시계를 흘끗 보았다. "악! 15분이나 지났어."

그는 비디오를 내려놓고 일어났다. "남이 포장해준 선물이라니." 그는 쯧 하고 혀를 찼다. "다들 돈이나 쓰러 다니고 파티에 우르르 몰려다니지, 잠깐 쉬면서 에그노그를 마시거나 영화 한 편을 볼 생각은 하지 않는단 말이죠. 크리스마스 자체가 멸종위기에 처했어요." 그는 간절한 얼굴로 다시 TV 화면을 보았다. 천사가 지미 스튜어트에게 다시 살아날 수 없을 거라고 말하고 있었다. 남자가 부엌 쪽으로 갔다. "에비앙 생수 있어요?"

"없어요." 로렌은 다급하게 말했다. 그녀는 얼른 남자의 뒤를 따라갔다. "이봐요. 나 정말 회사에 가봐야 해요."

그는 부엌 식탁 앞에서 걸음을 멈추고 크리스마스 카드 하나를 집어 들었다. "주소를 컴퓨터로 출력했군." 그는 못마땅하게 말하며 봉투를 찢어 열었다.

"하지 마요." 로렌이 말했다.

"프린터로 인쇄한 크리스마스 카드라니." 그는 말했다. "편지도 없고 짧은 메모도 없고 심지어 손 글씨로 서명하지도 않았어. 내가 아까 한 말이 바로 이거라고요. 크리스마스가 멸종위기에 처했다고."

"시간이 없었어요." 로렌은 변명하듯이 말했다. "게다가 이 얘기든 다른 얘기든 지금 당신과 이러고 있을 시간도 없어요. 회사에 돌아가야 해요."

"카드에 몇 자 적을 시간도 없고 크리스마스에 뭘 원하는지 생각할 시간도 없고." 그는 다시 카드를 봉투 속으로 집어넣었다. "심지어 재생용지를 쓰지도 않았어." 그는 서글프게 말했다. "매년 크리스마스 카드를 보낸다고 얼마나 많은 나무가 잘려나가는지 알아요?"

"나 회사에⋯." 로렌이 말했을 때 남자는 더 이상 없었다.

영화처럼 스르르 사라지지도 않았고 천천히 희미해지지도 않았다. 그냥 없어졌다.

"늦었어요." 로렌이 말을 마쳤다. 그녀는 거실로 돌아가 살펴보았다. TV는 여전히 켜져 있었지만 남자는 거기에도 침실에도 없었다. 화장실에 들어가 보고 샤워커튼도 젖혀 보았지만 남자는 없었다.

"헛것을 봤나 봐." 로렌은 큰 소리로 말했다. "스트레스 때문이야." 그녀는 시계를 보며 아까 확인한 시간도 헛것을 본 것이기를 바랐지만, 시계는 여전히 1시 15분이었다. "이 문제는 나중에 생각해보기로 하자." 그녀는 말했다. "지금은 회사로 돌아가야 해."

그녀는 거실로 돌아갔다. TV가 꺼져 있었다. 그녀는 부엌으로 들어갔다. 남자는 없었다. 정확히 말하자면 그녀의 크리스마스 카드들도 없어졌다.

"야! 유령!" 그녀는 소리쳤다. "당장 돌아오지 못해!"

"늦었네." 에비가 카탈로그 주문서를 작성하며 말했다. "누가 다녀갔는지 알면 깜짝 놀랄걸. 스콧 버클리! 어머, 그 남자 어쩜 그렇게 귀엽니?" 에비가 고개를 들었다. "왜 그래?" 그녀가 말했다. "찍어

둔 드레스 다 팔렸어?"

"혹시 마법에 대해 아는 거 있어?" 로렌이 물었다.

"왜?"

"우리 언니가 크리스마스 선물을 보냈어." 로렌은 암담하게 말했다. "마법에 대해 아는 사람하고 얘기를 해봐야겠어."

"뚱보남 프레드, 아니 프레드 해치가 마술할 줄 알아. 언니가 뭘 보냈는데?"

로렌은 복도로 나가 단숨에 문서관리부로 향했다.

"스콧 버클리한테 너 금방 온다고 했단 말이야." 에비가 말했다. "너와 할 말이 있대."

로렌은 문서관리부 문을 열고 끝없이 이어진 칸막이의 미로를 굽어보았다. 아무도 보이지 않았다.

"여기 누구 없어요?" 로렌이 말했다. "여보세요."

중년 여자가 포장지 다섯 두루마리와 큼직한 가위를 하나 들고 미로에서 나타났다. "혹시 스카치 테이프 있어요?" 여자가 로렌에게 물었다.

"프레드 해치가 어디 있는지 아세요?" 로렌이 물었다.

여자가 사슴이 그려진 포장지로 미로 안쪽을 가리켰다. "저쪽이요. 누구 테이프 있는 사람? 크리스마스 선물을 스테플러로 찍어야겠네."

로렌은 여자가 가리킨 방향으로 갔다. 프레드는 미로 한가운데서 의자에 등을 기대고 불룩한 배 위에 양손을 올려놓고 노란 숫자로 가득한 화면을 응시하고 있었다.

"실례합니다." 로렌이 말하자 프레드가 갑자기 앞으로 몸을 숙이고 자리에서 벌떡 일어났다.

"할 이야기가 있어요." 그녀가 말했다. "혹시 사적으로 대화를 나눌 만한 공간이 있을까요?"

"바로 여기요." 프레드가 말했다. "제 비서는 내 사무실에서 무료 전화로 홈쇼핑 주문 중이고 다른 사람들은 옆방의 그래픽디자인부에서 타파웨어 파티*를 하고 있어요." 그가 키 하나를 누르자 컴퓨터 화면이 텅 비었다. "무슨 이야긴데요?"

"에비가 그러는데 마법사라면서요?" 그녀가 말했다.

그는 당황한 것 같았다. "아니에요. 작년 회사 파티 때 직원복지위원회가 마술쇼를 하라고 시켜서 연기를 좀 했을 뿐이에요. 다행히 올해는 산타클로스 역할을 맡았죠." 그는 씩 웃으며 자기 배를 쓰다듬었다. "산타 역은 제가 적격이죠. 마술에 실패할까 봐 걱정할 필요도 없고요."

"아, 어떡하지?" 로렌이 말했다. "혹시 주위에 마법 아는 사람 없어요?"

"선물 가게 주인이요." 프레드는 걱정스러운 얼굴로 말했다. "그런데 무슨 일이에요? 올해 직원복지위원회가 마술쇼를 맡겼어요?"

"아니요." 그녀는 그의 책상 가장자리에 앉았다. "언니가 뉴에이지에 빠져 있는데 저한테 유령을 보냈어요."

"유령이라…." 그가 말했다. "귀신 말이에요?"

"아니요. 사람이에요. 그러니까 사람처럼 보인다는 말이죠. 자

---

* 주방용 플라스틱 용기 제조사인 타파웨어가 소비자를 모아놓고 제품의 우수성을 설명하는 파티

기가 '크리스마스 선물의 유령'이라고 하더라고요. '현재'의 유령 말고 '선물'의 유령."

"사람이 아닌 게 확실해요? 때로 극도로 발달한 속임수는 진짜 마법처럼 보이기도 하거든요."

"우리 집 부엌에 크리스마스 트리가 생겼어요." 로렌이 말했다.

"크리스마스 트리요?" 프레드가 조심스럽게 말했다.

"예. 유령이 제가 쓴 크리스마스 카드가 재생용지로 된 게 아니라고 언짢아했거든요. 크리스마스 카드를 보낸다고 해마다 얼마나 많은 나무가 잘려나가는지 아느냐고 묻고는 사라져버렸는데 부엌에 가보니 세상에, 크리스마스 트리가 있는 거예요."

"유령이 미리 당신 아파트에 몰래 들어가 크리스마스 트리를 가져다 놨을 가능성은 없을까요?"

"나무가 바닥에서 솟아나 있어요. 게다가 5분 전 부엌에 둘이 있을 때는 나무가 없었다고요. 또 그 남자가 TV로 〈멋진 인생〉을 보고 있었는데 리모컨을 쓰지도 않고 TV를 켰어요. 또 에비앙 생수가 있느냐고 묻더니 부엌으로 들어갔고… 어이없죠? 내가 미쳤다고 생각하죠? 누가 이런 어처구니없는 말을 하면 나라도 미쳤다고 생각할 거예요. 에비앙 생수라니!" 그녀는 앞으로 팔짱을 꼈다. "크리스마스 무렵에 신경쇠약에 걸리는 사람들이 많죠. 나도 신경쇠약인 거 같아요?"

포장지 두루마리를 든 중년 여자가 칸막이 위로 쑥 나타났다. "테이프 있어요?" 프레드는 고개를 저었다.

"스테플러는요?"

프레드가 스테플러를 건네자 여자는 갔다.

"음." 로렌은 여자가 가버린 걸 확인하고 다시 말했다. "내가 신경쇠약에 걸린 것 같아요?"

"그거야 상황에 따라 다르죠." 그가 말했다.

"어떤 상황이요?"

"당신 부엌 바닥에서 나무가 정말로 자라고 있는지에 따라서요. 당신이 재생용지로 만든 크리스마스 카드를 쓰지 않아서 남자가 화를 냈다고 했죠? 그 남자 위험해 보였어요?"

"모르겠어요. 그는 내가 크리스마스에 원하는 것을 주러 왔다고 했어요. 모피코트만 빼고요. 멸종위기 동물을 죽이는 것에 반대한대요."

"동물권리보호 활동가 유령이라니!" 프레드가 즐거운 듯이 말했다. "당신 언니는 그 남자를 어디서 구했대요?"

"아스트랄 계요." 로렌이 말했다. "언니가 트랜스 채널링이라던가, 그런 걸 했대요. 남자가 어디서 왔는지는 상관없어요. 내가 산 크리스마스 선물들도 재활용이 안 된다는 이유로 없애버리기 전에 그를 쫓아버리고 싶을 뿐이에요."

"좋아요." 프레드가 컴퓨터의 키 하나를 두드리며 말했다. 화면이 다시 밝아졌다. "우선 남자의 정체가 무엇이고 어떻게 여기까지 왔는지 알아봐야겠어요. 당신은 언니하고 통화를 해봐요. 어쩌면 언니가 유령을 없애는 뉴에이지 주문을 알지도 모르잖아요." 그는 재빨리 키보드를 두드리기 시작했다. "인터넷에 접속해 혹시 마법을 아는 사람을 찾을 수 있는지 알아봐야겠어요." 그가 갑자기 몸을 돌려 로렌을 마주 보았다. "그런데 정말로 남자를 쫓아내고 싶어요?"

"내 집 부엌 바닥에서 나무가 자라고 있다고요!"

"하지만 남자 말이 사실이면요? 당신이 크리스마스에 정말로 원하는 것을 줄 수 있다면 어쩌죠?"

"내가 정말로 원하는 건 크리스마스 카드를 부치는 건데 지금 카드들이 부엌 타일 바닥에 바늘잎을 떨어뜨리고 있어요. 남자가 다음에 또 무슨 짓을 저지를지 어떻게 알아요?"

"좋아요." 그가 말했다. "내 말을 들어봐요. 그 남자가 위험하든 아니든 일단 제가 퇴근 후에 당신 집에 가볼게요. 남자가 또 나타날지도 모르잖아요. 그런데 회사 파티 준비를 위한 직원복지위원회 회의가 있어요."

"괜찮아요. 그 남자 동물권리보호 활동가잖아요. 위험하지 않을 거예요."

"꼭 그렇다고 볼 수는 없죠." 프레드가 말했다. "회의가 끝나는 대로 갈게요. 그전에 인터넷을 확인해보고요. 알겠죠?"

"좋아요." 그녀가 말했다. 그녀는 칸막이 밖으로 나가다가 걸음을 멈췄다. "내 말을 믿어줘서 정말 고마워요. 아니, 적어도 내 말을 못 믿겠다고 말하지 않아서요."

프레드는 그녀를 향해 빙그레 웃었다. "저로선 선택의 여지가 없어요. 당신은 나 말고 〈멋진 인생〉보다 〈34번가의 기적〉을 더 좋아하는 유일한 사람이니까. 프레드 게일리도 메이시 백화점의 산타클로스가 진짜 산타라고 믿었잖아요."

"그랬죠." 그녀가 말했다. "이 남자는 산타클로스는 아니에요. 버킨스톡 슬리퍼를 신고 있더라고요."

"당신 아파트로 찾아갈게요." 그가 말했다. 그는 자리에 앉아 키보드를 두드리기 시작했다.

로렌은 칸막이 미로를 빠져나와 복도로 나갔다.

"여기 있었군요!" 스콧 버클리였다. "당신을 찾느라 온 데를 헤맸어요." 스콧이 상대의 마음을 사르르 녹이는 미소를 지어 보였다. "회사 파티 때 나눠줄 선물을 사야 할 책임을 졌는데 당신 도움이 필요해요."

"내 도움이요?"

"예. 선물을 골라줘요. 오늘 저녁 퇴근 후에 나랑 같이 쇼핑을 가면 어때요?"

"오늘 저녁이요?" 그녀가 말했다. "안 돼요. 저는…." '내 집 부엌에 크리스마스 트리가 자라고 있거든요.' "내일 퇴근 후에 가면 안 될까요?"

스콧은 고개를 저었다. "약속이 있어요. 오늘 밤 더 늦게는 어때요? 쇼핑몰은 9시까지 열어요. 쇼핑하는 데 2시간 넘게는 안 걸릴 거예요. 그런 다음 같이 저녁이나 먹으면 어떨까요? 음, 내가 당신 아파트로 6시 30분까지 갈까요?"

그러면 유령이 소파에 드러누워 에비앙 생수를 마시며 TV를 보고 있겠지? "안 돼요." 그녀는 안타깝게 말했다.

스콧은 찡그린 얼굴마저도 귀여웠다. "아, 그럼 어쩔 수 없죠." 그는 어깨를 으쓱했다. "아쉽지만 다른 사람을 찾아보죠." 그는 또 사랑스러운 미소를 지어 보이고는 다른 사람에게 부탁하러 복도를 지나갔다.

'널 저주한다, 크리스마스 선물의 유령아.' 스콧의 잘생긴 뒷모습이 서서히 멀어지는 것을 지켜보며 로렌은 생각했다. '너 이 자식, 내가 집에 갔을 때 거기 없는 게 좋을 거다.'

여직원 하나가 지팡이 모양 사탕이 든 바구니를 들고 복도로 나왔다. "직원복지위원회의 칭찬선물이에요." 직원이 로렌에게 사탕 하나를 건네며 말했다. "크리스마스 정신을 발휘할 수 있게 생겼군요."

"고맙지만 사양할게요. 벌써 하나 받았거든요." 로렌이 말했다.

아파트 문은 잠겨 있었지만, 어제 잠금장치와 체인까지 걸렸어도 남자가 집 안에 들어왔기 때문에 별 의미는 없었다. 그러나 집에 들어가 보니 거실에 남자는 없었고 TV도 꺼져 있었다.

그러나 다녀간 게 분명했다. 커피 테이블 위에 빈 에비앙 생수병이 있었다. 그녀는 빈 병을 들고 부엌으로 들어갔다. 나무는 여전히 있었다. 그녀는 나뭇가지 하나를 옆으로 젖히고서야 겨우 쓰레기통까지 가서 빈 병을 버릴 수 있었다.

"플라스틱병은 생분해성이 없다는 거 몰랐어요?" 유령이 말했다. 그는 나무 반대편에 서서 나뭇가지에 뭔가를 걸고 있었다. 카키색 반바지와 '열대우림을 지키자'라고 쓴 티셔츠를 입고 머리에 빨간색 두건을 둘렀다. "플라스틱은 재활용해야죠."

"당신이 마셨잖아요." 로렌이 말했다. "여기서 뭘 하고 있죠, 유령 씨?"

"크리스라고 불러요." 그가 고쳐주었다. "이것들은 전부 유기농 장식물이에요." 그는 그녀에게 갈색 장식물 하나를 내밀었다. "야노마모족 인디언들이 만든 수공품이죠. 전부 브라질 열대우림에서 발견한 천연재료로 만들었어요." 그는 나뭇가지에 갈색 물건을 매달았다. "크리스마스에 뭘 받고 싶은지 결정했어요?"

"예." 그녀가 말했다. "당신이 꺼지길 원해요."

그는 깜짝 놀란 것 같았다. "그건 안 돼요. 당신이 진심으로 원하는 것을 줄 때까지는 안 돼요."

"그게 바로 내가 진심으로 원하는 거예요. 당신이 꺼지고 이 나무랑 야노마모족 장식물도 함께 꺼지는 거요."

"크리스마스 선물의 유령으로서 제일 골치 아픈 일이 뭔지 알아요?" 그가 말했다. 그는 반바지 뒷주머니에서 커피 원두 같은 것으로 만든 갈색 화환을 꺼냈다. "사람들이 자기가 원하는 게 뭔지 도통 모른다는 거예요."

"나는 내가 무엇을 원하는지 잘 알아요." 로렌이 말했다. "크리스마스 카드를 전부 새로 쓰지 않아도 되길 원해요."

"직접 쓰지도 않았잖아요." 그가 가지 위에 화환을 드리우며 말했다. "전부 인쇄한 거잖아요. 그 카드에 사용한 잉크에 해로운 화학물질이 함유된 걸 알고는 있어요?"

"환경문제에 관한 설교는 듣고 싶지 않아요. 냉장고까지 가겠다고 숲을 헤쳐가야 하는 것도 원하지 않고요. 내 아파트에 유령이 있다는 이유로 데이트를 거절해야 하는 것도 싫어요. 나는 야단법석 없이 조용하고 멋진 크리스마스를 보내고 싶어요. 친구들과 소소한 선물을 교환하고 회사 크리스마스 파티에 가고 또…." '오프숄더 검은 드레스를 입고 스콧 버클리의 눈을 휘둥그레지게 만들고.' 로렌은 생각했지만 그 말은 안 하는 게 좋을 것 같았다. 유령이 스콧의 옷이 천연소재가 아니라고 그를 야노마모족 인디언으로 바꿔버릴지도 모르니까.

"…그렇게 조용하고도 근사한 크리스마스를 보내고 싶다고요." 그녀는 어설프게 말을 맺었다.

"〈멋진 인생〉을 봐요." 유령이 나무쪽을 곁눈질하며 말했다. "오늘 오후 당신이 회사에 간 사이 그 영화를 봤어요. 지미 스튜어트는 자신이 무엇을 원하는지 통 모르더라고요."

그는 다시 주머니에 손을 넣어 브라질너트와 꼰실로 만든 구부러진 별을 하나 꺼냈다. "지미 스튜어트는 대학에 가고 싶고, 여행을 하고 싶고, 부자가 되고 싶다고 생각했지만, 그가 정말로 원한 것은 늘 자기 앞에 있었어요."

그가 무슨 행동을 하자 나무 꼭대기가 그의 앞으로 축 늘어졌다. 그는 꼰실로 별을 가지에 묶고 또 무슨 행동인가를 했다. 그러자 나무가 똑바로 펴졌다. "당신은 내가 가버렸으면 좋겠다고만 생각하죠." 그가 말했다.

누군가 문을 두드렸다.

"당신 말이 옳아요." 로렌이 말했다. "당신이 가버리길 원하지 않아요. 이대로 있어 주면 좋겠어요." 그녀는 얼른 거실로 달려나갔다.

유령도 그녀를 따라 거실로 나왔다. "다행히 나는 유령이다 보니 당신이 정말로 원하는 게 뭔지 알고 있죠." 그러더니 사라져버렸다.

그녀는 프레드에게 문을 열어주었다. "방금까지 여기 있었어요." 그녀가 말했다. "문을 열었을 때 없어졌어요. 원래 미친 사람들이 이렇게 말하죠?"

"그렇죠." 프레드가 말했다. "아니면 '여기 있잖아요. 당신 눈엔 안 보여요?'라고 말하기도 하고요." 그는 호기심 어린 눈으로 방 안을 둘러보았다. "유령이 어디에 있었죠?"

"부엌에요." 그녀는 말하며 문을 닫았다. "나무를 장식하고 있었어요. 아마 지금은 거기 없을 거예요." 그녀는 프레드를 부엌으로 안내했다.

나무는 여전히 그 자리에 있었고 나뭇가지에 온통 큼직한 갈색 카드들이 꽂혔다.

"정말로 부엌 바닥을 뚫고 나무가 자라고 있군요." 프레드가 쭈그리고 앉아 나무뿌리를 살펴보며 말했다. "아래층 천장으로 뿌리가 삐져나올지 궁금하네요." 그는 일어섰다. "이건 뭐죠?" 그가 갈색 카드를 가리키며 물었다.

"크리스마스 카드요." 그녀는 카드 한 장을 뽑아 들었다. "내 카드를 돌려달라고 했더니 이래놨네요." 그녀는 큰 소리로 카드를 읽었다. "당신이 이 크리스마스 카드를 읽는 시간에도 82마리의 하프바다표범이 모피 때문에 곤봉으로 맞아 죽습니다." 그녀는 카드를 활짝 폈다. "즐거운 크리스마스 보내세요."

"유쾌하군요." 프레드가 말했다. 프레드는 로렌에게서 카드를 받아들고 뒤집어 보았다. "이 카드는 채소 잉크로 재생용지에 인쇄되었으며 퇴비로 써도 안전합니다."

"혹시 인터넷에 곤봉으로 유령을 때려잡는 법 안 나오나요?" 그녀가 물었다.

"안 나와요. 당신 언니는 모른대요?"

"언니는 어쩌다가 그 유령을 불러냈는지도 모르더라고요. 마하리시와 함께 이집트의 귀족을 소환하고 있었는데 갑자기 그가 '돌고래를 구하자' 티셔츠를 입고 나타났다고 해요. 마하리시도 언니만큼이나 놀랐던 모양이에요." 로렌은 부엌 식탁 앞에 앉았다. "오후에 쫓아내려고 해봤지만 우선 내가 진심으로 원하는 것을 그가 내게 줘야만 갈 수 있다고 했어요." 그녀는 고개를 들어 프레드를 쳐다보았다. 프레드는 유기농 장식물 하나에 조심스럽게 코를 대고 냄새를 맡아보고 있었다. "인터넷에서 뭐 알아낸 거 없어요?"

"컴퓨터를 가진 미치광이들이 참 많다는 걸 알아냈죠. 이건 뭐죠?"

"브라질 열대우림에서 찾은 천연재료래요." 그녀는 자리에서 일어났다. "내가 진심으로 원하는 건 그가 꺼지는 거라고 했거든요. 그랬더니 유령은 진심으로 원하는 게 뭔지 내가 모른다고 했어요."

"그게 뭔데요?"

"모르죠." 그녀가 말했다. "문을 열어주려고 거실로 나갔더니 자기는 다행히 유령이라서 내가 뭘 원하는지 안대요. 그래서 그 자리에 그대로 있으라고 했더니 사라져버렸어요."

"보여줘요." 그가 말했다.

그녀는 프레드를 거실로 데려가 유령이 서 있던 자리를 가리켰다. 프레드는 다시 쭈그리고 앉아 카펫을 살펴보았다.

"어떻게 사라졌어요?"

"모르겠어요. 그냥… 그 자리에 있다가 갑자기 없어졌어요."

프레드가 자리에서 일어났다. "또 바뀐 게 있어요? 나무 말고요?"

"내가 알기에는 없어요. 그는 리모컨이 없는데도 TV를 켰어요." 로렌이 방 안을 둘러보며 말했다. 쇼핑백은 그대로 커피 테이블 위에 놓여 있었다. 그녀는 쇼핑백 안을 뒤져서 비디오테이프를 꺼냈다. "받아요. 내가 당신 비밀 산타예요. 크리스마스 이브까지 기다릴 수가 없어요. 유령이 이걸 흰올빼미나 뭐로 바꿔버리기 전에 가져가는 게 좋겠어요."

그녀는 그에게 비디오테이프를 건넸다. "자, 받아요. 열어봐요."

그는 비디오테이프 포장을 벗겼다. "아." 그는 뜨뜻미지근하게 말했다. "고마워요."

"작년 파티에서 우리가 나누었던 대화를 기억해요. 벌써 하나 갖고 있으면 어쩌나 걱정했어요. 설마 갖고 있는 건 아니겠죠?"

"아니에요." 그는 여전히 맥빠진 목소리로 대답했다.

"후유, 다행이다. 그거 찾느라 힘들었거든요. 이 세상에 〈34번가의 기적〉을 좋아하는 사람은 우리 두 사람뿐이라는 당신 말이 맞았어요. 내가 아는 사람들은 전부 〈멋진 인생〉이 최고라고 하잖아요."

"나한테 사준 영화가 〈34번가의 기적〉이었어요?" 그가 얼굴을 찌푸리며 말했다.

"원본 흑백영화예요. 나는 일부러 색깔 입힌 영화는 정말 싫더라고요. 다들 치아가 회색이에요."

"로렌." 프레드가 비디오테이프 상자 앞면을 읽을 수 있게 로렌 쪽으로 내밀었다. "아무래도 당신 친구가 또 뭔가를 바꿔버린 모양이에요."

로렌은 비디오를 받아들었다. 커버에 지미 스튜어트와 도나 리드가 찰스턴을 추는 사진이 보였다.

"망할! 이 못된 쥐새끼 같으니라고!" 그녀가 말했다. "이 영화를 보고 있을 때 바꿔버린 게 틀림없어요. 나한테 〈멋진 인생〉이 가장 좋아하는 영화라고 말했거든요."

"브루투스 너마저?" 프레드가 고개를 저으며 말했다.

"혹시 다른 크리스마스 선물도 다 바꿔버린 건 아닐까요?"

"직접 확인해보는 게 좋겠어요."

"만약 그랬다면…." 그녀는 부엌으로 달려가 무릎을 꿇고 선물더미를 샅샅이 뒤졌다.

"똑같아 보여요?" 프레드가 옆에 쭈그리고 앉아 물었다.

"당신 선물도 겉으로는 똑같아 보였어요." 그녀는 빨간색과 금색 종이로 포장한 선물을 하나 집어 들고 만져보기 시작했다. "에비 선물은 괜찮은 것 같아요."

"뭔데요?"

"스테플러요. 에비는 늘 자기 스테플러를 잃어버리거든요. 마커로 위에 아예 이름까지 써두었어요." 그녀는 선물을 만져보라고 그에게 건넸다.

"스테플러 같네요. 다행이에요." 그가 말했다.

"아무래도 포장을 뜯어서 확인해보는 게 좋겠어요."

프레드가 포장지를 찢었다. "여전히 스테플러예요." 그는 선물을 보며 말했다. "크리스마스 선물로 대단히 좋은 생각이에요! 문서관리부 사람들도 늘 자기 스테플러를 잃어버리거든요. 아무래도 직원복지위원회 사람들이 크리스마스 메모지를 붙이려고 훔쳐가는 것 같아요." 그는 그녀에게 선물을 돌려주었다. "다시 포장해야겠네요."

"괜찮아요." 로렌이 말했다. "야노마모족 장식물로 변하지 않은 게 어디예요?"

"하지만 언제 또 변할지는 아무도 모르죠." 프레드가 허리를 반듯이 펴며 말했다. "유령이 다음에는 또 뭘 바꾸기로 마음을 먹을지 알 수가 없잖아요. 당신 언니에게 전화를 걸어서 마하리시에게 유령을 아스트랄 계로 돌려보내는 법을 아는지 물어보라고 하세요. 저는 집에 가서 구마의식에 대해 알아볼게요."

46

"알았어요." 로렌이 그를 따라 문 쪽으로 가면서 말했다. "비디오테이프는 가져가지 마요. 유령한테 되돌려놓으라고 할 수 있을지도 몰라요."

"어쩌면요." 프레드가 얼굴을 찌푸리며 말했다. "유령이 당신이 진심으로 원하는 것을 주려고 왔다고 말한 게 확실해요?"

"확실해요."

"그래놓고 왜 내 비디오테이프를 바꿨을까요?" 그는 곰곰이 생각을 해보며 말했다. "당신 언니가 정신이 똑바른 착한 유령을 불러내지 못한 게 정말 아쉽네요."

"산타클로스 같은 유령 말이죠." 로렌이 말했다.

언니는 집에 없었다. 로렌은 저녁 내내 언니에게 연락을 해봤지만, 마침내 통화가 되었을 때는 길게 이야기를 나눌 수가 없었다. "마하리시랑 바베이도스에 갈 거야. 크리스마스 이브에 그곳에서 조화 발산이 일어나거든. 내 크리스마스 선물은 바베이도스로 보내렴." 언니는 이렇게 말하고 전화를 끊었다.

"언니 크리스마스 선물은 사지도 못했어." 로렌은 소파를 향해 말했다. "그리고 그건 전부 당신 탓이지."

그녀는 부엌으로 가서 나무를 노려보았다. "심지어 내가 없는 사이 당신이 내 소파를 혹등고래로 바꿔버릴까 겁나서 쇼핑하러 갈 엄두도 안 나." 그녀는 말하고 나서 손으로 제 입을 찰싹 때렸다.

그녀는 조심스럽게 거실 쪽을 엿본 다음 혹시 멸종위기 동물이 있나 싶어 아파트 전체를 살펴보았다. 다행히 어떤 흔적도 없었고 유령의 흔적도 없었다. 그녀는 거실로 돌아가 TV를 켰다. 지미 스튜어트가 도나 리드와 찰스턴을 추고 있었다. 그녀는 리모컨을 집어 들고 채널변경 버튼을 눌렀다. 지미 스튜어트가 "버펄로 아가씨, 오늘 밤 나랑 데이트할래요?"하고 노래하고 있었다.

그녀는 자동채널변경 버튼을 눌렀다. 딱 한 개의 채널을 제외하고 전 채널에 지미 스튜어트가 나왔다. 그 한 채널에서는 '크리스마스 현재의 유령'이 스크루지에게 달라져야 한다고 말하고 있었다. 로렌은 〈크리스마스 캐럴〉의 나머지 부분을 보았다. 크래칫 가족이 크리스마스 저녁 식사를 하는 장면에 이르러서야 그녀는 여태 저녁을 먹지 않았다는 것을 깨닫고 부엌으로 갔다.

나무가 찬장을 완전히 가로막고 있었지만 가지 몇 개를 힘주어 밀치고 겨우 냉장고에 다다랐다. 에그노그가 없어졌다. 스토퍼사의 냉동 앙트레도 없어졌다. 냉장고에 있는 거라곤 반쯤 마시고 남은 에비앙 생수뿐이었다.

그녀는 다시 나뭇가지를 밀치고 부엌을 나와 소파에 앉았다. 무슨 일이 생기면 프레드가 전화하라고 했지만 벌써 밤 11시가 지나 있었고 에그노그는 전부터 없었다는 느낌이 들었다.

〈크리스마스 캐럴〉이 끝나고 다음 영화의 오프닝 크레딧이 시작되고 있었다. "프랭크 카프라의 〈멋진 인생〉. 지미 스튜어트와 도나 리드 출연."

깜박 잠이 들었던 모양이었다. 깨어나 보니 TV에서 〈34번가의 기적〉을 하고 있었다. 매장 지배인이 메이시 백화점의 산타클로스 에드먼드 그웬에게 아이들이 산타에게 요구한 장난감이 매장에 없을 때 은밀히 추천해야 할 장난감 목록을 건네고 있었다.

"이제야 좀 볼 만한 영화를 하네." 에드먼드 그윈이 목록을 적은 쪽지를 갈기갈기 찢는 장면을 보면서 로렌이 말했다. 그리고 곧 잠 들었다. 다시 깨어났을 때 프레드 게일리 역을 맡은 존 페인이 도 리스 워커 역을 맡은 모린 오하라와 키스하고 있었고, 누군가 문을 두드렸다.

'문 두드리는 장면은 못 본 것 같은데.' 그녀는 까무룩 잦아드는 정신으로 겨우 생각했다. 프레드가 도리스에게 에드먼드 그윈이 진 짜 산타클로스라고 뉴욕주 전체를 믿게 할 방법을 말했고 잠시 후 에는 두 사람 모두 믿을 수 없다는 표정으로 길모퉁이에 서 있는 지 팡이를 뚫어지게 보았다. "끝."이 화면에 떴다.

문 두드리는 소리가 계속 들렸다.

"이런." 로렌은 얼른 문을 열어주었다.

프레드가 맥도날드 봉지를 들고 서 있었다.

"지금 몇 시예요?" 로렌이 프레드를 향해 눈을 깜박이며 물었다.

"7시요. 에그 맥머핀하고 오렌지 주스를 사 왔어요."

"이런, 훌륭한 사람!" 그녀가 말했다. 그녀는 봉지를 받아들고 커 피 테이블로 가져갔다. "그 자식이 무슨 짓을 저질렀는지 알아요?" 그녀는 봉지 속에 손을 뻗어 샌드위치를 꺼냈다. "냉장고 속 음식들 을 에비앙 생수로 바꿔버렸어요."

그는 호기심 어린 눈으로 그녀를 보고 있었다. "어젯밤 못 잤어 요? 유령은 돌아오지 않았고요?"

"안 왔어요. 그 자식 기다리다 깜박 잠이 든 것 같아요." 그녀는 샌드위치를 크게 한 입 베어 물었다.

프레드는 그녀 옆에 앉았다. "저건 뭐죠?" 그는 커피 테이블 위에 쌓인 달러 지폐 더미를 가리켰다.

"몰라요." 로렌이 말했다.

프레드가 지폐를 집어 들었다. 그 아래 잔돈 한 줌과 분홍색 쪽지가 하나 있었다. "크리스마스 카드 세 상자 환불 금액." 로렌이 쪽지를 읽었다. "38.18달러."

"진짜 돈이에요." 프레드가 돈을 세며 말했다. "당신 크리스마스 카드를 더글러스 전나무로 바꿔버린 건 아니네요. 가져가서 환불을 받아왔어요."

"그렇다면, 부엌에 나무가 사라졌다는 말이네요!" 그녀는 벌떡 일어나 부엌으로 달려갔다. "아니요. 그대로 있어요."

그녀는 돌아와 소파에 앉았다.

"그래도 돈은 돌려받았잖아요." 프레드가 말했다. "간밤에 내가 인터넷으로 알아본 내용과도 맞아떨어져요. 거기 사람들이 그러는데 이 유령은 친근한 존재이고 아마 계절의 유령이 사람의 모습을 하고 나타난 것 같대요. 가장 일반적이고 친숙한 산타클로스의 변종인데 다른 종류도 있고요. 근데 전부 자비롭대요. 아마 당신이 진심으로 원하는 것을 주러 왔다는 유령 말은 사실일 거라고 해요."

"유령을 쫓아버릴 방법은 모른대요?" 그녀는 묻고 또 한입을 베어 물었다.

"모른대요. 유령을 쫓아내고 싶어 한 사람이 없었던 모양이에요." 그는 주머니에서 쪽지를 하나 꺼냈다. "읽어볼 만한 구마의식 관련 책을 알아봤어요. 그런데 클래런스라는 친구 말이 구마의식에서 가장 중요한 건 그 유령이 정확히 어떤 종류인지 정체를 아는 것이라고 해요."

"그걸 어떻게 알아내죠?" 로렌은 입안 가득 샌드위치를 물고 말했다.

"행동으로 알 수 있대요." 프레드가 말했다. "그 친구가 그러는데 계절의 유령은 변장을 자주 해서 외모는 아무런 의미가 없다는군요. 그 유령이 무슨 말을 했고 어떤 행동을 했는지 전부 적어두래요. 지금까지 유령이 정확히 뭘 했는지 나한테 말해줘요." 그는 재킷 주머니에서 펜과 수첩을 꺼냈다. "처음 봤을 때부터 어땠는지 전부 말해봐요."

"잠깐만요." 그녀는 남은 샌드위치를 마저 먹고 오렌지 주스를 마셨다. "좋아요. 그가 문을 두드렸고 내가 열어주었더니 크리스마스 선물을 주러 왔다고 했고 관심 없다고 말하고 문을 닫은 다음 내 드레스를 걸어두려고 침실로 갔을 때… 앗! 내 드레스!" 그녀는 화들짝 놀라 침실로 뛰어들어갔다.

"왜 그래요?" 프레드가 뒤를 따라가며 물었다.

그녀는 옷장 문을 벌컥 열고 미친 듯이 걸려 있는 옷들을 옆으로 밀치기 시작했다. "그 자식, 내 드레스까지 바꿔버렸으면," 그녀는 동작을 멈추었다. "죽여버리겠어." 그녀는 깃털과 마른 나뭇잎을 모아놓은 갈색 더미를 들어 올렸다. "자비로운 유령이라고요?" 그녀가 말했다. "이런 걸 자비롭다고 해요?"

프레드는 조심스럽게 갈색 깃털을 만져보았다. "원래는 뭐였어요?"

"드레스요." 그녀가 말했다. "보는 사람의 넋을 쏙 빼놓을 만큼 아름다운 나의 검은색 오프숄더 드레스요."

"정말요?" 그는 미심쩍다는 듯 말했다. 그는 갈색이 도는 나뭇잎

몇 장을 집어 보았다. "이 상태로도 드레스라고 볼 수 있을 것 같아요." 그가 말했다. "어느 정도는요."

그녀는 나뭇잎과 깃털을 끌어안고 바스러뜨리며 침대 위에 주저앉았다. "내가 원한 건 회사 파티에 가는 게 전부였다고요!"

"회사 파티에 입고 갈 만한 다른 옷은 없어요? 작년에 입었던 그 예쁜 빨간색 옷은 어때요?"

그녀는 마음을 드러내듯 고개를 절레절레 흔들었다. "스콧은 그 옷에 눈길 한번 안 주었단 말이에요!"

"아, 그게 당신이 진심으로 원하는 거였어요?" 조금 있다가 프레드가 말했다. "회사 파티에서 스콧 버클리의 눈에 띄는 거요?"

"그래요. 올해는 틀림없이 눈에 띌 수 있었어요! 그 드레스엔 스팽글도 달렸고 나한테 완벽하게 어울렸단 말이에요!" 그녀는 소매였을지도 모르는 어떤 것을 잡아당겼다. 갈색 대나무 가지에 초록색이 도는 갈색 덩어리가 매달려 있었다. "그런데 그 자식이 다 망쳐버렸어요!"

로렌은 드레스를 바닥에 내팽개쳐 버리고 침대에서 일어났다. "클래런스라는 사람이 뭐라고 했는지는 상관없어요. 그 자식은 전혀 자비롭지 않아요! 게다가 내가 크리스마스에 정말로 원하는 것을 주려고 하지도 않아요. 그 자식은 내 인생을 망치려고 해요!"

그녀는 프레드의 얼굴에 떠오른 표정을 보고 말을 멈추었다. "미안해요." 그녀가 말했다. "당신은 잘못한 게 전혀 없어요. 날 도와주려고 했을 뿐이죠."

"그리고 딱 당신의 유령만큼 도와주었죠." 그가 말했다. "자, 그를 쫓아낼 방법이 분명히 있을 거예요. 적어도 드레스를 돌려받을 방법이라도 있겠죠. 클래런스가 변신에 관한 주문을 조금 안다고 했거든요. 일단 내가 출근해서 좀 더 찾아볼게요."

그는 거실로 나가 문 쪽으로 향했다. "옷가게에 가서 혹시 같은 드레스가 남아 있는지 알아보는 게 어떨까요?" 그는 문을 열었다.

"알았어요." 로렌이 고개를 끄덕였다. "소리 질러서 미안해요. 그리고 당신은 정말 많은 도움을 주었어요."

"난 괜찮아요." 그는 시무룩하게 말하고 밖으로 나갔다.

"그 드레스 어디서 났어요?" 지미 스튜어트가 도나 리드에게 말했다.

로렌은 뒤를 돌아보았다. TV가 켜져 있었다. 도나 리드가 지미 스튜어트에게 새 드레스를 보여주고 있었다.

"너 어딨어?" 로렌은 소파를 보며 따져 물었다. "당장 내 드레스를 되돌려 놔!"

"마음에 안 들어요?" 유령이 침실에서 말했다. "완벽한 생분해성 드레스인데."

그녀는 쿵쿵거리며 침실로 들어갔다. 유령이 옷걸이에 드레스를 걸며 쯧쯧 혀를 차고 있었다. "천연섬유는 조심스럽게 다뤄야죠." 그가 꾸짖듯이 말했다.

"원래 모습으로 되돌려놔요. 지금 당장."

"야노마모족 인디언들이 만든 수공품이에요." 그가 치마 부분으로 짐작되는 곳을 매끄럽게 펴며 말했다. "그들의 자연 서식지가 하루에 3제곱킬로미터씩 파괴되고 있다는 사실 알아요?"

"상관없어요. 내 드레스나 되돌려놔요."

그가 옷걸이에 건 드레스를 옷장으로 가져갔다. "정말 재미있죠.

도나 리드는 지미 스튜어트를 사랑한다는 걸 곧바로 알아차렸지만, 지미는 대학이며 새 가방 따위나 생각하느라 바빠서 도나가 존재하는지조차 몰랐어요." 그는 드레스를 걸었다. "머리를 한 대 맞고서야 알았죠."

"당장 내 드레스를 돌려놓지 않으면 내가 당신 머리를 내려칠 거야, 유령 씨." 그녀는 단단한 것을 찾아 주위를 둘러보았다.

"크리스라고 불러요." 그가 말했다. "스팽글은 재생이 안 되는 자원으로 만든다는 거 알아요?" 그리고 로렌이 램프를 휘두르자 사라져버렸다.

"아주 그냥 속이 후련하네." 그녀는 허공에 대고 소리쳤다.

매장에 남은 드레스는 44사이즈 하나뿐이었다. 로렌은 치욕을 무릅쓰고 어떻게든 그 옷을 입어보려고 애쓰다 결국 출근했다. 안내직원이 지미 스튜어트가 눈을 맞으며 다리 위에 서 있는 장면을 보며 휴지로 눈물을 닦고 있었다. 그녀가 로렌에게 쪽지를 건넸다.

직원복지위원회가 보낸 전달사항이 두 개 있었다. 하나는 퇴근 후 썰매를 탈 것이라는 내용, 또 하나는 회사 파티에 치즈볼을 가져와야 한다는 내용이었다. 프레드에게서 온 메시지는 없었다.

"아아!" 안내직원이 울부짖었다. "이 장면 너무 슬퍼!"

"〈멋진 인생〉 정말 싫어." 로렌은 말하고 자기 부서로 올라갔다. "크리스마스가 정말 싫어." 그녀는 에비에게 말했다.

"크리스마스가 싫은 건 정상이야." 에비가 읽고 있던 책에서 고개를 들고 말했다. "이 책, 《크리스마스는 잊어버려》에서 그러는데 다들 비현실적인 기대를 품어서 그런 거래. 사람들이 선물을 받을 때 말이야⋯."

"아, 그러니까 생각나네." 로렌은 가방을 뒤져 에비에게 줄 선물을 꺼냈다. 그사이 재빨리 만져보고 여전히 스테플러인 것을 확인했다. 스테플러가 맞는 것 같았다. 그녀는 에비에게 선물을 건넸다. "메리 크리스마스."

"난 네 선물 포장도 아직 못했는데." 에비가 말했다. "심지어 포장지도 아직 못 샀어. 이 책에 의하면 나는 회피성 콤플렉스를 앓고 있어." 그녀는 선물을 받아들었다. "지금 열어봐야 하나? 내 맘에 쏙 드는 선물일 줄은 알지만 넌 내가 준비한 선물을 이것의 절반만큼도 좋아하지 않을 거고 그럼 나는 어마어마한 죄책감을 안고 후회하겠지."

"지금 안 열어봐도 돼." 로렌이 말했다. "그냥 미리 주는 게 좋을 것 같아서 그래." 그녀는 책상에 놓인 쪽지를 집어 들고 훑어보기 시작했다. "깜박 잊기 전에 주고 싶었어. 혹시 프레드한테 연락 온 거 없어?"

"있어. 15분 전쯤 널 찾아왔었어. 인터넷이 전혀 도움이 안 되어서 도서관에 가볼 생각이라더라." 그녀는 서글픈 얼굴로 로렌이 준 선물을 바라보았다. "심지어 네 선물은 포장까지 근사하구나." 그녀는 울적하게 말했다. "어젯밤에 회사 파티에 입고 갈 드레스를 사러 갔는데 오프숄더나 스팽글이 달린 옷이 있었을 것 같아? 그런 건 고사하고 남 보기 부끄러운 옷조차 남아 있지 않더라. 크리스마스에 스트레스 관련 질환의 발병률이 다른 시기보다 7배나 높다는 거 알아?"

"충분히 공감할 수 있어." 로렌이 말했다.

"아니, 넌 공감 못 할 거야. 넌 나처럼 오만군데 금 사슬이 주렁주렁 달린 끔찍한 회색 드레스를 사지 않아도 됐으니까. 적어도 스콧 버클리의 눈에 띄기는 하겠다. 그가 이렇게 말하겠지. '안녕, 에비. 말리의 유령처럼 분장한 거예요?' 그리고 너는 스팽글이 반짝이는 검은색 드레스를 입고 눈부신 모습으로 거기 서 있겠지."

"아니, 아니야." 로렌이 말했다.

"왜? 그 드레스 다 팔리고 없었어?"

"그게 아니라… 결함이 있었어. 프레드가 나하고 나눌 이야기가 있다는 말은 안 했어?"

"몰라. 그냥 나가는 길이라고 했어. 산타클로스 복장을 받으러 가야 한대. 오, 맙소사." 에비의 목소리가 속삭임으로 변했다. "스콧 버클리야."

"안녕." 스콧이 로렌에게 말했다. "혹시 오늘 밤 나랑 같이 쇼핑하러 갈 수 있어요?"

로렌은 깜짝 놀라 아무 말도 못 하고 멀뚱멀뚱 스콧을 보기만 했다.

"어젯밤 당신이 쇼핑을 갈 수 없다고 했을 때 오늘 약속을 취소하기로 마음먹었어요."

"아…, 나는… " 그녀가 말했다.

"선물을 다 사고 나서 같이 저녁을 먹으면 좋겠어요."

그녀는 고개를 끄덕였다.

"좋아요." 스콧이 말했다. "6시 30분쯤 당신 아파트로 갈게요."

"안 돼요!" 로렌이 말했다. "내 말은요, 그냥 퇴근 후 곧바로 가는 게 어떨까요?"

"좋은 생각이에요. 그럼 여기로 데리러 올게요." 그는 상대의 마음을 사르르 녹이는 미소를 지어 보이고 갔다.

"나 자살할까 봐." 에비가 말했다. "크리스마스에 자살률이 다른 때보다 4배나 높다는 거 알아? 저이 정말 귀엽다." 에비는 복도를 멀어져가는 스콧의 뒷모습을 아련하게 바라보며 말했다. "앗, 프레드잖아."

로렌이 고개를 들었다. 프레드가 산타클로스 복장과 책 한 더미를 들고 그녀의 책상 쪽으로 오고 있었다. 로렌이 서둘러 그를 향해 다가갔다.

"도서관에 가서 구마의식과 주술에 관한 책을 전부 찾아왔어요." 프레드가 로렌의 팔에 책더미의 절반을 덜어주었다. "오늘 이 책들을 나눠서 훑어보고 오늘 밤 만나서 서로 메모한 내용을 비교해보기로 해요."

"아, 안 돼요." 로렌이 말했다. "오늘 밤 스콧이랑 회사 파티 때 나눠줄 선물을 사러 가기로 했어요. 미안해요. 안 된다고 말할 수가 없었어요."

"지금 농담해요? 그게 당신이 진심으로 원하는 일이잖아요." 그는 어색하게 로렌에게 덜어준 책을 다시 자기 책더미로 옮겼다. "당신은 선물을 사러 가요. 책은 내가 살펴보고 뭐라도 발견하면 알려줄게요."

"정말요?" 그녀는 죄책감을 느꼈다. "당신 혼자 모든 일을 떠맡을 필요는 없어요."

"내가 좋아서 하는 일인걸요." 그가 말했다. 그는 가려다가 멈추었다. "유령한테 당신이 진심으로 원하는 게 스콧이라는 말, 아직 안 했죠?"

"당연히 안 했죠. 왜요?"

"그냥 혹시… 아니에요. 신경 쓰지 마요." 그는 복도로 멀어졌다. 로렌은 책상으로 돌아갔다.

"크리스마스에 우울증 발병률이 다른 때보다 16배나 높다는 거 알아?" 에비가 말하며 로렌에게 소포 하나를 건넸다.

"이게 뭐야?"

"너의 비밀 산타가 보낸 거야."

로렌은 선물을 열어보았다. 《영화 〈멋진 인생〉 화보집》이라는 제목의 큼직한 책이었다. 표지의 지미 스튜어트가 우울해 보였다.

"선물을 전부 고르는 데 30분 정도 걸릴 것 같아요." 스콧이 공기를 주입한 야자나무 풍선 두 개를 지나 '업스케일 오아시스' 매장으로 로렌을 이끌었다. "그런 다음 함께 저녁을 먹고 서로를 알아가기로 해요." 스콧이 안마 의자에 드러누웠다. "이거 어때요?"

"오늘 사야 할 선물이 전부 몇 개죠?" 로렌이 매장을 둘러보며 물었다. 야자나무 풍선이 여기저기 놓였고 주크박스 한 대와 잡지계의 황제 말콤 포브스와 부동산 부자 레오나 헴슬리의 실물 크기 전신 입간판이 곳곳에 서 있었다. 가장 안쪽 벽에 고층 수족관이 두 개 있었고 테두리를 네온으로 장식한 텔레비전 탑도 있었다.

"72개요." 스콧은 안마 의자에서 일어나 로렌에게 직원 명단을 건네고는 꼰실로 묶어놓은 갈색 상자가 진열된 곳으로 갔다. "이런 건 어떨까요? 야노마모족 인디언이 수공으로 만든 크리스마스 장식물이래요."

"싫어요." 로렌이 말했다. "예산이 얼마나 되죠?"

"직원복지위원회가 6천 달러를 예산으로 책정해두었고 햇빛기금에도 5백 달러가 남아 있어요." 그는 도널드 트럼프 모양의 휴대용 계산기를 집어 들고 버튼을 이리저리 눌러보았다. "세금 포함해서 1인당 90달러네요. 이건 어떨까요?" 그는 고양이 자동 급식기를 들어 올렸다.

"작년에 받았어요." 로렌이 말했다. 로렌은 디지털 우산을 집어 들었다가 내려놓았다.

"자동차용 팩스는 어때요?" 스콧이 말했다. "아니, 잠깐만요. 이거, 바로 이거예요!"

로렌이 돌아보았다. 스콧은 금색 무선전화기처럼 생긴 것을 들고 있었다. "투자용 호출기예요." 그는 키를 두드리며 말했다. "봐요. 다우존스지수, 재무성 채권, 금리를 보내줘요. 완벽하지 않아요?"

"글쎄요." 로렌이 말했다.

"이것 봐요. 적대적 인수합병 경보도 울리고 연방준비은행이 금리를 조정할 때마다 알림이 와요."

로렌이 가격표를 읽었다. "'휴대용 갑부'. 74.99달러."

"좋아요." 스콧이 말했다. "돈이 남겠어요."

"앞으로 투자를 해야겠네요." 로렌이 말했다.

스콧이 휴대용 갑부가 72개나 있는지 알아보러 간 사이에 로렌은 텔레비전 탑 쪽으로 가보았다.

VCR과 마사지 샤워기 위에 〈34번가의 기적〉 비디오테이프가 하나 놓여 있었다. 로렌은 누가 보고 있는지 주위를 둘러보고는 VCR에서 〈멋진 인생〉을 꺼내고 대신 〈34번가의 기적〉을 집어넣었다.

메이시 백화점의 산타클로스 복장을 한 열두 명의 에드먼드 그웬이 열두 명의 매장 지배인에게서 어린이들에게 재고가 쌓인 장난감을 추천하라는 말을 듣고 있었다.

스콧이 쇼핑백 네 개를 들고 왔다. "직원이 선물 포장을 해줬어요." 그는 황금색 달러 무늬가 있는 초록색 종이로 포장한 휴대용 갑부를 보여주며 흡족하게 말했다. "덕분에 저녁 시간을 여유롭게 보낼 수 있겠어요."

"나는 오랫동안 이것을 상대로 싸워왔소이다!" 열두 명의 에드먼드 그웬이 열두 개의 쪽지를 갈기갈기 찢으며 말했다. "바로 크리스마스의 상업화 말이오."

"생각해봤는데요." 스콧이 자동차에 올라타며 말했다. "저녁을 나가서 먹지 말고 선물을 당신 아파트에 갖다 놓고 거기서 배달을 시켜 먹는 게 어떨까요?"

"배달이요?" 로렌이 무릎에 올려놓은 휴대용 갑부 쇼핑백을 꼭 움켜쥐고 말했다.

"배달이 되는 훌륭한 이탈리아 식당을 알아요. 엔젤헤어 파스타랑 와인이랑 전부 다 배달이 돼요. 아니면 식료품 매장에 들러서 요리 재료를 사가는 것도 좋겠어요."

"솔직히 말하자면, 제 부엌이 지금 엉망진창이에요." 그녀는 말했다. '크리스마스 트리가 자라고 있죠.' 그녀는 생각했다. '유기농 장식물까지 주렁주렁 매달려 있고 말이죠.'

스콧이 그녀의 아파트 앞에 차를 세웠다. "그럼 이탈리아 식당으로 하죠." 그는 자동차에서 내려 쇼핑백들을 꺼내기 시작했다. "프로슈토 좋아해요? 그 식당이 멜론 프로슈토를 기가 막히게 해요."

"사실 아파트 전체가 폭탄을 맞았어요." 로렌이 그를 따라 계단을 올라가며 말했다. "선물을 포장하고 어쩌고 하느라 바닥은 온통 리본이랑 가격표랑 포장지가 널려 있고…."

"대단하군요." 그가 그녀의 집 문앞에 멈춰 서서 말했다. "하지만 우리는 선물에 가격표를 그대로 붙여두어야 해요."

"가격표가 필요하지는 않잖아요?" 로렌은 절박하게 말했다. "제 말은 어차피 전부 똑같은 물건이니까요."

"가격표가 붙어 있으면 개인적인 느낌을 주거든요." 스콧이 말했다. "마치 특별히 한 사람을 위해 선택한 것처럼 보여요." 그는 기대감이 서린 얼굴로 로렌의 손에 들린 열쇠와 문을 번갈아 쳐다보았다.

TV 소리가 들리지 않는 건 좋은 징조였다. 또 프레드가 올 때면 유령도 사라졌다. '그러니까 스콧이 부엌에 가지 않게 막기만 하면 돼.' 그녀는 생각했다.

그녀가 문을 열자 스콧이 먼저 밀고 들어가 쇼핑백을 커피 테이블에 올려놓았다. "미안해요." 그가 말했다. "무지하게 무거웠거든요." 그는 허리를 펴고 거실을 둘러보았다. 유령이 있다는 신호는 없었지만, 커피 테이블에 에비앙 생수병이 세 개 있었다. "그렇게 지저분하지 않은데요? 내 아파트를 한 번 보셔야겠군요. 아마 당신 부엌이 내 부엌보다 훨씬 더 깔끔할 걸요."

로렌은 재빨리 부엌 쪽으로 움직여 문을 닫았다. "아니요, 그렇지 않을 걸요. 가지고 올라올 선물이 더 남아 있죠?"

"예. 내가 가서 가져올게요. 우선 이탈리아 식당에 전화부터 할까요?"

"아니요." 로렌이 부엌문 앞에 등을 돌리고 서서 말했다. "우선 쇼핑백부터 가져오는 게 좋겠어요."

"좋아요." 그는 마음을 사르르 녹이는 미소를 짓고 밖으로 나갔다.

로렌은 얼른 문으로 가서 잠금장치와 체인을 걸고 다시 부엌으로 가 문을 열어보았다. 나무는 여전히 있었다. 그녀는 서둘러 부엌문을 닫고 재빨리 침실로 갔다. 거기에도 유령은 없었고 화장실에도 없었다. "고마워요." 그녀는 하늘을 향해 나직이 말하고 다시 거실로 돌아갔다.

TV가 켜져 있었다. 에드먼드 그웬이 백화점 측 정신과 의사에게 소리를 지르고 있었다.

"있잖아요. 당신 말이 옳았어요." 유령이 말했다. 그는 '검은발족 제비를 구하자'라고 쓴 티셔츠와 청바지를 입고 소파에 몸을 쭉 펴고 누워 있었다. "나쁜 영화는 아니에요. 물론 〈멋진 인생〉만큼 좋지는 않지만, 결말에 이르러 모든 일이 해결되는 방식이 마음에 들어요."

"여기서 뭐 해요?" 그녀는 불안하게 문 쪽을 흘끔거리며 따져 물었다.

"〈34번가의 기적〉을 보고 있죠." 그는 화면을 가리키며 말했다. 에드먼드 그웬이 백화점 정신과 의사에게 지팡이를 휘두르고 있었다. "에드먼드 그웬이 나탈리 우드에게 크리스마스에 원하는 게 뭐냐고 묻자 그녀가 집 사진을 보여주는 대목이 좋아요."

로렌은 프레드의 비디오를 집어 들고 유령을 향해 휘둘렀다. "좋아요. 그러면 프레드의 비디오를 되돌려요."

"알았어요." 그러더니 무슨 행동인가를 했다. 로렌은 프레드의 비디오를 보았다. 표지에 산타클로스 썰매와 순록이 지나가는 노란 달 앞에서 에드먼드 그웬이 나탈리 우드를 끌어안고 있었다. 로렌은 얼른 비디오테이프를 집어 커피 테이블에 올려놓았다.

"고마워요." 그녀가 말했다. "이제 내 드레스도 돌려줘요."

"물론 나탈리 우드가 정말로 원한 건 집이 아니었어요. 그 애가 진심으로 원한 건 모린 오하라가 존 페인과 결혼하는 것이었죠. 집은 원하는 것의 상징이었을 뿐이고."

TV에서 에드먼드 그웬이 지팡이로 백화점 정신과 의사의 이마를 세게 때리고 있었다.

누가 문을 두드렸다. "저예요." 스콧이었다.

"또 에드먼드 그웬이 아무도 원하지 않는 상품을 추천하라고 했다고 매장 지배인에게 고함치는 장면도 좋아요. 크리스마스 선물은 자고로 사람들이 진짜로 원하는 것이어야 하죠. 문 안 열어줘요?"

"안 사라져요?" 그녀가 속삭였다.

"사라지라고요?" 유령은 믿을 수 없다는 표정으로 말했다. "영화가 아직 안 끝났잖아요. 게다가 나는 아직도 당신이 크리스마스에 원하는 게 뭔지 듣지 못했어요." 그가 무슨 행동인가를 하자 그의 배 위에 콘플레이크 한 그릇이 나타났다.

스콧이 다시 문을 두드렸다.

로렌이 문으로 다가가 5센티미터 정도만 열었다.

"저예요." 스콧이 말했다. "왜 체인을 걸어놨어요?"

"저기…." 로렌은 희망을 품고 크리스 쪽을 보았다. 그는 콘플레이크를 먹으며 모린 오하라가 백화점 정신과 의사를 깨우려고 몸을 숙이는 장면을 보고 있었다.

"스콧, 미안해요. 저녁은 다음을 기약하는 게 좋겠어요."

그는 어리둥절해 보였다. 그리고 귀여웠다. "하지만…." 그가 말했다.

'나도 마찬가지예요.' 그녀는 생각했다. '하지만 내 집 소파에 당신을 브라질 열대우림 천연재료로 바꿔버리고도 남을 유령이 있답니다.'

"이탈리아 식당에 배달을 시키는 것도 좋을 것 같긴 해요." 그녀가 말했다. "그런데 지금 시간이 늦었고 우린 둘 다 내일 일하러 가야 해요."

"내일은 토요일이에요."

"아… 내 말은 선물 포장하는 일을 해야 한다는 뜻이었어요. 내일은 크리스마스 이브인데 난 아직 선물 포장을 시작도 못 했어요. 또 회사 파티에 가져갈 치즈볼도 만들어야 하고 머리도 감아야 하고 또…."

"알았어요. 알았어. 무슨 말인지 알겠어요." 스콧이 말했다. "그냥 쇼핑백만 들여놓고 갈게요."

그녀는 복도에 놔두고 가라고 할까 생각했다가 문을 조금 닫고 체인을 풀었다.

'가버려!' 그녀는 유령을 향해 생각했지만, 그는 콘플레이크를 먹고 있었다.

그녀는 자기 몸만 겨우 빠져나갈 만큼 문을 열고 밖으로 나가 얼른 등 뒤로 문을 닫았다. "근사한 저녁이었어요." 그녀는 말하고 스콧에게서 쇼핑백들을 받아들었다. "잘 가요."

"잘 자요." 스콧은 여전히 어리둥절한 얼굴로 말했다. 그는 복도를 지나가다가 계단 앞에서 몸을 돌리고 미소를 보냈다.

'저 유령 자식 죽여버릴 거야.' 로렌은 스콧을 향해 손을 흔들며 생각하고 쇼핑백을 들고 안으로 들어갔다.

유령은 없었다. 콘플레이크는 여전히 소파 위에 있었고 TV도 켜져 있었다.

"당장 돌아와!" 그녀는 외쳤다. "이 쥐새끼 같으니라고! 넌 내 드레스를 망쳐놓고 데이트도 망쳐버렸어. 이젠 아무것도 망치지 못할 거야. 당장 내 드레스와 크리스마스 카드를 원래대로 돌려놔. 그리고 당장 내 부엌에서 저 나무를 없애버려!"

그녀의 목소리가 허공에 울렸다. 그녀는 쇼핑백을 든 채로 소파에 앉았다. TV 화면 속에 에드먼드 그웬도 정신병원에 앉아 물끄러미 벽을 바라보고 있었다.

"그래도 스콧이 마침내 나를 봐주기 시작했어." 그녀는 쇼핑백을 커피 테이블에 올려놓았다. 쨍그랑 소리가 들렸다.

"악! 안 돼!" 그녀가 말했다. "휴대용 갑부가 아니잖아!"

"문제는 말이에요….." 프레드가 주술에 관한 마지막 책을 덮으며 말했다. "그가 계절의 유령 중 누구인지 정체를 알아내지 못하면 쫓아낼 수도 없다는 거예요. 이 유령은 어떤 설명에도 맞지가 않아요. 틀림없이 위장을 한 거예요."

"놈을 쫓아내고 싶지 않아요." 로렌이 말했다. "죽이고 싶어요."

"어찌어찌 쫓아낸다고 해도 그가 바꿔버린 물건들까지 원래 모습으로 되돌아온다는 보장은 없어요."

"게다가 난 6천 달러어치의 크리스마스 선물을 어떻게 했는지 꿈

짝없이 해명해야 하고요."

"휴대용 갑부가 6천 달러나 돼요?"

"정확히 5895.36달러죠."

프레드가 낮게 휘파람을 불었다. "유령이 휴대용 갑부가 마음에 안 드는 이유를 말하던가요? 명백한 이유가 아니더라도요. 이를테면 생분해성이 없다거나 뭐 그런 말을 했나요?"

"아니요. 심지어 이것들을 쳐다보지도 않았어요. 그냥 〈34번가의 기적〉을 보고 있었고 결말에 이르러 모든 일이 해결되는 방식이 맘에 든다고 했어요. 또 집 사진을 보여주는 장면도 좋다고 했고요."

"크리스마스 선물에 관해서는 아무 말도 없었어요?"

"기억이 안 나요." 로렌은 소파에 주저앉았다. "아, 기억나요. 에드먼드 그웬이 고객에게 원하지도 않는 물건을 사라고 설득하라는 매장 지배인한테 고함치는 장면이 좋다고 했어요. 크리스마스 선물은 자고로 사람들이 원하는 것이어야 한다면서요."

"흐음, 그렇다면 그가 왜 휴대용 갑부를 바꿔버렸는지 설명이 되네요." 프레드가 말했다. "다시 휴대용 갑부로 되돌려놓으라고 유령을 설득할 방법이 없다는 뜻이기도 하고요. 회사 파티 때 돌릴 선물을 구하지 않으면 당신이 곤란해지겠어요. 우리 대체할 선물을 생각해봐요."

"대체할 선물이라고요?" 로렌이 말했다. "어떻게요? 지금은 10시고 회사 파티는 내일 밤이에요. 또 우리가 겨우 구한 대체 선물을 유령이 또 바꾸지 않는다는 보장도 없잖아요."

"사람들이 원하는 것을 사면 되죠. 스콧하고 당신이 가진 돈이 전부 6천 달러였어요?"

"아니요." 로렌이 쇼핑백 하나를 뒤졌다. "직원복지위원회가 책정한 예산은 모두 6,500달러예요."

"그럼 얼마나 남았어요?"

그녀는 종잇조각 하나를 꺼냈다. "다행히 주문서랑 영수증은 바꾸지 않았네요." 그녀가 종이를 보며 말했다. "휴대용 갑부를 사는 데 전부 5895.36달러가 들었어요. 남은 돈은 604.64달러고요." 로렌은 프레드에게 종잇조각을 건넸다. "1인당 8.39달러씩이네요."

프레드는 영수증을 보며 생각해보더니 다시 쇼핑백 안을 들여다보았다. "이것들을 업스케일 오아시스에 가져가서 환불받을 수는 없겠죠?"

"'오존층을 살리자' 버튼 72개를 5895.36달러로 바꿔주진 않겠죠." 로렌이 말했다. "게다가 직원복지위원회에 전부 6,500달러어치라고 믿게 할 만한 8달러짜리 물건도 없어요. 차액을 메울 돈을 어디서 구하죠?"

"그럴 필요는 없을 것 같아요. 크리스가 크리스마스 카드를 나무로 바꿔버렸을 때 기억해요? 사실 그는 정말로 그렇게 바꿔치기하지 않았어요. 어쨌든 크리스마스 카드를 가게에 가져가 환불을 받아왔죠. 이번 휴대용 갑부도 그럴지 몰라요. 내일 아침쯤 당신 커피 테이블에 돈이 나타날지도 몰라요."

"그렇지 않으면요?"

"그건 내일 걱정하기로 해요. 지금 당장은 파티 때 나눠줄 선물을 생각해야 해요."

"예를 들면요?"

"스테플러랄지."

"스테플러요?"

"당신이 에비에게 선물한 거요. 우리 부서 사람들도 늘 자기 스테플러를 잃어버리죠. 스카치 테이프도요. 내일은 회사 파티잖아요. 회사 사람들이 원하는 것을 사야 해요."

"회사 사람들이 원하는 게 뭔지 어떻게 알죠? 여기 명단에는 모두 72명이나 있어요."

"각 부서장에게 전화를 걸어서 물어보면 되죠. 그리고 함께 쇼핑을 가요." 그는 자리에서 일어났다. "전화번호부 어딨어요?"

"나무 옆에요." 그녀는 그를 따라 부엌으로 들어갔다. "그런데 쇼핑은 또 어떻게 하죠? 지금 밤 10시예요."

"비즈마트가 11시까지 열어요." 그는 전화번호부를 펴며 말했다. "또 식료품 매장은 밤새 열고요. 오늘 밤 살 수 있는 만큼 사고 나머지는 내일 아침에 사요. 포장은 오후 내내 하면 되고요. 포장지가 얼마나 있어요?"

"많아요. 작년에 이번 크리스마스부터는 달라지겠다고 결심했을 때 반값에 잔뜩 사두었어요. 그런데 아무리 생각해도 스테플러는 별로 대단한 선물 같지가 않아요."

"받는 사람이 원한다면 대단한 선물이에요." 그는 전화기를 향해 손을 뻗었다.

그때 전화벨이 울렸다. 프레드가 수화기를 들어 로렌에게 건넸다.

"오, 로렌." 에비의 목소리가 들렸다. "방금 네가 준 선물 풀어봤어. 세상에, 너무너무 마음에 들어! 딱 내가 원했던 거야!"

"정말?" 로렌이 말했다.

"완벽해! 나 크리스마스하고 회사 파티 무렵이면 늘 우울했거든.

쇼핑도 다 못 끝냈어. 그래서 네 선물을 풀어보지도 않으려고 했지. 그런데 《크리스마스는 잊어버려》를 보니까 크리스마스 당일 아침을 망치고 싶지 않으면 선물을 미리 풀어보라고 하더라. 그래서 풀어봤는데, 세상에 너무 근사해! 심지어 스콧이 내게 눈길을 주든 말든 상관없을 정도야! 정말 고마워!"

"별말을." 로렌이 말했지만 에비는 벌써 전화를 끊은 뒤였다. 그녀는 프레드를 보았다. "에비예요. 사람들이 스테플러를 좋아할 거란 당신 말이 맞았어요." 그녀는 그에게 수화기를 건넸다. "부서장들에게 전화해요. 나는 코트를 가져올게요."

프레드는 전화기를 들고 번호를 누르기 시작했다가 다시 내려놓았다. "유령이 〈34번가의 기적〉의 결말에 대해 정확히 뭐라고 했다고요?"

"결말에 이르러 모든 것이 해결되는 방식이 마음에 든다고 했어요. 왜요?"

그는 진지하게 생각에 잠겼다. "어쩌면 우리 생각이 완전히 틀렸을지도 모르겠어요."

"무슨 뜻이에요?"

"유령이 선물을 전부 바꿔버린 이유가 당신이 진심으로 원하는 것을 주기 위한 우회적인 방법이라면 어떨까요? 〈멋진 인생〉에서 천사가 그랬던 것처럼요. 천사는 지미 스튜어트의 자살을 막으려고 그를 말리거나 붙잡지 않고 자기가 강물에 뛰어들어 지미 스튜어트가 천사를 구하게 했잖아요."

"그러니까 유령이 휴대용 갑부 72개를 '오존층을 살리자' 버튼으로 바꿔버린 게 나를 도와주기 위해서라는 말이에요?"

"모르겠어요. 내 말은 차라리 당신이 진심으로 원하는 것은 검은색 스팽글 드레스를 입고 스콧 버클리와 함께 회사 파티에 가는 거라고 유령에게 솔직히 말하고 무슨 일이 벌어지는지 지켜보는 게 낫지 않겠느냐는 거예요."

"무슨 일이 벌어지는지 지켜보라고요? 그가 내 드레스에 한 짓을 보고도요? 내가 스콧을 원한다는 걸 알면 스콧을 하프바다표범으로 바꿔버릴지도 몰라요." 그녀는 코트를 입었다. "각 부서장에게 전화할까요, 말까요?"

그래픽디자인부는 스테플러를 원했고 외상매입부도 스테플러를 원했다. 크리스마스 스트레스 때문에 감기가 속출한 외상매출부는 도톰한 티슈와 목감기 사탕을 원했다. 문서관리부는 가위를 원했다.

프레드가 명단을 보며 통화를 마친 시스템부와 다른 부서에 확인 표시를 했다. "이제 남은 곳은 직원복지위원회뿐이에요." 그가 말했다.

"그들이 뭘 원할지 알 것 같아요." 로렌이 말했다. "《크리스마스는 잊어버려》 책이요."

두 사람은 비즈마트가 문을 닫기 전에 일부 물건을 구했고 나머지는 프레드가 토요일 아침 9시에 와서 구했다. 서점에서 로렌이 프레드를 처음 찾아갔던 날 선물을 스테플러로 찍어야 했던 중년 여자직원을 우연히 마주쳤다.

"남편 전 부인 선물을 까맣게 잊고 있었지 뭐예요." 그녀가 절박한 얼굴로 말했다. "게다가 뭘 사주면 좋을지도 전혀 떠오르지 않아요."

프레드가 안내직원에게 주기로 한 〈멋진 인생〉 비디오테이프를 건넸다. "이건 어떨까요?"

"그 여자가 좋아할까요?"

"다들 좋아해요." 프레드가 말했다.

"특히 나쁜 놈이 돈을 훔쳐간 다음 지미 스튜어트가 그 돈을 메우려고 도시 곳곳을 뛰어다니는 대목을 좋아하죠." 로렌이 말했다.

나머지 선물을 사는 데 오전 시간 대부분을 썼고 선물 포장은 아무리 해도 끝나지 않았다. 오후 4시가 되었는데도 절반도 못 끝냈다.

"다음은 뭐죠?" 프레드가 마지막 스테플러에 리본을 묶으며 물었다. 그는 일어나서 허리를 폈다.

"목감기 사탕이요." 로렌이 산타클로스가 인쇄된 빨간 종이를 길게 자르며 말했다.

프레드는 다시 자리에 앉았다. "아, 맞다. 외상매출부가 진심으로 바라는 선물이었죠."

"당신이 진심으로 바라는 선물은 뭐예요?" 로렌이 목감기 사탕 위쪽에서 포장지를 접고 테이프로 붙이며 물었다. "유령이 찾아와 민폐를 끼치면 당신은 어떤 걸 요구할 생각이에요?"

프레드는 띠를 줄줄 풀었다. "글쎄요. 회사 파티에 가지 않게 해달라는 것, 그건 확실해요. 유일하게 좋았던 해는 작년 당신과 대화를 나눴던 때죠."

"농담 아니에요." 로렌이 말했다. 그녀는 양옆을 테이프로 붙인 포장선물을 프레드에게 건넸다. "크리스마스에 정말로 원하는 게 뭐예요?"

"내가 여덟 살 때 일이에요." 그는 진지하게 말했다. "크리스마스 선물로 컴퓨터를 원한다고 했어요. 그때 가정용 컴퓨터가 나온 지 얼마 안 되어서 어마어마하게 비쌌고 저는 그 선물을 받을 수 있을지 확신할 수도 없었어요. 〈34번가의 기적〉에서 나탈리 우드와 아주 비슷했죠. 나는 산타클로스를 믿지 않았고 기적도 믿지 않았지만, 정말로 컴퓨터가 갖고 싶었어요."

그는 띠를 길게 잘라 포장선물 둘레에 두르고 위에서 매듭을 지었다.

"그래서 컴퓨터를 받았어요?"

"아니요." 그는 남은 띠를 자르며 말했다. "크리스마스 아침에 아래층으로 내려갔더니 차고에 가보라는 쪽지가 있더군요." 그는 가위를 벌려 가윗날 사이로 리본 띠를 잡아당겨 구불구불 말리게 했다. "강아지가 있었어요." 그는 그때를 떠올리며 빙그레 웃었다. "어떻게 된 거냐면요. 컴퓨터는 너무 비쌌지만 실낱같을지라도 받을 가능성이 있었기 때문에 선물로 요구할 수 있었던 거예요. 아이들은 아예 불가능하다고 생각하면 바라지도 않거든요."

"그러니까 강아지를 바랐으면서도 받을 가능성이 없다는 걸 알아서 요구하지도 않았다는 말이에요?"

"아니요. 당신은 내 말을 이해하지 못했어요. 아예 가질 수 없다는 걸 알아서 요구하지 않는 것도 있지만, 가능성의 영역에서 너무 멀리 떨어진 곳에 있어서 원한다는 생각조차 떠오르지 않는 것도 있다는 말이에요." 그는 구불구불해진 띠를 리본 모양으로 묶었다.

"당신이 진심으로 원하는 것이 가능성의 영역에서 너무 멀리 떨어진 곳에 있어서 그게 뭔지 알지도 못한다는 뜻인가요?"

"그렇게 말하지는 않았어요." 그가 말하고는 자리에서 일어났다. "에그노그 좀 마실래요?"

"예, 고마워요. 아직 냉장고에 남아 있다면요."

그는 부엌으로 갔다. 그가 숲을 헤치고 가는 소리, 냉장고 문을 여는 소리가 들렸다. "아직도 있네요." 그가 말했다.

"크리스가 아직 찾아오지 않는 게 웃기네요." 그녀가 큰 소리로 프레드에게 말했다. "틀림없이 무슨 꿍꿍이가 있는 것 같은데, 걱정이 돼요."

"크리스라고요?" 프레드가 에그노그 두 잔을 들고 거실로 돌아왔다.

"유령 말이에요. 자기를 그렇게 불러달라고 했어요." 그녀가 말했다. "크리스마스 선물의 유령을 줄인 이름이라나?" 프레드가 얼굴을 찌푸렸다. "왜요?" 로렌이 물었다.

"뭔가… 아니에요. 신경 쓰지 마요." 그가 TV 쪽으로 갔다. "오늘 오후 TV에서 〈34번가의 기적〉을 해준다는 말 없었죠?"

"예. 하지만 유령이 당신 비디오테이프를 원래대로 되돌려 놨어요." 그녀가 비디오를 가리켰다. "저기 TV 위에 있어요."

그가 TV를 켜고 VCR에 테이프를 넣고 재생 버튼을 눌렀다. 그리고 로렌 옆으로 돌아와 앉았다. 그녀가 포장한 목감기 사탕을 건넸지만, 그는 받지 않았다. 그는 TV를 보고 있었다. 로렌도 고개를 들었다. 화면에서 지미 스튜어트가 도나 리드의 집을 지나쳐 걷고 있었다. 지팡이로 울타리를 툭툭 치며 시끄러운 소리를 내면서.

"〈34번가의 기적〉이 아닌데요." 로렌이 말했다. "유령이 되돌려 놓는다고 했는데." 그녀는 비디오테이프 상자를 집어 들었다. 표지에는 여전히 에드먼드 그웬이 나탈리 우드를 끌어안고 있었다. "쥐 새끼 같으니라고! 상자만 바꿔놨어!"

그녀는 TV를 노려보았다. 화면에서 지미 스튜어트도 도나 리드를 노려보고 있었다.

"괜찮아요." 프레드가 포장선물을 받아들고 리본으로 손을 뻗으며 말했다. "이것도 나쁜 영화는 아니에요. 결말이 지나치게 감상적이고 이해가 안 돼서 그렇지. 내 말은 모든 일이 가망이 없어지고 지미 스튜어트가 자살할 준비를 하자마자 천사가 나타나서 멋진 인생을 살았다고 설득하니 갑자기 모든 게 괜찮아지잖아요." 그는 테이블 위에 활짝 편 포장지를 손으로 눌러 폈다. "하지만 특별히 좋은 장면들이 있죠. 가위 못 봤어요?"

로렌이 새로 산 가위를 하나 건넸다. "그 가위는 맨 마지막에 포장하기로 해요."

TV에서 지미 스튜어트가 도나 리드의 거실에 거북한 얼굴로 앉아 있었다. "내 생각에 지미 스튜어트는 지나치게 자기희생적이에요." 로렌이 산타클로스 무늬 빨간 포장지를 길게 자르며 말했다. "동생을 위해 대학진학을 포기하고 동생이 좋은 직장을 다니게 되자 또 대학을 포기해요. 심지어 클래런스를 구하겠다고 자살까지 포기하죠. 지나치게 자기를 희생하게 되는 일이 있기 마련이죠."

"어쩌면 자신은 그런 걸 가질 자격이 안 된다고 생각해서 포기하는 걸지도 몰라요."

"왜 그럴 자격이 안 된다는 거죠?"

"그는 대학에도 못 갔죠, 가난하죠, 한쪽 귀도 안 들려요. 때로는 장애가 있거나 과체중이거나 하면 다른 사람들이 가진 것을 자신은 가질 수 없다고 생각하기 쉬워요."

그때 전화가 울렸다. 로렌은 전화기를 향해 손을 뻗다가 TV에서 들리는 소리임을 깨달았다.

"여보세요, 샘." 도나 리드가 지미 스튜어트를 보며 말했다.

"이 리본 묶는 것 좀 도와줄래요?" 프레드가 말했다.

"예." 로렌이 말했다. 그녀는 얼른 프레드 옆으로 가서 엇갈리게 묶은 리본 띠 위에 손가락을 대고 단단히 눌렀다.

지미 스튜어트와 도나 리드가 바짝 붙어 전화기에 귀를 기울이고 있었다. 수화기에서 흘러나오는 목소리가 콩에 대한 이야기를 하고 있었다.

프레드는 아직도 매듭을 짓지 않았다. 로렌이 흘낏 그를 올려다보았다. 그도 TV를 보고 있었다.

지미 스튜어트가 도나 리드를 보고 있었다. 그의 얼굴이 그녀의 머리카락에 닿을락 말락 했다. 그걸 보고 도나 리드가 뒤로 물러났다. 수화기에서 흘러나오는 목소리가 일생일대의 기회에 대해 말하고 있었지만 두 사람 모두 그 말을 듣고 있지 않았다. 도나 리드가 지미 스튜어트를 올려다보았다. 그의 입술이 그녀의 이마에 거의 닿을 듯했다. 두 사람은 숨도 쉬지 않는 것 같았다.

로렌은 자신도 역시 숨을 쉬고 있지 않는다는 걸 깨달았다. 그녀는 프레드를 보았다. 그는 리본의 양쪽 끝을 양손에 하나씩 붙잡고서 그녀를 내려다보았다.

"매듭이요." 그녀가 말했다. "아직 매듭을 묶지 않았어요."

"아." 그가 말했다. "미안해요."

지미 스튜어트가 쨍 소리를 내며 전화기를 떨어뜨리고 도나 리드의 양쪽 팔을 붙잡았다. 그는 그녀를 마구 흔들며 소리를 지르기 시작했다. 그러더니 갑자기 그녀를 끌어안고 키스를 퍼부었다.

"매듭이요." 프레드가 말했다. "당신 손가락을 빼야 해요."

그녀는 무슨 말인지 몰라 프레드를 보았다가 다시 포장선물을 내려다보았다. 그가 그녀의 손가락 위로 매듭을 묶어놓았고 손가락은 여전히 선물을 꾹 누르고 있었다.

"아, 미안해요." 그녀는 말하며 손가락을 뺐다. "당신 말이 맞았어요. 이 영화에도 좋은 순간들이 있네요."

그는 매듭을 단단히 묶었다. "그래요." 그는 또 리본 띠를 풀어 자르기 시작했다. 화면에는 도나 리드와 지미 스튜어트가 결혼식을 마치고 쌀알을 맞고 있었다.

"아니요. 당신 말이 맞았어요." 그가 말했다. "지미 스튜어트는 지나치게 자기희생적이에요." 그가 가위로 화면을 가리키며 말했다. "그는 곧 대출회사를 구하려고 신혼여행을 포기할 거예요. 그런 그가 도나 리드에게 청혼한 게 놀라울 뿐이에요. 아까 수화기 너머에 있던 남자와 도나 리드를 짝지어 주려고 하지 않은 것도 놀랍고요."

전화벨이 울렸다. 로렌은 이번에도 영화에서 들리는 소리라고 생각하고 화면을 보았다. 지미 스튜어트와 도나 리드가 택시 안에서 키스하고 있었다.

"전화 왔어요." 프레드가 말했다.

로렌이 몸을 일으켜 전화기를 향해 손을 뻗었다.

"안녕." 스콧이었다.

"아, 스콧." 로렌이 프레드를 보면서 말했다.

"오늘 밤 회사 파티에 관해 물어볼 게 있어요." 스콧이 말했다. "혹시 나랑 같이 파티에 갈래요? 내가 가서 선물들도 가져올 수 있어요."

"아… 그게…." 로렌이 말했다. 그녀는 한 손으로 수화기를 막았다. "스콧이에요. 선물에 대해 뭐라고 말하죠?"

프레드가 자기에게 전화기를 달라고 손짓했다. "스콧." 프레드가 말했다. "안녕하세요. 프레드 해치예요. 예, 산타클로스요. 저기, 선물에 문제가 생겼어요."

로렌이 눈을 질끈 감았다.

"업스케일 오아시스 매장에서 휴대용 갑부가 연방안전위원회의 리콜 요구를 받았다고 연락이 왔어요."

로렌이 눈을 떴다. 프레드가 그녀를 향해 웃었다. "예. 지나친 탐욕을 조장한다고요." 그가 말했다.

로렌이 씩 웃었다.

"하지만 걱정 안 해도 돼요." 프레드가 말했다. "우리가 선물을 다 바꿔왔어요. 지금 포장 중이고요. 아니요, 괜찮아요. 나는 도움이 되어서 기쁜 걸요. 예, 제가 로렌에게 전할게요." 그는 전화를 끊었다. "스콧이 7시 30분에 여기 와서 당신을 회사 파티에 데려간대요." 그가 말했다. "결국 당신이 진심으로 원하는 크리스마스 선물을 받게 됐군요."

"그렇네요." 로렌이 TV를 보면서 대답했다. 화면에서 대출회사가 도산을 맞고 있었다.

6시 30분에 마지막 가위의 포장을 끝낸 후, 프레드는 옷도 갈아입고 산타클로스 복장도 가지러 자기 아파트로 돌아갔다. 로렌은 업스케일 오아시스 쇼핑백 세 개에 선물을 나눠 담고 엄중하게 경고했다. "이건 건드릴 생각도 하지 마." 그녀는 빈 소파를 향해 말하고 외출 준비를 시작했다.

로렌은 샤워를 하고 머리를 손질하고 나서 혹시 유령이 빨간 드레스를 생분해해버렸거나 아니면 기적이 일어나 검은색 오프숄더 드레스가 되돌아왔는지 확인하러 침실로 갔다. 그러나 그런 일은 일어나지 않았다.

그녀는 빨간 드레스를 입고 거실로 돌아왔다. 7시가 조금 지나 있었다. 그녀는 TV를 켜고 프레드의 비디오테이프를 VCR에 넣은 다음 재생 버튼을 눌렀다. 에드먼드 그웬이 의사가 항상 원했던 엑스레이 기계를 주고 있었다.

로렌은 쇼핑백 하나를 집어 들고 그사이 선물이 전부 에비앙 생수로 변해버린 건 아닌지 확인하려고 맨 위의 가위를 만져보았다. 두 선물 사이에 봉투 하나가 끼워져 있었다. 안에는 아동병원 앞으로 기부한 5895.36달러 수표가 있었다.

그녀는 고개를 절레절레 흔들며 웃고 수표를 다시 봉투에 넣었다.

TV 화면에 모린 오하라와 존 페인이 빈집을 지나 밖으로 뛰어나가 뒷문 밖의 그네를 찾아가는 나탈리 우드를 지켜보고 있었다. 두 사람은 진지하게 서로를 보았다. 로렌은 숨을 참았다. 존 페인이 앞으로 다가가 모린 오하라에게 키스했다.

누군가 문을 두드렸다. "스콧이 왔나 봐." 로렌은 모린 오하라가 존 페인에게 사랑한다고 말하는 장면까지 기다렸다가 문을 열어주러 갔다.

프레드였다. 그가 포일로 덮은 접시를 들고 있었다. 옷차림은 선

78

물을 포장하러 왔을 때와 똑같은 스웨터와 바지였다. "치즈볼이에요." 그가 말했다. "당신 가스레인지에서 요리할 형편이 못 되잖아요." 그가 진지한 얼굴로 그녀를 보았다. "그 검은색 드레스가 없어서 스콧의 눈을 휘둥그레지게 못 할 거란 걱정은 안 해도 되겠어요."

그는 집 안으로 들어와 커피 테이블에 치즈볼을 올려놓았다. "포일을 벗기고 전자레인지에 강온으로 2분만 돌려요. 직원복지위원회에는 산타클로스 자루에 선물을 담아두라고 말해줘요. 나는 11시 30분에 갈게요."

"파티에 안 가요?"

"회사 파티가 재미있는 사람은 당신이고, 나는 아니에요." 그가 말했다. "게다가 8시에 〈34번가의 기적〉을 해준다고 했어요. 어쩌면 그 영화를 볼 유일한 기회일지도 몰라요."

"하지만 나는…."

누군가 문을 두드렸다. "스콧이에요." 로렌이 말했다.

"흐음." 프레드가 말했다. "앞으로 15분 안에 유령이 뭔가 하지 않는다면 결국 당신은 진심으로 원하는 것을 가지게 되겠군요." 프레드가 문을 열었다. "들어와요." 그가 말했다. "로렌도 선물도 모두 준비가 끝났어요." 프레드가 스콧에게 쇼핑백 두 개를 건넸다.

"나와 로렌을 도와 이 모든 걸 해주다니 정말 고마워요." 스콧이 말했다.

프레드가 남은 쇼핑백 하나를 로렌에게 건넸다. "제가 좋아서 한 일이에요."

"당신도 함께 가면 좋을 텐데요." 로렌이 말했다.

"진짜 산타클로스를 볼 기회를 포기하라고요?" 그는 문이 열린 채로 잡았다. "두 사람은 무슨 일이 벌어지기 전에 빨리 가는 게 좋 겠어요."

"무슨 말이죠?" 스콧이 깜짝 놀라 말했다. "이 선물들도 리콜 대 상이 될 수 있다는 말인가요?"

로렌이 뭔가를 바라는 마음으로 소파를 그리고 TV를 보았다. 화 면에 지미 스튜어트가 다리 위에 서서 눈을 맞으며 자살을 준비하 고 있었다.

"아닐걸요." 프레드가 말했다.

회사 주차장에 차를 세웠을 무렵 눈이 오고 있었다. "선물 포장 을 도와주다니 프레드는 정말 이타적인 사람이군요." 스콧이 로렌 을 위해 로비 문을 잡아주며 말했다. "참 착한 친구예요."

"예." 로렌이 말했다. "정말 그래요."

"아, 저길 봐요!" 스콧이 보안용 모니터를 가리켰다. "〈멋진 인생〉 이에요. 내가 제일 좋아하는 영화죠!" 모니터에서 지미 스튜어트가 눈 속을 달리며 "메리 크리스마스!"라고 외치고 있었다.

"스콧." 로렌이 말했다. "나 아무래도 파티에 못 가겠어요."

"잠깐만요. 괜찮죠?" 스콧이 화면을 뚫어지게 보며 말했다. "내 가 제일 좋아하는 대목이에요." 그는 안내직원 책상에 쇼핑백을 내 려놓고 그 위에 팔꿈치를 괬다. "지미 스튜어트가 결국 자신은 멋진 인생을 살았다는 걸 깨닫는 장면이죠."

"날 집까지 데려다줘요." 로렌이 말했다.

어디선가 찬바람과 눈이 불어닥쳤다. 로렌은 뒤를 돌아보았다.

"치즈볼을 놓고 갔어요." 프레드가 포일로 덮은 접시를 내밀었다.

"지나치게 자기를 희생하게 되는 일이 있기 마련이죠." 로렌이 말했다.

프레드가 접시를 내밀었다. "유령도 그렇게 말했어요."

"유령이 왔었어요?" 로렌은 쇼핑백을 노려보았다.

"예. 당신이 나간 직후에 왔어요. 선물은 걱정하지 마요. 스테플러는 훌륭한 생각이라고 했으니까. 또 당신 언니한테 줄 선물도 걱정하지 말라던데요."

"언니!" 로렌이 손으로 입을 막으며 말했다. "언니를 까맣게 잊고 있었어요!"

"유령이 그러는데 당신이 별로 좋아하지 않는 것 같아서 그 야노마모족 드레스를 언니한테 보냈대요."

"언니라면 완전히 좋아할 걸요." 로렌이 말했다. "유령이 지미 스튜어트가 도나 리드를 눈앞에 두고 대학에 가길 원한 게 어처구니없을 정도로 어리석은 생각이었다는 말도 하던가요?"

"했어요."

"정말 대단한 영화예요." 스콧이 로렌을 향해 돌아서며 말했다. "이제 그만 올라갈까요?"

"아니요." 로렌이 말했다. "저는 프레드랑 영화를 보러 갈래요." 그녀는 프레드에게서 치즈볼을 가져다가 스콧에게 내밀었다.

"이걸 어쩌라고요?"

"포일을 벗기고 전자레인지에 2분만 돌려요." 프레드가 말했다.

"하지만 당신은 오늘 내 파트너잖아요." 스콧이 말했다. "나는 누구랑 가요?"

또 찬바람과 눈이 불어닥쳤다. 다들 뒤를 돌아보았다.

"나 어때?" 에비가 코트를 벗으며 말했다.

"와우!" 스콧이 말했다. "정말 끝내줘요!"

에비가 어깨를 드러낸 검은 드레스의 스팽글을 반짝이며 빙그르르 돌았다. "로렌이 크리스마스 선물로 줬어요." 에비는 행복에 겨워 말했다. "나는 크리스마스가 정말 좋아요. 스콧, 당신은요?"

"저는 그 드레스가 정말 좋아요." 스콧이 말했다.

"유령이 또 그러더군요." 프레드가 말했다. "〈34번가의 기적〉에서 가장 마음에 드는 대목은 산타클로스가 위장하고…."

"그는 위장하지 않았어요." 로렌이 말했다. "에드먼드 그웬은 자기가 산타클로스라고 모두에게 말했는걸요."

프레드가 손가락을 들어 올려 좌우로 흔들었다. "산타클로스는 자기 이름이 크리스 크링글이라고 했죠."

"크리스." 로렌이 말했다.

"아, 나 이 장면 너무 좋아." 에비가 말했다.

로렌이 돌아보았다. 에비는 스콧 옆에 서서 지미 스튜어트와 도나 리드가 나란히 서서 '올드랭사인'을 부르는 장면을 보고 있었다.

"그는 모두를 위해 온갖 문제를 일으켰어요." 프레드가 말했다. "크리스마스를 완전히 뒤집어놓았죠."

"모린 오하라의 삶을 완전히 흩트려 놓았고요." 로렌이 말했다.

"하지만 막바지에 이르면 모든 게 해결돼요. 의사는 엑스레이 기계를 가지게 되고 나탈리 우드는 집을 가지게 되고…."

"모린 오하라는 프레드를 가지게 되고…."

"그리고 그가 어떻게 했는지 혹은 그가 무슨 짓을 하기는 했는지 아무도 확실히 알지 못하죠."

"어쩌면 그가 처음부터 모든 걸 계획했는지도 모르고요." 그녀가 진지하게 프레드를 보았다. "유령이 내가 크리스마스에 무엇을 원하는지 아는 줄 착각하고 있다고 했어요."

프레드가 그녀에게 다가갔다. "나한테는 불가능해 보인다고 해서 기적이 일어날 수 없다는 뜻은 아니라고 했어요."

"너무너무 훌륭한 결말이야!" 에비가 코를 훌쩍이며 말했다. 〈멋진 인생〉은 내가 가장 좋아하는 영화예요."

"나도요." 스콧이 말했다. "혹시 치즈볼 데우는 법 알아요?" 그는 로렌과 프레드 쪽으로 돌아섰다. "두 사람, 빨리 갑시다. 파티에 늦겠어요."

"우린 안 가요." 프레드가 로렌에게 팔을 두르며 말했다. 그들은 출입문을 향해 출발했다. "8시에 '기적'을 하거든요."

"가면 안 돼요." 스콧이 말했다. "이 선물들은 어떡하고요? 선물은 누가 나눠줘요?"

찬바람과 눈이 불어닥쳤다. "호 호 호." 산타클로스가 말했다.

"저거 당신 복장 아니에요, 프레드?" 로렌이 물었다.

"맞아요. 월요일 아침까지 대여점에 돌려줘야 해요." 그는 산타클로스에게 말했다. "열대우림 천연재료로 바꾸면 안 돼요."

"메리 크리스마스!" 산타클로스가 말했다.

"결말에 이르러 모든 게 해결되는 방식이 마음에 들어요." 로렌이 말했다.

"이제 모퉁이에 우뚝 서 있는 지팡이만 있으면 되겠네요." 프레드가 말했다.

"무슨 말을 하는지 통 모르겠군." 산타클로스가 말했다. "내가 나

뉘줄 선물들은 어디 있지?"

"여기요." 스콧이 말했다. 그가 산타클로스에게 쇼핑백 하나를
건넸다.

"비닐 쇼핑백이군." 산타클로스가 쯧쯧 혀를 차며 말했다. "재생
지를 사용해야지."

"죄송해요." 스콧이 말했다. 그는 치즈볼을 에비에게 건네고 나
머지 쇼핑백 두 개를 집어 들었다. "준비됐어요, 에비?"

"아니요." 에비가 보안용 모니터를 응시하며 말했다. "봐요, 〈멋
진 인생〉이 막 시작했어요." 화면에 지미 스튜어트의 동생이 얼음
속으로 빠지고 있었다. "내가 가장 좋아하는 장면이에요." 에비가
말했다.

"나도요." 스콧이 에비 옆으로 다가가 섰다.

산타클로스가 호기심 어린 눈으로 잠시 화면을 곁눈질하다가 고
개를 절레절레 흔들었다. "〈34번가의 기적〉이 훨씬 좋은 영화야."
그는 꾸짖듯이 말했다. "더 현실적이거든."

빨간 구두 꺼져!
나는 로켓 무용단이
되고 싶었다고!

All About Emily

빨간 구두 꺼져!
나는 로켓 무용단이 되고 싶었다고!
— 〈코러스 라인〉

그래, 토니상을 세 차례나 수상한 브로드웨이의 전설이자 〈오직
인간일 뿐〉의 스타인 나, 클레어 하빌랜드가 어쩌다가 크리스마스
이틀 전 라디오시티 뮤직홀 앞에 서서 얼음같이 차가운 비를 흠뻑
맞으며 폐렴에 걸리기 직전의 몰골로 순진한 행인들을 붙잡고 말을
걸고 있는지 다들 궁금할 것이다.

이게 전부 꼴도 보기 싫은 내 매니저 토랜스 때문이다. 그리고
메이시 백화점 때문이기도 하고. 또 영화 〈이브의 모든 것〉 때문이
기도 하다.

〈이브의 모든 것〉을 처음 들어본다고? 당연히 못 들어봤겠지. 다
른 사람들도 못 들어봤을 것이다. 에밀리만 빼고.

〈이브의 모든 것〉은 앤 백스터와 베티 데이비스가 나오고, 마릴
린 먼로가 출연한 최초의 영화이기도 하다. 먼로는 제작자의 여자
친구인 미스 캐스웰 역을 맡았지만, 이 영화는 그녀에 관한 이야기

는 아니다. 점점 나이가 들어가는 브로드웨이의 여배우 마고 채닝과 야망이 넘치는 젊은 여배우 이브 해링턴이 주인공이다. 영화에서 이브는 마고의 환심을 사면서 그녀의 삶에 끼어들었고 결국 마고의 배역과 경력까지 훔쳐갔으며 그녀의 남편까지 뺏어갈 뻔했다.

〈이브의 모든 것〉은 〈갈채〉라는 뮤지컬로 만들어졌고 이후 정극으로 무대에 올랐다가 또 다른 뮤지컬로 제작되었다. (사실 브로드웨이는 한 번도 독창적인 적이 없다.) 그 또 다른 두 번째 뮤지컬 제목이 〈평탄치 않은 밤〉이었고, 크리스틴 스튜어트가 이브 역할을 맡았고 내가 마고 역이었다. 겨우 석 달 상연되었을 뿐이지만 이 뮤지컬로 나는 생애 두 번째 토니상을 받았고 그 덕분에 〈깃털들〉의 주연 자리를 꿰찰 수 있었으며, 나는 그 작품으로 세 번째 토니상을 받았다.

혹시 몰라 말하자면 메이시는 뉴욕에 있는 백화점이다. 에밀리를 제외하면 오늘 불과 5분 전에 무슨 일이 벌어졌는지 아무도 모르는 것 같다. 메이시 백화점은 해마다 추수감사절 퍼레이드를 후원한다. 다양한 만화 주인공 모양의 대형 풍선이 등장하고 수많은 브로드웨이 스타들이 행렬차 위에 서서 얼어붙은 손을 흔들고 로켓 무용단이 등장하는 퍼레이드다.

그리고 내 매니저 토랜스는 걸핏하면 거짓말이나 하고 음모를 꾸미는 뱀 같은 자식이다. 어떻게 된 일인지 지금부터 들어보면 알 것이다.

추수감사절 전 수요일 밤 막간 시간에 토랜스가 내 대기실 문을 두드리고 말했다. "자기, 잠깐 시간 있어? 깜짝 놀랄 만한 소식이 있어!"

그때 그 자식의 꿍꿍이를 곧바로 알아차렸어야 했다. 토랜스가 무대 뒤로 나를 찾아올 때는 첫째, 나쁜 소식이 있을 때고 둘째, 뭔가를 원할 때였다. 게다가 그는 절대로 노크 같은 건 안 한다.

"공연이 폐막 되는 모양이지?" 내가 말했다.

"폐막이라고? 무슨 소리! 크리스마스까지 매일 밤 전 좌석 매진됐어. 그럴 만도 하지! 자긴 공연을 할 때마다 점점 더 눈이 부셔!" 그는 극적으로 제 가슴을 움켜잡았다. "자기가 1막 피날레를 부를 때면 관객들이 죄다 홀린 듯이 자기만 보잖아."

"아직도 누스바움하고 점심이나 하라고 나를 설득할 생각이라면, 싫어." 나는 가든파티 의상의 지퍼를 풀며 말했다. "〈시카고〉 리메이크 안 해."

"자긴 역대 최고의 록시 하트였잖아."

"12년 전 이야기야." 나는 어깨와 엉덩이를 흔들며 드레스를 벗었다. "이 나이에 몸에 딱 들러붙는 무용복을 입을 생각은 없네요. 너무 늙어서…."

"자기야! 제발 늙었다는 말은 하지 마." 그는 불안하게 복도 쪽을 내다보고 등 뒤로 문을 닫았다. "누가 듣기라도 하면 어쩌려고 그래."

"들을 필요도 없어. 망사스타킹을 신은 내 모습을 보기만 해도 다들 이해할 테니까."

"헛소리 그만해." 그는 내 모습을 살피듯 바라보며 말했다. "자기 다리 그렇게 나쁘지는 않아."

그렇게 나쁘지는 않다니. "춤은 10점, 외모는 3점?" 나는 비꼬듯이 말했다.

그는 멍청하게 나를 보았다.

"〈코러스 라인〉에 나오는 대사잖아. 당신은 단 한 번도 보지 않은 게 분명한 내가 출연한 뮤지컬이지. 망사스타킹을 신은 내 모습을 나타내는 대사랄까. 그러니까 나는 절대로 〈시카고〉는 안 할 거야."

"누스바움은 그저 자기랑 점심이나 한 끼 같이 하자는 거야. 그게 뭐 힘들어? 게다가 그는 자기가 어떤 역할을 맡아주면 좋을지 말도 하지 않았어. 록시 하트 역할이 아닐 거야. 자기가 맡아주길 바라는 역할은 어쩌면…."

"누구? 간수 아줌마?" 나는 가든파티 의상을 주워 둘둘 말았다. "내가 말했지? 나는 망사스타킹을 신기엔 너무 늙었지만 마마 모턴 역할을 할 만큼 늙지는 않았다고." 나는 둘둘 뭉친 드레스를 그에게 던졌다. "마마 로즈 역할도 마찬가지고. 〈아이 리멤버 마마〉에 출연할 만큼 늙지도 않았어."

"내 생각엔 누스바움이 자기한테 벨마 역을 바라는 것 같아." 그는 몇 미터나 되는 크리놀린 드레스에서 벗어나려고 몸부림을 치며 말했다.

"아니." 나는 말했다. "절대로 안 해. 나는 옷 입는 배역을 할 거야. 오스터만이 〈데스크 세트〉의 뮤지컬 버전을 제작한다는 소문을 들었어."

"〈데스크 세트〉?" 그가 물었다. "어떤 이야기야?"

틀림없이 원래 영화도 본 적이 없을 것이다. "컴퓨터가 사무실 직원들을 대체하는 이야기야." 내가 말했다. "몇 년 전 줄리아 로버츠와 리처드 기어가 나왔던 영화인데 어디에도 망사스타킹은 안 나와." 나는 몸을 움찔거리며 무도회 드레스를 입었다. "용건 끝났어?"

물론 그렇지 않다는 걸 알고도 남았다. 토랜스가 내 매니저 노릇을 한 지도 15년이 넘었는데 그 세월 동안 내가 배운 게 있다면 그는 대화의 2막이 시작될 때까지는 절대로 자신이 진짜 원하는 것을 말하지 않는다. 그는 다른 용건을 먼저 꺼내 나를 구워삶을 수 있다고 믿었다. 내게 원하는 게 특별히 불쾌한 일이면 다른 용건을 두 개 꺼내기도 했지만, 〈시카고〉에 출연하는 것보다 더 불쾌한 일이 있을지는 모르겠다.

"그래서 여기 온 이유가 뭐야, 토랜스?" 나는 물었다. "막이 오를 때까지 5분밖에 안 남았어."

"아주 사소한 홍보 일이 하나 있는데 자기가 좀 해줬으면 해. 내일이 추수감사절이라 메이시 백화점에서 퍼레이드를 하잖아."

"아니. 〈오직 인간일 뿐〉 행렬차에 타지 않을 거야. 얼음 같은 비를 맞으며 서서 '저길 봐! 월E 풍선이다!'라고 말하지도 않을 거야."

뚜렷한 침묵이 있고 나서 토랜스가 말했다. "자기 퍼레이드에 월E 풍선이 나오는지 어떻게 알았어? 맨날 〈버라이어티〉 잡지만 읽는 줄 알았는데."

"어제 〈타임스〉 홈페이지에 사진 실린 거 봤어."

"기사도 클릭했어?"

"아니. 왜? 당신 말대로 나는 신문기사 절대로 안 읽어. 설마 퍼레이드에 참가하겠다고 벌써 허락한 건 아니겠지?" 나는 눈을 갸름하게 뜨고 말했다.

"아니. 당연히 아니지. 자긴 퍼레이드 근처에 갈 필요도 없어."

"그럼 그 이야기는 왜 꺼냈어?"

"이번 퍼레이드의 대장이 금요일 저녁에 우리 공연을 보러 오는데 공연 끝나고 무대 뒤에서 자길 만나고 싶어 해."

"올해 대장이 누군데?" 프레이드 대장은 언제나 정치인이나 차기 브로드웨이 공연에 출연할 예정인 재능 없는 십대 초반의 아이돌이었다. "브리트니 스피어스의 아이들이라면 싫어."

"아니야." 토랜스가 말했다. "에드윈 오크스 박사야."

"박사라고?"

"물리학 박사. 인공신경전달물질에 관한 연구로 노벨상을 받았어. AIS의 설립자고."

"어쩌다가 물리학자가 메이시 백화점의 추수감사절 퍼레이드의 대장이 된 거지?" 내가 말했다. "아, 잠깐. 그 사람 혹시 로봇 과학자야?"

또 침묵. "자기, 기사는 안 읽는다면서?"

"안 읽었어. 운전기사 조르주가 그 박사에 대해 말해줬어."

"조르주는 오크스 박사에 대해 어디에서 들었대?"

"라디오에서. 날 기다리는 동안 리무진에서 라디오를 듣거든."

"아아. 조르주가 박사에 대해 뭐라고 말했어?"

"자동현금지급기와 지하철승차권 판매기를 대체할 새로운 로봇을 발명했다던데? 또 나는 믿지 않지만, 로봇이 조만간 우리 인간의 직업을 전부 훔쳐갈 거라고도 했고. 오, 세상에. 당신 무대 뒤로 쩽강거리는 로봇을 데려올 생각이구나?"

"아니, 아니야! 말도 안 되는 소리! 내가 그럴 것 같아?"

"응, 그럴 것 같아. 게다가 당신은 내 질문에 대답도 하지 않았어. 그 오크스 박사가 조르주가 말한 것과 같은 사람이야? 로봇 과학자라는?"

"응. 근데 로봇이 아니고 '인공지능'이야."

"뭐라고 부르든 상관없어. 나는 C-3PO하고는 무대 뒤 인터뷰를 하지 않을 거야."

"이럴 땐 정말 자기 나이 드러난다. C-3PO라니 무슨 몇 억 년 전 이야기야? 오크스 박사가 올해의 대장으로 초대된 이유는 퍼레이드 주제가 로봇이기 때문이야. 그 작품 있잖아….."

"말하지 마. 〈금지된 세계〉 맞지? 진작 눈치챘어야 했어."

〈금지된 세계〉. 브로드웨이 역사상 두 번째로 나쁜 공연이었지만 로봇 로비와 끊임없이 등장하는 십대 초반 아이돌이 주연을 맡은 덕분에 브로드웨이 마제스틱 극장 앞은 연일 장사진을 쳤다. (현재 주연은 샤일로 졸리-피트와 저스틴 비버 주니어다.) "오늘 밤 오크스 박사가 그 공연을 보고 있을 것 같은데?"

"아니야. 그들은 〈금지된 세계〉를 보고 싶어 하지 않았어."

"그들이라고?" 나는 의심스럽게 물었다.

"오크스 박사와 조카딸 말이야. 그들은 샤일로와 저스틴을 만나고 싶어 하지 않았어. 〈오직 인간일 뿐〉을 보고 싶다고 했어. 또 자길 만나고 싶어 하지."

'틀림없어.' 나는 생각했다. 토랜스가 무대 뒤로 나를 찾아온 진짜 이유는 아직 나오지 않았다. 두 명의 팬을 만나라는 게 여기까지 찾아온 진짜 용건은 아닐 것이다. 그는 매주 무대 뒤로 어중이떠중이들을 달고 왔다. 설마 〈캣츠〉의 최신 리메이크에 출연하라고 조르는 건 아니겠지? 〈캣츠〉는 브로드웨이 역사상 최악의 뮤지컬일 뿐만 아니라 쫄쫄이 의상을 입고 고양이 수염까지 붙여야 한다.

"오크스 박사의 조카가 자길 정말로 만나고 싶어 해." 토랜스가 말했다. "그 애가 자기 열혈팬이야. 인터뷰는 5분이면 충분할 거야." 그가 애원했다. "게다가 티켓 판매에도 큰 도움이 될 거야."

"티켓 판매에 왜 도움이 필요해? 크리스마스 내내 매진이라며?"

"그렇지. 하지만 다음 주 날씨가 급작스럽게 나빠질 수도 있고 또 확실히 새해 첫날이 지나면 판매량이 쑥 줄어드니까. 경영진도 우리 공연이 1월을 못 넘길까 봐 걱정해. 게다가 디즈니가 새로 〈라푼젤〉을 올릴 극장을 찾아다닌다는 소문도 있어. 우리 공연 내린다는 말에 디즈니 쪽이 긴장이라도 하면…."

"그 사람들을 만나는 게 우리 홍보에 어떻게 도움이 된다는 건지 모르겠네. 물리학자가 신문 1면을 장식할 것 같지도 않고."

"틀림없이 우리 홍보에 도움이 될 거야. WNET이 벌써 생중계를 하러 온다고 했어. 시리우스도. 에밀리가 〈굿모닝 아메리카〉에 출연해 자기를 만나고 싶다고 했을 때 이번 주말 티켓판매량이 지붕을 뚫었어."

"크리스마스 내내 표가 매진이라며?"

"〈오직 인간일 뿐〉이 만석으로 공연 중이라는 말이었지."

그 말은 티켓의 절반이 타임스퀘어 광장의 현장구매부스에서 반값에 팔리고 있고 발코니 뒤쪽의 다섯 열은 '수리 중'이라는 명목으로 밧줄을 쳐서 막아두었다는 뜻이었다.

"투자가 손해를 볼 것 같으면 경영진이 어떻게 나오는 줄 알아? 그들은 돈이 될 만한 일이라면 어떤 일이든 덥석 물고 본다고."

"좋아." 내가 말했다. "노벨상 박사하고 그 조카딸을 만날게. 그 애가 정말로 박사의 조카라면 말이지. 뭐, 심히 의심스럽긴 하지만."

"왜 그런 말을 해?" 토랜스가 날카롭게 물었다.

"중년 남자들이란 다 똑같으니까. 아무리 과학자라도 말이야. 설마 그 애 이름이 미스 캐스웰인 건 아니겠지?"

"누구?"

"제작자의 여자친구." 나는 몸짓으로 거대한 가슴을 흉내 냈다. "알겠어?" 그러나 그는 멍해 보였다. "정말이지 토랜스, 당신은 내가 올라간 무대는 최소한 본 척이라도 해야 하는 거 아니야?"

"왜 그래? 난 다 봤어. 단지 〈오직 인간일 뿐〉에 나오는 미스 캐스웰이 누군지 기억나지 않을 뿐이야."

"그야 〈오직 인간일 뿐〉에 나오지 않으니까. 미스 캐스웰은 〈평탄치 않은 밤〉에 나왔어. 린제이 로한이 맡은 역할, 기억나?" 그는 여전히 멍청한 표정을 짓고 있었다. "원본 영화에서는 마릴린 먼로가 맡은 역할이지. 제발 그게 누군지 모른다고는 하지 마. 그러면 내가 실제보다 훨씬 더 옛날 사람이 된 기분이니까."

"자기 그렇게 옛날 사람 아니야." 그가 말했다. "자신에게 너무 가혹하게 굴지 마. 자긴 전설이잖아."

전설이라니, 그건 한 사람의 경력에 대해 '늙었다'나 '셀룰라이트' 보다 훨씬 더 치명적인 단어다. 그리고 '극장의 영부인'보다는 살짝 덜 경력을 끝장내는 표현이다. 나는 말했다. "그래. 이 '전설'이 방금 마음을 바꿨어. 무대 뒤 인터뷰는 없어."

"알았어." 토랜스가 말했다. "그들에게 절대 안 된다고 전할게. 하지만 그들이 〈금지된 세계〉 공연에 간다고 해도 놀라지는 마. 그 공연은 출연진 전체가 무대 뒤 인터뷰에 동의했어. 저스틴 비버 주니어까지 포함해서."

"알았어, 알았어. 할게." 내가 말했다. "대신 누스바움과의 점심은 빼주고 오스터만한테 〈데스크 세트〉에 대해 말 좀 잘해줘."

"알았어. 이번 인터뷰가 〈데스크 세트〉 관련해서도 도움이 될 거야." 그가 말했다. 어떻게 도움이 된다는 건지는 알 수 없었다. '스타, 팬을 만나다'는 홈페이지를 장식할 만한 뉴스가 아니었다. "자기도 만나고 나면 무척 흡족할 거야. 에밀리를 좋아하게 될걸?"

인터뷰를 하자는 협박을 받았던 것에는 그나마 좋아할 만한 일이 딱 하나 있었다. 토랜스와 입씨름을 벌이느라 막간 시간을 다 써버렸고 덕분에 토랜스가 무대 뒤로 날 찾아온 진짜 용건을 꺼낼 시간이 없었다는 점이다.

공연이 끝나고 토랜스가 다시 찾아올 거라고 예상했지만, 그렇지 않았다. 대신 그는 메시지를 남겼다. 'WABC도 촬영을 올 예정임. 브로드웨이 전설에 어울리는 옷을 입을 것. 〈선셋 대로〉 의상?' 이 메시지가 바로 토랜스 역시 나처럼 나를 '지는(그리고 어지러운) 별'로 본다는 증거였다. 아니면 〈선셋 대로〉라는 뮤지컬을 본 적이 없거나.

나는 의상 담당에게 〈마메〉 공연 때 입은 진홍색 호스티스 드레스와 〈에비타〉 때 했던 귀걸이를 찾아놓으라고 지시하고 무대 밖에서 기다리는 팬들에게 사인을 해주고 전화기를 꺼놓고 집에 가서 잤다.

그리고 토랜스가 전화를 걸어 퍼레이드에 출연한 오크스 박사를 보라고 할까 봐 추수감사절 내내 전화기를 꺼두었다. 그러나 혹시 〈데스크 세트〉에 관해서 오스터만에게 전화가 올지도 몰라서 금요일에는 전화기를 다시 켰다. 토랜스가 곧바로 전화를 걸어서 그날 무대 뒤로 나를 찾아온 진짜 용건을 꺼낼 거라고 예상했지만 그렇지 않았다.

금요일 밤 공연 후 토랜스가 내 대기실로 데려온 사람들은 꾀죄죄해 보이는 교수와 화려하게 차려입은 조카딸이 아니었다. 조카가 아니라 교수의 애인일 수도 있다는 내 생각을 토랜스가 왜 단박에 부인했는지 알 것 같았다. 연한 갈색 머리에 들창코, 분홍빛 뺨을 한, 막 씻겨놓은 듯한 이 작은 십대 소녀는 마릴린 먼로와는 전혀 달랐다. 매일 밤 〈금지된 세계〉 공연장 밖에 모여 저스틴 비버 주니어의 사인을 기다리는 키가 멀쑥하게 크고 문신을 한 누더기 옷차림의 소녀들과도 전혀 달랐다.

키가 160센티미터도 한참 안 되어 보이는 이 작은 소녀는 〈42번가〉 1막에 등장하는, 난생처음 뉴욕시에 와서 눈이 휘둥그레지고 어질어질한 페기 캐릭터에 더 가까웠다. 아니면 열여섯 살 줄리 앤드루스나. 성공한 여배우라면 누구나 첫눈에 미워하게 되는 사슴 같은 눈망울을 한 순수하고 순진한 소녀였다. 그리고 뉴욕 언론이 보자마자 한입에 덥석 물어버릴 만한 그런 소녀이기도 했다.

그런데 뉴욕의 언론은 이상하리만큼 공손했다. 게다가 전부 여기 몰려와 있었다. 〈굿모닝 아메리카〉만 온 게 아니었다. 다른 방송사, 케이블 채널, 〈타임스〉, 〈포스트 데일리 뉴스〉, 그리고 블로거와 스트리밍 방송인들도 최소한 열두 명은 와 있었다.

"도대체 어떻게 된 일이야?" 기자들이 내 대기실로 비집고 들어올 때 토랜스에게 속삭였다. 토니상을 받을 때와 〈스파이더맨 3〉에 사고가 터졌을 때, 그리고 할리우드 스타가 아니면 언론이 공연계를 취재할 일이 없었다. "설마 레이디 가가가 내 역할을 대신하기로 한 건 아니지?"

토랜스는 내 말을 무시했다. "클레어, 자기야." 그는 노엘 카워드의 '사생활'을 진행하기라도 하는 듯이 말했다. "에드윈 오크스 박사를 소개할게요. 그리고 이쪽은," 그는 화려한 동작으로 박사의 조카를 소개했다. "에밀리예요."

"오, 미스 하빌랜드." 에밀리가 열띤 목소리로 말했다. "만나 뵙게 되어서 정말 흥분돼요. 오늘 공연은 정말 대단했어요."

흐음, 적어도 이 아이는 나를 만나서 영광이라고 말하거나, 나를 전설이라 부르지 않았다.

"〈오직 인간일 뿐〉 정말 좋았어요." 그녀가 말했다. "지금껏 본 공연 중 최고였어요."

어쩌면 이 아이가 본 유일한 공연일지도 모르지만, 토랜스의 말은 옳았다. 이 만남은 홍보에 큰 도움이 될 것이다. 기자들이 모든 대화를 기록하고 있었고 특히 에밀리의 미소에 뚜렷하게 반응하고 있었는데 내가 봐도 달콤한 미소라는 것을 인정할 수밖에 없었다.

"노래도 춤도 정말 아름다워요, 미스 하빌랜드." 그녀가 말했다. "관객들은 그런 당신의 모습을 보고 현실이라고 믿게 될 정도죠."

"자긴 에밀리가 가장 좋아하는 배우야." 토랜스가 끼어들었다. "그렇지, 에밀리?"

"오, 그럼요. 나는 당신이 출연한 연극을 전부 봤어요. 〈깃털들〉, 〈계속해!〉, 〈졸음이 오는 샤프롱〉, 〈펜더 스트라트 기타〉, 〈무슨 일이 있어도〉, 〈사랑, 기타 등등〉 전부 다 봤어요."

"토랜스 말로는 뉴욕에 온 게 이번이 처음이라던데?" 내가 물었다. 게다가 이 아이는 〈계속해!〉를 보기엔 너무 어렸다. 〈계속해!〉를 공연할 때 이 아이는 다섯 살이었으니까.

"처음 온 거 맞아요." 아이는 열띤 목소리로 대답했다. "무대 공연을 본 적은 없지만, 토니상 시상식 공연까지 포함해서 모든 공연을 녹화한 걸로 봤어요. 시상식에서 '그들이 너의 꿈을 짓밟을 때'와

'주연 여배우의 비탄'을 부르셨죠. 또 유튜브로 인터뷰를 전부 찾아 봤고 온라인 인터뷰 기사도 전부 찾아 읽었고 〈코러스 라인〉과 〈홀 치기 염색〉과 〈넌지시 말해요〉 사운드트랙도 전부 들었어요."

"와우, 정말 팬 맞네!" 내가 말했다. "네 이름이 정말 에밀리 맞 니? 혹시 이브 아니고?"

"이브라니요?" 오크스 박사가 날카롭게 물었다.

토랜스가 경고의 눈빛을 보냈고 기자들도 안드로이드에 대고 메 모를 하다가 재빨리 고개를 들었다. "왜 이 아이 이름이 이브라고 생각하셨죠, 미스 하빌랜드?" 기자 하나가 물었다.

"농담이에요." 나는 이 모든 반응에 깜짝 놀랐다. 아마 내가 이 브 해링턴을 가리킨 것이었다고 말한들 들어본 사람이 없을 거고 〈평탄치 않은 밤〉의 주인공이라고 말해줘도 역시 들어본 사람이 없 을 것이다.

"그냥⋯."

"미스 하빌랜드가 저를 이브라고 불렀던 건 제가 이브 해링턴 처럼 굴고 있기 때문이에요." 에밀리가 말했다. "제 말이 맞죠, 미 스 하빌랜드? 이브 해링턴은 〈평탄치 않은 밤〉에 나온 인물이죠?"

"아, 그⋯, 그렇지." 이 아이가 나의 빈정거림을 알아챘다는 충격 에서 벗어나려다 보니 말을 더듬거렸다. 저 또래 아이의 지식이 '고 등학교 뮤지컬' 이후로 확장되기란 쉽지 않은 일이었다.

"이브가 여배우 마고 채닝을 만났을 때요," 에밀리는 기자들을 향해 신이 나서 말했다. "마고가 얼마나 훌륭한 배우인지 열띤 목소 리로 말을 마구 쏟아내거든요."

"〈평탄치 않은 밤〉이라고요?" 기자 하나가 평소의 토랜스처럼 멍청한 표정으로 물었다.

"예." 에밀리가 대답했다. "〈평탄치 않은 밤〉은 영화 〈이브의 모든 것〉을 바탕으로 만든 뮤지컬이에요. 원본 영화는 베티 데이비스와 앤 백스터가 출연했어요."

"그리고 마릴린 먼로도 출연했죠." 내가 말했다.

"맞아요." 에밀리가 두 뺨에 보조개를 만들며 말했다. "제작자의 애인인 미스 캐스웰 역으로 나와요. 그게 마릴린 먼로의 첫 영화 출연작이에요."

나는 이 소녀가 마음에 들기 시작했다. 비록 피부와 머리카락이 완벽하고 청중을 사로잡는 매력도 완벽했지만. 기자들은 아이의 말을 한마디도 놓치지 않으려고 애썼다. 아마 그들도 나처럼 십대 소녀의 해박한 영화 지식에 놀란 것 같았다.

"마릴린 먼로는 〈신사는 금발을 좋아해〉와 〈백만장자와 결혼하는 법〉에 나왔어요." 에밀리가 말했다. "〈백만장자와 결혼하는 법〉에는 로렌 바콜도 나왔는데, 로렌은 〈이브의 모든 것〉을 개작한 첫 뮤지컬 〈갈채〉에 출연했어요. 하지만 그 뮤지컬은 〈평탄치 않은 밤〉보다 못했고 원본 영화에 충실하지도 않았어요."

에밀리가 영화에 대해 무척 많이 알고 있었기 때문에 어쩌면 오스터만이 새로 제작한다는 연극 출연에 정말로 도움이 될 수 있을 것도 같았다. "〈데스크 세트〉를 본 적이 있니, 에밀리?" 나는 그녀에게 물었다.

"어떤 거요? 줄리아 로버츠와 리처드 기어가 출연한 리메이크 영화요? 아니면 캐서린 헵번과 스펜서 트레이시가 나오는 원본 영화요?"

세상에나. "원본 영화 말이야."

"예, 봤어요. 저 그 영화 정말 좋아해요."

"나도 좋아해. 혹시 그 영화를 뮤지컬로 제작할 예정이라는 소식 들었니?"

"오, 당신이 캐서린 헵번 역을 맡으면 정말 대단할 거예요!"

이 소녀가 정말로 마음에 들었다.

"〈캣츠〉는 어때?" 토랜스가 물었다.

나는 그를 노려보았지만, 그는 모른 척했다.

"뮤지컬 〈캣츠〉도 본 적이 있니?" 그가 물었다.

"예." 그녀가 말하고는 별로라는 듯이 코를 찡그렸다. "그 뮤지컬은 싫었어요. 구성이 전혀 없고 '메모리'는 끔찍한 노래예요. 〈캣츠〉는 〈오직 인간일 뿐〉만큼 좋지 않아요."

"봤지, 토랜스?" 나는 말하고 에밀리를 향해 활짝 웃어주었다. "오늘 밤 공연을 보러 와주어서 정말 기쁘구나."

"저도요." 그녀가 말했다. "아까 이브 해링턴처럼 굴어서 죄송해요. 저는 이브처럼 되고 싶지 않아요. 이브는 좋은 사람이 아니니까요." 에밀리는 기자들에게 설명했다. "이브는 마고의 배역을 훔치려고 했거든요."

"맞아. 이브는 정말 좋은 사람이 아니지." 나는 말했다. "하지만 배우가 되고 싶다고 해서 이브를 비난할 수는 없을 것 같아. 연기란 세상에서 가장 보람있는 직업일 테니까. 너는 어때, 에밀리? 너도 배우가 되고 싶니?"

완벽하게 안전한 질문이었다. 나를 만나겠다고 무대 뒤로 찾아오는 십대 소녀들은 전부 진지하게 배우가 되기를 갈망했다. 에밀리도 난생처음 브로드웨이에 와서 뮤지컬을 본 직후인 데다 내 공연과 영화에 대해 강박적일 만큼 관심을 보이고 있으니 당연히 배우가 꿈일 것이다.

그러나 에밀리는 내 질문을 받은 다른 소녀들처럼 "그럼요! 물론이죠!"라고 속삭이지 않았다. 그녀는 말했다. "아니요."

'거짓말.' 나는 생각했다.

"저는 어떤 일이 있어도 당신만큼은 못 할 거예요, 미스 하빌랜드." 에밀리는 꾸밈없는 말투로 말했다.

"그럼 네 꿈은 뭐야? 그림? 글쓰기?"

에밀리는 자신 없게 삼촌을 흘낏 쳐다보았다가 다시 나를 보았다.

"삼촌이 자기처럼 신경물리학자가 되라고 하시니?" 내가 물었다.

"아니요. 저는 그런 일도 못 할 거예요. 어떤 일도 못 해요."

"당연히 할 수 있지. 너처럼 똑똑한 아이라면 말이야. 넌 하고 싶은 일은 뭐든 할 수 있어."

"하지만 저는…." 에밀리는 마치 지시를 구하는 듯이 다시 삼촌을 흘낏 쳐다보았다.

"너도 틀림없이 되고 싶은 게 있을 거야. 우주비행사든지, 발레리나랄지, 진짜 아이랄지."*

"클레어, 자기야. 가엾은 아이 좀 그만 쪼아대." 토랜스가 억지웃음을 웃으며 말했다. "에밀리는 뉴욕에 온 게 이번이 처음이야. 진로 상담을 하러 온 게 아니라고."

"아, 당신 말이 맞네. 미안하다, 에밀리." 나는 말했다. "뉴욕은 어

* '진짜 아이가 되고 싶다'는 〈피노키오〉의 소원을 말한다.

땠니?"

"오, 정말 대단해요!" 그녀가 말했다.

에밀리의 말투에 열렬함이 돌아오자 오크스 박사도 마음을 놓는 것 같았다. 혹시 아이는 무대 생활을 동경하는데 저 삼촌이라는 자가 반대하나? 아니면 내가 모르는 다른 일이 벌어지고 있는 건가? "뉴욕은 어땠니?"가 크게 관심을 끌 만한 질문이 아니었는데도 이상하게 기자들은 찍소리 한 번을 내지 않았다. 그들은 우리 사이에 금방이라도 무슨 일이 벌어지길 바라는 것처럼 완전한 집중상태로 우리를 지켜보고 있었다.

'〈타임스〉의 그 기사를 읽어볼 것을.' 나는 생각하고 에밀리에게 엠파이어 스테이트 빌딩에 다녀왔는지 물어보았다.

"아니요." 그녀가 말했다. "내일 NBC 위크엔드에 출연하고 나서 아침에 갈 예정이에요. 10시에는 록펠러센터에서 스케이트를 탈 거예요. 당신도 올 수 있으면 얼마나 좋을까요, 미스 하빌랜드."

"아침 10시에?" 나는 화들짝 놀라 말했다. "나는 그 시간이면 한밤중이란다." 기자들이 웃음을 터뜨렸다. "그래도 물어봐 줘서 고맙다. 내일 밤에는 뭘 할 생각이니?" 나는 묻자마자 〈금지된 세계〉를 보러 갈 거라는 대답이 돌아올 거라고 예상했지만, 괜한 걱정이었다.

"라디오시티 뮤직홀에서 크리스마스 공연을 볼 거예요." 그녀가 말했다.

"오, 잘됐구나. 로켓 무용단을 보면 정말 좋아할 거야. 아, 벌써 봤던가? 퍼레이드에 로켓 무용단이 나왔니?"

"아니요." 에밀리가 말했다. "그게 뭐죠?"

"로켓 무용단은 퍼레이드에 참가하지 않아." 토랜스가 끼어들었다. "로켓 무용단은 34번가 메이시 백화점 앞에서 춤을 추지. 삼촌과 너는 내일 또 뭘 할 예정이지, 에밀리?"

"타임스퀘어에 갔다가 메이시 백화점과 블루밍데일 백화점에 크리스마스 상품을 보러 갈 거고 다음은 디즈니 매장에 가서…."

"맙소사." 내가 말했다. "그 모든 걸 하루에? 말만 들어도 지치네!"

"하지만 저는…." 에밀리가 말을 시작했다.

이번에는 오크스 박사가 끼어들었다. "에밀리는 여기 와 있는 게 너무 신이 나서 피곤할 틈도 없답니다." 그가 말했다. "볼 것도, 할 일도 아주 많죠. 에밀리는 로켓 무용단을 보기를 기대했었지?" 그는 아이에게 신호를 주려는 듯 에밀리를 향해 고개를 끄덕였고 기자들은 기대감에 일제히 앞으로 몸을 기울였다. 그러나 기자들이 눈길을 던진 건 에밀리 쪽이 아니었다. 그들은 나를 보고 있었다.

갑자기 모든 게 확실해졌다. 그들이 에밀리가 피곤하다는 주제를 굳이 피하려고 했던 것이며 토랜스가 퍼레이드에 관한 기사를 내가 얼마나 읽었는지 캐물었던 것, 그리고 에밀리가 연극계에 대해 백과사전 수준의 지식을 갖추고 있었던 것, 또 월E 풍선까지.

올해 퍼레이드의 주제가 로봇이었던 것은 〈금지된 세계〉 때문이 아니었다. 바로 오크스 박사와 그의 '인공지능'을 알리기 위해서였다. 그리고 그중 하나가 지금 내 앞에 서 있었다. 그 뺨은 센서로 이루어졌고 눈을 동그랗게 뜬 표정이며 보조개가 쏙 들어가는 미소도 모두 프로그램된 결과였다.

토랜스, 이 쥐새끼, 나를 잘도 속였겠다. 그는 내가 〈버라이어티〉 잡지만 읽으니 에밀리가 누군지 모를 거라고 믿었다.

언론이 모두 여기에 와 있는 것도 당연했다. 그들은 숨을 죽이고 내가 무슨 일이 벌어지고 있는지 알아챌 순간을 기다리고 있었다. 그 순간은 썩 근사한 유튜브 동영상이 되어줄 것이다. 내가 도무지 믿을 수 없어 하며 충격을 받는 모습과 아주 흡족한 표정으로 능글맞게 실실 웃는 오크스 박사, 너털웃음을 터뜨리는 토랜스까지.

그리고 인터뷰가 끝날 때까지 내가 아무것도 눈치 못 채고 에밀리가 나를 교묘하게 속이는 데 성공한다면 훨씬 더 좋을 것이다. 그야말로 오크스 박사가 여기까지 와서 증명해 보이고 싶어 했던 바가 아니겠나. 그가 만든 인공지능은 인간과 전혀 구별이 안 된다는 것.

'에밀리는 진짜 이브 해링턴이로군.' 나는 생각했다. '순수하고 사랑스럽고 금방이라도 상처를 받을 것처럼 생겼어. 그러나 겉보기와는 딴판이지.'

그러나 내가 그대로 말해버린다면, 에밀리에게 불쑥 비난의 손가락질을 하며 "이 사기꾼!" 하고 소리를 지른다면, 오크스 박사와 AIS가 홍보 중인 이미지에 큰 타격이 가고 토랜스도 화를 내겠지. 지금까지 지켜본 것으로 짐작해보면 에밀리는 진심으로 보이는 눈물을 터뜨릴 것이고, 나는 〈평탄치 않은 밤〉의 1막 끝부분 파티 장면에서의 마고 채닝처럼 순진한 사람을 괴롭히는 못된 여자처럼 보일 것이며 그러면 〈데스크 세트〉의 주연을 맡을 기회도 함께 사라지고 말 것이다.

그러나 내가 계속 눈치를 못 챈 척하면서 토랜스가 내게 맡긴 1막짜리 작은 익살극 역할에 충실한다면 나는 특급바보처럼 보일 것이다. 타임스퀘어 광장의 〈타임스〉 건물에 헤드라인이 지나가는 게 보일 지경이다. "브로드웨이 전설의 평탄치 않은 밤." "로봇, 극장의 영부인을 속이다." 토니상 수상이 거론되는 여배우로서 얻고 싶은 홍보 효과는 절대로 아니다.

게다가 〈데스크 세트〉의 주제는 인간이 기술보다 더 똑똑하다는 것이다. '이런 상황에서 캐서린 헵번이라면 어떻게 했을까?' 나는 생각했다. '마고 채닝이라면 어땠을까?'

"크리스마스 쇼가 정말 마음에 들 거야." 토랜스가 에밀리에게 말하고 있었다. "특히 예수 탄생 장면이 훌륭하지. 진짜 나귀와 양이 출연하거든. 낙타도 나오고."

"정말 환상적일 것 같아요." 에밀리가 애교 있는 미소를 지으며 나를 보았다. "하지만 아무리 환상적이어도 〈오직 인간일 뿐〉보다 더 좋을 수는 없을 거예요."

오직 인간일 뿐. 그랬군. 이들이 내 공연을 보고 무대 뒤로 찾아와 나를 속이고 싶었던 이유가 바로 그거로군. '다들 안전벨트 단단히 매라고.' 나는 속으로 말했다. '평탄치 않은 밤이 될 테니까.'

"그리고 라디오시티 뮤직홀도 마음에 들 거야." 토랜스가 말했다. "아름다운 아르데코 양식 건물이거든."

오크스 박사가 고개를 끄덕였다. "쇼를 보기 전에 건물도 구경시켜주겠다고 했습니다. 그렇지, 에밀리?"

그게 나의 신호였다. "에밀리." 나는 생각에 잠긴 듯이 그 이름을 반복해 말했다. "참 예쁜 이름이구나. 정말 예뻐. 누구 이름을 따서 지은 거니?"

기자들이 송신장치와 안드로이드에서 일제히 고개를 들었고 오크스 박사는 눈에 띄게 긴장했다. 내 생각이 옳았다는 뜻이었다.

"예." 에밀리가 말했다. "에밀리 웹의 이름을 땄어요."

"〈우리 읍내〉에 나오는 에밀리 웹?" '그럴 줄 알았어.' 완벽한 이름이다. 〈톰 아저씨의 오두막〉에 출연한 어린 에바를 제외하면 에밀리 웹이야말로 미국 무대 역사상 가장 깜찍하고 사랑스러운 순수 소녀다. 에밀리는 머리에 큼직한 리본을 달고 하얀 원피스를 입고 소녀처럼 깡충깡충 뛰어다니며 해바라기와 생일과 '잠들었다 깨어 나기'를 얼마나 사랑하는지 종알종알 떠들다가 3막이 시작될 때 비극적으로 죽는 캐릭터다.

"아이 엄마가 가장 좋아하는 연극이었죠." 오크스 박사가 말했다. "에밀리는 그녀가 가장 좋아한 캐릭터였고요."

"아아." 나는 대답하고 아무렇지 않게 덧붙였다. "사람 이름을 땄는지는 몰랐어요. 그냥 약자가 아닐까 생각했죠."

"약자라니요?" 오크스 박사가 날카롭게 물었다.

"예. 엠엘이(MLE), 제조된 유사생명체(Manufactured Lifelike Entity). 이런 거요."

쥐죽은 듯한 침묵이 이어졌다. 마치 〈오직 인간일 뿐〉의 3막에서 내가 호프의 딸인 게 밝혀졌을 때 찾아오는 침묵 같았다. 기자들이 미친 듯이 안드로이드를 두드리기 시작했다.

나는 그들을 못 본 척했다. "그러다가 곧 혹시 너의 모델명일 수도 있겠다고 생각했어." 나는 에밀리에게 말했다. "네 얼굴은 마사 스콧을 모델로 삼았니? 그녀는…."

"마사 스콧은 원래 연극에서 에밀리 웹 역을 맡았어요. 프랭크 크레이븐이 무대감독을 맡은 연극이기도 하고요." 에밀리가 말했다. "그러나 제 얼굴은 조 앤 세이어스를 모델로 했어요. 에일린 역을 맡았던…."

"브로드웨이 연극 〈내 동생 에일린〉의 에일린 말이구나." 내가 말했다.

"예." 그녀는 행복하게 말했다. "에일린이라는 이름을 갖고 싶었지만 삼촌이… 아, 그러니까 오크스 박사님이 그 이름은 잘못된 암시를 줄 수도 있다고 걱정하셨어요. 에일린은 에밀리 웹보다 훨씬 더 섹시하니까요."

에일린은 가는 곳마다 대소동을 일으켜 결국 뉴욕의 절반과 브라질 해군 전원이 콩가 춤을 추면서 그녀를 따라 긴 줄을 서게 되는 캐릭터이므로, 오크스 박사는 자신의 인공지능에게 그런 일이 벌어지는 것을 원하지 않았을 것이다.

"여자들은 때로 다른 여자의 섹시함을 위협으로 여기거든요." 에밀리가 말했다. "저는 전혀 위협적이지 않게 설계되었어요."

"그러니 당연히 이브라는 이름도 제외되었겠구나?"

"예." 에밀리는 열심히 대답했다. "그게 아니더라도 이브라는 이름은 쓸 수 없었을 거예요. 종교인들 사이에서 그 이름에 대한 선호도가 낮게 나왔어요. 또 월E에 이브라는 로봇이 나오는 문제도 있었어요. 오크스 박사님은 사람들이 곧바로 로봇을 떠올릴 수 있는 이름은 좋지 않다고 하셨어요."

"그럼 터미네이터라는 이름도 제외되었겠구나." 나는 무미건조하게 말했다. "할이라는 이름도."

기자들은 더 이상 참지 못했다. "에밀리가 인공지능이라는 사실은 언제 알아채셨죠?" 〈타임스〉 기자가 물었다.

"물론 처음 봤을 때부터죠. 연기야말로 제 전공이니까요. 보자마자 이 아이가 진짜 사람이 아니라는 걸 알았어요."

"정확히 무엇을 보고 알았죠?" 유튜브 기자가 말했다.

"전부요." 나는 거짓말을 했다. "억양이나 표정이나 말하는 타이밍이나…."

에밀리는 비참한 표정을 지었다.

"하지만 그 결함이란 게 몹시 사소했어요." 나는 달래듯이 말했다. "아무나 알아챌 수 있는 정도는 아니었죠."

나는 이렇게 말하려고 했다. "저처럼 무대 생활을 오래 한 사람만이…." 그러나 제때 말을 멈추었다.

"오직 프로만이 알아챌 수 있었을 거예요." 대신 이렇게 말했다. "전문적인 배우는 관객이 전혀 알아채지 못할 때도 누군가 연기를 하는 걸 알아보거든요."

그것은 사실이었다. 아니라면 그들도 내가 새빨간 거짓말을 하고 있다는 걸 깨달았을 것이다. "넌 정말, 정말 잘했어, 에밀리." 나는 아이를 향해 활짝 웃었다.

에밀리는 여전히 동요한 것처럼 보였다. 나는 그 애의 고통스러운 표정과 입술을 깨문 얼굴 뒤에 숨은 감정이 진짜가 아니라는 것을 알면서도 이렇게 말했다. "네가 보통 무대 뒤로 찾아오는 어린 여자애들보다 연극에 관한 지식이 훨씬 더 해박하지 않았다면, 아마 나조차도 사실을 알아챌 수 있었을까 확신이 서지 않을 정도란다. 그런 애들은 뮤지컬 〈리틀 나이트 뮤직〉이 〈트와일라잇〉 뮤지컬 버전에 나오는 노래인 줄 알거든."

두 명을 제외한 기자들이 웃음을 터뜨렸다. 그 두 명과 토랜스만 멍한 얼굴이었다.

"넌 지나치게 똑똑한 게 탈이었어." 나는 에밀리를 향해 빙그레 웃으며 말했다. "캐롤 채닝에게 수업이라도 받아야겠다."

"캐롤 채닝은 〈신사는 금발을 좋아해〉에서 로렐라이 리 역할을 맡았어요." 에밀리는 말하고 아차 싶었는지 손으로 제 입을 막았다.

기자들이 웃었다.

"하지만 내가 확실히 눈치를 챌 수 있었던 건 말이야." 나는 그애의 진짜 같은 어깨를 다정하게 붙잡으며 말했다. "내가 지금껏 만나본 네 또래 아이 중에서 너는 배우가 되고 싶다고 말하지 않은 유일한 아이였단다."

"오, 세상에." 에밀리가 오크스 박사를 보며 말했다. "배우가 되고 싶다고 말했어야 한다는 거 알아요." 그 애는 다시 내 쪽을 보았다. "하지만 그랬다간 제가 당신 직업을 욕심낸다는 인상을 심어줄까 봐 걱정되었어요. 당연히 저는 그럴 마음이 없으니까요. 인공지능은 누구의 직업도 뺏기를 원하지 않아요."

"우리 인공지능은 오직 인간을 도우려고 설계되었습니다." 오크스 박사가 말했다. "인간의 직업을 더 쉽고 즐겁게 해줄 일만 하게 되어 있죠." 박사의 말은 명백히 현란한 회사홍보였다. "인공지능은 사람들이 싫어하는 기계를 없애려고 왔습니다. 셀프주유기, 식료품 매장의 계산기, 도무지 작동법을 이해할 수 없는 전자기기 등을 말입니다. 수리용 프로그램을 쓸 필요 없이, 잘생긴 젊은이가 와서 컴퓨터 버그를 고쳐주는 편이 훨씬 좋지 않을까요? 어떤 것도 나의 상황에 적용되지 않는 열두 개의 선택안 중 무엇을 고를까 고민하는 대신 친절하고 똑똑한 교환원이 직접 연결되어 내 말을 들어주는 편이 낫지 않겠어요? 아니면," 박사는 내 쪽을 향해 고개를 끄덕이며 말했다. "구글을 검색하느라 시간을 낭비할 필요 없이 오리지널 뮤지컬에 어떤 배우가 출연했는지 줄줄 알려줄 수도 있고요."

"그럼 너는 그 모든 일을 다 할 수 있니?" 나는 에밀리에게 물었다. "주유를 하고 컴퓨터를 고치고 20달러 지폐를 뱉어내고?"

"오, 아니요." 그 애는 눈을 크게 뜨고 말했다. "그중 어떤 것도 프로그램되지 않았어요. 저는 대중에게 인공지능을 소개하기 위해 설계되었어요."

그리고 젊고 예쁘장한 모습으로 거기 서서 인공지능이 위협적인 존재가 아님을 설득하려고 설계되었겠지. 마치 미스 캐스웰처럼.

"에밀리는 단지 모형일 뿐입니다." 오크스 박사가 말했다. "실제 인공지능은 다양한 직업별로 다양한 일을 하도록 설계되지요. 인공지능은 당신의 하녀가 될 수도 기술지원을 할 수도 개인 비서가 될 수도 있습니다."

"이브 해링턴처럼요." 내가 말했다.

"예?" 오크스 박사가 얼굴을 찡그리며 물었다.

"마고 채닝은 이브 해링턴을 개인 비서로 고용해요." 에밀리가 설명했다. "그런데 이브는 마고의 경력을 훔쳐가죠."

"그러나 인공지능에게는 그런 일이 일어날 수 없습니다." 오크스 박사가 말했다. "그들은 인간을 대체하기 위해서가 아니라 인간을 도우려고 만들어지니까요." 박사가 나를 보고 활짝 웃었다. "다시는 이브 해링턴에 관해 걱정할 필요가 없습니다."

"오크스 박사님은 인공지능이 인간의 직업을 차지하는 게 금지되어 있다고 말씀하셨습니다." 기자 하나가 큰 소리로 물었다. "하지만 방금 본 에밀리처럼 인공지능이 꽤 똑똑하다면 그 규칙을 교묘하게 피할 방법을 찾아내지 않으리라는 보장을 어떻게 할 수 있죠?"

"그건 규칙의 문제가 아니기 때문입니다." 오크스 박사가 말했다. "그것은 프로그래밍의 문제입니다. 인간은 다른 사람의 직업을 '원합니다.' 인공지능은 그럴 수가 없어요. '원한다'는 개념은 그들의 프로그램에 없으니까요."

"하지만 제가 아까 에밀리에게 이름에 관해 물었을 때 원래 에일린이라고 불리기를 원했다고 했어요." 나는 박사를 일깨웠다.

"그건 상징적인 표현이었습니다." 박사가 말했다. "에밀리는 인간이 말하는 것처럼 그 이름을 '원한' 게 아니었어요. 여러 선택안 가운데 하나를 선택했고 추가 정보를 바탕으로 그 선택을 바꿨다는 사실을 그렇게 표현했을 뿐입니다. 에밀리는 그 긴 과정을 줄여서 '원하다'라는 단어를 사용한 겁니다."

'그리고 그 애가 우리처럼 생각한다고 믿게 하려고 그 단어를 사용했겠지.' 다시 말해 그 애는 연기를 하고 있었다. "그렇다면 에밀리가 연극을 사랑한다고 말했을 때는요?" 나는 박사에게 물었다.

"정말로 사랑해요." 에밀리가 말했다. 이것도 전부 프로그램된 것이고 정교한 센서의 작용이겠지만 그 애는 진심으로 속상한 얼굴을 하고 있었다. "우리가 뭔가를 좋아하는 것도 인간과 똑같아요."

"그렇다면 인공지능이 우리 직업을 가져가는 것을 '좋아하는' 것은 어떻게 막을 수 있습니까?" 아까와 같은 기자가 물었다.

"예." 또 다른 기자가 연달아 물었다. "선호도를 전혀 가지지 않게 프로그램을 만드는 게 더 안전하지 않을까요?"

"그건 불가능해요." 에밀리가 말했다. "인간의 행동을 모의하려면 고차원적인 사고가 필요하고 고차원적인 사고는 선택안 사이의 선택을 요구하기 때문이에요."

"그리고 그 선택안들은 모두 타당한 것들로 이루어져 있습니다."

오크스 박사가 말했다. "예를 들면 어떤 단어를 고를지, 어떤 표정을 지을지, 어떤 정보를 줄지, 혹은 어떤 정보를 보류할지를 선택하는 것이죠."

'네가 인공지능이라는 사실을 알릴지 숨길지 선택하는 것처럼 말이지.' 오크스 박사가 설교 중에 고차원적인 사고에는 거짓말하는 능력도 포함되어 있다는 사실을 말할지 궁금했다.

"어떤 행동을 취할지 선택하는 것은 다른 행동, 다른 말, 심지어 다른 생각 대신 한 가지를 선택하는 능력이 없이는 불가능합니다." 그는 계속 말했다.

"인간의 것을 차지하겠다는 '선택'을 막아줄 장치가 있습니까?" 세 번째 기자가 말했다.

"인공지능은 인간이 대다수 직업에서 더 나은 자격을 갖추게 도와주는 기술과 속성을 고려하도록 프로그램되어 있습니다. 그러나 인간의 직업과 경력을 '욕망'하게 하는 속성은 프로그램되어 있지 않습니다. 개인적으로 두드러지고 싶은 진취성이랄지 추동력, 욕구 말이죠."

"그러니까 자기 직업은 안전하다는 뜻이야, 클레어." 토랜스가 말했다.

"물론입니다." 오크스 박사는 비꼬지 않고 직설적으로 말했다. "게다가 인공지능의 선호도는 감정을 기반으로 하지 않으므로 이들에겐 직업을 향한 동기를 불러일으키는 다른 요소, 즉 권력과 섹스와 돈을 향한 욕망이 없습니다. 또 마지막 안전장치로 인간을 만족하게 하고자 하는 충동을 프로그램에 넣었습니다. 그렇지, 에밀리?"

"그래요." 에밀리가 말했다. "저는 누구의 직업도 훔치기를 원하지 않을 거예요. 특히 당신의 직업은요, 미스 하빌랜드."

'이브 해링턴도 정확히 저렇게 말했지.' 나는 생각했다.

그러나 이 자리는 맞서 싸우기가 아니라 언론홍보를 위한 자리였고 기자들도 토랜스도 에밀리의 연기를 곧이곧대로 믿는 게 분명했으므로, 내가 만약 무슨 말이라도 보탠다면 나는 파티의 마고 채닝처럼 보일 것이다. 완전히 나쁜 년 말이다.

그래서 나는 웃으며 에밀리와 사진촬영을 위한 자세를 취했고 그애가 나에게 라디오시티 뮤직홀의 크리스마스 쇼에 함께 갈 수 있느냐고 물었을 때도 ("시장님이 입장권을 추가로 구해주실 수 있을 거예요.") "내 눈에 흙이 들어가기 전에는 안 돼."라고 말하지 않았다.

나는 안타깝다는 듯이 말했다. "그날 공연을 해야 한단다." 그리고 토랜스를 기쁘게 해주려고 "거기 보고 계신 모든 시청자 여러분. 44번가 나단 레인 극장에서 상연 중인 〈오직 인간일 뿐〉을 보러 와주세요. 저녁 8시랍니다."라고 말했다.

"자기 정말 끝내줬어!" 다들 가고 난 후 토랜스가 말했다. "자기 공연 중 최고였어! 부활절까지 표가 매진될 거야. 록펠러센터에서 아이스스케이트 타는 건 다시 생각할 필요도 없지 않아? 대단한 홍보가 될 거야. 자기는 이제 귀여운 아이스스케이트 스커트를 입고 30분 동안 얼음 위를 미끄러지기만 하면 돼."

"스케이트 스커트 안 입어." 나는 귀걸이를 빼며 말했다. "타이츠도 안 신고. 또…."

"무용복도 안 입고. 미안, 내가 깜박했어. 우리 그 애를 다시 불러다 극장을 구경시켜줄까? 그러면 여름까지 표가 매진될 거야. 아니면 그 애를 자기 아파트로 초대해 내일 오찬을 할 수도 있어."

"오찬 안 해." 나는 화장을 지우며 말했다. "극장 구경도 없어. 로봇도 없고."

"인공지능이야." 그는 반사적으로 내 말을 고쳐주고 얼굴을 찡그렸다. "난 자기가 에밀리를 좋아하는 줄 알았는데."

"그런 걸 연기라고 부르는 거야."

"하지만 왜 그 애를 좋아하지 않아?"

"위험하니까."

"위험하다고? 그렇게 다정한 어린아이가?"

"그게 정확한 이유야. 다정하고 어리고 순진하고 사랑스럽고 완전하게 무해한 트로이의 목마지."

"자기도 오크스 박사 말을 들었잖아. 그가 만든 인공지능은 인간의 직업을 훔치기 위해서가 아니라 인간을 도우려고 프로그램되었다고."

"옛날에도 영화가 보드빌쇼를 죽이지 않을 거라고 했어. 전자 악기가 극장의 오케스트라를 없애지 않을 거라고 했고. 컴퓨터그래픽이 무대 설치가들을 대체하지 않을 거라고 했어."

"하지만 박사가 그랬잖아. 위험을 방지하기 위해 안전장치를 마련했다고. 아니, 그렇지 않더라도 에밀리는 자기를 대체할 수 없어. 그 애는 연기를 못 하잖아."

"당연히 할 수 있어. 그 애가 아까 1시간 동안 여기서 보여준 게 뭐라고 생각하는 거야? 자신이 가지지도 않은 감정을 흉내 내는 것, 그거야말로 연기의 정의라고 나는 믿어."

"자기가 이런 문제를 걱정하다니 믿을 수가 없어. 아무도 자길 대체할 수 없어, 클레어. 자기는 단 하나야. 자기는….."

"'전설'이라고만 해봐."

"'스타'라고 말하려고 했어. 게다가 자기도 에밀리 말 들었지. 그애는 배우가 되기를 원하지 않아."

"나도 그 애 말을 들었지만 그렇다고 그 애가 저 문밖에서 기다리고 있다가 내가 나가면 내 비서가 되고 싶다고 애원하지 않는다는 뜻은 아니야. 그러면 다음에 어떤 일이 벌어질지 안 봐도 빤하잖아? 나는 자동차에 기름도 떨어지고 직업도 잃은 채 버몬트주 한가운데에서 꼼짝달싹도 못 하겠지."

"버몬트?" 토랜스가 멍청한 얼굴로 물었다. "자기가 왜 버몬트에 가? 올해는 여름 휴양지 공연 계획이 없잖아?"

그의 말을 듣고 있으려니 〈평탄치 않은 밤〉을 실제로 본 사람을 곁에 둘 수만 있다면 차라리 에밀리를 개인 비서로 고용하는 편이 낫겠다는 생각이 들었다. '춤은 10점, 외모는 3점'이 무슨 뜻인지 알아듣는 사람이 옆에 있어 준다면.

그러나 사인을 받으려고 밖에서 기다리는 무리 중에 에밀리는 없었다. 내 사인을 받겠다고 서 있는 무리가 〈금지된 세계〉를 공연 중인 마제스틱 극장 밖에 모인 인파보다 상당히 적다는 사실이 어쩔 수 없이 눈에 띄었다. 에밀리는 리무진 옆에서 기다리고 있지도 않았고 3막에서 이브가 그랬던 것처럼 이미 제집처럼 편안해진 내 아파트에서 기다리고 있지도 않았다.

그리고 다음 날 아침 일어났을 때 내 문밖에 서 있지도 않았다. 토랜스가 가져다 둔 게 확실한, 근사한 기사가 실린 〈포스트 데일리 뉴스〉만 한 부 놓여 있었다. 신문에 어제 무대 뒤를 방문한 사진한 장과 두 칸을 꼬박 채운 기사가 실렸다. 기사에서 나를 '전설'로 부르지 않아 기뻤고 30분 후에 토랜스가 전화를 걸어 〈오직 인간일 뿐〉이 내년 2월까지 전 좌석 매진이라는 소식을 알려와서 또 기뻤다. "전부 자기 덕분이야."

"아부해도 소용없어." 내가 말했다. "그래도 난 아이스스케이트는 타지 않을 테니까."

"에밀리도 안 타." 토랜스가 말했다. "밖에 비가 쏟아지고 있거든."

'참 잘됐네.' 나는 생각했다. 에밀리는 이제 크라이슬러 빌딩이나 현대미술관 같은 곳에 들어가 자신이 위협적인 존재가 아님을 대중에게 설득해야 할 것이다. 아니면, 정말로 그렇게 나의 열혈 팬이라면 〈오직 인간일 뿐〉을 다시 보러 오겠지. 그러나 낮 공연 때 에밀리의 모습은 보이지 않았다.

나는 안심했다. 오크스 박사가 AIS의 인공지능은 우리 직업을 훔치러 온 게 아니라고 장담했고 에밀리도 배우가 되기를 원하지 않는다고 열변을 토했지만, 〈이브의 모든 것〉과 비슷한 점이 너무 많아 마음을 놓을 수가 없었다. 지금 장난하나? 인공지능이 정말로 위협적인 존재가 아니라면 오크스 박사와 AIS는 우리를 설득하는 일에 왜 그렇게 많은 시간과 노력을 쏟아붓고 있단 말인가.

그래서 저녁 공연 직전에 비가 진눈깨비로 변해 퍼붓기 시작했을 때도, 취소사태가 이어지고 공연을 보러 온 관객들이 젖은 양털 냄새를 풍겼을 때도 나는 전혀 불행하지 않았다. 관객들이 1막과 2막 내내 기침을 하고 코를 훌쩍거리고 중요한 대사마다 요란한 소리를 내며 우산을 떨어뜨렸지만, 적어도 에밀리는 2막의 이브 해링턴처럼 공연 후 무대 밖에서 나를 기다리고 있지는 않을 것이다.

사실 무대 밖이나 좌석 쪽에서 기다리는 사람은 아무도 없었다. 물론 진눈깨비가 내린다고 해서 〈금지된 세계〉의 팬들이 거리에 줄지어 서 있는 것까지 막지는 못했다. 엄청난 군중이 우산 아래 옹송그리고 모여 서서 흠뻑 젖은 프로그램 리플릿을 움켜쥐고 샤일로와 저스틴 주니어를 기다리고 있었다. 에밀리와의 만남이 더 어린 관객층을 끌어모을 거라던 토랜스의 말은 이쯤에서 잊기로 하자.

운전기사 조르주가 우산을 펼쳐 들고 내 쪽으로 철벅철벅 달려왔다. 나는 고마운 마음으로 우산 밑으로 들어갔고 그는 대기 중인 리무진으로 나를 안내하고 뒷좌석에 태웠다.

내가 차 안에 앉아 코트 자락을 터는 사이 조르주는 차를 돌아 운전석으로 갔고 나는 구두가 얼마나 망가졌는지 보려고 고개를 숙였다.

한 소녀가 손바닥으로 내가 탄 쪽 차창을 두드렸다. 창에 김이 서려 있어서 손만 보일 뿐 누구인지는 보이지 않았다. 그러나 그게 누구든 소녀는 내 이름을 알고 있었다. "미스 하빌랜드!" 창문이 닫혀 있기도 하고 지나가는 자동차 소리에 묻히기도 해서 소녀의 목소리는 잘 들리지 않았다. "잠깐만요!"

'사인을 받겠다고 기꺼이 얼어 죽을 것 같은 추위를 견디는 팬은 저스틴 주니어만 거느린 게 아니야.' 나는 차창을 내리려고 문을 더듬으며 버튼을 찾았다. "어떤 버튼이죠?" 나는 큰 덩치를 부리며 이제 막 운전석에 올라탄 조르주에게 물었다.

"왼쪽 버튼입니다." 그는 운전석 문을 쾅 닫으며 시동을 걸었다. "원하시면 출발하겠습니다."

"팬을 남겨두고요?" 나는 말했다. "당치 않아요!" 물론 그 주에 나를 기다린 팬들은 저스틴 주니어를 기다리다 지쳐서 잠시 진눈깨비나 피하려고 대신 내 사인이라도 받으러 온 〈금지된 세계〉의 팬일 가능성이 컸다. "사인은 브로드웨이 전설의 의무죠." 나는 말하고 버튼을 눌렀다.

"아, 감사해요, 미스 하빌랜드." 소녀가 내려가는 차창 위쪽을 움켜잡고 말했다. "그대로 가버리면 어쩌나 걱정했어요."

에밀리였다. 연갈색 머리카락이 이마와 뺨에 찰싹 들러붙었고, 눈썹과 코에서 빗물이 뚝뚝 떨어지는 모양이 꼭 물에 빠진 생쥐 꼴이었다.

"여기서 뭐 하는 거야?" 뭘 하는지 분명했지만 물어보았다. 이브가 마고 채닝에게 마고의 공연 티켓을 사느라 돈을 다 써버려서 며칠 동안 아무것도 먹지 못했다고 말하는 〈평탄치 않은 밤〉의 장면과 똑같았다.

"드릴 말씀이 있어요." 에밀리는 다급하게 말했고 나는 오크스 박사의 천재적인 기술에 감탄할 수밖에 없었다. 에밀리의 뺨과 코는 얼어붙는 추위로 새빨개져 있었고 입술은 얌전한 분홍색 립스틱 아래서도 창백해 보였으며 아래로 내려간 차창을 꼭 움켜쥔 손등은 하얗게 질려 있었다.

'이 아이는 정말로 추운 게 아니야.' 나는 생각했다. '전부 센서가 하는 일이야. 센서가 반응하도록 프로그램된 거야.' 그러나 그렇게 서 있는 그녀를 향해 안쓰러운 마음을 느끼지 않기란 어려웠다. 환상은 너무도 완벽했다.

그리고 조르주는 확실히 그 환상에 넘어갔다. 그는 뒷좌석 쪽으로 몸을 기울이며 물었다. "저 소녀를 차에 태워야 하지 않겠어요?"

'아니.' 나는 생각했다. '그러면 그 애는 내게 눈물 없이는 들을 수 없는 이야기들을 쏟아낼 테고 그다음은 알다시피 내가 그 애를 대역배우로 고용하게 되겠지. 나는 제2의 마고 채닝이 되고 싶지 않아. 저 애가 아무리 애처로워 보이더라도.'

그러나 그렇게 말하지는 않았다. 대신 이렇게 말했다. "오크스 박사는 어디 있니? 오늘 저녁 라디오시티 뮤직홀에서 크리스마스 쇼를 보기로 한 줄 알았는데?"

"우리… 우리는… 저는 쇼를 봤어요." 그녀는 말을 더듬거렸다. "그런데 무슨 일이 생겼어요."

"오크스 박사에게?" 순간 그 애가 프랑켄슈타인의 괴물처럼 박사를 죽이고 어둠 속으로 미친 듯이 뛰쳐나가는 모습이 불쑥 떠올랐다.

"아니요." 그녀가 말했다. "박사님은 제가 없어진 것도 몰라요. 무슨 일이 생겼는지 당신에게 말하고 싶어서 몰래 빠져나왔거든요. 무슨 일이… 제가 쇼를 보는 동안… 저한테 무슨 일이 벌어졌어요."

'그랬겠지.' "결국 배우가 되고 싶다고 결심했구나." 나는 무미건조하게 말했다. 아니, 한바탕 쏟아지는 차가운 비를 온통 내게로 끌어모을 수 있을 만큼 건조하게 말했다.

그 애의 눈이 경악에 찬 표정을 완벽하게 흉내 내며 휘둥그레졌다. "아니에요, 미스 하빌랜드!" 그 애는 애원하듯 말했다. "꼭 드릴 말씀이 있어요."

"아이를 저렇게 밖에 세워두면 안 돼요." 조르주가 나무라듯 말했다. "저러다 폐렴에 걸리겠어요."

'아니, 그렇지 않아.' 나는 생각했지만 조르주의 말이 옳았다. 저 애를 저렇게 밖에 세워두면 안 된다. 물 때문에 저 애의 전자장치에 합선이 일어나거나 장비에 녹이 슬거나 할지도 모른다. 그리고 누구라도 저 애가 밖에 서서 차에 태워달라고 애원하는 모습을 본다면 나는 괴물처럼 보일 것이다.

게다가 사람들에게 저 애는 그저 로봇이라고 말해도 사람들은 빨간 코와 새파래진 입술을 하고 저기 서 있는 아이를 보고 내 말을 믿지 않을 것이다. 이제 아이는 숫제 치아까지 달그락거리며 떨고 있었다. "차에 타." 나는 말했다.

조르주가 서둘러 나가 에밀리에게 문을 열어주자 그 애는 온 군데에 물을 묻히며 차에 탔다. "정말 고맙습니다, 미스 하빌랜드." 그 애가 내 손을 잡으며 말했다. 그녀의 센서는 생각보다 훨씬 훌륭했다. 그 애의 손은 진눈깨비 내리는 날 밖에 서 있는 팬들이 그럴 것처럼 정확히 얼음장처럼 차가웠다.

"난방을 켜요." 나는 조르주에게 지시했다. "에밀리, 오크스 박사 몰래 빠져나왔을 때 어디에 있었지? 라디오시티 뮤직홀에 있었니?"

"예. 박사님에게 대강당 밖 여자화장실에 가야 한다고 말했어요."

여자화장실이라고? 저 애는 대체 얼마나 진짜 같은 건가.

"벽화를 보려고요." 그 애가 말했다. "시대별로 화장(化粧)의 역사를 보여주는 비톨드 고든의 벽화가 있거든요. 클레오파트라, 그리스 시대, 마리 앙투아네트, 또…."

"그런데 여자화장실에서 무슨 일이 있었니?"

"아니요." 그녀는 얼굴을 찡그리며 말했다. "여자화장실에 다녀오겠다고 한 건 박사님 몰래 옆문으로 빠져나가려고 그랬던 거예요."

'거짓말을 할 수 있는 건 확실하군.' 나는 생각했다. "그게 얼마 전

일이지?" 내가 물었다.

"18분 전이요. 내내 뛰어왔어요."

아직 20분이 안 됐으니까 오크스 박사가 공황에 빠져 '실종 로봇' 신고를 하지는 않았다는 뜻이었다. "조르주, 전화기 좀 줘봐요." 내가 말했다.

조르주가 전화기를 건넸다.

"에밀리, 오크스 박사 휴대폰 번호가 어떻게 되지?"

"오, 안 돼요. 박사님한테 돌려보내지 마세요!"

"안 그럴 거야." 나는 약속했다. "박사 전화번호를 알려줘."

그 애가 번호를 알려줬다.

"클레어 하빌랜드예요." 박사가 전화를 받자 말했다. "걱정하지 마시라고 전화했어요. 에밀리는 저랑 같이 있어요. 제가 극장 구경을 시켜주고 있어요. 그런 다음 나가서 진짜 뉴욕 치즈케이크를 먹을 거예요."

"그 애는 치즈케이크를 못 먹어요. 그 애는 인공지능….."

"예, 알아요. 하지만 저는 먹을 수 있죠. 그 애는 진짜 극장가의 음식을 보는 것만으로도 즐거울 거예요. 그런 다음 제가 집까지 데려다줄게요. 박사님은 호텔에 계신가요?"

그렇지 않았다. 그는 라디오시티 뮤직홀에 있었다. "직원들하고 에밀리를 찾느라 온갖 데를 헤맸어요. 지금 막 경찰에 전화하려던 참이었습니다. 그 애는 당신이 극장 구경을 시켜주기로 했다고 왜 제게 말하지 않았을까요?"

"의사전달과정에 잠시 실수가 있었던 거죠." 내가 말했다 "에밀리는 제가 당신에게 말했다고 생각했고 나는 우리가 그 문제를 이야기할 때 당신도 그 자리에 있었다고 생각했어요." 박사가 에밀리와 내가 단둘이 얘기할 기회가 없었고 내내 그가 옆을 지키고 있었다는 사실을 기억하지 못하길 바라며 말했다. "혼동을 일으켜서 죄송해요, 오크스 박사님."

"그 애는 저한테 말하고 갔어야 했어요." 박사가 말했다. "제가 걱정할 걸 알았어야 한단 말입니다."

"어떻게 그래요?" 내가 말했다. "에밀리에겐 인간적인 감정이 없다고 박사님이 말씀하셨잖아요."

"하지만 저는 매우 구체적인 프로그램을…."

아무래도 말이 길어질 것 같았다. "박사님 목소리가 갈라진 것 같아요." 나는 그의 주의를 다른 데로 돌리려고 했다. "감기 걸리셨어요?"

"그런 것 같네요. 에밀리를 기다리느라 비를 흠뻑 맞았거든요. 이러다 폐렴이라도 걸리면…."

"어머, 딱해라." 나는 25년간 갈고닦은 연기능력을 죄 끌어모아 최대한 동정심을 느끼는 척했다. "어서 집에 가서 주무세요. 룸서비스로 뜨거운 토디*를 시켜서 드세요. 에밀리는 제가 데리고 있다가 안전하게 돌려보낼게요." 그는 언짢은 부모의 말투로 뭐라 뭐라 잔소리를 조금 더 한 뒤에 전화를 끊었다.

"좋아." 내가 말했다. "이 문제는 해결했고…."

"우리 정말로 식당에 가요?" 에밀리는 안타깝게 물었다.

"아니, 네가 원하지 않으면 안 가. 그냥 박사가 극장으로 온다고

---

* 위스키에 레몬, 설탕, 온수를 섞은 음료

할까 봐 둘러댄 거야. 넌 어딜 가고 싶니? 극장으로 돌아갈까? 아직 베니가 있을 테니 우릴 들여보내 줄 거야."

"그냥 차 안에 있으면 안 돼요?"

"물론 되지." 나는 조르주에게 차를 연석 쪽으로 가까이 대라고 말했다.

그는 그렇게 한 다음 트렁크에서 격자무늬 담요를 하나 꺼내와 에밀리의 무릎에 덮어 주었다. "오, 하지만 저는…." 그 애가 거절하려고 했다.

나는 에밀리에게 고개를 저었다.

그 애는 고개를 끄덕이고 조르주가 제 무릎에 담요를 덮어 주고 어깨에 재킷을 둘러주는 걸 가만히 놔두었다. "고맙습니다." 그 애는 조르주를 향해 매혹적인 미소를 지으며 인사했다.

"뜨거운 거라도 마시겠어요?" 조르주는 차 안에 나도 있다는 걸 잊은 사람처럼 에밀리에게만 물었다. "커피나 뭐라도?"

"아, 아니에요." 그 애가 말했다. "저는 마실 수가…."

"코코아를 마실 거예요." 나도 이 아이처럼 젊고 무기력하게 매혹적으로 보일 수 있다면 얼마나 많은 것을 내어줄 수 있을까 생각하며 끼어들었다. "그리고 나는 커피에 럼샷을 추가한 걸 사다 줘요. 다크 브루에서 파는 그 진흙탕물 말고요." 나는 덧붙였다. "피넬리에가에 있어요." 그 카페는 여섯 블록이나 떨어져 있었다.

그는 순순히 떠났다. "좋아." 나는 말했다. "이제 이야기를 나눌 수 있겠다. 무슨 일이 있었는지 말해봐. 너는 라디오시티 뮤직홀에 크리스마스 쇼를 보러 갔다고 했지."

"예, 정말 아름다웠어요. 그리고 거대했어요. 황금색 커튼과 샹

들리에와 조각상과 엄청나게 넓은 무대와….”

“알아. 나도 가본 적 있어. 그런데 거기서 무슨 일이 벌어졌다고 했지?”

“예, 쇼가 시작되었고 노래를 부르고 춤을 추고 나서 로켓 무용단이 나왔어요. 그들은 80명의 무용수로 이루어졌는데 공연마다 40명씩만 나와요. 원래는 록시 극장에서 춤을 추었던 16명의 록시에트 무용단으로 출발했지만 1932년 라디오시티 뮤직홀이 개관하면서 엄청난 인기를 끌게 되었죠. 폭 44미터의 무대에 선 그들의 모습이 장관이었거든요. 그래서 20명의 무용수를 더하고 나중에 또 4명을 더해 그 후로는 쭉 40명이 공연을 하게 되었어요. 그들은 전부 키가 똑같고 의상도 똑같고….”

“나도 로켓 무용단이 뭘 하는지는 알아.” 나는 말했지만 에밀리를 막을 수는 없었다. 그 애는 이미 봇물 터지듯 말하고 있었다.

“총 10만여 회가 넘는 공연을 해왔고 1970년대에는 라디오시티 뮤직홀을 구하기도 했어요! 뮤직홀이 해체될 위기에 처했을 때 로켓 무용단이 공연의상을 입고 밖으로 나와 건물 둘레에 둘러서서 길가는 사람들을 붙들고 건물을 구하자는 탄원서에 서명을 받았어요. 80명의 단원이 전부 밖에 서서 말이에요. 한겨울 눈이 오는 거리였어요.”

나는 그 애가 숨을 쉬려고 잠깐 멈출 때를 기다리다가, 곧 그 애가 숨을 쉴 일은 없을 거라는 사실을 깨달았다. 그냥 내가 끼어들어서 막아야 했다. “로켓 무용단이 나온 다음 어떻게 됐지?” 내가 물었다.

“그들은 길고 완벽한 직선을 이루어 섰어요. 가장자리에 흰색 털이 달린 빨간색 무용복을 입고 모자를 쓰고 황금색 탭슈즈를 신었죠. 그건 그들의 전통적인 크리스마스 공연의상 중 하나예요. 그들은 1933년부터 크리스마스 공연을 하고 있어요."

이런 식이면 밤을 꼬박 새워도 모자랄 판이었다. 나는 다시 끼어들었다. "그들이 직선을 이룬 다음 어떻게 했니?"

"팔짱을 끼고 동시에 공중으로 다리를 차올렸어요." 그 모습을 설명하는 에밀리의 눈이 흥분으로 빛났다. "머리 높이까지 찼어요. 그리고 모든 발차기의 높이가 정확하게 똑같았어요."

나는 고개를 끄덕였다. "그래서 로켓 무용단이 유명한 거야. 정확하게 눈높이까지 올라오는 발차기."

"그리고 스케이터들이 등장해 연못에서 스케이트를 탔어요. 바로 무대 위였어요. '심플 리틀 위크엔드' 노래에 맞춰서요."

〈평탄치 않은 밤〉에 나오는 노래다.

"그러자 로켓 무용단이 스팽글이 달린 하늘색 무용복을 입고 은색 탭슈즈를 신고 다시 나와 발차기를 조금 더 하고 나서…."

전체 쇼가 어땠는지 일일이 다 들어야 하는 건가? "에밀리." 내가 말했다. "그래서 정확히 무슨 일이 있었던 거…?"

"커튼이 열리자 장난감 가게가 나왔고 로켓 무용단이 장난감 병정 의상을 입고 나와서 일제히 쓰러졌어요."

대쪽같이 꼿꼿하게 선 장난감 병정이 길게 늘어서 있다가 도미노처럼 서로 몸에 포개지며 쓰러져 무대 위에 깔끔하게 정렬하는 것도 로켓 무용단의 유명한 쇼 중 하나였다.

"그러고 나서," 에밀리가 계속 말했다. "머리에 빛이 번쩍이는 네모난 상자를 쓰고 온통 은색 의상으로 차려입고 나와서는…."

126

'로봇이로군.' 나는 생각했다. '그랬겠지. 메이시 백화점의 퍼레이드 주제와 백화점의 크리스마스 진열상품에 맞춘 거야.'

"전부 탭댄스를 췄어요." 에밀리는 숨도 쉬지 않고 말했다. "정확히 똑같이 돌아서고 정확히 똑같은 높이로 발차기를 했어요. 그 순간 저는 깨달았어요. 당신이 지난밤 제게 뭘 하고 싶으냐고 물었을 때 그게 무슨 뜻인지 몰랐거든요. 뭔가가 되기를 원하는 게 무슨 뜻인지 몰랐다는 말이에요. 그런데 이제 알겠어요." 그 애가 반짝반짝 빛나는 눈동자로 나를 쳐다보았다. "저, 로켓 무용단이 되고 싶어요!"

처음 든 생각은 이랬다. '뮤지컬 배우가 아니라 로켓 무용단이라니, 하느님 감사합니다!' 이 젊고 순수한 아이의 모든 걸 무장해제시키는 열정과 경쟁하지 않아도 된다.

두 번째로 든 생각은 이랬다. '이런 모순이 있나!' 오크스 박사가 이 아이를 뉴욕에 데려온 이유는 인공지능이 인간의 직업을 욕심내지 않는다는 것을 사람들에게 확신시키기 위해서였는데, 아이는 지금 뉴욕에서 가장 인기 있는 직업 중 하나를 원한다고 선언한 것이다. 이제 에밀리는 로켓 무용단이 되기를 열망하는 수천 명의 소녀와 미국 전역에서 댄스 강습을 받는 수만 명의 어린 소녀들에게 위협적인 존재가 되었다.

'박사가 자초한 일이야.' 나는 생각했다. '에밀리에게 로켓 무용단을 보여주다니, 조금 더 신중했어야지.' 로봇 의상을 입지 않았더라도 똑같은 의상에 똑같이 긴 다리, 똑같이 웃는 얼굴을 한 로켓 무용단은 흡사 로봇처럼 보였다. 게다가 그들은 똑같이 발을 맞춰 탭댄스를 추고 자로 잰 듯 정확하게 회전을 하고 스텝을 밟고 발차기를 한다. 오크스 박사는 그런 모습이 에밀리의 시선을 단박에 사로잡을 것을 예상했어야 했다.

그 애의 젊음에 덧붙여(열여섯 나이에 맞춘 겉포장이 아니라 경험 부족을 말하는 것이다. 세상에 갓 만들어진 로봇보다 경험이 부족한 사람이 누가 있겠는가?) 로켓 무용단의 공연을 한 번 본 어린 소녀라면 누구나 그들처럼 되기를 원한다는 사실까지 생각하면 어떤 일이 벌어질지는 불을 보듯 뻔했다.

그러나 에밀리의 꿈은 불가능했다. 우선 에밀리는 의심할 줄 모르는 얼간이들과 홍보용 사진을 찍고 인터뷰를 하려고 설계되었지, 춤을 추려고 만들어지지 않았다. 둘째로 오크스 박사가 절대로 허락할 리 없었다.

"너는 로켓 무용단이 될 수 없어." 나는 말했다. "인공지능은 인간의 직업을 차지할 수 없다고 네 입으로 말했잖니."

"하지만 무용단은 직업이 아니에요!" 그 애는 열정적으로 말했다. "그러니까… 직업은 사회가 계속 굴러가게 하고 또 생계를 위한 돈벌이로 해야 하는 임무예요. 로켓 무용단이 되는 것과는 완전히 달라요! 그건 돈과 아무런 상관이 없어요. 그건, 뭐랄까, 꿈이나… 추구나… 음…."

"사랑을 위해 하는 일?"

"맞아요." 그녀는 말했다. 이제 그 애가 확실히 무대를 동경한다는 것을 알 수 있었다. 그 애는 방금 내가 한 말이 브로드웨이 뮤지컬에 나오는 대사라는 것조차 알아채지 못했다.

"하지만 그것도 직업이야." 나는 말했다. "로켓 무용단도 돈을 받아."

"저는 돈을 받지 않아도 돼요. 저는 공짜로 할 거예요!"

"인공지능이 인간의 직업을 차지해도 좋다고 허락을 받는다 쳐도 여전히 네 키가 문제가 될 거야."

"제 키요?"

"응. 너는 너무 작아. 로켓 무용단이 되려면 키 제한이 있어."

"알아요. 그들은 전부 키가 똑같아요. 키가 얼마여야 하죠?"

"사실 그들의 키가 정확히 똑같은 건 아니야." 내가 말했다. "시각적인 환상을 이용하지. 가장 키가 큰 단원을 가운데에 세우고 양쪽 끝으로 갈수록 점점 작아져."

"그럼 저는 맨 끝에 서면 되겠네요."

나는 고개를 저었다. "아니. 아무리 그래도 168센티미터에서 178센티미터 사이는 되어야 해. 어쨌든 내가 로켓 무용단 오디션을 봤을 때 기준은 그랬어. 그 후로 더 높아졌을지도 몰라."

"당신이 로켓 무용단이었다고요?" 그녀는 깜짝 놀라 새된 소리로 물었다. 나에 대한 에밀리의 평가가 몇 단계 높아진 건 분명해 보였다. "아니, 왜? 약력에는 그런 말이 없었어요."

"그야 로켓 무용단이 아니었으니까. 오디션을 보던 중에 〈졸음이 오는 샤프롱〉의 코러스를 해보라는 제안이 왔고 당장 수락했지. 그건 결정적인 기회였어."

"어떻게 로켓 무용단을 포기할 수 있어요? 저라면 그것 말고는 어떤 것도 원하지 않았을 거예요!"

사실 로켓 무용단이 되고 싶어서가 아니라 그저 눈에 띄고 싶어서 오디션을 봤다거나 〈졸음이 오는 샤프롱〉 코러스 제안을 받았을 때 뒤도 한 번 안 돌아보고 라디오시티 리허설 홀을 걸어 나왔다는 말은 하지 않는 게 좋겠다.

"로켓 무용단이 되려면 뭘 해야 하는지 알려주세요." 에밀리가 내 팔을 움켜잡으며 말했다. "탭댄스를 배워야 한다는 건 알아요."

"재즈댄스랑 발레도 배워야 해. 앙 포앵트*."

그녀는 예상했다는 듯 고개를 끄덕였다. "그런 프로그램을 설치하면 돼요."

"탭댄스 프로그램을 설치하는 것과 실제로 스텝을 배우는 건 같지 않아." 내가 말했다. "댄서가 되려면 몇 년간의 훈련과 고된 노력이 필요해."

그녀는 고개를 끄덕였다. "〈코러스 라인〉에서처럼 말이죠."

"그래, 그거야." 나는 말했다. "하지만 그런 경험이 있다고 해도 지금 그게 중요한 게 아니야. 넌 겨우… 얼마지? 기껏해야 158센티미터?"

"155센티미터요."

"키가 최소한 170센티미터는 되어야 해." 그 애가 원하는 게 그리 좋은 생각이 아니라는 것을 논리로 호소할 수 있기를 바라며 말했다. 그 애가 처음 에일린이라는 이름을 원했을 때처럼 말이다. "너는 너무 작아."

그녀는 뭔가를 생각하며 고개를 끄덕였다.

"미안하다. 실망스럽다는 거 알아. 하지만 무대에 서려면 꼭 필요한 일이야. 나는 〈레미제라블〉 리메이크작에서 키가 너무 크다고 판틴 역을 맡지 못했단다. 버나뎃 피터스도 키 때문에 배역을 잃은

---

* 발끝으로 선 자세

적이 있어."

그 애는 내 말을 듣고 있지 않았다. "빙고 봉고는 어떨까요?"

"뭐?"

"빙고 봉고요. 저도 그걸 받아야 할까요?" 내가 여전히 멍한 얼굴을 하자 "〈코러스 라인〉에 나오잖아요. '춤은 10점 외모는 3점' 노래예요. 발렌타인이 자기는 빙고 봉고를 받았다고 했어요."라고 말했다.

맞다. 발렌타인은 가슴을 확대하고 엉덩이를 들어 올리는 수술을 받았다고 얘기한다. 정확한 대사로는 '젖꼭지와 궁둥이'라고 했지만. 뭐, 사슴 같은 눈망울을 한 순수한 아이에게 혹은 로봇에게는 굳이 설명하지 않아도 될 것이다.

"소용없을 거야." 나는 그녀에게 말했다. "말했지만 너는 벌써 키 자격이 안 되잖아."

"오디션 볼 때는 뭘 했어요?"

그 애는 이미 동경에 푹 빠져 있어서 내 말은 한마디도 듣고 있지 않았다. "다시 말하지만 너는 오디션의 첫 번째 관문도 통과하지 못할 거…."

"뭘 해야 했어요?"

"무용단에서 연결 동작을 가르쳐줬어. 세 명씩 팀을 짰지. 2차 합격 통보를 받으면 이번에는 탭댄스와 발차기로 이루어진 공연 전체 동작을 배우고 솔로로 탭댄스도 춰야 했어."

"솔로로 뭘 했어요?"

"'무슨 일이 있어도'. 하지만 솔로 준비는 안 해도 돼. 넌 첫 번째 관문도 통과하지 못할 테니까. 너는 키가 너무 작아. 또 자격조건을 전부 갖춘다고 해도 네가 합격할 가능성은 아주 낮아. 매년 수백 명이 오디션을 보러 오는데 그중 겨우 한두 명만 합격하거든. 널 실망시키고 싶지는 않지만, 에밀리." 실망시키려는 말인 줄 알면서도 했다. "난 현실을 똑바로 알려주고 싶을 뿐이란다."

그녀는 고개를 끄덕이고 잠시 침묵했다. "충고 감사해요, 미스 하빌랜드. 정말 친절하게 대해주셨어요." 그녀는 이렇게 말하고 자동차 밖으로 나가더니 조금 전보다 훨씬 더 심하게 퍼붓는 빗속으로 뛰쳐나갔다.

"에밀리!" 나는 그 애를 불렀다. "기다려!" 그러나 차창을 내렸을 때 이미 에밀리는 반 블록이나 멀어지고 있었다.

"돌아와!" 나는 그 애를 불렀다. "실망한 거 알아. 하지만 이대로 집까지 걸어갈 수는 없어. 곧 조르주가 돌아올 거야. 집까지 태워다 줄게. 시간도 늦었고 호텔은 여기서 몇 킬로미터나 떨어져 있잖니."

그녀는 여기저기 빗물을 튀기며 고개를 흔들었다. "겨우 45블록 떨어져 있어요." 그녀는 발랄하게 말하고 모퉁이를 돌아 사라졌다.

몇 분 후 조르주가 종이컵 두 개를 들고 돌아왔다가 불같이 화를 냈다. "아니, 이 빗속에 어린 애를 걸어가게 놔뒀다고요?" 그는 믿을 수 없다는 듯이 말했다. "그러다 폐렴이라도 걸리면 어쩌려고 그랬어요?"

"안 걸려요." 나는 말했지만, 그 역시 내 말을 듣고 있지 않았다.

"가엾은 것." 그는 중얼거리며 거칠게 차를 출발시켰고 덕분에 내 옷 위로 커피가 쏟아졌다. "어린 것이 딱하기도 하지!"

'어린 것이 딱하기도' 한 게 맞았다. 그 애가 안무가를 매혹해 키 제한을 포기하게 할 수 있을지라도(전혀 가능한 일은 아니었지만, 그 애의 매력을 고려해보면 불가능하지는 않을 것이다), 오크스 박사가 허락할 가능성이 전혀 없었다. 에밀리가 로켓 무용단이 된다면 오크스 박사와 AIS가 대중에게 호소하려는 이미지가 크게 훼손될 것이다. 그 애가 로켓 무용단이 될 가능성을 높이려는 노력 자체가 너무 위험했다. '박사는 당장 투어를 중단하고 다음 비행기로 뉴욕을 떠날 거야. 어쩌면 벌써 떠났을지도 모르고.'

그러나 다음 날 아침 TV에서 에밀리는 자유의 여신상 발치에서 미소를 지으며 손을 흔들었고 잠시 후 센트럴 파크에서 마차를 탔으며 월요일 밤에는 그 애와 오크스 박사가 집에 돌아가는 길에 라구아디아 공항 보안검색대를 지나가며 기자들과 교통안전국 직원들을 완전히 사로잡았다는 뉴스가 나왔다. 어디에서도 그 애가 희망을 송두리째 잃었다는 신호는 보이지 않았다.

"조만간에 뉴욕에 다시 올 생각인가요, 에밀리?" 십여 명의 기자 중 하나가 물었다.

"아니요, 아쉽지만 아니에요." 그 애의 목소리에 후회의 흔적은 전혀 보이지 않았다. "뉴욕에서 정말 환상적인 시간을 보냈어요! 엠파이어스테이트 빌딩도 좋았고요! 무엇보다 〈오직 인간일 뿐〉 뮤지컬을 봤던 게 가장 좋았어요."

'흠, 저 애가 우리 공연 이야기를 해서 적어도 토랜스는 기뻐하겠군.' 나는 생각했다. 그리고 그 애가 로켓 무용단 이야기를 하길 기다렸다.

"라디오시티 뮤직홀의 크리스마스 쇼는 어땠나요?" 기자가 물었다.

에밀리는 상대의 마음을 사로잡는 미소를 지었다. "예수 탄생 장면이 정말 좋았어요. 진짜 낙타가 나왔어요!"

"다음에는 어디로 갑니까, 에밀리?" 또 다른 기자가 물었다. "산호세로 돌아갑니까?"

"예, 그리고 윌리엄스버그에서 크리스마스를 보낼 거예요."

"그런 다음 LA의 로즈 볼 퍼레이드에 갑니다." 오크스 박사가 말했다. "정말 기대되지 않니, 에밀리?"

"예, 그럼요." 그 애는 보조개가 쏙 들어가게 웃었다. "저는 꽃이참 좋아요! 그리고 풋볼도요!"

"마지막 질문입니다." 기자가 말했다. "이번 방문에서 가장 좋았던 순간은 언제였죠?"

'올 것이 왔군.' 나는 생각했다.

"클레어 하빌랜드를 만난 거요. 그분은 정말이지 대단한 배우예요!"

그 아이에게 고마워해야 옳을 것이다. 특히 토랜스가 다음 날 전화를 걸어 〈오직 인간일 뿐〉이 부활절 사흘 후까지 매진되었고 오스터만이 나와 점심을 함께하며 〈데스크 세트〉에 관한 얘기를 나누고 싶어 한다는 소식을 전해주었으니까.

그러나 나는 고맙지 않았다. 의심스러웠다. 내 차에서 보여준 그 감동적인 장면은 실력이 뛰어난 배우의 연기에 불과했으며 그 애는 로켓 무용단과 사랑에 빠진 게 아니었다. 그렇다면 그 애의 목적은 무엇이었을까? 이브 해링턴이 마고 채닝의 공연을 보고 무대와 사랑에 빠졌다는 이야기를 지어냈던 것처럼 나를 구워삶아서 내 인생에 슬그머니 들어오려는 목적이었나?

라구아디아 공항을 떠나는 모습을 TV로 봤으면서도 화요일 밤 공연에 그 애가 오지 않을까 내심 기대했다. 그러나 역시 그 애는 오지 않았고 공연을 마치고 집에 돌아가는 길에 조르주가 그들이 캘리포니아에 도착했다는 소식을 라디오에서 들었다고 말해주었다.

"혹시 라디오에서 그 애가 로켓 무용단에 관해 말하지 않았어요?" 나는 조르주에게 물었다.

"아니요. 그 애는 당신이 비바람이 몰아치는 맨해튼 한복판을 걸어가게 놔두었다는 이야기도 하지 않았어요." 조르주는 백미러로 나를 노려보았다. "그 애가 감기에 걸려 죽지 않은 게 당신에게는 큰 행운인 줄 아세요."

그 애는 토요일 낮 공연에도 오지 않았고 공연 후 무대 뒤로 찾아오지도 않았다. 12월 중반이 되자 그 애보다 더 중요한 고민거리가 생겼다. 짐작대로 오스터만은 내가 〈데스크 세트〉의 꿈 장면에 무용복과 망사스타킹을 신고 나와야 한다고 고집했다.

게다가 티켓 수요가 점점 늘어나면서 경영진이 낮 공연을 추가하기로 결정했고, 오스터만은 내가 스펜서 트레이시 역할의 오디션 심사를 봐주길 원했으며 시내의 모든 기자가 〈오직 인간일 뿐〉이 토니상 후보로 올라갈 것인가에 관해 나와 인터뷰하길 원했다.

그러던 중 공연 전에 대기실에서 잠깐 낮잠을 자고 있는데 무대 감독 베니가 문을 두드리며 누가 나를 찾아왔다고 말했다. "캐시 퍼거슨이라던데요." 그가 말했다. "당신과 아는 사이라고 했어요."

"캐시 뭐라고요?" 혹시 오스터만의 비서 이름인가 싶어 애매하게 물어보았다. "어떻게 생겼죠?"

"금발에 키가 크고 아주 화끈하던데요."

오스터만의 비서들은 전부 금발에 키가 크고 화끈하다. 그는 미스 캐스웰의 제작자 애인처럼 나쁜 놈이다. 그리고 찾아온 여자가 정말로 오스터만의 비서가 맞다면 지금 이 시간에 그녀를 만날 이유가 없었다. 낮잠은 내 얼굴의 10년과 맞바꿀 정도로 소중했다. "〈타이거 비트〉잡지와 인터뷰 중이라고 말해줘요. 막간 시간에 보자고요."

그는 안타까운 표정을 지었다. "지금 당장 만나야 한다고 했어요."

"아, 알았어요." 내가 말했다. "그럼 5분만 줘요. 그 후에 들여보내요." 그리고 미친 듯이 화장을 고치기 시작했지만, 곧바로 문 두드리는 소리가 들렸다.

베니의 말이 옳았다. 그녀는 대단한 미인이었다. 키가 크고 다리도 길쭉하고 아름다운 금발 머리를 길게 늘어뜨리고 벨트가 있는 레인코트를 입었는데도 몸매가 대단히 아름답다는 걸 알 수 있었다.

"자." 그녀가 말했다. "저, 어때요?"

"에밀리!" 나는 앞을 뚫어지게 쳐다보며 말했다. "세상에! 이게 대체…."

"빙고 봉고를 받았어요." 그녀는 행복하게 말했다.

"그런 거 같구나."

"그냥 다리만 더 길게 늘이려고 했는데 비율이 좋지 않아서 어쩌다 보니 상체도 새로 해야 했고, 그럴 거면 그 노래 가사처럼 엉덩이도 새로 하고 또…."

"그런데 왜 그랬니?"

"키 자격조건에 맞추려고요." 그녀는 당연하지 않으냐는 듯이 말했다.

'오, 맙소사.' 나는 생각했다. '이 애는 진지하구나. 정말로 로켓 무용단이 되려고 해.'

"상한선이 180센티미터예요." 그녀는 말했다. "하지만 현재 로켓 무용단의 평균 키는 175센티미터라서 그 길이로 맞췄어요. 가슴은 36인치로 했고요, 옷 사이즈 55에 맞추려고 C컵으로 했어요. 그게 가장 일반적인 옷 치수라서요. 또 사람들은 가슴이 납작한 여자한테 위협을 덜 느끼는 경향이 있거든요."

그녀는 벨트를 풀고 레인코트를 활짝 벌려 스파게티 어깨끈이 달린 검은색 무용복과 타이츠를 보여주었다.

'화끈하다'는 말은 평가절하한 표현이었다. 온몸에 '빙고 봉고'를 한 게 분명해 보였다.

토랜스가 이 자리에 없는 게 딱할 정도였다. "여길 봐." 나는 토랜스에게 이렇게 말했을 것이다. "이게 바로 무용복 차림의 정석이야. 그러니 나는 〈데스크 세트〉든 어디서든 무용복을 입고 싶지 않다고."

"D컵으로 할 걸 그랬나요?" 에밀리가 물었다.

"아니야." 나는 말했다.

"의상은 어때요? 오디션에 적합한 차림인가요? 지난 10년간 오디션 동영상과 사진을 분석해 봤는데 이 복장이 가장 일반적이었어요. 가끔 색깔이 들어간 무용복이나 레깅스를 입은 무용수도 있더라고요. 그래야 눈에 띄지 않을까 고민 중이에요."

"아니야, 내 말을 믿어. 넌 눈에 확 띌 거야." 내가 말했다.

"신발은 어때요?" 그녀는 T자 끈이 달린 탭슈즈를 신고 한쪽 발을 앞으로 내밀었다. "오디션 요강을 보니까 캐릭터 슈즈를 신으라고 되어 있던데, 검은색을 신어야 할지 베이지색을 신어야 할지 모르겠어요."

"검은색." 내가 말했다. "하지만 오디션은 여름에나 있어."

"알아요. 하지만 충원해야 할 빈자리가 생겼어요."

'오, 맙소사. 이 애가 로켓 무용단원 한 명을 죽였나 봐.' 그녀는 내 생각을 눈치챘는지 얼른 덧붙였다. "투어 중인 단원 하나가 결혼 때문에 일을 그만둔다고 해요. 그래서 뉴욕 공연단 한 명이 그녀를 대체하러 가서 특별 오디션을 여는 거래요."

"하지만 탭댄스를 출 줄 알아야 할 텐데…."

"알아요." 그녀가 말했다. "또 재즈랑 현대무용, 발레도 배웠어요. 오디션 영상을 가져왔어요." 그녀는 안드로이드를 꺼내 몇 차례 화면을 옆으로 밀었다가 내게 건넸다.

화면 속에서 그 애가 탭댄스를 추고 있었다. 흠 없는 스텝과 연속 발구르기, 맥시 포드 동작을 하고 그 유명한 로켓 무용단의 대표 동작인 눈높이 발차기를 하고 있었다.

"안무 용어도 전부 프로그램했고 솔로 오디션을 위해 공연 동작 세 가지를 외웠어요. '무슨 일이 있어도'랑 〈코러스 라인〉의 '원(One)'이랑 '42번가'요. 어떤 게 좋을까요?"

"에밀리…."

"크리스마스 쇼에서 추는 춤도 전부 배웠지만 그중 하나로 오디션을 봐야 할지는 잘 모르겠어요." 그녀가 말했다. "아, 그리고 제 머리 어때요? 금발이 괜찮나요? 로켓 무용단의 62퍼센트가 금발이에요."

"금발이라면 괜찮은 정도가 아니지." 내가 말했다.

"그러면 제가 로켓 무용단처럼 보여요?"

완벽한 로켓 무용단으로 보였다. "응."

"얼굴은요? 연령자격이 18세 이상이라서 좀 더 나이가 들어 보이게 바꿨어요."

그랬다. 광대가 더 도드라져 있었고 얼굴은 더 갸름해졌다. 그래도 넓고 순수한 눈망울과 상대방을 무장해제시키는 미소는 여전해 에밀리인 줄은 알아볼 수 있었다.

"다른 로켓 무용단원하고 비슷하게 바꿀까도 생각했어요. 현재 공연단의 얼굴을 합성해봤더니 코가 더 반듯하고 입술이 더 도톰하더라고요."

'그리고 훨씬 덜 취약해 보이는 얼굴이지.' 나는 생각했다. 나쁜 경험도 많이 하고 나쁜 남자친구도 많이 만나는 맨해튼 현대 여성의 얼굴. 하지만 그런 얼굴을 한 에밀리는 도무지 떠올릴 수가 없었다.

만약 그녀가 로켓 무용단에 도전해 정말로 단원이 된다면 온갖 도움의 손길이 필요할 것이고 그럴 때 그 애의 얼굴은 가장 큰 무기가 될 것이다. 아니, 가장 큰 무기는 아닐지 모른다. 그러나 분명히 무기는 무기였다. 그때 무대 뒤로 나를 찾아왔을 때 기자들의 반응을 보면 알 수 있었다. 또 조르주의 행동만 봐도.

"어떻게 생각해요?" 에밀리가 물었다. "얼굴도 바꿔야 할까요?"

"아니." 나는 말했다. "절대로 바꾸지 마." 그리고 가장 먼저 물어봤어야 했을 질문을 던졌다. 그가 언제라도 여기 쳐들어올 수 있으니까. "오크스 박사는 뭐라고 하니? 너의 변신을 허락해줬어?"

"아니요. 물론 아니죠." 그녀는 말했다. "절대로 허락하지 않을 거예요. 엔지니어 몇 사람에게 도움을 받았어요."

"그 사람들은 어떻게 설득했니?" 이렇게 물어보려다가 대답을 이미 알고 있다는 것을 깨달았다. 조르주와 교통안전국 직원들을 매혹한 것처럼 그들도 매혹했겠지. "그러면 오크스 박사는 반대하지 않았어?"

"아니요. 박사님은 알지도 못해요. 지금 아이코랑 일본에 갔거든요."

'그렇구나. 다른 나라에 자신의 인공지능을 소개하려고 떠났구나.' 문화권마다 인공지능에 대해 위협적으로 생각하는 요소도 다를 것이다. 그러니 무해하게 보이려면 세심하게 선택한 얼굴과 이름을 가진 다른 모델이 필요했을 것이다. 일본 홍보용으로 만든 아이코는 변하기 전의 에밀리보다 키가 훨씬 더 작았고 인도 홍보용은 라쉬미카, 중국 홍보용은 메이 리였다.

그리고 그사이 박사가 만든 미국 홍보용 모델은 엘리자 두리틀*과 프랑켄슈타인의 괴물이 조합된 모습으로 변해버렸다.

"얼굴을 유지하는 게 좋을지 확신이 안 서요." 그녀가 말했다. "로켓 무용단원 중 누구라도 절 알아보면 어쩌죠? 그날 밤 라디오시티 뮤직홀에서 몇 명을 만났거든요."

그들은 뉴스나 나와의 인터뷰 영상에서도 에밀리를 봤을 것이다. "그럼 캐시 어쩌고 하는 이름으로 오디션을 볼 생각이었니?"

"캐시 퍼거슨이요. 예. 규정을 보면 적어도 18세 이상은 되어야 한다는데, 저는 겨우 한 살이니까요."

한 살이라. 하지만 단 하나뿐이지 않나! "정말로 독보적인 느낌

---

* 조지 버나드 쇼의 희곡《피그말리온》의 여주인공

이네." 나는 나지막이 중얼거렸다.

"그러면 안 될까요?" 그녀는 초조하게 물었다. "거짓말인 줄은 알지만 제가 인공지능인 걸 알면…."

'절대로 오디션을 허락하지 않겠지.' 그들은 나와 똑같은 반응을 보일 것이고 지금 에밀리는 예전 내가 느꼈던 것보다 훨씬 더 위협적으로 보일 것이다. 토랜스가 말했듯이 여배우는 독보적인 존재가 되어야 지금 위치에 도달하지만, 로켓 무용단은 똑같은 모습이 핵심이다.

그리고 로켓 무용단은 바보가 아니다. 그들은 단 한 명의 단원이 대체될 수 있다면 곧 전원이 대체될 수 있다는 것을, 일단 경영진이 의료 보험이나 50퍼센트 초과근무수당을 요구하지 않는 단원을 거느릴 수 있다는 사실을 깨닫는 즉시 모든 게 끝장이라는 것을 알아챌 것이다.

그러니 에밀리는 인간이라고 거짓말을 해야 할 것이다. 그러나 결코 성공하지 못할 것이다. 오디션에서는 어찌어찌 속이고 넘어갈 수 있을지라도 첫 번째 리허설 때가 오면 들통이 나겠지. 그녀는 땀을 흘리지도 않을 것이고 숨 가빠하지도 않을 것이며 실수도 하지 않을 것이다. 한 번 보기만 해도 탭댄스 동작 전체를 금세 배울 테고. 그러니 그녀는 곧 정체를 들키고 말 것이다.

에밀리는 걱정스러운 표정으로 나를 보고 있었다. "내가 인간이라고 말하면 안 된다고 생각하세요?"

"모르겠다. 생각해봐야겠어." 뭐라고 말해주면 좋을지 에밀리의 컴퓨터 두뇌가 알려주면 좋겠다. 사실 뭐라고 말해야 할지 알고 있었다. 차갑고 단단한 진실이었다. 에밀리는 로켓 무용단이 될 가능성이 전혀 없으므로 산호세의 집으로 돌아가 원래 설계된 목적에 맞는 일을 해야 한다는 진실.

그쪽이 등불을 향해 날아드는 나방처럼 스스로 죽음을 향해 뛰어들게 놔두는 것보다 훨씬 더 친절한 행위가 될 것이다. 그러나 동시에 그 애는 내가 열여덟 살 때보다 더 내 말을 듣지 않을 것이다.

"어떻게 생각해요?" 에밀리가 물었다. "오디션 지원서에 '인공지능'이라고 써야 할까요?"

"아니." 내가 말했다. "넌 오디션을 보지 않을 거야."

"오디션을 보지 않으면 로켓 무용단이 될 수 없어요."

"네가 보통 인간이라면 그렇겠지." 나는 말했다. "오크스 박사가 언제 일본에서 돌아오지?"

"22일은 되어야 와요. 그 후 윌리엄스버그에 가서 크리스마스를 보낼 예정이에요."

22일이면 일주일 후였지만 우리에겐 시간이 그리 많지 않았다. AIS가 벌써 에밀리를 찾고 있을지도 몰랐다. 다국적 기업은 귀중한 자산이 제 발로 걸어나가게 놔두지 않을 테니까. 특히 대중에게 인공지능에 대한 좋은 이미지를 홍보할 희망을 망쳐버린 자산이라면 더더욱.

한편 그들은 '완벽하게 무해한' 로봇 하나가 고삐 풀린 망아지처럼 제멋대로 굴게 되었다는 사실이 밖으로 새어나가는 걸 절대로 원치 않을 것이다. 그들은 은밀한 통로를 통해 에밀리를 찾아야 할 것이고 그만큼 속도가 느려질 것이다. 만에 하나 공개적으로 에밀리를 찾기로 하고 경찰에 전국지명수배령을 내리게 하더라도 그들은 연갈색 머리에 키 155센티미터의 16세 소녀를 찾게 될 것이고 우리는 그사이 시간을 조금 벌 수 있을 것이다.

그러나 에밀리를 공개적으로 찾기 시작하면 오크스 박사가 곧바로 일본에서 돌아올 것이다. 그러므로 그가 여기 도착할 무렵이면 아무것도 하지 못하게 미리 조처를 해두어야 할 것이다.

"좋아, 에밀리." 나는 말했다. "우리가 할 일이 있어. 앞으로 모든 뉴스와 토크쇼, 야간 방송에 출연해서 네가 얼마나 간절하게 로켓 무용단이 되고 싶은지 말해야 해. 그날 밤 리무진 안에서 내게 했던 모든 말을 그대로 방송에서 해. 로켓 무용단이 어떻게 시작되었고 그동안 어떤 일을 해왔는지, 메이시 백화점의 퍼레이드에서 춤을 추고 라디오시티 뮤직홀 건물을 구한 이야기들 말이야. 또 네가 로켓 무용단에 들어가기 위해 노력한 일들을 모두 말해. 어떻게 춤을 배우고 공연 동작을 외우고 무용단의 역사를 공부했는지 전부. 네가 무용단원이 될 자격이 충분하다고 그들을 설득해야만 해."

그것은 정확히 사실이 아니었다. 우리는 에밀리가 무용단원이 될 자격이 충분하다고 '대중'을 설득하고 그 결과로 로켓 무용단에 압력을 행사할 것이다. "지난번 메이시 백화점 퍼레이드 때문에 여기 왔을 때 인터뷰를 했던 토크쇼 진행자들의 이름을 기억하니?" 내가 물었다.

"당연하죠."

'당연하겠지.' "좋아. 방송진행자 이름과 연락할 방법을 명단으로 만들자."

"제가 직접 연락해 인터뷰를 잡을까요?"

"아니. 네가 방송에 출연할 때까지는 누구도 네가 어디 있는지 알면 안 돼. 우선 내 아파트로 가. 조르주가 데려다줄 거야. 내 컴퓨터로 로켓 무용단 의상 사진을 검색해봐. 이왕이면 크리스마스 의상이 좋겠다. 방송에 나가 크리스마스와 연관된 이야기를 하면 좋을 거야. 사람들은 결말이 행복하게 끝나는 크리스마스 이야기를 좋아하거든. 사진을 찾은 다음 조르주에게 연락해. 그러면 조르주가 사진을 받아다가 극장으로 와서 우리 의상팀에게 전달할 거야."

"왜요?"

"그래야 인터뷰 때 의상을 입을 수 있지. 네가 방송에서 춤을 출수 있게 자리를 마련할 거야. 그동안 배운 공연 동작 하나를 선보일 수 있어."

"하지만…."

"알아. 로켓 무용단과 함께 춤을 추는 것과는 다르겠지. 하지만 그렇게 해야 네가 정말로 무용단이 될 수 있다는 걸 보여줄 수 있잖아. 오디션이라고 생각해. 할 수 있겠지?"

"물론이죠." 그녀는 말했다. "그런데 의상 사진은 필요 없어요. 이미 모든 의상을 다 만들어두었거든요."

"전부? 크리스마스 쇼에 입는 의상을 전부 만들어두었다고?"

"아니요. 로켓 무용단이 지금까지 입은 의상을 전부 만들어두었어요."

계획은 내가 예상했던 것보다 훨씬 순조롭게 진행되었다. 에밀리는 모든 쇼에 출연해 탭댄스를 추고 시청자들의 심금을 울리는 이야기를 들려주었고 처음 록시에트 무용단 시절의 의상부터 3천 개의 스와로프스키 크리스털이 달린 디자이너 밥 매키의 '샤인' 의상과 라디오시티 뮤직홀이 해체될 예정이었을 때 로켓 무용단이 '마지막' 공연이라고 입었던 회전목마 의상까지 다양한 의상을 입고 선보였다. 에밀리는 로켓 무용단에 대해 아는 게 거의 없었던 진행자들에게 온갖 사실을 신들린 듯이 들려주었는데, 뉴욕으로 오기 전 '미주리 로켓 무용단'이라는 이름으로 세인트루이스에서 춤을 췄던 일이며 영화 상영 막간에 나와 춤을 췄던 일, 라디오시티 뮤직홀에 살면서 간이침대에서 자고 무용단을 위해 만든 특별 구내식당에서 식사했던 이야기, 파리 박람회의 공개경연대회에서 러시아 팀과 파리 오페라의 '코르 드 발레' 팀을 이겼던 일화 등을 줄줄이 늘어놓았다.

"루실 브레머도 로켓 무용단 출신이에요." 그녀는 말했다. "또 영화 〈세인트루이스에서 만나요〉에서 주디 갈란드의 언니 역할을 했던 배우도요. 또 〈화이트 크리스마스〉의 베라 엘렌도 로켓 무용단 출신이죠. 하지만 그녀는 계속 실력을 과시했어요. 훌륭한 로켓 무용단원은 절대로 두드러지려고 하지 않죠. 다른 단원과 똑같이 추려고 노력해요."

또 모든 방송 프로그램과 팟캐스트에 출연해 로켓 무용단이 라디오시티 뮤직홀 앞에 늘어서서 이 건물을 국가적인 랜드마크로 만들자는 탄원서에 서명을 받아 결국 건물을 구한 일화를 빠짐없이 들려주었다. "그들은 계속해서 TV와 라디오 방송에 출연해 대의를 호소했어요. 바깥 계단에 서서 시장님과 함께 발차기를 선보이기도 했지요."

시청자들은 에밀리의 말과 그녀가 직접 보여준 눈높이 발차기를 맞나게 먹어치웠고 그녀의 모습은 곧바로 유튜브에서 히트를 쳤다. 그녀가 정중하게 자신에게 로켓 무용단에 들어가는 게 왜 그렇게 큰 의미가 있는지 설명하는 동영상이 입소문을 타고 널리 퍼져 나갔다.

유일한 탈이라면 토랜스였다. 그는 내가 에밀리를 도와주는 게 엄청난 위험이라고 생각했다. "위험해." 그는 말했다. "아직 바깥세상에는 인공지능을 향한 적대감이 상당해. 그 불꽃이 자기에게 튈 수도 있고 그러다가 토니상까지 번질 수도 있어."

"자기야말로 에밀리가 무해하다고 굳게 믿던 사람 아니야?" 내가 말했다.

"그야 그 애가 로켓 무용단이 되고 싶어 하기 전의 일이지." 그가 역겹다는 듯이 말했다. "자기는 왜 그렇게 그 애를 도와주고 싶어 하는 거야? 자기야말로 그 애를 싫어하는 줄 알았는데?"

"난 그 애가 내 경력을 훔쳐가지 않기를 바랐을 뿐이야. 그 애가 로켓 무용단에 들어가면 내 경력을 훔칠 일도 없고 자넷도 안전할 거야."

"자넷? 자넷이 누구야?"

"지난 한 해 동안 일주일에 여덟 번이나 공연했던 내 배역이지." 나는 말했다. "에밀리라면 당연히 알고 있을 사실이고."

"그래서 그 애를 돕는 거야? 자기가 맡은 배역 이름을 알고 있어서?"

"응. 게다가 당신이 그렇게 걱정하는 토니상 후보에 내가 올라간다면 그건 전부 에밀리가 홍보해 준 덕분이야. 나는 그 호의를 되갚는 중이고."

"헛!" 그가 말했다. "솔직히 내가 지금 무슨 생각하는 줄 알아? 자기가 이 모든 홍보활동을 지휘하고 있는 건 그 애를 함정에 빠뜨리기 위해서지?"

이브 해링턴이 마고 채닝을 함정에 빠뜨렸던 것처럼. 이브가 마고의 자동차에서 기름을 빼내 버몬트주 한가운데에서 꼼짝달싹 못하게 하고 그사이 마고의 자리를 차지해버린 것처럼.

"그 애를 온갖 TV 프로그램에 내보낸 게 오크스 박사에게 그 애의 위치를 알려서 집에 데려가게 하려고 그런 게 아니라고 확신할 수 있어?" 토랜스가 물었다.

만약 그게 정말이라면, 그건 잘된 일이 아닌가? 나 한 사람뿐만 아니라 어쩌다가 '오직 인간일 뿐'인 다른 사람들에게도? 그 애는 정말로 모든 연극과 뮤지컬과 영화의 제목과 출연자 명단, 노래 가사와 오페라 대본, 댄스 동작과 대본을 줄줄 말할 수 있다. 실제로 오디션에 어떻게 입고 가야 할지 온갖 질문을 던질 때도 그 애는 이렇게 물어보았다. "머리를 위로 틀어 올려야 할까요?"

"아니, 포니테일로 묶어." 나는 말했었다. "네 뺨 색깔이 돋보이도록 장밋빛 스카프도 매고."

그런 그 애와 어떻게 경쟁할 수 있겠는가? 그 애는 절대로 스텝을 실수하지 않을 텐데. 혹은 대사를 잃어버릴 일이 전혀 없을 텐데. 또 절대로 나이가 들지도 않을 텐데.

토랜스 말이 맞았다. 그 애는 정말로 위험하다.

그러나 나는 그렇게 말하지 않았다. 대신 이렇게 말했다. "나는 그저 그 애를 돕고 싶을 뿐이야. 그게 나를 돕는 길이기도 해. 그 애가 로켓 무용단원이 되어야 내게서 버니를 훔쳐가지 않을 것 아냐?"

"버니?" 그는 혼란스러운 얼굴로 말했다. "이브가 훔쳐가려고 하는 마고 채닝의 남편이야?"

"아니. 〈데스크 세트〉의 주인공이야. 오스터만이 진행 중인 뮤지컬." 나는 비꼬듯이 말했다. "어때? 어디서 들어본 것 같아?"

'로켓 무용단이 끝내 에밀리를 거부한다면 당장 토랜스를 해고하고 에밀리를 매니저로 삼을 테다.'

그러나 그들이 에밀리를 거부할 것 같지가 않았다. 겨우 이틀 방송에 출연했는데 에밀리에 대한 대중과 언론의 반응은 압도적으로 긍정적이었고 에밀리가 무용단원이 될 기회에 대해 어떻게 생각하느냐는 기자들의 질문을 받은 무용단 측은 이렇게 말했다. "그녀가 우리 로켓 무용단보다 무용단에 대해 더 많이 알고 있더군요." "모르겠습니다. 인공지능이 인간의 모든 걸 점령할 수 있다는 예견이 두렵기도 하지만, 일단 그녀가 몹시 원하고 있으니까요!" '맙소사, 에밀리가 정말로 해낼 것 같아!'

그래서 수요일 낮 공연을 마치고 에밀리가 극장으로 나를 찾아왔을 때 깜짝 놀랄 수밖에 없었다. "〈더 뷰〉와 인터뷰 중 아니었어?" 내가 말했다.

그 애는 고개를 저었는데, 그 모습이 너무 창백해 보여서 나는 그 애의 센서가 고장이 난 게 틀림없다고 생각했다. "제가 아예 신청 자격이 안 되도록 로켓 무용단 지원 규정을 바꿔버렸어요."

"그럼 전에 했던 대로 하면 되지." 나는 단호하게 말했다. "그 자격에 맞게 네 몸을 바꾸면 되잖아."

"안 돼요." 그녀가 새 규정을 보여주었다.

"인공지능 불가." 아예 이렇게 씌어 있었다. "오직 인간일 뿐'인 사람만 지원할 수 있다는 말이군.'

"그렇다면 우리가 그 규정을 바꾸도록 해야겠네." 내가 말했다.

"어떻게요?"

"너처럼 사랑스럽고 무해한 아이를 부당하게 괴롭히는 게 괴물의 짓으로 보이게 해야지. 〈평탄치 않은 밤〉의 파티 장면 기억해? 마고 채닝이 이브의 정체를 폭로하고 온갖 모진 말들을 쏟아내는 장면?"

그녀는 고개를 끄덕였다.

"그리고 그게 어떤 역효과를 낳았는지도 기억하지? 오히려 마고는 괴롭히는 사람처럼 보이고 이브가 피해자처럼 보였잖아. 지금 우리가 하려는 일이 그거야. 너 울 수 있니?"

"아니요. 하지만 정말 슬픈 표정을 지을 수는 있어요."

"좋아. 넌 그걸 하면 돼. 그러면 무력한 피해자처럼 보일 거야. 〈이브의 모든 것〉을 보고 이브의 말투와 버릇 같은 걸 외워. 그동안 나는 네가 외울 대본을 쓸게. 넌 누구도 해를 입길 원하지 않았고 문제를 일으키고 싶지도 않았어. 그저 로켓 무용단을 지극히 숭배할 뿐이야!"

"하지만…." 에밀리가 그 크고 순수한 눈망울로 나를 쳐다보며 말했다. "저는 이브 해링턴이 되고 싶지 않아요. 그녀는 좋은 사람이 아니잖아요."

"내가 작은 비밀을 알려줄게, 에밀리." 내가 말했다. "여배우들은 거의 모두가 어느 정도는 이브 해링턴 같은 면이 있어서 배역을 따내려고 나이를 속이거나 여성적인 술수를 쓰거나 부당하게 이익을 챙기거나 해. 이브에게 어떤 꿍꿍이가 있는지 마고 채닝이 어떻게 눈치를 챌 수 있었을까?" 내가 물었다. "그건 이브를 보았을 때 마고 자신이 떠올랐기 때문이야."

"당신도 비슷한 일을 한 적이 있나요?"

"물론이지. 〈사랑, 기타 등등〉의 배역을 따내려고 나이를 속였고, 브로드웨이 외의 경력도 속였어. 또 오디션 시간이 바뀐 걸 알고도 다른 지원자들에게 알려주지 않았지." 그리고 감독과 잔 적도 있었다.

"하지만 대신 내가 원한 것을 얻었어." 나는 에밀리를 보았다. "너는 얼마나 간절하게 로켓 무용단원이 되고 싶지?"

오크스 박사는 틀렸다. 그는 자신의 인공지능이 진취성과 추동력, 선호도가 부족하다고 말했다. 그러나 일단 선호도에 푹 빠지게 되면 그게 단 하나의 단어나 동작을 선택하는 능력에 불과할지라도 그 밖의 모든 게 함께 따라온다. 그리고 박사가 욕망과 탐욕과 야망 같은 추동력을 막아낼 안전장치를 설치했을 때 그는 그중에서도 가장 위험하고 다른 모든 것보다 우선하는 한 가지를 깜박 잊었다.

뮤지컬 몇 개만 봐도 도움이 될 사람은 토랜스만이 아니었다. 오크스 박사가 〈코러스 라인〉만 봤어도 이런 일은 절대로 일어나지 않았을 것이다. 그랬다면 내가 에밀리에게 로켓 무용단원이 되기 위해 기꺼이 무슨 일까지 할 수 있겠느냐고 물었을 때 어떤 대답이 나올지 그도 알았을 것이다.

"응?" 나는 다시 물었다. "얼마나 간절하게 로켓 무용단원이 되고 싶어?"

그 애는 인공 턱을 치켜들고 나를 물끄러미 보았다. "이 세상 그 무엇보다도 더요."

에밀리는 로켓 무용단 경영진이 악당처럼 보이게 만들 우리의 계획이 뭔지 궁금해했다.

"로켓 무용단이 라디오시티 뮤직홀을 어떻게 구했는지 기억해?"

내가 말했다. "너도 똑같은 방법으로 로켓 무용단이 될 수 있을 거야. 이번 주 날씨가 어때?"

"눈과 비가 섞여 내리고 최고 기온이 영하 7도예요."

"좋아." 나는 비가 내리던 날 내 차 밖에 서서 흠뻑 젖은 채 오들오들 떨던 에밀리의 모습을 떠올렸다. "가장 노출이 심한 로켓 무용단 의상을 입어. 깃털 달린 모자가 있으면 더 좋고. 그리고 물에 번지는 마스카라를 칠해. 아, 물론 네가 평소에 마스카라를 칠하지 않는다는 거 알아." 나는 그 애가 끼어들기 전에 미리 말했다. "하지만 이번에는 마스카라를 칠해야 해. 절반은 꽁꽁 얼어붙은 모습으로 하루 24시간 동안 밖에 서서 네가 로켓 무용단이 될 수 있도록 규정을 바꿔달라는 탄원서에 서명을 받을 거야. 나는 그 모습을 취재하러 올 언론을 수배할게."

나는 전화기를 들고 토랜스에게 연락해 카메라를 부르라고 지시했다.

"하지만 인공지능이 추위나 더위를 느낄 수 없다는 사실은 사람들도 다 알아요."

"그건 중요하지 않아. 내 말을 믿어." 나는 조르주를 생각하며 말했다. 그는 아직도 나에게 말을 걸지 않는다. "네가 이를 딱딱 부딪치며 오들오들 떨면 지나가는 사람들이 괜찮으냐고 물어볼 거야. 그러면 너는 '예, 정말 춥네요!'라고 말하면서 탄원서에 서명을 받아야 해."

"하지만 눈과 비가 섞여 내린다는데 서명받은 게 다 번지지 않을까요?"

"그게 훨씬 더 좋아. 눈물에 번진 것처럼 보일 테니까."

"그렇지만…."

"서명을 받는 게 중요한 게 아니야. 로켓 무용단 경영진이 악당처럼 보이게 만드는 게 중요하지."

"잘 모르겠어요. 마고가 이브한테 어떻게 모진 말을 했는지…."

"또 경영진이 널 추운 바깥에 세워둔 것처럼 보여야 해." 나는 말했다. "그것도 크리스마스에, 빗속에서 말이지. 내 말을 믿어. 그들은 진짜 악당처럼 보일 거야. 사람들은 악당처럼 보이는 걸 좋아하지 않아. 역사적인 랜드마크 건물이 해체되도록 놔두는 그런 사람처럼 보이는 것도 싫어하지. 건물이든 고난에 처한 아가씨든, 뭔가 구출하는 영웅처럼 보이기를 좋아해. 노출이 심한 끈 없는 의상을 입고 빗속에 서 있어. 금요일이면 로켓 무용단이 나와서 제발 입단해달라고 너한테 애원하게 될 거야. 눈이 오기 시작하면 목요일에 행동 개시야."

그렇게 오래 기다릴 필요가 없었다. 다음 날 아침 토랜스에게 연락해 현장에 카메라가 오기로 했느냐고 물었더니 이렇게 말했다. "카메라 보낼 필요 없어. 전부 끝났어."

"'인공지능 불가' 조항을 삭제했다는 말이야? 잘됐네!"

"아니." 그가 말했다. "에밀리가 로켓 무용단원이 되길 원하는 게 끝났다는 말이야."

"끝났다니?"

"오크스 박사가 그 애 프로그램을 바꿔버렸어."

"프로그램을 바꿔버렸다고?" 나는 멍하니 반복했다. "언제?"

"오늘 아침. 자기도 좋아할 줄 알았는데? 이제 그 애가 자기 경력을 가로챌까 걱정할 필요가 없어졌잖아. 아, 경력 하니까 생각났는데, 아까 오스터만이 전화를 걸어서 이번 일로 〈데스크 세트〉가 크게 홍보될 거라고 좋아하더라. '〈오직 인간일 뿐〉의 여배우가 인공지능을 쫓아내다!' 이렇게 말이야. 이번 일로 자기가 토니상 후보에 오르는 건 식은 죽 먹기라던데? 그럼 〈평탄치 않은 밤〉과 똑같은 결말을 맺는 거지. 물론 이번에는 이브가 아니라 마고가 토니상을 받게 되겠지만."

"토니상이 아니었어." 나는 말했다. "사라 시던스 상이었어. 공연을 봤다면 알 텐데." '에밀리처럼 말이야.' 나는 생각했다.

"자기가 왜 이렇게 기분이 언짢은 건지 모르겠네." 토랜스가 말했다. "에밀리는 키와 몸매와 머리카락 색깔까지 전부 다시 바꿨어. 예전과 똑같이."

아니, 달라. "기억도 전부 지웠대?" 나는 물었다. "프로그램을 바꾸면서 기억도 지웠대?" 연극과 등장인물과 대사와 로켓 무용단의 역사까지 전부?

"아니, 아니, 그런 게 아니야." 토랜스가 말했다. "오크스 박사 말에 의하면 그냥 소프트웨어를 조금 조정했을 뿐이래. 그 애가 로켓 무용단 자극에 그토록 강렬하게 반응하지 않도록 선호도에 관한 것을 낮추고 장애물에 대한 반응도를 조정했대. 하지만 그 애는 여전히 똑같은 에밀리야."

'아니, 그렇지 않아.' 나는 생각했다. '진짜 에밀리는 로켓 무용단원이 되고 싶어 했어.'

그래서 나는 지금 여기 와 있다. 절대로 입지 않겠다고 맹세한 무용복과 망사스타킹 차림으로 로켓 무용단의 트레이드마크인 밤색과 황금색 모자를 쓰고 목덜미로 고스란히 떨어지는 차가운 눈비를 맞으며 서 있다.

온기를 위해 클립보드를 꼭 움켜쥐고 발작적으로 떨지 않으려고 애쓰며 지나가는 사람들을 붙잡고 에밀리의 소프트웨어를 되돌리고 그녀가 심장으로 원하는 것을 시도할 수 있도록 로켓 무용단 지원 규정을 바꿔달라는 탄원서에 서명을 받고 있다.

그렇다. 나는 인공지능에게 심장이 없다는 것을 잘 안다. 그리고 그녀에게 직업을 빼앗길지도 모르는 키 167센티미터에서 180센티미터 사이에 탭댄스와 재즈와 발레를 배우는 인간 소녀들은 또 어쩌란 건지도 잘 안다.

그렇다. 나는 발레리나와 신경물리학자와 교통순경이 되고 싶은 꿈을 가진 로봇무리에게 내 행동이 봇물을 터뜨려줄 수도 있다는 것을, 가까운 미래에 나의 대기실에 상대의 마음을 무장해제시키는 앤 백스터 같은 이미지의 젊은 여자가 찾아와 내 개인 비서가 되고 싶다고 했을 때 오늘의 내 행동을 진심으로 후회할 것을 안다.

그러나 내겐 선택의 여지가 없다. 내가 브로드웨이 무대에 서고 싶다고 선언했을 때 엄마는 내가 강도를 당하고 강간을 당하고 지하철 선로로 밀쳐질 거라고 했고 아빠는 내가 결국 파산하고 식당 종업원이나 될 거라고 했으며 내가 처음으로 오디션을 봤던 세 곳의 에이전트와 다섯 명의 감독은 '캔자스로 돌아가 결혼이나 해요, 아가씨.'라고 말했다. 다들 나를 말리겠다고 온갖 행동을 생각해냈다.

그래도, 그들은 내게 뇌엽절리술을 시키지는 않았다. 무대를 갈망하는 내 심장을 잘라내고 그 자리에 고향으로 돌아가 결혼을 하고 아기들을 낳아 키우고 싶어 하는 심장으로 바꿔 심지 않았다. 혹은 내가 그만 포기하고 집으로 돌아갈 수 있도록 장애물에 대한 내 반응도를 조정하지 않았다.

그래서 나는 지금 얼어붙은 손가락에 따뜻한 입김을 불어 넣으려고 애쓰며, 더 따뜻한 의상을 입을 걸 하고 후회하며, 추운 날 내 피부도 에밀리처럼 장밋빛으로 변하면 얼마나 좋을까 생각하며 여기에 서 있다.

내 피부는 그렇지 않았다. 추우면 셀룰라이트가 얼룩덜룩한 자주색과 회색으로 변했다. 나이를 숨겨주는 내 화장을 빗물이 다 씻어버렸다. 탄원서에 서명해달라고 행인들을 불러야 하는데 목소리도 완전히 잠겨버렸다. 오늘 밤 공연을 어떻게 할지는 오직 하늘만 알 것이다. 몇 분 전 토랜스가 들러서 왜 바보짓을 하고 있느냐고, 이러다가 〈데스크 세트〉의 주연자리와 토니상까지 위태로워질 거라고 경고했다.

여기 나온 지 사흘 만에 정확히 18명에게서 서명을 받았는데 그 중에는 토랜스와(서명하지 않으면 새 매니저를 구하겠다고 협박했다) 조르주와(그는 단호하게 '당신도 이제 얼어붙을 것 같은 추위에 서 있는 게 어떤 느낌인지 알겠군요.'라고 말했다) TV에 나올 수 있다면 서명이든 뭐든 상관없는 2명의 청소년도 포함되었다.

얼음 같은 비 때문에 그리고 아무 일도 없는 데다가 곧 눈도 올 것 같아서 카메라도 1시간 전에 철수했다. 그들을 다시 불러올 수 있는 유일한 방법은 내가 눈더미 아래 웅크린 채 얼어붙은 시신으로 발견되었을 때뿐일 것이다. 심지어 관광객들조차 포기하고 집으로 돌아가고 있었다. 몇 분 후면 그 구역에 남은 유일한 인간이 로켓 무용단일 것이다. 그러나 서명전을 시작한 이후로 그들의 털끝 하나 보지 못했다. 아마 나를 피하려고 건물의 다른 방향 문으로 드나드는 모양이었다.

잠깐. 저기 에밀리가 나를 만나려고 몰래 빠져나온 날 사용했던 그 옆문으로 누가 나온다. 젊은 여성은 틀림없는 로켓 무용단원이다. 커피 색깔 다리는 에밀리보다 훨씬 길고 빨간색과 초록색의 넓은 지팡이 사탕 줄무늬 띠를 어깨 한쪽에 비스듬히 걸치고 엉덩이에 리본을 묶은 모습이 꼭 크리스마스 선물 같다.

그녀가 조심스럽게 주위를 살피는 모습을 보고 나는 실망했다. 그냥 담배나 한 대 피우려고 몰래 나왔군. 그러나 아니다. 그녀는 잠시 주위를 둘러본 다음 조용히 등 뒤로 문을 닫고 서둘러 내게 왔다. 그녀의 구두 굽이 보도 위에서 또각또각 소리를 냈다.

"안녕하세요. 제 이름은 레온다예요." 그녀는 가슴 위로 두 팔을 감싸 안으며 말했다. "으으, 정말 춥네요!"

"탄원서에 서명하러 나왔어요?" 나는 희망을 담아 물었다. 로켓 무용단은 오랫동안 소수자의 입단을 거부해왔다. 모든 단원이 정확히 똑같지 않으면 관객들의 주의가 흩어질 거라고 주장했다. 그 중에는 피부색도 포함되어 있었는데 에밀리가 〈투데이쇼〉에 출연해서 들려준 이야기에 의하면 무용단은 1982년까지 올바른 일을 거부하다가 마침내 그해 처음으로 아프리카계 미국인을 고용했고 3년 후에는 처음으로 아시아계 미국인을 고용했다. 레온다도 에밀리의 말을 듣고 자신도 올바른 일을 해야겠다고 결심했을지도 모른다. 비록 그 행동이 자신의 직업을 위험에 빠뜨릴 수 있다는 뜻이더라도.

물론 아닐 수도 있다. "오, 아니에요. 저는 서명을 할 수 없어요." 그녀는 불안하게 뒤를 돌아 옆문을 흘낏 보았다. "그냥 당신이 얼마나 근사한 배우인지 말하고 싶어서 나왔어요, 미스 하빌랜드. 어렸을 때 〈졸음이 오는 샤프롱〉에서 당신을 봤는데, 정말 대단했어요!" 그녀는 반짝이는 눈망울로 나를 보았다. "당신을 보고 무용수가 되기로 결심했었죠. 혹시 사인을 받을 수….".

"레온다!" 누군가 문 쪽에서 외쳤다.

장난감 병정 의상을 입은 또 다른 로켓 무용단원이 얼굴을 찌푸리며 문밖으로 몸을 내밀었다. "거기서 뭐 해? 교대해야지! 시간이 다 됐어!"

"전 그저… 미안해요." 레온다는 나에게 말하고 다시 문 쪽으로 달려갔다. 또각또각 구두 굽 소리가 젖은 도로 위에 울렸다.

"탄원서에 서명하면 사인해줄게요." 나는 그녀의 뒤에 대고 외쳤지만, 그녀는 벌써 건물 안으로 들어가고 없었다. 무용단이 라디오시티 뮤직홀이 해체위기를 맞았을 때 건물을 구하려고 했던 것과 같은 일을 벌일 것 같지는 않았다. 어쩌면 로켓 무용단이 그토록 훌륭하다는 에밀리의 말은 틀렸는지도 모른다. 그들은 고귀한 일을 하려고 노력한 게 아니었을지도 모른다. 그저 자신의 직업을 잃지 않으려고 애썼을 뿐일지도.

두 로켓 무용단원이 가버리자 TMZ 기자와 비를 막으려고 카메라에 방수 비닐을 씌워놓은 촬영기사가 짜증스러운 얼굴을 하고 나타났다. "로켓 무용단은 어디 있죠?" 기자가 물었다. "무슨 일이 벌어지고 있다고 들었는데요. 그들은 어디 있죠?"

"방금 한 사람이 다녀갔어요." 나는 말했다. 그때 지나가던 택시

기사가 차창을 내리고 빗줄기를 향해 몸을 내밀더니 큰 소리로 외쳤다. "이 배신자야! 로봇에게 직업을 주겠다고 거기서 뭘 하는 거야? 동족 편이나 들지그래, 이 아줌마야?" 그리고 촬영기사는 당연히 이 모든 장면을 찍었다.

"이 '극장의 영부인'도 당신 동족이야!" 나는 택시를 향해 외쳤고 기사는 그만두라는 듯 손을 내저으며 가버렸다.

"방금 질문에 뭐라고 대답하실 거죠?" 기자가 내 얼굴에 마이크를 들이대며 물었다. "동족 편이나 들지 그러느냐는 질문 말입니다."

"저는 동족 편을 들고 있습니다." 나는 말했다. "저는 로켓 무용단과 극장의 편이에요. 그들은 늘 올바른 일을 향해 용감하게 나섰으니까요." 진심이었다면 훨씬 더 인상적인 연설이 되었을 것이다. 게다가 내 이가 추위로 딱딱 맞부딪치고 있지 않았더라면 더 좋았겠지. "또한 저는 아까 그분이 어떻게 생각하든 인류의 편입니다. 인간됨이란 게 그토록 진입하기 어려운 쇼라면 차라리 누가 가장 인간적인가를 오디션으로 결정하는 게 낫지 않을까요?"

"기준이 뭐죠?"

"누가 더 인정이 넘치는가죠."

"그래서 지금 이러고 있는 거로군요." 기자가 회의적으로 말했다.

"그래요." 나는 기자에게 말했다. 그러나 거짓말이었다. 나는 고귀한 대의명분을 옹호하고자 이러는 게 아니었다. 에밀리가 〈42번가〉의 폐기처럼 보여서, 혹은 〈우리 읍내〉의 가여운 비련의 여주인공처럼 보여서도 아니었다.

내가 여기 나와서 목이 꽉 잠겨버리고, 다시 점잖은 역할을 맡을 기회까지 망치는 이유는 그날 밤 내 리무진 안에서 비에 흠뻑 젖은 옷을 입고 거기 앉아 탭댄스 스텝과 정확한 눈높이 발차기에 대해 있지도 않은 심장의 말을 쏟아낸 에밀리가 꼭 오래전 나처럼 보였기 때문이었다.

그리고 나는 처음으로 마고 채닝이 왜 이브 해링턴을 도왔는지도 깨달았다. 그건 이브의 교묘한 속임수 때문이 아니었다. 마고가 이브에게서 젊은 시절 무대를 동경하고 사랑에 푹 빠졌던, 타고난 일을 하고 싶어 안간힘을 쓰던 자신의 모습을 보았기 때문이었다.

만약 〈평탄치 않은 밤〉을 다시 상연하게 되고 내가 마고 역을 맡게 된다면 이 사실을 꼭 기억하리라. 그러면 마고라는 캐릭터를 완전히 새로운 차원으로 해석할 수 있을 것이다.

그러나 이렇게 된 마당에 내가 다시 마고 역을 맡을 가능성은 없을 것이다. 아니, 마마 모턴을 포함해 그 어떤 배역도 다시는 맡을 수 없을 것만 같았다. 기자는 '공연계의 자랑스러운 전통과 인간됨'에 관한 나의 연설에 조금도 감동하지 않은 표정이었다. 그는 연설 내내 내가 아니라 혹시 로켓 무용단원이 나타나지 않을까 살피는 데 급급했다.

그러나 기자 역시 로켓 무용단이 나타나지 않을 거라는 결론에 도달한 게 분명했다. "내가 이럴 줄 알았어. 결국 별일 아닐 거라고 했잖아." 기자가 촬영기사에게 말했다.

촬영기사도 고개를 끄덕이고 방수 비닐을 덮은 카메라를 어깨에서 내렸다.

"그만 가지." 기자가 말했다. "불알이 얼어붙을 지경이야."

"잠깐만요." 나는 기자의 팔을 붙잡았다. "가기 전에 탄원서에 서명이라도 해주지 그래요?" 그러나 그들은 내 말을 듣고 있지 않았다. 그들은 다시 열린 옆문 쪽을 보고 있었다.

'레온다겠지.' 나는 생각했다. 레온다가 내 사인을 받으러 다시 나온 거야. 하지만, 어림없지. 사인은 안 해줄 거니까. 그러나 그게 아니었다. 나온 사람은 아까 레온다를 부른 그 단원이었다. 그녀는 장난감 병정 의상을 로켓 무용단의 대표적인 크리스마스 의상인 흰색 털이 달린 빨간색 옷으로 갈아입고 우리가 지켜보는 가운데 옆문을 활짝 열고 금색 구두로 문을 고정해놓고는 안에 있는 누군가에게 손짓하고 있었다.

그러자 그녀와 똑같은 의상을 입은 로켓 무용단원이 밖으로 나왔는데…. 오, 세상에! 클립보드를 들고 있었다! 그녀 뒤를 이어 곧바로 다른 단원이 나왔다. 그리고 또 다른 단원이. 어느새 레온다가 나와서 내 앞을 지나가며 자기 클립보드에 끼운 탄원서를 내 쪽으로 보여주며 속삭였다. "제 건 이미 서명해서 아까 당신 탄원서에 서명을 못 했던 거예요." 그리고 에밀리만큼이나 상대의 마음을 무장해제시키는 달콤한 미소를 지어 보였다.

"지금 이거 촬영하고 있어요?" 나는 촬영기사에게 물었고 그는 당연히 찍고 있었다. 장엄한 광경이었다! 그들은 에밀리라도 되는 듯 차가운 바람 따위 아랑곳하지 않고 고개를 들고 가슴을 펴고 행진했다. 그러나 나는 얼음 같은 바람이 그들의 타이츠와 황금색 탭 슈즈 안의 발가락 틈까지 뚫고 들어온다는 걸 잘 알았다.

이제 그들은 건물 전체를 에워쌀 수 있을 만큼 끝이 없는 긴 줄을 아름답게 서서 나왔다. 전부 빨간색 무용복을 입고 흰색 털이 달린 모자를 썼다. 게다가 이 모습을 촬영하는 언론은 TMZ만이 아니었다. 어느새 다른 카메라도 속속 도착했고 관광객까지 몰려와 휴대폰과 안드로이드로 이 모습을 찍고 있었다. 택시 기사들도 속도를 줄이며 휘파람을 불며 환호했고 조르주도 브랜디를 넣은 뜨거운 커피를 들고 내게 왔다. 아직 무용단 전원이 문밖으로 나오지 않았는데 사람들이 벌써 몰려들어 탄원서에 서명하겠다고 했다. 그리고 내 탄원서에도.

이 모습을 더 아름다운 피날레로 장식할 유일한 장치가 눈이 내리는 것인데, 마지막 무용단원이 문밖으로 걸어 나오는 순간에 딱 맞춰 눈이 내리기 시작했다. 단원들이 자세를 잡으며 움직이는 사이 반짝이는 하얀 눈송이가 그들의 흰색 털모자와 눈썹 위로 떨어지고 그들의 뺨은 에밀리의 것만큼 고운 분홍색으로 물들었다.

그들이 자리를 잡았다. 80명의 로켓 무용단과 (나중에야 알았지만) 32명의 전직 단원과 〈코러스 라인〉과 〈금지된 세계〉와 〈거의 인간일 뻔〉의 모든 여성 댄서들이, 그리고 〈새장 속의 광대〉의 코러스들까지. 그들은 전부 고개를 높이 쳐들고 등을 꼿꼿이 세운 자세로 라디오시티 뮤직홀을 때리고 지나가는 기세등등한 바람을 향해 우뚝 서 있었다. 탄원서를 들고 그 환상적인 다리와 전부 때려눕힐 듯한 미소를 드러내며. 지금 이 순간만큼은 나조차도 로켓 무용단이 되고 싶었다.

이제 그들은 전부 자리를 잡고 섰다. 마지막 한 사람까지 전부 황금색 탭슈즈를 신고 흰색 털이 달린 빨간색 의상을 입었다. 나만 빼고. 그러자 마지막 여덟 명이 문밖으로 나와 내 양옆으로 오더니 크롬과 네온으로 장식한 라디오시티 뮤직홀의 대형 차양 아래 섰다.

그들은 로봇 의상 차림이었다.

우리 여관에는 방이 없어요

Inn

크리스마스 이브. 오르간이 '임하소서 임마누엘'의 마지막 소절을 연주하자 성가대가 모두 자리에 앉았다. 월 목사가 설교문을 타자한 누리끼리한 종이 다발을 꼭 움켜쥐고 설교단을 향해 천천히 다리를 절며 걸어갔다.

성가대의 디이가 샤론 쪽으로 몸을 숙이며 속삭였다. "시작이야. 딱 24분 걸리지."

샤론 반대편에서 버지니아가 중얼거렸다. "그때 모든 사람이 각기 자기의 고향으로 등록하러 가니라."

월 목사가 설교단에 종이 다발을 내려놓고 끈끈한 눈빛으로 신도들을 바라보며 입을 열었다. "그때 모든 사람이 각기 자기의 고향으로 등록하러 가니라. 요셉도 갈릴리 나사렛 성읍에서 유대 다윗의 성읍, 즉 베들레헴이라는 곳으로 가니 이는 그가 다윗 가문의 계열이기 때문이더라. 그가 자기와 정혼한 아내 마리아와 함께 등록하러 갔는데, 그녀는 아이로 인하여 배가 불렀더라." 목사가 잠시 멈추었다.

"우리는 나사렛으로부터의 여정에 대해서는 아는 바가 없습니다." 버지니아가 속삭였다.

"우리는 나사렛으로부터의 여정에 대해서는 아는 바가 없습니다." 월 목사가 흔들리는 목소리로 말했다. "이 젊은 부부가 어떤 모험에 맞닥뜨렸는지, 가는 길에 어느 여관에 머물렀는지도 우리는 모릅니다. 우리가 아는 거라곤 그들이 오늘 같은 크리스마스 이브에 베들레헴에 도착했다는 것, 그리고 여관에는 방이 없었다는 것뿐입니다."

버지니아가 자기 주보 가장자리에 뭔가를 끼적였다. 디이는 기침을 시작했다. "혹시 목감기 사탕 있어?" 디이가 샤론에게 속삭였다.

"어젯밤에 내가 준 건 어쨌어?" 샤론이 속삭였다.

"우리는 비록 그들의 여정에 대해 아는 바가 전혀 없지만," 월 목사의 목소리가 한층 더 커졌다. "그들이 살았던 세계에 대해서는 많은 것을 알고 있습니다. 그때는 인구조사와 군인들의 세계였고 관료와 정치인들의 세계였으며 재산과 규율과 자체 업무로 분주한 세계였습니다."

디이가 다시 기침을 시작했다. 그녀는 악보집 주머니를 뒤져 종이로 싼 목감기 사탕을 꺼내더니 포장지를 풀고 입속에 쏙 집어넣었다.

"그 자체 업무로 너무도 분주한 세계라 머나먼 곳에서 온 신분이 낮은 부부는 눈에 띄지도 않았습니다." 월 목사가 읊조렸다.

버지니아는 뭐라고 끼적거린 주보를 샤론에게 건넸다. 디이도 몸을 기울여 낙서를 읽었다. '어젯밤 리허설 끝나고 여기 무슨 일 있었어? 쇼핑몰에서 돌아오는 길에 봤더니 교회 밖에 경찰차들이 있더라.'

디이는 주보를 든 채로 자신의 악보집을 뒤져 연필을 하나 꺼내더니 옆에 끼적였다. '누가 교회에 몰래 들어왔대.' 그리고 샤론을 거쳐 버지니아에게 건넸다.

"말도 안 돼." 버지니아가 속삭였다. "붙잡혔대?"

23일 리허설은 7시에 시작할 예정이었다. 그러나 8시 15분 전에도 성가대는 여전히 성소 뒤에 서서 행렬 성가를 부를 순서를 기다리고 있었고 목동들과 천사들은 흥분상태로 날뛰고 있었으며 월 목사는 설교단 뒤의 지정석에 앉아 꾸벅꾸벅 졸고 있었다. 부목사 리사 패리슨은 구유를 놓을 자리를 마련하려고 포인세티아 화분들을 성단소* 계단으로 옮기고 있었고 성가대 지휘자 로즈 헨더슨은 무릎을 꿇고 앉아 판지로 만든 야자나무에 나무받침대를 망치질하고 있었다. 야자나무가 벌써 두 번이나 쓰러졌다.

"내일 밤 크리스마스 이브 예배 시간까지 이러고 있는 거 아냐?" 샤론이 성소 문에 기대서서 말했다.

"난 안 돼." 버지니아가 시계를 흘낏 보며 말했다. "9시 전에는 쇼핑몰에 가야 해. 메건이 갑자기 졸업파티 바비인형을 갖고 싶다고 선언했어."

"목이 또 아파." 디이가 목울대를 만져보며 말했다. "여기 덥니? 아니면 내가 열이 나는 건가?"

"성가복을 입으니까 더워." 샤론이 말했다. "근데 리허설인데 왜 성가복을 입고 있어야 하지?"

"로즈가 내일 밤하고 모든 게 똑같아야 한다고 했거든."

"내일 밤도 지금과 모든 게 똑같다면 나는 아마 죽을지도 몰라." 디이가 목청을 가다듬으며 말했다. "아프면 안 된단 말이야. 아직

* 교회 예배 때 성직자와 성가대가 앉는 제단 옆자리

선물 포장을 시작도 못 했고 심지어 크리스마스 저녁으로 뭘 먹을 지도 생각 못 했어."

"넌 선물이라도 샀지." 버지니아가 말했다. "나는 아직 여덟 명 선물을 못 샀어. 졸업파티 바비인형은 빼고도 말이야."

"난 아무것도 안 했어. 크리스마스 카드도 안 쓰고 쇼핑도 선물 포장도 빵 굽기도 아무것도 안 했어. 빌의 부모님도 온다고 했는 데." 샤론이 말했다. "제발 이 리허설, 시작이라도 좀 하지."

로즈와 어린이 성가대의 천사 하나가 야자나무를 가져다가 세웠 다. 나무가 오른쪽으로 심하게 기울었다. 꼭 베들레헴에 허리케인 이 불어오는 것 같았다. "이거 똑바르게 세워졌어요?" 로즈가 뒤쪽 을 향해 큰 소리로 물었다.

"예." 샤론이 말했다.

"교회에서 거짓말을 하다니." 디이가 말했다. "쯧쯧."

"좋아요." 로즈가 주보를 집어 들며 말했다. "다들 잘 들어요. 여 기 예배 순서가 있어요. 관악 4중주의 성찬식 전 연주, 행렬, 본 기 도, 공고 순서예요. 리사 부목사님, 공고 순서에 '지극히 작은 자' 프 로젝트에 대해 말씀하실 거죠?"

"예." 리사 부목사가 대답하면서 성소 앞으로 걸어 나왔다. "지금 잠깐만 공고를 하나 해도 될까요?" 그러더니 성가대 쪽으로 돌아섰 다. "혹시 기부할 게 있으면 내일 아침 9시까지는 교회로 가져다주 셔야 해요." 부목사는 힘차게 말했다. "9시에 기부품을 노숙자 센터 로 배달할 거예요. 아직도 담요와 통조림이 더 필요합니다. 기부할 물건은 친목회관으로 가져오세요."

리사 부목사가 통로로 돌아가자 로즈가 다시 행사 순서를 발표했다. "공고 다음에는 '임하소서 임마누엘'을 부른 후, 월 목사님 설교 차례고…."

자기 이름이 불리자 월 목사가 잠에서 깨어나 고개를 끄덕였다. "아." 그는 설교문을 타자한 누리끼리한 종이 다발을 꼭 움켜쥐고 설교단 쪽으로 절뚝거리며 다가갔다.

"오, 안 돼." 샤론이 말했다. "크리스마스 연극에 설교까지! 그러다간 영영 교회 안에 갇혀 있어야 해."

"그냥 설교도 아니지." 버지니아가 말했다. "바로 그 설교지. 꼬박 24분짜리 설교. 나는 아예 외웠다니까. 월 목사가 여기 부임한 후로 매년 똑같은 설교를 해왔잖아."

"그보다 더 길어." 디이가 말했다. "작년에는 설교하다 1차 세계대전 이야기도 하더라니까."

"그때 모든 사람이 각기 자기의 고향으로 등록하러 가니라." 월 목사가 말했다. "요셉도 갈릴리 나사렛 성읍에서 유대 다윗의 성읍, 즉 베들레헴이라는 곳으로 가니…."

"오, 안 돼." 샤론이 말했다. "지금 전체 설교를 다 하려나 봐."

"우리는 나사렛으로부터의 여정에 대해서는 아는 바가 없습니다." 월 목사가 말했다.

"감사합니다, 월 목사님." 로즈가 말했다. "설교 다음에는 성가대가 '오 베들레헴 작은 마을'을 부르고 이어서 마리아와 요셉이…."

"그들의 여정은 우리에게 어떤 메시지를 주고 있습니까?" 월 목사가 차츰 속도를 내며 말했다.

로즈는 서둘러 통로를 지나 성단소 계단을 올라갔다. "월 목사님, 지금은 설교 전체를 다 하실 필요가 없어요."

"그것이 우리에게 말하고자 하는 바가 무엇이겠습니까?" 목사가 말했다. "세계대전에서 회복하려고 고군분투하는 우리에게 말입니다."

디이가 샤론의 옆구리를 찔렀다.

"월 목사님." 로즈가 설교단까지 다가가 말했다. "지금은 전체 설교를 들을 시간이 없어요. 빨리 연극을 점검해야 하거든요."

"아." 목사는 말하고 종이 다발을 모아들었다.

"좋아요." 로즈가 말했다. "성가대가 '오 베들레헴 작은 마을'을 부르면 마리아와 요셉은 통로로 걸어 나오세요."

실내복과 샌들 차림의 마리아와 요셉이 성소 뒤쪽에 대기하고 있다가 중앙통로로 걸어 나오기 시작했다.

"아니, 아니. 마리아와 요셉, 그런 식으로 나오면 안 돼." 로즈가 말했다. "동방박사들이 중앙통로로 나와야 하고 너희는 나사렛에서 오는 길이니까 옆 통로로 나와야지."

마리아와 요셉이 로즈의 말대로 종종걸음을 치며 통로를 지나갔다.

"아니, 아니. 천천히 가야지." 로즈가 말했다. "두 사람은 지금 지쳤잖아. 나사렛에서 여기까지 내내 걸어왔어. 다시 해보자."

마리아와 요셉은 나란히 교회 뒤쪽으로 달려갔다가 다시 출발했다. 처음에는 천천히 그러다가 점점 속도를 높였다.

"신도석에서는 보이지도 않겠네." 로즈가 고개를 저으며 말했다. "옆 통로 조명이 어디 있지? 저거 어떡해요, 리사 부목사님?"

"부목사님 여기 없어요." 디이가 말했다. "뭐 가지러 가셨어요."

"제가 모셔올게요." 샤론이 말하고 현관을 가로질러 갔다.

미리엄이 설탕옷 입힌 쿠키가 든 종이 접시를 들고 성인 일요학교 교실로 막 들어가고 있었다. "리사 부목사님 어디 있는지 알아요?" 샤론이 물었다.

"방금 사무실에서 봤어요." 미리엄이 접시를 든 손으로 가리켰다.

샤론은 사무실로 가보았다. 리사 부목사가 책상 앞에 서서 전화 통화를 하고 있었다. "승합차가 얼마나 빨리 올 수 있죠?" 목사는 샤론에게 잠깐 기다리라고 몸짓하며 통화를 계속했다. "찾을 수 있겠어요?"

샤론은 책상을 보면서 기다렸다. 전화기 옆에 종이로 포장한 목감기 사탕이 유리 접시에 담겼고 그 옆에는 훈제굴 통조림 하나와 물밤 통조림 세 개가 놓여 있었다. 아마 '지극히 작은 자' 프로젝트의 기부품일 거라고 그녀는 서글프게 생각했다.

"15분이요? 알겠어요. 고맙습니다." 리사 부목사는 전화를 끊었다. "잠깐만요." 목사는 샤론에게 말하고 바깥의 교회 출입문으로 갔다. 그녀는 문을 열고 밖으로 몸을 내밀었다. 사무실에 서 있는 샤론에게까지 찬 바람이 느껴졌다. 눈이 오기 시작했나.

"잠시 후 승합차가 올 거예요." 부목사가 밖에 있는 누군가에게 말했다.

샤론은 출입문 양옆의 스테인드글라스 창문으로 밖에 있는 사람이 누군지 보려고 했다.

"그 승합차를 타면 노숙자 쉼터로 갈 수 있어요." 리사 부목사가 말했다. "아니, 아니. 밖에서 기다려요." 목사는 문을 닫았다. "자, 무슨 일이죠, 샤론?" 부목사가 그녀를 향해 돌아서서 말했다.

샤론은 여전히 창밖을 보면서 말했다. "성소에서 부목사님을 찾아요." 눈이 내리기 시작했다. 창 너머로 눈송이가 푸르게 보였다.

"곧바로 갈게요." 리사 부목사가 말했다. "노숙자가 찾아와서 처리하느라고요. 오늘 밤만 벌써 두 번째 커플이네요. 크리스마스만 되면 꼭 노숙자들이 찾아오죠. 뭐가 문제라고 했죠? 야자나무가 또 말썽인가?"

"예?" 샤론이 여전히 눈을 보며 말했다.

부목사도 샤론의 시선을 따라 창밖을 보았다. "노숙자 쉼터에서 승합차를 보냈으니까 곧 와서 그들을 데려갈 거예요." 목사가 말했다. "감독할 사람도 없는데 그들을 교회 안에 들일 수는 없어요. 지난달 제일감리교회는 두 번이나 물품을 도난당했고 우리 교회에도 '지극히 작은 자' 프로젝트 기부품들이 있어요." 목사가 친목회관 쪽을 가리켰다.

'그 기부품이라는 게 노숙자를 위한 게 아니었나?' 샤론은 서글프게 생각했다. "잠깐만이라도 성소나 다른 데서 기다리고 있으라고 하면 안 되나요?" 샤론은 물었다.

리사 부목사는 한숨을 내쉬었다. "그들을 받아주는 게 친절을 베푸는 게 아니에요. 그 사람들이 쉼터 말고 교회에 오는 이유가 뭔지 알아요? 쉼터에서는 술을 압수하기 때문이에요." 목사는 현관을 가로질러 가기 시작했다. "나를 찾는 이유가 뭐죠?"

"아." 샤론이 말했다. "조명이요. 마리아와 요셉이 옆 통로를 지나갈 때 조명을 켤 수 있는지 알고 싶대요."

"조명은 나도 잘 모르는데." 부목사가 말했다. "이 교회 조명체계가 아주 엉망진창이거든요." 부목사는 성가대실과 일요학교 교실들로 내려가는 계단 바로 옆 스위치 더미에서 걸음을 멈추었다. "어디 조명이 켜지는지 알려줘요." 부목사가 스위치 하나를 눌렀다. 교회 현관 조명이 꺼졌다. 리사 부목사는 그 스위치를 다시 누르고 다른 스위치를 눌러봤다.

"사무실 조명이에요." 샤론이 말했다. "아래층 현관도 같이 켜지 네요. 그리고 그건 성인 일요학교 교실 조명이고요."

"이건요?" 리사 부목사가 물었다. 성가대 사이에서 고함이 터져 나왔다. 아이들이 소리를 질렀다.

"성소네요." 샤론이 말했다. "좋아요. 그게 옆 통로 조명이에요." 그녀는 성소를 향해 소리쳤다. "어때요?"

"좋아요." 로즈가 대답으로 소리쳤다. "아니, 잠깐만요. 오르간 이 꺼졌어요."

리사 부목사가 그 스위치를 다시 누르자 오르간이 그르릉 소리 를 내며 켜졌다.

"이제 옆 통로 조명도 꺼졌어요." 샤론이 말했다. "설교단 불도 꺼지고요."

"내가 아주 엉망진창이라고 했죠?" 리사 부목사가 말했다. 부목 사가 또 다른 스위치를 눌렀다. "이건 어때요?"

"바깥 현관 조명이 꺼졌어요."

"잘됐네. 현관 조명은 꺼두어야겠어요. 그러면 노숙자들도 더 찾 아오지 않겠지." 부목사가 말했다. "월 목사님이 지난주 어느 노숙 자 남자를 교회 안에서 기다리게 했는데 그 사람이 성인 일요학교 교실 카펫에다가 실례했지 뭐예요. 카펫을 전부 세탁해야 했어요." 부목사는 타이르듯이 샤론을 바라보았다. "이런 사람들을 상대할 때는 연민에 이끌려서는 안 돼요."

'그렇죠.' 샤론은 생각했다. '예수님이 그랬다가 어떻게 됐는지 보면 알 수 있죠.'

"여관주인은 그들을 외면할 수도 있었습니다." 윌 목사가 읊조렸다. "그는 바빴고 여관은 손님으로 가득 차 있었습니다. 그는 마리아와 요셉 앞에서 문을 닫아버릴 수도 있었습니다."

버지니아는 샤론을 지나 디이 쪽으로 몸을 숙였다. "교회에 몰래 들어온 사람들이 뭐라도 훔쳐갔대?"

"아니." 샤론이 말했다.

"누군지는 몰라도 놀이방 바닥에 오줌이 있었대." 디이가 속삭였고, 윌 목사는 혼란스럽게 말끝을 흐리더니 성가대 쪽을 굽어보았다.

디이가 큰 소리로 기침을 하기 시작하면서 손을 들어 입을 막았다. 목사는 그녀를 향해 희미하게 미소를 짓고 다시 설교를 시작했다. "여관주인은 그들을 외면할 수도 있었습니다."

디이는 잠시 기다렸다가 찬송가집의 주보를 끼워둔 자리를 펼치고 주보 위에 뭔가를 끼적이기 시작했다. 그녀는 주보를 버지니아에게 건넸고 버지니아는 읽어보고 다시 샤론에게 건넸다.

'리사 부목사 말이 노숙자들이 들어온 것 같대.' 이렇게 씌어 있었다. '그 사람들이 야자나무를 다 찢어놨대. 나무받침도 다 뜯어버리고. 왜 그런 짓을 했을까?'

"오래전 크리스마스 이브에 여관주인이 마리아와 요셉을 위한 자리를 마련해주었듯이," 윌 목사의 설교가 마지막을 향해 가고 있었다. "우리도 마음에 그리스도를 위한 자리를 마련합시다. 아멘."

오르간이 '오 베들레헴 작은 마을'의 도입부를 연주하기 시작하자 마리

174

아와 요셉이 미리엄과 함께 뒤쪽에서 모습을 드러냈다. 미리엄이 마리아의 하얀 베일을 고쳐주고 두 사람에게 뭐라 뭐라 속삭였다. 요셉이 풀로 붙인 수염을 잡아당겼다.

"결국, 저 두 사람은 어느 통로로 가기로 했어?" 버지니아가 속삭였다. "옆 통로에서 들어오기로 했어, 아니면 그냥 곧바로 중앙통로로 나오기로 했어?"

"옆 통로." 샤론이 속삭였다.

성가대가 자리에서 일어났다. "오 베들레헴 작은 마을이여, 평안 속에 놓여 있음을 우리가 보노라." 그들은 노래했다. "네가 깊고도 곤히 잠든 위로 조용히 별들이 지나가노라."

마리아와 요셉이 옆 통로를 걷기 시작했다. 그들은 로즈가 가르쳐준 대로 나란히 서서 천천히 계산된 걸음으로 나갔다. '아니.' 샤론은 생각했다. '저건 옳지 않아. 그들은 저런 모습이 아니었어. 요셉이 마리아의 조금 앞에서서 그녀를 보호했고 그녀의 손은 아기를 보호하느라 배 위에 올라가 있었지.'

결국, 마리아와 요셉이 어떻게 걸어 나올 것인가 하는 결정은 미뤄두고 연극을 시작했다. 마리아와 요셉이 여관 문을 두드리자 여관주인이 활짝 웃으며 방이 없다고 말했다.

"패트릭, 그렇게 즐거운 표정을 지으면 어떡하니." 로즈가 말했다. "넌 기분이 나빠야 해. 바쁘고 피곤하고 남는 방도 없잖아."

패트릭이 험악한 표정을 짓고 말했다. "우리 여관에는 방이 없어요. 하지만 마구간에 머무를 수는 있소." 여관주인이 그들을 구유 쪽으로 안내하자 마리아가 그 옆에 무릎을 꿇고 앉았다.

"아기 예수는 어딨지?" 로즈가 물었다.

"내일 밤에나 도착할걸." 버지니아가 속삭였다.

"누구 아기 인형 가져올 사람?" 로즈가 물었다.

천사 한 명이 손을 들자 로즈가 말했다. "좋아요. 마리아, 지금은 담요를 사용하자. 성가대는 '저 멀리 어느 구유에서'의 첫 소절을 불러요. 자, 목동들." 로즈가 성소 뒤쪽을 향해 외쳤다. "'저 멀리 어느 구유에서'가 끝나자마자 나와서 이쪽 옆에 서요." 그녀가 방향을 가리켰다.

목동들이 하키 스틱, 빗자루 손잡이, 지팡이를 하나둘씩 테이프로 감싼 소품을 집어 들고 두건을 고쳐 썼다.

"좋아요. 여기까지 한번 해봅시다." 로즈가 말했다. "오르간?"

오르간이 도입부를 연주하자 성가대가 일어났다.

"저어 멀리." 디이가 노래하다 기침이 시작되자 손으로 입을 막았다.

"목… 감기… 사탕…?" 그녀는 발작적인 기침 사이로 겨우 내뱉었다.

"사무실에 있는 거 봤어." 샤론은 말하고 성단소 계단을 달려 내려가 통로를 지나 현관으로 나갔다.

어두웠지만 굳이 조명 스위치를 찾느라 시간을 낭비하고 싶지 않았다. 샤론은 성소에서 나오는 불빛에 의지해 어찌어찌 길을 찾아갈 수 있을 것 같았고 목감기 사탕이 있던 자리도 정확히 안다고 생각했다.

사무실 조명도 꺼져 있었고 리사 부목사가 노숙자들이 찾아오지 못하게 껐던 현관 조명도 다시 켜지 않았다. 그녀는 사무실 문을 열고 더듬거리며 책상까지 가서 여기저기를 만져보다가 마침내 유리 접시를 찾았다. 그녀는 목감기 사탕을 한 줌 집어 들고 다시 더듬거리며 현관으로 나왔다.

성가대가 노래하고 있었다. "그 맑고 환한 밤중에." 그러나 노래는 두 소절 만에 멈추었고 갑자기 찾아온 고요 속에서 교회 출입문 두드리는 소리가 들렸다.

그녀는 문 쪽으로 가려다가 좀 전에 리사 부목사가 거절한 노숙자 부부가 소란을 피우려고 다시 찾아온 게 아닐까 싶어 잠시 머뭇거렸다. 그러나 문 두드리는 소리는 수줍게 들릴 정도로 아주 작았고 스테인드글라스 창 너머로 보이는 바깥에는 눈이 몹시 내리고 있었다.

그녀는 목감기 사탕을 왼손으로 옮겨 들고 출입문을 조금 열고 밖을 내다보았다. 현관에 두 사람이 서 있었는데 한 사람이 다른 사람 조금 앞에 섰다. 너무 어두워 사람의 윤곽만 겨우 보였다. 언뜻 봤을 때 두 사람 다 여자인 줄 알았는데 앞에 선 사람이 젊은 남자 목소리로 말했다. "에르카스."

"죄송해요." 샤론이 말했다. "제가 스페인어를 몰라요. 혹시 머물 장소를 찾고 있나요?" 눈은 진눈깨비로 변하고 있었고 바람도 거세졌다.

"쿰라." 젊은 남자가 목청을 가다듬는 듯한 소리를 냈는데 샤론은 무슨 말인지 하나도 알아들을 수가 없었다.

"잠깐만요." 그녀는 말하고 문을 닫았다. 얼른 사무실로 돌아가 더듬더듬 전화기를 찾아 암흑과 다름없는 곳에서 곁눈질로 겨우 버튼을 보며 쉼터 번호를 눌렀다.

통화 중이었다. 그녀는 수화기를 내려놓고 잠시 기다렸다가 다시 전화를 걸었다. 여전히 통화 중이었다. 그녀는 그들이 포기하고 가버렸길 기대하며 다시 출입문으로 돌아갔다.

"에르카스" 그녀가 문을 열자마자 남자가 말했다.

"미안해요." 그녀는 말했다. "지금 노숙자 쉼터에 전화를 걸고 있어요." 남자가 몹시 열렬하게 빠른 속도로 무언가 말하기 시작했다.

남자가 앞으로 다가와 문에 손을 댔다. 그는 온몸에 담요를 두르고 있어서 여자로 오해한 것 같았다. "에르카스." 남자가 또 말했는데 몹시 절박하고 흥분해 있으면서도 어딘가 수줍고 소심해 보였다.

"보트 롬." 남자가 여자 쪽을 가리키며 말했다. 여자는 현관의 거의 가장자리에 서 있었지만, 샤론은 여자를 보고 있지 않았다. 그녀는 그들의 발을 보고 있었다.

그들은 샌들을 신고 있었다. 처음에는 맨발인 줄 알고 경악하며 어둠을 골똘히 바라보았다. 눈 속에 맨발이라니! 그러고는 어렴풋이 검은 끈이 보였지만 그래도 여전히 경악했다. 눈이 거세게 내리고 있었다.

이대로 그들을 밖에 세워둘 수는 없었지만 그렇다고 승합차가 올 때까지 감히 그들을 교회 안으로 들일 수도 없었다. 리사 부목사가 옆에 있는 게 아닌데도 그랬다.

사무실에는 아무도 없었고(그사이 전화가 올지도 모른다) 노숙자들을 위한 기부품이 쌓여 있는 친목회관에 들일 수도 없었다.

"잠깐만요." 샤론은 말하고 문을 닫은 다음 미리엄이 아직도 성인 일요학교 교실에 있는지 보러 갔다. 어두웠지만, 완전한 어둠은 아니었는데 문 옆 테이블 위에 램프가 하나 있었다. 그녀는 램프를 컸다. 아, 여기도 안 되겠다. 벽에 바짝 붙여 놓은 진열창 안에 은식기들이 있어서 안 된다. 게다가 테이블 위에 종이컵 더미가 있고 미리엄이 가져다 놓은 크리스마스 쿠키가 담긴 종이 접시들도 있었다. 리허설이 끝나고 여기서 다과회가 있을 예정이었다. 그녀는 램프를 끄고 다시 현관으로 나갔다.

월 목사의 사무실도 안 된다. 게다가 지금은 잠겨 있었다. 리사 부목사의 사무실도 당연히 안 된다. 혹시 아래층으로 내려가 일요학교 교실 중 한 곳에 데려가려면 사람들에게 들켜서는 안 될 것이다.

보일러실은 어떨까? 그곳은 성인 일요학교 교실과 친목회관 사이에 있었다. 그녀는 보일러실 손잡이를 돌려보았다. 열렸다. 안을 들여다보았다. 보일러가 공간을 거의 차지했고 남은 공간에는 접이식 의자들이 쌓였다. 조명 스위치를 찾을 수 없었지만 보일러의 점화 불씨 덕분에 몸을 움직일 만큼은 보였다. 무엇보다 여긴 현관보다 따뜻했다.

그녀는 다시 출입문으로 돌아가 누구 오는 사람이라도 없나 현관을 한 번 확인하고 그들을 안으로 들였다. "여기서 기다려요." 그녀는 말했지만, 그들은 그녀의 말을 이해하지 못하는 게 분명했다.

그들은 샤론의 뒤를 따라 어두운 현관을 가로질러 보일러실로 갔다. 그녀는 접이식 의자를 두 개 펼쳐 놓고 그들에게 들어오라고 손짓했다.

'그 맑고 환한 밤중에'가 도중에 멈추고 로즈의 목소리가 성소에서 흘러나왔다. "목동들의 지팡이는 무기가 아니야. 좋아. 천사?"

"쉼터에 전화해볼게요." 샤론은 서둘러 말하고 문을 닫았다.

그녀는 사무실로 들어가 쉼터에 다시 전화를 걸었다. "제발, 제발 좀 받아라." 그녀는 말했다. 막상 상대가 전화를 받았을 때는 너무 놀라 노숙자 한 쌍이 교회 안에 들어와 있다고 말하는 걸 깜박 잊어버렸다.

"최소한 30분은 걸릴 겁니다." 쉼터 남자가 말했다. "아니면 45분이요."

"45분이나요?"

"기온이 영하로 떨어질 때마다 이래요." 남자가 말했다. "되도록 빨리 갈 수 있게 노력하겠습니다."

적어도 그녀는 올바른 일을 했다. 그들을 45분이나 눈 속에 세워둘 수는 없었다. '올바른 일이라…' 그녀는 서글프게 생각했다. 사람을 보일러실에 처박아놓고서 올바른 일이라니. 그러나 그곳은 적어도 따뜻했고 눈도 오지 않았다. 그리고 샤론이 어디서 뭘 하고 있는지 누가 찾으러 오지 않는 한 그들은 안전했다.

"아, 참, 디이." 그녀는 불쑥 말했다. 샤론이 밖으로 나온 것은 디이에게 목감기 사탕을 가져다주기 위해서였다.

사탕은 전화를 거는 사이 놓아둔 책상 위에 그대로 있었다. 그녀는 얼른 사탕을 집어 들고 현관을 지나 성소로 돌아갔다.

천사가 성단소 계단에서 목동들에게 두려워하지 말라고 말하고 있었다. 샤론은 그들을 뚫고 성단소로 올라가 디이와 버지니아 사이에 앉았다.

그녀는 디이에게 목감기 사탕을 건넸다. "왜 이렇게 오래 걸렸어?" 디이가 물었다.

"전화를 걸 데가 있어서. 내가 놓친 순서가 어디야?"

"아무것도 놓치지 않았어. 아직도 목동 순서야. 야자나무 하나가 쓰러져서 고쳐야 했고 리사 부목사가 리허설을 중단하고 교회 안에 노숙자를 들이지 말라고 공지했어. 성삼위일체교회 성소가 파괴당했대."

"어머." 샤론이 말했다. 그녀는 리사 부목사를 찾아 성소 주변을 훑어보았다.

"좋아요. 이제 천사는 말을 마치고 나서," 로즈가 말했다. "천사 무리에 합류해요. 너희 말이야, 어린이 성가대. 아니, 계단 위에 줄을 서야지. 자, 오르간?"

오르간이 '들어라, 예언의 천사가 노래한다'를 연주하자 어린이 성가대가 거의 들리지 않는 피리 같은 소리로 노래를 시작했다.

리사 부목사는 어디에도 보이지 않았다. "부목사님 어디 갔는지 알아?" 샤론은 디이에게 속삭였다.

"너 들어왔을 때 바로 나가셨어. 사무실에서 뭐 가져올 게 있으시대."

사무실! 부목사가 보일러실에서 무슨 소리라도 듣고 문을 열어봤다가 그들을 발견하면 어쩌지! 샤론은 절반쯤 일어섰다.

"성가대." 로즈가 샤론을 똑바로 노려보며 말했다. "어린이 성가대와 함께 허밍을 도와주겠어요?"

샤론은 자리에 다시 앉았고 잠시 후 리사 부목사가 가위를 들고 뒤쪽에서 나타났다. "보아라, 이윽고 주가 오시니." 어린이 성가대가 노래하자 미리엄이 일어나서 밖으로 나갔다.

"미리엄은 어딜 가는 거지?" 샤론이 속삭였다.

"내가 어떻게 알아?" 디이가 의심스러운 눈길로 샤론을 보았다.

"다과회 준비를 하러 가는 거겠지. 왜 그래?"

"아니야." 그녀는 말했다. "모두에게 빛과 생명을 가져다주시니."

빨리 노래가 끝나야 나갈 수 있을 텐데. 그러나 노래가 끝나자마자 로즈가 말했다. "좋아요. 이제 동방박사." 그러자 보석함을 든 6학년 아이가 중앙통로로 걸어오기 시작했다. "성가대, '동방박사 세 사람'입니다. 자, 오르간?"

'동방박사 세 사람'은 4절까지 있는 긴 노래였고 샤론은 더 이상 기다릴 수가 없었다.

"나 화장실 좀 다녀올게." 그녀는 의자 위에 악보집을 세워놓고 성단소 뒤쪽 계단으로 몸을 숙이고 내려가 옆 통로로 향하는 좁은 방을 지나갔다. 철 지난 제단 장식물들을 놔두는 곳이라 성가대는 그 방을 '꽃방'이라고 불렀다. 가끔 교회를 일찍 나서야 할 때 몰래 빠져나가는 비상구로 그 방을 이용했는데, 지금은 여유 공간이 거의 없어서 겨우 몸을 비집고 나가야 했다. 바닥에는 성가대가 쓰는 악보대와 실크로 만든 부활절 백합 화분이 잔뜩 쌓였고 성소로 통하는 문 앞에는 거대한 붉은 장미 꽃바구니가 놓여 있었다.

샤론은 꽃바구니를 구석으로 밀치고 백합 화분 사이를 조심스럽게 걸어서 문을 열었다.

"발타자르, 구유 앞에 황금을 내려놔. 떨어뜨리지 말고. 마리아, 너는 신의 어머니잖아. 그렇게 겁먹은 얼굴을 하고 있으면 안 되지." 로즈의 목소리가 들려왔다.

샤론은 서둘러 옆 통로를 지나 현관으로 나갔다. 거기에는 다른 두 동방박사가 향수병을 들고 자기 차례를 기다리고 있었다.

"명랑하고 귀한 별 아기 예수 계신 곳에 우리 인도하여라." 성가대가 노래했다.

현관과 사무실 조명은 여전히 꺼져 있었지만, 성인 일요학교 교실에서 새어나온 빛이 현관 끝까지 퍼져 흘렀다. 보일러실 문이 여전히 닫혀 있는 게 보였다.

'다시 쉼터에 전화를 걸어보자.' 그녀는 생각했다. '빨리 오라고 재촉해보고 안 되면 다른 사람들이 전부 집에 돌아갈 때까지 그들을 아래층에 데려다 놔야겠어. 그런 다음 내가 직접 쉼터에 데려다 줘야지.'

그녀는 미리엄의 눈에 띄지 않도록 까치발로 성인 일요학교 교실의 열린 문을 지나쳐 달리다시피 해서 사무실로 들어갔다.

"안녕." 미리엄이 책상 앞에서 고개를 들고 말했다. 그녀는 한 손에 알루미늄 주전자를 들고 다른 손으로 맨 위 서랍을 뒤지고 있었다. "혹시 주방 열쇠 어디에 보관해두는지 알아요? 주방이 잠겨서 들어갈 수가 없네."

"몰라요." 샤론이 말했다. 심장이 쿵쾅거렸다.

"분말 주스를 저을 숟가락이 필요해요." 미리엄이 책상 옆 서랍을 열었다 닫았다 하며 말했다. "직원이 열쇠를 집에 가져갔나 봐. 하긴 그 사람 탓은 아니지. 제일감리교회가 지난달 도둑을 맞았대요. 그 교회는 자물쇠를 전부 바꿔야 했다지 뭐예요."

샤론은 불안하게 보일러실 문을 흘끔거렸다.

"그렇다면," 미리엄이 다시 맨 위 서랍을 열면서 말했다. "이걸로라도 어떻게 해봐야겠네." 그녀는 플라스틱 자를 꺼냈다. "애들은 별로 신경 쓰지 않겠지."

미리엄은 밖으로 나가려다가 멈춰 섰다. "리허설 아직 안 끝났죠?"

"예." 샤론이 말했다. "아직 동방박사 부분이에요. 남편한테 냉동실 칠면조를 꺼내놓으라고 전화하러 나왔어요."

"나도 집에 가면 꺼내 놔야겠네요." 미리엄은 말하고 현관을 가로질러 도서실로 들어가 문을 열어두었다. 샤론은 잠깐 기다렸다가 쉼터에 전화를 걸었다. 통화 중이었다. 그녀는 현관에서 흘러나오는 빛에 손목시계를 비춰보았다. 쉼터에서는 30분에서 45분 정도 걸릴 거라고 했었다. 그때쯤이면 리허설은 끝날 것이고 현관은 사람들로 북적거릴 것이다.

30분도 남지 않았다. 벌써 '주의 죽을 몸 위해 나는 몰약 드리네'를 부르고 있었다. 이제 남은 노래는 '고요한 밤 거룩한 밤' 그리고 '기쁘다 구주 오셨네'뿐이고, 그러면 천사들이 쿠키와 주스를 먹겠다고 봇물 터지듯 쏟아져 나올 것이다.

샤론은 출입문 쪽으로 가 밖을 내다보았다. 기온이 영하로 내려갔다고 쉼터 직원이 말했었는데, 지금은 주차장 전역에 진눈깨비가 날카로운 사선을 그리며 떨어지고 있었다.

신발도 신지 않은 그들을 밖으로 내보낼 수는 없었다. 그리고 아이들이 바로 옆방에 있는데 그대로 보일러실에 놔둘 수도 없었다. 아무래도 아래층으로 옮겨야 할 것 같았다.

하지만 어디로 보낸단 말인가. 성가대실은 안 된다. 거기에 악보집과 성가복을 가져다 놓으러 성가대원들이 몰려올 것이다. 일요학교 교실은 연극에 참가하는 아이들이 코트를 놔두었을 테고. 그리고 주방은 잠겨 있다.

놀이방은 어떨까? 거긴 괜찮을지도 모르겠다. 성가대실에서 현관 맞은편에 있지만 일단 계단으로 내려가려면 성인 일요학교 교실을 지나가야 하고 그 문은 지금 활짝 열려 있다.

"고오요한 바암… 거어룩한 바암…." 성소에서 노랫소리가 흘러나왔다가 이내 뚝 끊겼고 곧 리사 부목사의 말소리가 들렸는데 아마도 교회 안에 노숙자를 들이면 위험하다고 당부하는 것 같았다.

그녀는 다시 보일러실 문을 흘낏 보고 성인 일요학교 교실로 들어갔다. 미리엄이 테이블에 종이컵을 차리고 있다가 고개를 들었다. "남편하고는 통화가 됐어요?"

"예." 샤론이 말했다. 미리엄이 무슨 일이냐는 표정을 지었다.

"쿠키 하나 먹어도 돼요?" 샤론은 아무 말이나 했다.

"별 모양 쿠키 하나 가져가요. 아이들은 산타 모양이랑 크리스마스 트리 모양을 가장 좋아하거든요."

샤론은 밝은 노란색 설탕옷이 입혀진 별 모양 쿠키 하나를 집어 들었다. "고마워요." 그리고 밖으로 나가면서 등 뒤로 문을 닫았다.

"문 열어둬요." 미리엄이 말했다. "리허설 하는 소리가 들려야 하거든요."

샤론은 문을 다시 열었지만 미리엄이 와서 직접 문을 활짝 열지 않기를 바라며 최대한 닫을 수 있는 만큼인 절반만 열어놓고 조용히 보일러실로 갔다.

성가대가 '고요한 밤 거룩한 밤'의 마지막 소절을 부르고 있었다. 이제 '기쁘다 구주 오셨네'와 축복기도만 남았다. 이제 문이 열려 있든 닫혀 있든 빨리 그들을 다른 곳으로 옮겨야 했다. 그녀는 보일러실 문을 열었다.

그들은 그녀가 접이 의자를 놔두었던 자리에 그대로 서 있었는데, 증거는 없어도 그녀가 나간 후로 내내 그렇게 서 있었다는 것을 알 수 있었다.

젊은 남자는 처음 교회 문 앞에 서 있을 때처럼 여자의 몸 조금 앞에 섰다. 그런데 지금 보니 그는 사내가 아니라 소년에 가까웠고 턱수염도 청소년처럼 가늘고 성기었으며, 여자는 훨씬 더 어려서 어쩌면 열 살 아이처럼도 보였는데 그보다는 나이가 많다는 걸 알 수 있는 게 성인 일요학교 교실의 반쯤 열린 문에서 새어 나오는 빛에 의지해서 보니 임신부였다.

이제야 그녀는 모든 것을 이해했다. 여자의 어색하게 커다란 몸집이며 남자의 턱수염, 그들이 의자에 앉아 있지 않았던 점, 좀 전에는 보이지 않았던 것이 굳이 성인 일요학교 교실의 불빛 덕분에 보였던 점까지 전부. 그럼에도 마음 한쪽은 여전히 쉼터에서 보낸다는 승합차가 언제나 도착할까, 어떻게 해야 리사 부목사의 눈을 피해 그들을 쉼터까지 보낼 수 있을까 생각했고, 다른 마음 한쪽으로는 처음 교회 문을 열어주었을 때부터 이미 어렴풋이 알아챘던 사실을 확실하게 증명해주는 세부사항을 헤아리고 있었다.

"여기서 뭘 하고 있어요?" 그녀가 속삭이자 남자는 양손을 벌려 어쩔 수 없다는 몸짓을 해 보였다. "에르카스." 그는 말했다.

여전히 돌아가는 마음 한쪽 때문에 그녀는 자기도 모르게 입술에 손가락을 가져다 댔는데 두 사람 모두 즉시 겁을 먹는 걸 보면 그 몸짓의 의미를 이해한 것 같았다. "날 따라와요." 그녀는 속삭였다.

그러나 이윽고 생각하는 기능이 완전히 멈추면서 그녀는 거의 뛰다시피 반쯤 열린 문을 지나 계단으로 갔는데, 그때는 오르간이

'기쁘다 구주 오셨네'를 큰 소리로 연주하는 것도 들리지 않았다. 그녀가 "빨리! 빨리요!"라고 속삭이자 그들은 그녀를 따라오긴 했는데 계단을 어떻게 내려가는지 몰라서 여자는 뒤로 돌아 손으로 위쪽 계단을 짚으며 거꾸로 기다시피 내려갔고 그 옆에서 남자가 여자를 도와주었다. 마치 벼랑에 매달려 내려가는 사람들 같았다. 샤론은 속도를 내려고 여자를 잡아당겨 보았지만, 괜히 나동그라질 뻔하기만 했다.

샤론은 속삭이듯 말했다. "이렇게 해봐요." 그리고 한 손을 계단 난간 손잡이에 올리고 앞을 향해 한 칸 한 칸 걸어 내려가는 모습을 보여주었다. 그러나 그들은 샤론 쪽은 쳐다보지도 않고 아기들처럼 거꾸로 기어 내려갔다. 시간이 너무 오래 걸렸다. 샤론 귀에 들리지도 않는 찬송가는 벌써 3절의 끝으로 치닫고 있었는데 그들은 이제 겨우 계단을 반쯤 내려가면서 전부 거칠게 숨을 몰아쉬고 있었다. 샤론은 어떻게 하면 속도를 내게 할 수 있을까 싶어서 종종걸음으로 계단을 거슬러 올라갔다가, 그러다가 그들이 따라서 계단을 다시 올라오면 어쩌나 걱정했다가, 지금쯤 쉼터에 전화해 승합차를 보내지 말라고 해야 하나 떠올렸다가, 나중에는 오직 '빨리빨리 서둘러'와 '이들은 어쩌다가 여기에 오게 되었을까?'라는 생각만 났다.

어찌어찌 그들을 몰아 아래층 현관을 가로질러 놀이방 앞에 도착하고서도 제정신이 돌아오지 않았다. '제발 잠겨 있지 마라. 제발 잠겨 있지 마.' 놀이방 문은 정말로 잠기지 않았고 그들을 얼른 놀이방 안으로 들이고 등 뒤로 문을 꼭 닫고 잠그려고 했다가 잠금장치가 없는 걸 보고서야 생각했다. '이래서 잠겨 있지 않았던 거로군.' 이것은 보일러실 문을 열었던 순간 이후로 처음 든 논리정연한 생각이었으므로 그녀는 이제야 비로소 정신을 차린 것 같았다.

샤론은 숨을 거칠게 몰아쉬며 그들을 뚫어지게 바라보았다. '그들'이 틀림없었다. 굳이 증거가 필요하다면 그들이 계단을 한 번도 본 적이 없다는 게 증거였다. 그러나 그녀에게는 증거가 필요 없었다. 사실 처음 봤을 때부터 알고 있었고 의문의 여지가 없었다.

'일종의 환영인가.' 샤론은 생각했다. 착한 사람들이 냉장고에서 예수의 얼굴을 본다거나 푸르고 흰 옷차림의 성모 마리아가 장미에 둘러싸인 모습을 본다거나 하지 않던가. 그러나 그들이 입은 거친 갈색 망토는 놀이방 카펫에 눈 녹은 물을 뚝뚝 떨어뜨리고 있었고 쓸모없는 샌들을 신은 발은 추위로 빨갛게 얼어붙었으며 잔뜩 겁에 질린 얼굴이었다.

그들은 종교화에서 보았던 것과 전혀 다른 모습이었다. 일단 키가 너무 작았고 머리카락도 기름졌으며 얼굴은 젊은 펑크족처럼 굳었다. 여자가 쓴 베일은 더러운 행주처럼 보였으며 느슨하게 늘어뜨리지도 않았고 목 둘레를 감아 뒤쪽에서 매듭이 지어졌으며, 일단 둘 다 너무 어려서 마치 이들의 복장을 하고 연극 연습을 하는 위층의 꼬마들 또래로 보였다.

그들은 겁에 질린 얼굴로 방 안을 둘러보았다. 흰색 아기 침대와 흔들의자를 보고 머리 위의 전등을 쳐다보았다. 남자가 허리띠 안쪽을 만지작거리더니 가죽 주머니를 꺼냈다. 그는 주머니를 샤론에게 건넸다.

"여긴 어떻게 왔어요?" 그녀가 물었다. "베들레헴으로 가는 길이었잖아요."

남자가 그녀에게 주머니를 내밀었다. 그녀가 받지 않자 가죽끈을 풀어 투박한 모양의 동전 하나를 꺼내 내밀었다.

"돈은 안 줘도 돼요." 그녀는 말해놓고 어딘가 우습다고 생각했다. 어차피 그들은 그녀의 말을 이해하지도 못할 것이다. 그녀는 손을 반듯이 펴서 세우고 고개를 흔들며 동전을 밀어냈다. 이 정도면 보편적인 신호겠지. 그렇다면 환영의 표시는 뭘까? 샤론은 두 팔을 활짝 벌리고 젊은이들을 향해 웃었다. "여기 온 걸 환영해요." 그녀는 목소리에 단어의 의미를 실으려고 애쓰며 말했다. "앉아요. 쉬어요."

그들은 계속 서 있었다. 샤론은 흔들의자를 끌고 왔다. "여기 앉아요."

마리아는 겁에 질려 있었다. 샤론은 어떻게 하는지 보여주려고 양손을 의자 팔걸이에 올리고 앉았다. 요셉이 곧바로 무릎을 꿇었고 마리아도 거북한 몸짓으로 무릎을 꿇으려고 했다.

"아니, 아니에요." 샤론은 얼른 의자에서 일어났다. 덕분에 흔들의자가 덜컹거렸다. "무릎을 꿇지 마요. 나는 아무것도 아니에요." 그녀는 그들을 무기력하게 바라보았다. "여기는 어떻게 왔어요? 여기로 오려던 게 아니었잖아요."

요셉이 일어났다. "에르카스." 그는 말하고 게시판으로 걸어갔다.

게시판에 예수의 생애를 표현한 컬러 사진이 붙어 있었다. 불구의 소년을 치유하는 예수, 사원에 있는 예수, 겟세마네 동산의 예수.

그는 예수 탄생 장면을 가리켰다. "쿰라." 그가 말했다.

혹시 자신을 알아본 걸까? 샤론은 궁금했지만 요셉은 구유 옆에 서 있는 나귀를 가리켰다. "에르카스." 그가 말했다. "에르카스."

그 말은 '나귀'를 뜻하는 걸까? 샤론에게 자기들 나귀를 어떻게 했는지 물어보는 건가? 아니면 나귀가 있느냐고 물어보는 걸까. 그림 속 마리아는 모든 장면에서 나귀를 타고 있었다. 샤론은 예전에도 나귀를 탄 부분은 틀렸다고 생각했다. 그러나 지금 보니 다른 부분도 전부 틀렸다. 얼굴도 옷차림도 틀렸고 무엇보다 그들의 젊음과 무기력함까지 틀렸다.

"쿰라 에르카스." 그가 말했다. "쿰라 에르카스. 보트 롬?"

"몰라요." 샤론이 말했다. "저는 베들레헴이 어딘지 몰라요."

'아니, 당신들을 어떻게 하면 좋을지도 몰라요.' 그녀는 생각했다. 처음에는 리허설이 끝나고 신도들이 전부 집에 돌아갈 때까지 여기에 숨겨두자고 생각했다. 리사 부목사에게 들켜서는 안 된다고.

그러나 이들이 누구인지 알게 된 순간부터는 생각이 달라졌다. 어떡하지? 무릎이라도 꿇어야 할까? 아니면 쉼터에 전화를 걸어 승합차를 보내달라고 해야 하나? "오늘 밤만 벌써 두 번째 커플이네요." 리사 부목사는 교회 문을 닫으면서 이렇게 말했었다. 샤론은 갑자기 궁금해졌다. 아까 부목사가 돌려보낸 커플이 이들이었을까? 갈 곳을 잃고 두려움에 빠진 채 주차장을 헤매다가 다시 문을 두드린 걸까?

리사 부목사에게 들켜서는 안 된다. 그러나 부목사가 놀이방에 올 이유는 없었다. 아이들은 전부 위층에 있었고 다과회는 성인 일요학교 교실에서 열린다. 하지만, 만약 부목사가 교회 문을 잠그기 전에 모든 방을 확인하고 돌아다닌다면 어쩌지?

'우리 집으로 데려가야겠어.' 샤론은 생각했다. '우리 집이라면 안전할 거야.' 리허설이 끝나기 전에 그들을 다시 계단 위로 데려가 주차장으로 빠져나가면 된다.

'여기까지 데려올 때도 아무에게도 들키지 않았잖아.' 그녀는 생각했다. 하지만 겨우 주차장까지 간다고 해도 샤론이 자동차 시동을 걸고 안전벨트로 그들의 몸을 조이면 그들은 너무 놀라 까무러칠지도 모른다. 그렇다면 집이 쉼터보다 낫다는 보장도 없다.

그들은 시공의 어떠한 우연으로 길을 잃고 결국 교회에 오게 되었다. 돌아가는 길은(돌아가는 길이 있다면 말이다. 그리고 이들은 내일 밤까지 베들레헴에 도착해야 하므로 돌아가는 길이 반드시 있어야 한다) 여기에 있었다.

어쩌면 그들을 교회 안에 들이지 말았어야 했다는 생각이 불쑥 스쳤다. 돌아가는 길은 북쪽에 있을 거라고. '하지만 들이지 않을 수가 없었어.' 샤론은 내심 항변해 보았다. '눈이 내리고 있었고 신발도 제대로 신고 있지 않았단 말이야.'

그러나 만약 그녀가 그들을 거절했다면 그들은 현관에서 벗어나 자기 시공으로 돌아갔을지도 모른다. 어쩌면 지금도 가능한 일일 수 있다.

그녀는 하고 싶은 말을 몸짓으로 보여주려고 손을 내밀며 말했다. "여기 있어요." 그리고 놀이방을 나가 등 뒤로 문을 단단히 닫고 현관으로 갔다.

성가대는 아직도 '기쁘다 구주 오셨네'를 부르고 있었다. 아마 도중에 끊을 일이 있었던 모양이다. 샤론은 조용히 계단을 올라 성인 일요학교 교실을 지나갔다. 그 문은 아직도 반쯤 열린 상태였고 테이블에 놓인 쿠키 접시들이 보였다. 그녀는 북쪽 문을 열고 혹시 모래사막과 낙타가 보이지 않을까 예상하며 잠시 머뭇거렸다가 문밖으로 몸을 내밀어 보았다. 진눈깨비가 내리고 있었고 자동차마다 눈이 3센티미터 정도 쌓였다.

그녀는 문을 열어둘 고정장치가 될 만한 것을 찾아 주위를 둘러보다가 야자나무 화분을 괴어놓고 현관으로 나갔다. 바닥이 미끄러워 벽을 단단히 붙잡고 있어야 했다. 그녀는 조심스럽게 현관 가장자리까지 걸어가 덜덜 떨며 진눈깨비가 떨어지는 바깥을 바라보았다. '나는 지금 무엇을 찾는 걸까? 진눈깨비가 잦아들기를 바라는 건가? 어둠 속에서도 유독 어두운 곳을 찾고 있나? 아니면 어둡지 않은 곳을 찾고 있나? 빛이 환한 곳을?'

아무것도 없었다. 잠시 후 그녀는 현관을 떠나 마리아와 요셉이 계단을 내려갈 때처럼 조심스럽게 움직이며 주차장을 한 바퀴 돌았다.

아무것도 없었다. 바깥에 돌아가는 길이 있더라도 지금은 보이지 않았고 계속 나와 있다간 그녀는 아마 얼어버릴 것이다. 그녀는 교회 안으로 돌아와 그 자리에 서서 물끄러미 문만 바라보며 어쩌면 좋을지 생각했다. '그들을 도와야 해.' 그녀는 온기를 위해 양팔로 제 가슴을 끌어안으며 생각했다. '누군가에게 말해야 해.' 그녀는 현관을 가로질러 성소로 향했다.

오르간이 멈췄다. "마리아와 요셉, 잠깐 나랑 이야기 좀 하자." 로즈의 목소리가 들렸다. "목동들, 지팡이는 의자 맨 앞줄에 올려놔. 나머지는 성인 일요학교 교실에 다과가 준비되어 있어요. 성가대는 가지 마세요. 점검할 게 몇 가지 있어요."

막대가 서로 부딪치는 소리가 들리고 이어서 사람들이 우르르 몰려나왔다. 샤론은 다과회를 향해 달려가는 목동들과 부딪쳤다. 동방박사 한 명이 '에어조던'을 신은 발로 긴 의상 끝자락을 밟았다가 거의 넘어질 뻔했고 천사 둘은 쿠키를 향해 열렬하게 손을 뻗다가 반짝이 후광 머리띠를 잃어버렸다.

샤론은 아이들을 헤치고 성소 뒤쪽으로 갔다. 로즈는 옆 통로에서 마리아와 요셉에게 걷는 법을 보여주고 있었고 성가대는 악보를 챙기는 중이었다. 디이가 보이지 않았다.

버지니아가 성가복을 훌훌 벗으며 중앙통로를 걸어 내려왔다. 샤론은 버지니아에게 다가갔다. "디이 어디 있는지 알아?" 샤론은 버지니아에게 물었다.

"집에 갔어." 버지니아는 샤론에게 악보집을 건네며 말했다. "자기 의자에 이거 놓고 갔더라. 디이 목소리가 완전히 맛이 갔길래 내가 바보 같은 짓 그만하고 얼른 집에 가서 잠이나 자라고 했어."

"버지니아…." 샤론이 말했다.

"내 성가복 좀 대신 가져다 놔줄래?" 버지니아가 머리에서 성가복 어깨띠를 잡아빼며 말했다. "10분 안에 쇼핑몰에 도착해야 하거든."

샤론이 조용히 고개를 끄덕이자 버지니아는 그녀의 팔 위에 성가복을 걸쳐주고 서둘러 나갔다. 샤론은 성가대를 눈으로 훑어보며 누구에게 비밀을 털어놓을 수 있을지 생각했다.

로즈가 마리아와 요셉을 보내자 그들은 한달음에 중앙통로를 내달렸다. "내일 저녁 리허설은 6시 15분이에요." 로즈가 말했다. "정각에 다들 성가복을 입고 이 자리에 모여주세요. 6시 40분에 관악 4중주와 연습을 해야 하니까요. 질문 있나요?"

'예.' 샤론은 성소를 둘러보며 속으로 생각했다. '저는 누구에게 도움을 구해야 할까요?'

"행렬 때 무슨 노래를 부르나요?" 테너 한 사람이 물었다.

"'참 반가운 신도여'입니다." 로즈가 말했다. "나가기 전에 각자 파트너가 누군지 확인하는 줄을 서보세요."

월 목사는 신도석 뒤쪽에 앉아서 설교문을 들여다보고 있었다. 샤론은 신도석을 따라 옆걸음질을 쳐 월 목사 옆자리로 가 앉았다.

"월 목사님." 그녀는 말하고는 뭐라고 운을 떼야 할지 몰랐다. "에르카스가 무슨 뜻인지 아세요? 히브리어 같아요."

월 목사는 설교문에서 고개를 들고 그녀를 흘낏 보았다. "아람어*입니다. '잃어버리다'라는 뜻이에요."

'잃어버리다.' 요셉은 교회 문앞에서도 보일러실에서도 아래층에서도 계속 그렇게 말하려고 한 것이다. '우리는 길을 잃었어요.'

"잊었다는 뜻도 되고," 월 목사가 말했다. "제자리가 아니라는 뜻도 됩니다."

제자리가 아니다. 그것도 맞는 말이군. 2천 년이나 떨어져, 바다 하나를 건너왔으니 몇 킬로미터나 될까?

"마리아와 요셉이 나사렛을 떠나 베들레헴으로 갔을 때 어떻게 갔나요?" 그녀는 목사가 "왜 그런 걸 묻지요?"라고 되물어주기를 기대하며 말했다. 그러면 목사에게 비밀을 다 털어놓을 수 있을 것 같았다. 그러나 목사는 이렇게 말했다. "이런, 내 설교를 제대로 듣지 않았군요. 우리는 그 여정에 대해서 아는 바가 없습니다. 오직 그들이 베들레헴에 도착했다는 것만 알 수 있지요."

'이래 가지고는 안 되겠어.' 그녀는 생각했다.

"찬가 악보는 전부 제출하고 가세요." 로즈가 성단소에서 말했다.

---

* 예수와 제자들이 사용한 언어로, 당시 유대인들의 공용어

"복사본이 서른 장밖에 없어서 내일 밤에 모자라면 안 됩니다."

샤론이 고개를 들었다. 성가대가 떠나고 있었다. "그 여정에서 혹시 그들이 길을 잃기도 했다면, 그런 곳이 어디 있을까요?" 샤론은 서둘러 말했다.

"에르카스는 '숨어 있다, 보이지 않게 되다'라는 뜻도 있습니다." 목사가 말했다. "아람어는 히브리어랑 아주 비슷해요. 히브리어로 에르카스는⋯."

"윌 목사님." 중앙통로에서 리사 부목사가 말했다. "축복기도에 대해서 드릴 말씀이 있어요."

"아. 기도문을 지금 줄까요?" 그는 종이를 움켜쥐고 자리에서 일어났다.

샤론은 얼른 자기 악보집을 붙잡고 아래로 몸을 숙였다. 그녀는 성가대 뒤를 따라 아래층으로 뛰어 내려갔다.

성가대가 놀이방에 들어갈 이유는 없었지만, 샤론은 아래층 현관에 서서 마치 악보를 순서대로 정리하는 듯이 악보집을 이리저리 만지며 어떻게 하면 좋을지 생각했다.

전부 성가대실로 들어가면 몰래 놀이방이나 일요학교 교실 하나로 들어가 교회가 빌 때까지 숨어 있을 수 있을 것이다. 그러나 리사 부목사가 나가기 전에 모든 방을 확인해볼지도 모른다. 운이 나쁘다면 모든 방을 잠그고 나갈 수도 있다.

리사 부목사에게 늦게까지 교회에 남아서 찬가를 연습해야 한다고 둘러댈 수도 있겠지만, 부목사가 교회 문을 대신 잠그게 할 정도로 그녀를 신뢰하지는 않을 것이다. 괜히 부목사의 주의만 끌어서 "샤론이 어디 갔지? 떠나는 걸 못 봤는데?" 하고 생각하게 만들고 싶지도 않았다. 어쩌면 성단소나 꽃방에 숨어 있을 수도 있겠지만 그러면 놀이방을 무방비 상태로 놔두게 된다.

빨리 결정해야 했다. 신도들은 점점 줄어들었고 성가대는 모두 로즈에게 찬가 악보를 건넨 후 외투를 입고 부츠를 신고 있었다. 샤론은 뭔가 해야 했다. 언제라도 리사 부목사가 계단을 내려와 놀이방을 수색할 수도 있었다. 그녀가 이러지도 저러지도 못한 채 어물쩍 계속 거기 서서 악보를 아무렇게나 정리하는 척하고 있는데 부목사가 열쇠 꾸러미를 들고 계단을 내려왔다.

샤론은 마치 요셉처럼 방어적으로 뒷걸음질을 쳤다. 그러나 리사 부목사는 샤론에게 눈길도 주지 않고 곧장 로즈에게 다가가 말했다. "나 대신 문 좀 잠가줄래요? 9시 30분에 임마누엘 루터 교회에 가서 '지극히 작은 자' 기부품을 받아와야 해요."

"저는 관현악 4중주와 약속이 있는데…." 로즈가 꾸물거리며 말했다.

'로즈의 거절을 받아주지 마.' 샤론은 생각했다.

"친목회관을 포함해서 문이란 문은 전부 잠가야 해요." 리사 부목사는 로즈에게 열쇠 꾸러미를 건네며 말했다.

"아니에요. 저도 열쇠 꾸러미가 있어요." 로즈가 말했다. "하지만…."

"그리고 주차장도 꼭 확인해줘요. 아까 주변을 어슬렁거리는 노숙자들이 있었어요. 고마워요."

리사 부목사가 계단을 뛰어 올라가자 샤론은 곧바로 로즈에게 다가갔다. "로즈."

로즈가 샤론의 악보를 향해 손을 내밀었다.

샤론은 악보집을 뒤져서 찬가 악보를 꺼내 건넸다. "있잖아요." 그녀는 평범한 말투로 들리려고 애쓰며 말했다. "교회에 남아서 내일 부를 노래 연습을 좀 더 할까 해요. 문은 내가 대신 잠글게요. 열쇠는 내일 아침 당신 집에 들러서 돌려주면 될 것 같아요."

"오, 정말 고마워요." 로즈가 말했다. 그녀는 샤론에게 악보 더미를 건네고 자기 가방에서 열쇠 꾸러미를 꺼냈다. "이건 바깥으로 나가는 문들 열쇠예요. 북쪽 문, 동쪽 문, 친목회관." 열쇠를 넘기며 말하는 속도가 너무 빨라서 어떤 게 어떤 건지 알 수가 없었지만 그건 중요하지 않았다. 다들 나간 다음 알아보면 될 것이다.

"이건 성가대실 열쇠예요." 로즈가 말하고 열쇠 꾸러미를 샤론에게 주었다. "정말 고마워요. 관악 4중주가 오늘 밤 콘서트가 있어서 리허설에 못 왔거든요. 따로 만나서 성찬식 전 찬송가를 점검해봐야 해요. 중간 부분에 어려움을 겪고 있어요."

'나도 그래요.' 샤론은 생각했다.

로즈는 코트를 입었다. "관악 4중주를 만난 다음에는 사라 버그의 집에 들러서 아기 예수를 받아와야 해요." 그녀는 코트 소매에 팔을 반쯤 끼우다가 멈췄다. "혹시 나도 남아서 노래 연습하는 걸 봐줘야 하나요?"

"아니요!" 샤론은 깜짝 놀라 말했다. "아니에요, 괜찮아요. 혼자 몇 번만 불러보면 돼요."

"좋아요. 대단해요. 다시 한 번 고마워요." 로즈는 말하고 샤론의 주머니 위를 두드리며 열쇠를 찾았다. 그녀는 샤론에게서 열쇠 꾸러미를 다시 받아가더니 자기 자동차 열쇠를 빼갔다. "당신은 정말이지 하늘이 보내준 은인이에요." 그녀는 말하고 종종걸음으로 계단을 올라갔다.

알토 두 사람이 장갑을 끼며 나왔다. "집에 도착하면 어떤 일이 기다리고 있게?" 줄리아가 말했다. "크리스마스 트리를 세워야 해."

그들은 샤론에게 악보를 건넸다.

"크리스마스 정말 싫어." 캐런이 말했다. "끝날 때쯤 되면 지쳐서 아주 너덜너덜해진다니까."

두 사람은 계속 대화를 나누며 서둘러 계단을 올라갔다. 샤론은 성가대실에 들어가 비어 있는지 확인한 후 악보 더미를 내려놓고 로즈의 성가복을 의자에 걸쳐놓은 다음 자기 성가복도 벗어 놓고 위층으로 올라갔다.

성인 일요학교 교실에서 미리엄이 주스를 들고 나왔다. "서둘러, 엘리자베스." 그녀는 교실 안에 대고 말했다. "가게 문 닫기 전에 가야 해. 얘가 글쎄 후광 머리띠를 완전히 망가뜨렸지 뭐예요." 그녀는 샤론에게 말했다. "반짝이 끈을 더 사야 해요. 엘리자베스, 교회에 우리밖에 안 남았어."

엘리자베스는 엄지장갑을 낀 손으로 크리스마스 쿠키를 들고 밖으로 나왔다. 아이는 나오다 말고 문간에 반쯤 멈춘 채로 쿠키의 설탕옷을 핥아먹었다.

"엘리자베스." 미리엄이 말했다. "얼른 가자니까."

샤론이 문을 잡아주자 미리엄은 몰아치는 진눈깨비를 피해 고개를 푹 숙이고 밖으로 나갔다. 엘리자베스는 하늘을 쳐다보며 그 뒤를 따라 꾸물거리며 갔다.

미리엄이 손을 흔들었다. "내일 저녁에 만나요."

"내일 봐요." 샤론은 말하고 문을 닫았다. '나는 내일도 여전히 여기 있을 테니까요.' 그녀는 생각했다. '그런데 그들도 여기 있으면 어쩌지? 그러면 어떻게 될까? 크리스마스 연극도, 다른 것들도 전부 사라질까? 쿠키도 쇼핑도 졸업파티 바비인형도? 그리고 교회도?'

그녀는 스테인드글라스 창 너머로 미리엄과 엘리자베스가 탄 자동차 후미등이 파란 유리를 통과해 자주색을 뿌리며 주차장을 완전히 빠져나갈 때까지 지켜보았다가 열쇠를 하나씩 맞춰보며 교회 출입문을 잠갔다.

그리고 혹시 아직도 남아 있는 사람이 있는지 재빨리 성소와 화장실들을 둘러본 후, 아직도 그들이 교회에 있는지 혹시 사라지지는 않았는지 확인하러 계단을 뛰어 내려가 놀이방으로 갔다.

그들은 여전히 거기 있었다. 두 사람은 흔들의자 옆 바닥에 앉아 보따리를 펼쳐 놓고 말린 대추처럼 보이는 것을 나눠 먹고 있었다. 샤론이 문틈으로 머리를 내밀자 요셉이 보고 벌떡 일어났지만, 그녀는 그에게 다시 앉으라고 몸짓을 했다. "여기에 그대로 있어요." 그녀는 나직이 말하고 곧 속삭일 필요가 없다는 것을 깨달았다. "금방 올게요. 문을 마저 잠가야 하거든요."

그녀는 문을 닫고 다시 위층으로 돌아갔다. 그들이 배가 고플 거라는 생각은 하지도 못했고 원래 어떤 음식이 익숙한지도 알 수가 없었다. 이스트를 넣지 않은 빵? 양고기? 그게 무엇이든 아마 교회 주방에는 없을 테지만 지난주 집사들이 재림절 저녁 만찬을 했었다. 운이 좋으면 냉장고에 칠리가 조금 남아 있을지도 모른다. 더 운이 좋으면 크래커가 있을 수도 있다.

주방은 잠겨 있었다. 미리엄이 말했던 걸 깜박 잊었다. 그래도 열쇠 꾸러미 중 하나는 맞겠지. 그러나 모든 열쇠를 두 번씩 시도해봤지만 어떤 것도 맞지 않았고 그제야 이것이 리사 부목사의 열쇠 꾸러미가 아니라 로즈의 열쇠 꾸러미라는 사실을 기억해냈다. 샤론은 친목회관 조명을 켰다. 거기에는 어마어마한 양의 음식이 담요와 중고의류, 장난감과 함께 테이블 위에 쌓여 있었다. 리사 부목사가 게시판에 구체적으로 명시했듯이 전부 통조림이었다.

미리엄이 아까 주스를 들고 집에 가는 걸 봤지만 쿠키를 가져가는 모습은 보지 못했다. '어쩌면 아이들이 다 먹어버렸을지도 몰라.' 그녀는 생각했지만 성인 일요학교 교실로 들어가 확인해보았다. 종이 접시 절반쯤의 쿠키가 남아 있었는데 아이들이 크리스마스 트리와 산타 쿠키를 가장 좋아한다는 미리엄 말대로 남은 건 전부 노란 별 쿠키였다. 종이컵도 한 무더기 쌓여 있었다. 그녀는 종이 접시와 종이컵을 모두 들고 아래층으로 내려갔다.

"먹을 것을 조금 가져왔어요." 샤론은 말하고 그들 사이 바닥에 접시를 내려놓았다.

그들은 깜짝 놀란 표정으로 그녀를 빤히 보았고 곧 요셉이 벌떡 일어났다.

"음식이에요." 그녀는 말하고 손을 입으로 가져가 씹는 흉내를 냈다. "케이크."

요셉은 마리아의 팔을 붙잡고 그녀를 일으키려고 했다. 그때 두 사람 모두 경악에 찬 표정으로 샤론의 청바지와 운동복 상의를 빤히 보았다. 샤론은 비로소 그들이 성가복을 입지 않은 자신을 알아보지 못한다는 생각이 들었다. 성가복은 적어도 그들의 의상과 약간 비슷했지만, 지금 복장은 완전히 낯설게 보일 것이다.

"마실 걸 가져올게요." 그녀는 서둘러 말하고 그들에게 종이컵을 보여준 다음 밖으로 나갔다. 그녀는 얼른 성가대실로 뛰어갔다. 그녀의 성가복은 아까 던져놓은 그대로 로즈의 성가복과 악보 더미와 함께 의자 위에 놓여 있었다. 그녀는 성가복을 입고 식수대에서 종이컵에 물을 채운 다음 다시 놀이방으로 갔다.

그들은 서 있었지만 성가복을 입은 샤론을 보고 다시 자리에 앉았다. 샤론이 마리아에게 물컵을 하나 건넸지만, 그녀는 공포에 질린 얼굴로 보고만 있었다. 샤론은 컵을 요셉에게 주었다. 그는 컵을 받아들었지만, 너무 세게 움켜쥐는 바람에 종이컵이 구부러지면서 물이 카펫 위에 쏟아졌다.

"괜찮아요. 괜찮아." 샤론은 말하고 바보 같은 짓을 했다고 자신을 욕했다. "진짜 컵을 가져다줄게요."

그녀는 진짜 컵이 어디에 있을까 생각하면서 위층으로 달려갔다. 커피잔은 전부 주방에 있었고 유리잔도 마찬가지였으며 친목회관이나 성인 일요학교 교실에서도 컵을 보지 못했다.

순간 그녀는 씩 웃었다. "내가 진짜 컵을 가져다주지." 그녀는 말하고 성인 일요학교 교실로 들어가 진열창에서 성찬식용 은제 성배를 꺼냈다. 은접시도 있었다. 진작 생각해낼걸.

그녀는 친목회관에 들어가 담요 하나를 가지고 아래층으로 갔다. 성배에 물을 담고 놀이방으로 가 마리아에게 건넸더니 이번에는 주저 없이 받아서 벌컥벌컥 마셨다.

샤론은 요셉에게 담요를 주었다. "나는 나가 있을 테니 먹고 쉬도록 해요." 그녀는 이렇게 말하고 문을 다시 닫고 현관으로 나갔다.

그녀는 성가대실로 가 로즈의 성가복을 제자리에 걸어놓고 악보 더미를 테이블 위에 깔끔하게 정리해 올려놓았다. 또 보일러실로 올라가 접이식 의자를 접어 다시 벽에 기대 세워두었다. 동쪽 문을 확인하고 친목회관 문도 확인했다. 두 문 모두 잠겨 있었다.

친목회관과 사무실 조명을 끄고 나서야 쉼터에 다시 전화해야 한다는 걸 떠올렸다. 다시 사무실 조명을 켰다. 처음 전화를 한 지 1시간이 지나 있었다. 어쩌면 승합차가 벌써 도착했는데 아무도 없는 줄 알고 돌아갔을지도 모르지만, 정말로 늦게 오는 것일 수도 있으니 쉼터에 전화를 걸어야 할 것 같았다.

통화 중이었다. 두 번 더 걸어봤다가 포기하고 집에 전화했다. 빌의 부모님이 와 있었다. "늦을 거야." 그녀는 남편에게 말했다. "리허설이 정말 오래 걸리네." 그리고 끊었다. 도대체 오늘 밤 거짓말을 몇 번이나 한 걸까.

원래 그런 거 아닌가? 요셉은 아기가 자기 애라고 거짓말을 했고 동방박사도 돌아가는 길에 몰래 빠져나갔으며 아기 예수의 가족도 급히 이집트로 달아났고 여관주인도 헤롯왕의 병사들에게 그들의 행방에 대해 거짓말을 했다.

그리고 그사이에 숨고 숨겨주는 일은 더 많았다. 그녀는 아래층으로 내려가 그들을 놀라게 하지 않으려고 조용히 문을 열고 서서 안을 들여다보았다.

그들은 쿠키를 다 먹었다. 성배 옆 바닥에 빈 종이 접시가 놓여 있었는데 접시 위에는 부스러기 하나도 보이지 않았다. 마리아는 담요를 덮고 아기처럼 웅크리고 누웠고 요셉은 흔들의자에 등을 기대고 앉아 마리아를 지키고 있었다.

'가엾은 것들.' 그녀는 문에 뺨을 기대고 서서 생각했다. '가엾고 딱하다. 저렇게 어린 사람들이 이토록 먼 곳까지 와 있다니.' 그들은 이 모든 것을 어떻게 이해하고 있을까. 길을 잃고 헤매다가 낯선 왕국의 궁궐에 들어왔다고 생각할까? '저들을 찾아올 낯선 자들이 아직 있는데. 목동과 천사와 동방박사가 보석함과 향수병을 들고 찾아올 텐데. 그런 다음에는 가나로 가겠지. 그리고 예루살렘. 또 골고다까지.'

그러나 지금 당장은 궂은 날씨를 피해 잘 곳과 음식, 그리고 잠깐의 평화가 절실했다. '네가 깊고도 곤히 잠든 위로 조용히 별들이 지나가노라.' 그녀는 문에 뺨을 기댄 채 한참을 그렇게 서서 마리아가 곤히 자고 요셉이 깨어 있으려고 안간힘을 쓰는 모습을 지켜보았다.

요셉의 고개가 앞으로 꺾였다가 다시 뒤로 젖혀지면서 잠에서 깨어나 샤론을 보았다. 그는 마리아를 깨우지 않으려고 조심하면서 자리에서 일어나 샤론에게 다가오더니 걱정스러운 얼굴로 말했다. "에르카스 쿰라. 보트 롬?"

"내가 가서 찾아볼게요." 샤론이 말했다.

그녀는 위층으로 올라가 다시 조명을 켜고 친목회관으로 들어갔다. 북쪽 문밖에 그들이 돌아갈 만한 길은 없었지만 어쩌면 그들이 처음에 다른 문을 두드렸다가 아무도 대답을 하지 않아서 건물을 돌아 북쪽 문으로 온 것일 수도 있었다. 친목회관 출입문은 건물의 북서쪽 모퉁이에 있었다. 그녀는 열쇠를 하나씩 맞춰가며 그 문을 열었다. 진눈깨비가 더욱 거세게 내리고 있었다. 어느새 주차장의 타이어 자국도 눈에 덮여 보이지 않았다.

그녀는 그 문을 닫고 일요 예배 때를 제외하고는 아무도 사용하지 않는 동쪽 문을 열어보았고 다음으로 북쪽 문도 다시 열어보았다. 아무것도 없었다. 오직 진눈깨비와 바람과 차가운 공기뿐이었다.

이제 어쩌지? 두 사람은 나사렛에서 베들레헴으로 가는 길이었고, 그 길 어디선가 길을 잘못 들었다. 그러나 어떻게? 그리고 어디서? 샤론은 심지어 그들이 어느 방향으로 향하고 있었는지도 몰랐다. 위쪽이라고 했지. 요셉은 나사렛에서 위로 향했다고 했는데 그건 '북쪽'을 의미했고 '저 들 밖에 한밤중에' 찬송가에는 별이 북서쪽으로 갔다고 했다.

지도가 필요했다. 목사 사무실은 둘 다 잠겨 있었지만, 성인 일요학교 교실 진열창 아래 선반에 책들이 있었다. 그 가운데 지도가 있을지도 모른다.

그러나 없었다. 전부 우울증과 상호의존성과 청소년 임신에 대응하는 방법을 다룬 자기계발서뿐이었고, 아닌 것은 오래되어 보이는 성서용어색인과 성경사전이었다.

성경사전 뒤에 부록으로 지도가 딸려 있었다. 가나안의 초기 이스라엘 정착지, 아시리아 제국, 이스라엘인들의 황야 방랑기. 그녀는 책을 앞으로 넘겼다. 사도 바울의 여정. 한 페이지 뒤로 넘겼다. 신약시대의 팔레스타인.

예루살렘은 쉽게 찾았다. 베들레헴은 거기서 북서쪽에 있어야 했다. 마리아와 요셉이 출발한 나사렛이 있었다. 그렇다면 베들레헴은 거기서 더 북쪽에 있어야 했다.

그러나 없었다. 그녀는 손가락으로 도시 위를 더듬어가며 작은 활자를 읽었다. 가나, 게데스, 예리고, 그러나 베들레헴은 없었다. 정말이지 어이가 없었다. 베들레헴은 여기 어딘가에 있어야 한다. 그녀는 북쪽에서 시작해 아래로 내려가면서 손가락으로 각 도시를 짚어보았다.

마침내 베들레헴을 찾았을 때, 그곳은 있어야 할 곳에 있지 않았다. '그들과 똑같군.' 그녀는 생각했다. 베들레헴은 남쪽에 있었다. 예루살렘에서 약간 서쪽이었으며 그 도시에서 몇 킬로미터도 떨어져 있지 않은 아주 가까운 곳이었다.

지도축적을 찾아 페이지 맨 아래쪽을 봤더니 거기 '마리아와 요셉의 베들레헴으로 가는 여정'이라는 제목이 붙은 삽도가 있고 붉은 점선으로 그들의 경로가 표시되어 있었다.

나사렛은 베들레헴에서 거의 정북 방향에 있었지만, 그들은 동쪽의 요단강으로 향했다가 강둑을 따라 남쪽으로 갔다. 예리고에서 서쪽으로 돌아 유대 사막이라고 표시된 텅 빈 갈색의 공간을 통과해 예루살렘으로 향했다.

만약 유대 사막에서 길을 잃었다면 나귀가 물을 찾아 헤매는 사이 그들이 뒤를 따라가다가 길을 잃은 것 같았다. 정말로 그렇다면 그들이 돌아갈 길은 남서쪽에 있었다. 그러나 교회에는 남서쪽으로 열리는 문이 전혀 없었고 만에 하나 있다고 해도 그 문을 열면 1세기의 팔레스타인이 아니라 20세기의 주차장과 눈이 나올 것이다.

대체 그들은 어쩌다가 여기까지 왔을까? 지도에 표시된 여정에는 그런 일이 벌어질 만한 신호가 전혀 보이지 않았다.

샤론은 사전을 다시 꽂아놓고 색인을 꺼냈다.

그때 무슨 소리가 들렸다. 열쇠 돌리는 소리. 누군가 문을 열고 있었다. 그녀는 얼른 책을 덮고 책꽂이에 다시 꽂은 다음 현관으로 나갔다. 리사 부목사가 잔뜩 겁먹은 얼굴로 교회 문 앞에 서 있었다. "오, 샤론." 부목사는 가슴에 손을 올리며 말했다. "여기서 뭘 하고 있어요? 심장이 떨어져 죽는 줄 알았어요."

'나도요.' 샤론은 생각했다. 심장이 마구 날뛰었다. "남아서 노래 연습 좀 했어요." 그녀가 말했다. "로즈에게는 제가 문을 잠그고 간다고 말했어요. 부목사님은 여기서 뭘 하세요?"

"노숙자 쉼터에서 연락이 왔어요." 부목사는 사무실 문을 열며 말했다. "우리 교회에서 노숙자 부부를 데리러 오라는 전화가 왔었다는데 막상 교회에 와보니 아무도 없더래요."

부목사는 사무실 안으로 들어가 책상 뒤쪽과 서류함 옆 모퉁이를 확인했다. "노숙자가 교회에 침입한 건 아닐까 걱정이 됐어요." 부목사는 사무실 밖으로 나가며 말했다. "크리스마스 이틀 전에 누가 교회에 들어와 교회 물건을 부수는 것이야말로 절대로 있어서는 안 될 일이잖아요?" 부목사는 등 뒤로 사무실 문을 닫았다. "문은 전부 확인해봤어요?"

'그럼요.' 그녀는 생각했다. '하지만 어디든 그들을 데려다줄 곳은 없었어요.' "예." 샤론은 대답했다. "전부 잠겨 있었어요. 그리고 누가 교회에 들어오려고 했다면 제가 무슨 소리를 들었겠죠. 제가 들은 소리는 부목사님 소리뿐이에요."

리사 부목사는 보일러실 문을 열었다. "신도들이 전부 교회를 떠날 때 누군가 몰래 들어와 어디 숨어 있을지도 몰라요." 부목사는 접이식 의자를 쌓아놓은 곳을 확인해보고 문을 닫았다. 부목사는 현관을 가로질러 계단 쪽으로 갔다.

"제가 교회 안을 전부 확인했어요." 샤론이 뒤를 따라가며 말했다.

부목사는 계단 맨 위에서 멈춰 서더니 뭔가 생각하는 얼굴로 계단 아래를 내려다보았다.

"혼자 있으려니 걱정이 되더라고요." 샤론이 절박하게 말했다. "그래서 불을 전부 켜고 일요학교 교실 전체랑 성가대실이랑 화장실까지 다 확인했어요. 그런데 아무도 없었어요."

부목사는 계단 아래에서 눈을 들어 현관 끝을 보았다. "성소는요?"

"성소요?" 샤론이 멍하니 말했다.

부목사는 벌써 성소를 향해 현관을 가로지르고 있었고 샤론은 안심하며 그 뒤를 쫓아갔다. 순간 희망이 불쑥 솟구쳤다. 어쩌면 그녀가 놓친 문이 있을지도 모른다. 성소에 남서쪽을 향해 열리는 문이 있을지도 모른다. "성소에 문이 있나요?"

리사 부목사는 초조해 보였다. "누가 동쪽 문으로 나갔다면 노숙자들이 그 문으로 몰래 들어와 성소에 숨어 있을지도 몰라요. 신도석도 다 확인했어요?" 부목사가 성소로 들어갔다. "최근 신도석에서 잠을 자는 노숙자들이 있어서 우리로선 곤란한 일이 많았어요. 당신은 저쪽을 맡아요. 나는 이쪽을 맡을게요." 부목사가 말하고 옆 통로로 갔다. 부목사는 패드를 댄 신도석 줄을 따라 고개를 숙여 아래쪽까지 일일이 확인하며 지나갔다. "슬픔의 성모 교회는 글쎄 제단에 있던 성찬식 은제 식기를 도둑맞았다지 뭐예요."

'성찬식 은제 식기.' 샤론은 신도석을 따라 확인하며 생각했다. 성배를 깜박 잊고 있었다.

리사 부목사가 맨 앞줄에 도착했다. 부목사는 꽃방을 열고 안을 들여다본 다음 문을 닫고 성단소로 올라갔다. "성인 일요학교 교실도 확인했나요?" 그녀는 고개를 숙여 의자 밑을 확인하며 물었다.

"거긴 아무도 숨어 있을 수가 없어요. 어린이 성가대가 거기서 다과회를 한 걸요." 그러나 샤론은 말해봤자 아무 소용이 없다는 것을 깨달았다. 리사 부목사는 어떻게든 그곳도 확인해야 직성이 풀릴 것이고 진열창이 열리고 성배가 사라진 걸 확인하자마자 즉시 모든 방을 샅샅이 수색할 것이다. 그러다가 기어이 놀이방까지 가게되겠지.

"그런데 이게 좋은 생각일까요?" 샤론이 말했다. "누가 정말로 교회 안에 숨어 있다면 위험할 수도 있잖아요. 그냥 기다리는 게 좋겠어요. 제가 남편을 부를게요. 남편이 도착하면 셋이 함께 찾아보기로…."

"내가 경찰을 불렀어요." 리사 부목사가 성단소 계단을 내려와 중앙통로를 지나갔다. "곧 경찰이 올 거예요."

경찰. 그들은 놀이방에 숨어 있다. 턱수염이 난 펑크족과 임신한 청소년이 성찬식 은제 식기를 들고 현행범으로 붙잡힐 것이다.

리사 부목사가 현관으로 나갔다.

"친목회관을 확인 안 했어요." 샤론이 재빨리 말했다. "아, 문이 잠겼는지는 확인했는데 조명을 켜고 보지는 않았어요. 거기 노숙자를 위한 기부품이 잔뜩 쌓여 있는데…."

샤론은 리사 부목사를 계단을 지나쳐서 현관 아래로 이끌었다. "리허설 도중에 북쪽 문으로 들어와서 친목회관 테이블 아래에 숨어 있을지도 모르잖아요."

리사 부목사가 스위치 더미 앞에 멈춰 서서 이런저런 스위치를 딸깍딸깍 눌러보기 시작했다. 성소 조명이 꺼지고 계단 위 조명이 켜졌다.

'맨 위에서 세 번째야.' 샤론은 리사 부목사가 스위치를 누르는 것을 지켜보며 생각했다. '제발. 성인 일요학교 교실 조명이 켜지면 안 돼.'

사무실 불이 켜지고 현관 불이 꺼졌다. "크리스마스만 지나면 제일 먼저 이 스위치 위에 라벨을 붙여야지." 리사 부목사가 말하자 친목회관 불이 켜졌다.

샤론은 부목사를 따라 곧바로 친목회관 앞으로 갔다가 부목사가 안으로 들어가자 말했다. "부목사님은 여길 확인하고 계세요. 저는 성인 일요학교 교실을 둘러볼게요." 그리고 문을 닫았다.

샤론은 성인 일요학교 교실로 가서 문을 열고 1분을 꼬박 기다렸다가 조용히 문을 닫았다. 그녀는 현관을 기어 스위치 더미 쪽으로 가서 일단 계단 위 조명을 끄고 어두운 계단을 내려가 아래층 현관을 지나 놀이방으로 들어갔다.

그들은 벌써 일어나고 있었다. 마리아가 흔들의자의 앉는 자리에 손을 짚고 몸을 지탱했다. 의자가 흔들렸지만 손을 놓지는 않았다.

"날 따라와요." 샤론이 성배를 집어 들고 속삭였다. 물이 반쯤 남아 있어서 샤론은 허겁지겁 주위를 둘러보다가 그냥 카펫 위에 물을 쏟아버리고 성배를 옆구리에 끼웠다.

"빨리요!" 샤론은 속삭이며 문을 열었는데, 그들에게 앞으로 움직이라는 신호를 보내거나 입술에 손가락을 대거나 할 필요가 전혀 없었다. 그들은 재빨리 그리고 조용히 그녀를 따라 현관으로 나왔다. 마리아는 고개를 숙였고 요셉은 양옆으로 두 팔을 뻗어 언제라도 그녀를 지킬 태세를 갖췄다.

샤론은 계단으로 가면서 그들을 또 계단 위로 올라가게 해야 한다는 생각에 몸서리를 쳤다. 잠깐 그냥 성가대실에 놔두고 문을 잠글까 생각했다. 그녀에겐 열쇠가 있고 리사 부목사에게는 성가대실에 아무도 없는 걸 이미 확인하고 문을 잠갔다고 둘러대면 될 테니까. 그러나 그게 통하지 않는다면 그들은 퇴로도 없는 함정에 빠지고 말 것이다. 어떻게든 위층으로 데려가야 한다.

샤론은 계단 발치에 멈춰 서서 고개를 들고 층계참 주변을 살피며 귀를 기울였다. "서둘러요." 그녀는 그들에게 올라가는 법을 보여주려고 난간 손잡이를 붙잡고 계단을 오르기 시작했다.

이번에는 훨씬 더 잘했다. 여전히 난간이 아닌 앞쪽 계단을 손으로 짚고 있었지만, 속도가 빨라졌다. 4분의 3쯤 올라갔을 때 심지어 요셉은 난간을 손으로 붙잡기도 했다.

샤론도 좀 전보다 나아져서 마음속으로 꾸준히 어떻게 리사 부목사를 피할지, 경찰에게 뭐라고 둘러댈지, 이들을 어디로 데려갈지 생각했다.

리사 부목사가 이미 확인했어도 보일러실은 안 된다. 교회 출입문에서 너무 가까워서 경찰은 현관 주변부터 수색하기 시작할 것이다. 성소도 안 된다. 너무 개방되어 있다.

샤론은 계단 맨 위 바로 아래서 멈추고 그들에게 가만히 있으라고 신호를 보냈다. 그들은 즉시 그늘에 바싹 붙어 섰다. 이런 신호들은 어쩌자고 이리도 보편적일까. 위험, 침묵, 달리기 같은 신호들. 아마 위험한 세계였기 때문일 것이다. 그때나 지금이나 더 나쁜 일들이 찾아올 수 있었다. 헤롯왕, 이집트로의 도피. 그리고 유다. 그리고 경찰.

샤론은 계단 맨 위 칸까지 기어가 성소 쪽을 살펴보고 이어서 출입문 쪽을 살폈다. 리사 부목사는 아직도 친목회관에 있는 모양이었다. 현관에는 없었다. 만약 부목사가 성인 일요학교 교실에 들어갔다면 성배가 사라진 걸 봤을 테고 그러면 고함을 치고 비명을 질렀을 것이다.

샤론은 입술을 깨물며 성배를 되돌려놓을 시간이 될까 생각했다. 과감하게 이들을 여기 계단에 놔두고 일요학교 교실에 몰래 들어가 성배를 되돌려놓는다고 해도 너무 늦는다. 그때 경찰이 도착했다. 빨간색과 파란색 경광등이 스테인드글라스 창을 통해 자주색으로 번쩍였다. 그들은 금방이라도 출입문을 두드릴 것이고 그러면 리사 부목사가 친목회관에서 나올 것이므로 뭘 할 시간이 없었다.

리사 부목사가 경찰을 데리고 아래층으로 내려갈 때까지 이들을 성소에 숨겨야 한다. 그런 다음은 어디로 옮기지? 보일러실? 거긴 출입문과 너무 가깝다. 친목회관?

샤론은 전쟁영화의 존 웨인처럼 그들을 향해 위로 가라고 손짓했다. 현관을 가로질러 성소로 갔다. 리사 부목사가 조명을 꺼두었지만, 성단소의 십자가에서 조명이 흘러나와 앞을 볼 수는 있었다. 그녀는 뒤쪽 신도석에 성배를 놓고 그들을 그늘진 옆 통로로 안내한 다음 문 두드리는 소리가 들리는지 귀를 쫑긋 세운 채로 그들을 앞쪽으로 밀었다.

요셉이 땅을 보며 앞으로 갔다. 갑자기 계단이 나타날까 봐 걱정하는 것 같았다. 그러나 마리아는 고개를 들고 성단소와 십자가를 보았다.

'보지 마요.' 샤론은 생각했다. '그걸 보지 마요.' 샤론은 서둘러 꽃방으로 앞장섰다.

천둥 같은 둔탁한 소리가 들리고 이어서 문 두드리는 소리가 들렸다.

"여기예요." 그녀는 속삭이며 꽃방 문을 열었다.

아까 리사 부목사가 꽃방을 확인할 때 샤론은 성소의 다른 쪽에 있었다. 이제 보니 왜 부목사가 꽃방을 대충 보고 말았는지 알 수 있었다. 전에도 꽃방은 물건으로 가득 차 있었다. 그런데 지금은 야자나무와 구유까지 꽉 들어찼다. 연극 소품이 전부 그 방에 쌓여 있었다. 여관주인의 등불과 아기 담요까지 있었다. 구유를 뒤로 밀자 엇갈린 다리 한쪽이 악보대에 걸려 기울었다. 그녀는 잽싸게 달려들어 악보대를 붙잡고 잠시 멈춰 서서 바깥을 향해 귀를 기울였다.

현관에서 노크 소리가 들렸다. 이어 문이 닫히는 소리. 사람들 목소리. 샤론은 악보대를 놓고 두 사람을 꽃방으로 밀어 넣었다. 마리아를 커다란 장미 꽃바구니가 있는 모퉁이로 밀어 넣었는데 장미 꽃바구니가 또 다른 악보대를 밀어 넘어뜨릴 뻔했다.

요셉에게 다른 쪽에 서 있으라고 몸짓으로 말한 다음 샤론 자신은 야자나무에 납작하게 몸을 기대고 안에서 문을 닫았는데, 곧 실수였음을 깨달았다.

이렇게 어두운 곳에 서 있을 수는 없었다. 누구라도 아주 조금만 움직이면 모든 물건이 무너지며 와장창 소리를 낼 것이고 마리아는 오랫동안 구석에 이렇게 불편한 자세로 서 있을 수가 없었다.

문을 살짝 열어두어야 했다. 그러면 문틈으로 십자가의 조명이 흘러들어와 앞이 보일 것이고 샤론도 경찰이 어디 있는지 소리를 들을 수 있을 것이다. 문을 닫아놓으면 그들의 호흡 소리, 자세를 바꾸려고 할 때마다 등불이 쨍강거리는 소리 말고는 아무 소리도 들을 수 없을 것이다. 그러나 이미 경찰이 그녀를 찾아서 성소에 들어왔을지도 모르기 때문에 다시 문을 여는 위험을 감수할 수가 없었다. 마리아와 요셉만 여기 놔두고 자신은 현관으로 돌아가 경찰을 따돌렸어야 했다. 리사 부목사가 자기를 찾고 있을 것이고 만약 찾지 못하면 위험한 노숙자가 교회에 숨어 있다는 더할 나위 없는 증거로 생각하고 경찰에게 교회 안을 샅샅이 수색하자고 할 것이다.

어쩌면 성가대 위층 자리로 나갈 수 있을지도 모른다. 악보대를 치울 수 있다면, 적어도 물건들을 움직여 그 뒤에 숨을 수만 있다면. 그러나 어둠 속에서는 아무것도 할 수가 없었다.

샤론은 등을 꼿꼿이 세운 채로 천천히 무릎만 구부려 조심스럽게 한 손을 뒤로 내밀어 구유 위를 더듬었다. 뾰족한 지푸라기 사이를 더듬어 아기 담요를 찾아 꺼냈다. 동방박사의 향수병도 구유 안에 넣어두었는지 담요를 꺼낼 때 향수병이 날카롭게 쨍강하는 소리를 냈다.

그녀는 무릎을 더 구부리고 손을 더듬거려 문 아래의 좁은 틈을 찾아 거기에 담요를 쑤셔 넣었다. 문 전체 너비를 막을 수는 없었지만 그게 할 수 있는 최선이었다. 그녀는 천천히 몸을 펴고 스위치를 찾아 벽을 더듬었다.

손끝에 스위치가 만져졌다. '제발.' 그녀는 기도했다. '이걸 누르면 다른 조명은 켜지지 마라.' 그리고 스위치를 딸각 눌렀다.

아무도 움직이지 않았다. 심지어 손의 위치도 달라지지 않았다. 마리아는 장미 꽃바구니에 바짝 붙어 숨을 들이켰다가 내내 숨을 참고 있던 사람처럼 천천히 내뱉었다.

두 사람은 샤론이 다시 무릎을 꿇고 담요 귀퉁이를 여민 다음 방 안을 향하도록 천천히 몸을 돌리는 것을 지켜보고 있었다. 그녀는 구유 너머로 손을 뻗어 악보대 하나를 붙들고 조심스럽게 뒤쪽 악보대에 포겠다. 마치 폭탄의 뇌관을 제거하는 사람처럼 아주 천천히 조심스럽게 행동했다. 그런 다음 다시 구유 너머로 손을 뻗어 다른 악보대를 들어 지푸라기 위에 놓고 구유를 최대한 뒤로 밀어 움직일 공간을 확보했다. 악보대가 기우뚱 기울자 요셉이 붙잡았다.

샤론은 판지 야자나무 하나를 집어 들었다. 합판으로 만든 받침을 뽑아 구유 안에 놓고 야자나무는 마리아 옆의 벽에 납작하게 밀어 넣었다. 다른 야자나무도 똑같이 처리했다.

그러자 공간이 더 생겼다. 나머지 악보대는 금속 틀이 서로 얽혀 있어서 더 이상 건드릴 수가 없었다. 바깥을 향하는 벽에는 높은 금속 캐비닛이 있었으며 그 앞에 부활절 백합 화분들이 놓였다. 적어도 백합 화분을 캐비닛 위에 올려놓을 수는 있을 것 같았다.

샤론은 잠시 문에 귀를 대고 조심스럽게 바깥쪽 소리를 들어본 다음 살금살금 구유를 넘어 백합 화분 쪽으로 갔다. 몸을 숙여 화분 하나를 집어 들어 캐비닛 위에 올렸다가 순간 동작을 멈추고 얼굴을 찌푸리며 벽을 보았다. 그녀는 다시 몸을 숙여 손으로 바닥을 따라 천천히 반원을 그리며 움직였다.

차가운 공기가 느껴졌다. 찬 공기는 캐비닛 뒤쪽에서 나왔다. 그녀는 까치발을 딛고 그 뒤를 보았다. "문이 있어." 그녀는 속삭였다. "밖으로 향하는 문이야."

"샤론." 성소에서 둔탁한 소리가 들려왔다.

마리아가 얼어붙고 요셉은 마리아와 문 사이에 있으려고 움직였다. 샤론은 조명 스위치에 손을 올리고 귀를 기울이며 기다렸다.

"샤론?" 남자의 목소리가 들렸다. 훨씬 더 먼 곳에서 또 다른 목소리가 들렸다. "그 부인의 자동차는 아직 주차장에 있어요." 그러자 리사 부목사의 목소리가 또 들렸다. "아래층에 내려간 모양이에요."

침묵. 샤론은 문에 대고 귀를 기울였다가 다시 요셉을 지나 캐비닛 옆으로 가서 뒤쪽을 살폈다. 문은 바깥쪽으로 열리게 되어 있었다. 캐비닛을 많이 움직이지 않아도 된다는 뜻이었다. 샤론이 틈새로 몸을 비집고 들어가 문을 열 수 있을 정도만 밀면 될 것 같았다. 그런 다음 다들 문밖으로 빠져나가면 된다. 심지어 마리아도 나갈 수 있었다. 교회 이쪽에는 덤불 숲이 있다. 경찰이 떠날 때까지 이들을 덤불 아래 숨길 수 있을 것이다.

샤론은 요셉에게 도와달라는 몸짓을 하고 같이 캐비닛을 벽에서 몇 센티미터 떨어지게 밀었다. 부활절 백합 화분이 떨어졌지만, 마리아가 거북하게 몸을 숙여 화분을 받아 제 품에 안았다.

그들은 다시 캐비닛을 밀었다. 이번에는 쨍강 소리가 들렸는데 그 안에 옷걸이가 있는 모양이었다. 샤론은 바깥에서 목소리들이 다시 들리는 것 같았지만 어쩔 수가 없다. 그녀는 좁은 공간으로 몸을 비집고 들어가며 생각했다. '잠겨 있으면 어쩌지?' 그리고 문을 열었다.

온기가 와락 끼쳤다. 별들이 가득 뿌려진 맑고 검은 하늘이 다가왔다.

"세상에⋯." 그녀는 문 너머 땅을 내려다보며 바보 같이 중얼거렸다. 사이사이 맨흙이 보이는 바위투성이 땅이었다. 희미한 산들바람이 불어왔다. 흙냄새와 달큰한 향기가 풍겼다. 오렌지일까?

샤론은 몸을 돌리고 말했다. "찾았어요. 문을 찾았어요." 그러나 요셉은 벌써 마리아를 이끌고 틈새를 지나오고 있었다. 틈을 더 넓히려고 캐비닛을 밀어가면서. 마리아는 여전히 부활절 백합 화분을 안고 있어서 샤론은 그녀에게서 화분을 받아다가 문을 열어두는 지지대로 내려놓고 어둠을 향해 나갔다.

열린 문에서 빛이 흘러나와 그들 앞의 땅을 비추었다. 빛 가장자리에 흰색 흙으로 이루어진 긴 띠가 보였다. '길이로군.' 그녀는 생각했지만 가까이 다가가 보니 좁은 강의 마른 강바닥이었다. 그 너머로 바위투성이 땅이 가파르게 솟구쳐 있었다. 골짜기의 맨 밑에 와 있는 게 틀림없었는데, 아마 여기 어디선가 그들이 길을 잃은 것 같았다.

"보트 롬?" 요셉이 그녀 뒤에서 말했다.

그녀는 뒤를 돌아보았다. "보트 롬?" 그는 다시 말하며 놀이방에서 그랬던 것처럼 앞쪽과 옆쪽을 가리켰다. 어느 쪽인가요?

그녀도 몰랐다. 문은 서쪽을 향해 있었는데, 그 방향이 맞고 여기가 유대 사막이라면 이들은 남서쪽으로 가야 할 것이다. "저쪽이에요." 샤론은 말하며 가장 가파른 경사면을 가리켰다. "저쪽으로 가야 할 것 같아요."

그들은 움직이지 않았다. 그저 샤론을 보며 서 있었다. 요셉은 마리아 바로 앞에 서서 샤론이 길을 안내하기를 기다렸다.

"나는 안 가…." 그녀는 도중에 말을 멈추었다. 그들을 여기에 놔두는 것은 보일러실에 놔두는 것보다 더 나을 게 없었다. 혹은 눈 속에 놔두는 것보다도 낫지 않았다. 그녀는 거의 리사 부목사와 경찰이 와주길 바라는 심정으로 문 쪽을 돌아보았다. 그리고 곧 그녀가 남서쪽이길 바라는 방향을 향해 출발했다. 경사로를 서투르게 올라가는데 구두가 자꾸 바위에서 미끄러졌다.

'이들은 이런 길을 어떻게 왔을까?' 그녀는 마른 잡초 더미를 붙잡고 생각했다. '심지어 나귀도 있었을 텐데?' 마리아는 이런 경사

216

로를 절대로 올라갈 수 없을 것이다. 그녀는 걱정하며 뒤를 돌아보았다.

두 사람은 생각보다 쉽게 묵묵히 따라오고 있었다. 마치 샤론이 계단을 올라갈 때처럼 자신 있는 모습이었다.

그러나 이 골짜기 꼭대기에 또 다른 골짜기가 있으면 어쩌지? 아니면 깎아지른 절벽이라도 나타난다면? 아니, 길이 없다면. 그녀는 발을 단단히 딛고 열심히 경사로를 기어 올라갔다.

갑자기 무슨 소리가 들렸다. 샤론은 얼른 뒤를 돌아 문 쪽을 보았지만, 문은 여전히 반쯤 열려 있고 발치에 백합 화분이 놓였으며 뒤에 구유도 보였다.

더 가까운 곳에서 다시 소리가 들려왔고 이어서 발소리가 들리고 다음으로 날카롭게 씩씩거리는 소리가 들렸다.

"나귀야." 그녀가 말했다. 나귀는 샤론을 봐서 반갑다는 듯 그녀를 향해 터벅터벅 걸어왔다.

그녀는 밑으로 손을 뻗어 고삐를 잡았는데, 그것은 그저 누더기 밧줄에 불과했다. 나귀가 그녀를 향해 한 걸음 다가와 귀에 대고 울었다. "히이잉!" 그리고 씩씩거렸는데 거의 웃음소리 같았다.

그녀도 웃으며 나귀의 목을 쓰다듬었다. "다시는 헤매지 마." 그녀는 말하고 나귀를 요셉에게 데려갔다. 요셉은 그녀가 떠난 자리에서 기다리고 있었다. "길을 벗어나지 마요." 그녀는 경사면 꼭대기까지 기어 올라갔는데 갑자기 길이 나타날 거라는 확신이 들었다.

길은 없었지만, 그것은 중요하지 않았다. 멀리 남서쪽에 별빛을 받아 멀리서 하얗게 빛나는 예루살렘이 보였다. 수백 개의 난로와 수천 개의 기름 등불이 반짝이고 있었다. 그 너머 살짝 서쪽에 별 세

개가 낮게 떠 있었는데, 너무 가까워 손을 뻗으면 닿을 것만 같았다.

마리아와 요셉이 나귀를 끌고 옆에 나타났다. "보트 롬." 샤론이 방향을 가리켰다. "저기, 별이 있는 곳이에요."

요셉이 다시 허리띠 안쪽을 뒤지더니 작은 가죽 주머니를 꺼냈다. "아니에요." 그녀는 주머니를 밀어내며 말했다. "베들레헴 여관에 가면 돈이 필요할 거예요."

그는 마지못해 주머니를 다시 집어넣었고, 샤론은 이들에게 줄 게 있다면 얼마나 좋을까 하는 생각이 불쑥 들었다. 이를테면 유향이랄 지. 혹은 몰약이랄지.

"히이잉." 나귀가 시끄럽게 울더니 언덕을 내려가기 시작했다. 요 셉이 얼른 다가가 밧줄을 붙잡았고 마리아가 고개를 숙이고 뒤를 따라갔다.

"조심해요." 샤론이 말했다. "헤롯왕을 조심해요." 그녀는 손을 흔들었다. 따뜻한 바람이 불어와 성가복 소매를 흔들었지만, 그들 은 뒤를 돌아보지 않고 계속 언덕을 내려갔다. 마리아는 나귀에 손 을 올려 몸을 지탱했고 요셉은 조금 더 앞서갔다. 언덕 아래에 거의 도착했을 때 요셉이 걸음을 멈추고 땅을 가리키며 나귀를 샤론이 선 곳에서는 보이지 않는 곳으로 끌고 갔는데 샤론은 그들이 드디어 길 을 찾아냈다는 것을 알 수 있었다.

샤론은 잠시 그 자리에 서서 향기로운 산들바람을 맞으며 별을 바 라보다가 다시 바위와 쉽게 흩어지는 흙 위를 미끄러지며 경사로를 내려와 문을 괴어 두었던 부활절 백합 화분을 치우고 문을 닫았다. 캐비닛을 원위치로 밀어놓고 문틈을 막아두었던 담요를 꺼내고 조 명을 끄고 어둑어둑한 성소로 나갔다.

아무도 없었다. 그녀는 얼른 성배를 집어 들어 성가복 소매 안에 감추고 현관을 내다보았다. 거기에도 아무도 없었다. 그녀는 성인 일요학교 교실로 들어가 진열창에 성배를 되돌려놓고 아래층으로 내려갔다.

"어디 있었어요?" 리사 부목사가 말했다. 제복 차림의 경찰관 두 명이 놀이방에서 손전등을 들고 나왔다.

샤론은 성가복의 지퍼를 풀고 벗었다. "성찬식 은제 식기가 무사한지 확인했어요." 그녀가 말했다. "없어진 게 없었어요." 그녀는 성가대실로 들어가 성가복을 걸었다.

"거긴 아까 우리가 들여다봤는데?" 리사 부목사가 뒤를 따라 들어오며 말했다. "그때 거기 없었잖아요."

"누가 문앞에 있는 소리를 들었던 것도 같아요." 샤론이 말했다.

'오 베들레헴 작은 마을'의 2절이 끝났는데도 마리아와 요셉은 성소 앞으로 가는 길의 4분의 3밖에 오지 않았다.

"저 속도라면 부활절까지도 베들레헴에 도착 못 하겠다." 디이가 속삭였다. "재들 좀 빨리빨리 오면 안 되나?"

"그들은 벌써 도착했을 거야." 샤론이 마리아와 요셉을 보며 속삭였다. 두 사람은 불안한 듯 성단소를 보면서 천천히 통로를 지나갔다. "오 고요히 고요히." 샤론은 노래했다. "놀라운 선물을 주셨네."

두 사람은 맨 앞에서 두 번째 줄 신도석을 지나 성가대가 보이지 않는 곳으로 갔다. 여관주인이 등불을 들고 단호하고 엄숙한 얼굴로 성단소 계단 맨 위로 갔다.

"하나님께서 인간의 마음에
  하나님 나라 축복을 주시네."

"걔들 어디 갔어?" 버지니아가 그들을 찾아보려는 듯 목을 쑥 빼며 속삭였다. "뒤쪽 길로 몰래 나간 거야?"
마리아와 요셉이 다시 나타나 천천히 침착하게 야자나무와 구유를 향해 걸어갔다. 여관주인이 마치 그들을 기다리고 있지 않았던 것처럼, 그들을 봐서 지나치게 기쁘지는 않은 것처럼 보이려고 애를 쓰며 계단을 내려왔다.

"구세주 오는 소리 듣는 자 없어도
  하지만 이 죄악의 세상에서."

성소 뒤쪽에 목동들이 막대기를 부딪치며 모여 서 있었고 미리엄이 동방박사들에게 보석함과 향수병을 건넸다. 엘리자베스가 반짝이 후광 머리띠를 고쳐 썼다.

"착한 영혼들은 구세주를 영접할 것이라네.
  친애하는 그리스도께서 들어오신다네."

요셉과 마리아가 가운데로 가 멈춰 섰다. 요셉이 마리아 앞으로 한 걸음 나가 상상의 문을 두드리자 여관주인이 앞으로 나와 입이 귀에 걸리게 씩 웃으며 문을 열어주었다.

모두가 땅에 앉아 있었는데

All Seated on the Ground

나는 외계인이 지구에 실제로 착륙하면 실망스러울 거라고 항상 말해왔다. 외계인으로서는 영화 〈우주 전쟁〉과 〈미지와의 조우〉, 〈E.T〉 이후로 대중의 머릿속에 박힌 외계인 이미지에 부응할 방법이 없다는 의미다. 그게 좋은 이미지든, 나쁜 이미지든 간에.

또한 나는 실제 외계인은 영화에 나오는 외계인과 전혀 다를 것이라고 말해왔다. 외계인은 A) 우리를 죽이려거나 B) 우리가 사는 행성을 차지해 우리를 노예로 삼으려거나 C) 영화 〈지구가 멈추는 날〉에서처럼 우리를 우리 자신으로부터 구하려거나 D) 지구 여성과 섹스하려고 오지는 않을 것이다. 괜찮은 사람을 찾기가 아무리 힘들다고 해도 설마 데이트나 하려고 외계인이 수천 광년을 여행해서 오겠는가? 더구나 그들은 지구 여성이 아니라 멧돼지나 실난초, 심지어 에어컨에 오히려 더 매력을 느낄 수 있다.

항상 난 A)와 B)는 거의 가능성이 없다고 생각했다. 제국주의적

침략자들은 근처에 있는 행성을 침략하거나 다른 침략자에게 침략 당하느라 바빠서 지구처럼 오지에 있는 행성까지 욕심낼 경황이 없을 것이기 때문이다. 하긴 그거야 모르는 일이다. 이라크를 보라. 그리고 C)로 말하자면, 나는 트레서 목사처럼 우리를 구하러 왔다는 사람이나 외계인을 경계한다. 그리고 수천 광년 거리의 우주여행을 하는 데 필요한 우주선을 만들 만한 외계인이라면 복잡한 문명을 가지고 있을 게 분명하므로, 워싱턴을 불사르거나 가정집에 전화하는 일보다는 복잡한 동기를 가지고 왔을 것이다.

하지만 나는 외계인이 지구에 착륙할 거라고는 한 번도 생각해보지도 못했다. 게다가 9개월이나 그들에게 말을 걸고도 무슨 동기로 왔는지 알아내지 못하리라고는 결코 생각하지 못했다.

지금 내가 이야기하고 있는 착륙은 UFO가 인적없는 남서부 외딴곳을 덮쳐 소 몇 마리를 난도질하고 한두 개의 크롭 서클을 만든 다음, 전혀 믿을 수도 없고 멍청한 소리나 늘어놓는 사람을 유괴해 황당한 장소에서 조사하고는 다시 이륙해 버리는, 그런 착륙이 아니었다. 나는 외계인이 그런 짓을 할 거라고 믿어 본 적도 없고, 외계인들은 그런 짓을 한 적도 없다. 뭐, 미국 남서부에 착륙 비슷한 걸 하기는 했지만 말이다.

외계인은 우주선을 덴버에, 그것도 덴버대학교 캠퍼스 한가운데에 착륙시킨 후 "우리를 당신들의 지도자에게로 데려가라"는 듯한 전형적인 태도로 곧장 대학본부 정문 앞까지 행군했다. 사실 '행군 했다'는 틀린 표현이다. 알타이르인들은 미끄덩거리기와 뒤뚱거리기의 중간쯤 되는 방식으로 움직였기 때문이다.

그리고 그게 다였다. 그들은(여섯이었다) 아무 말도 하지 않았다.

"우리를 당신들의 지도자에게로 데려가라!"라든지 "외계인(人)에게
는 하나의 작은 발걸음이나, 외계종(種)에게는 하나의 위대한 도약
이다"라든가 "지구인들이여, 너희 여성들을 우리에게 넘겨라"라는
말도, 지구를 넘기라는 말도 없었다. 그들은 그저 대학본부 정문 앞
에 서 있기만 했다.

　외계인들은 계속 그곳에 서 있었다. 경찰차들이 그들을 포위하고
조명을 비췄다. TV 뉴스팀과 기자들은 그들을 향해 카메라를 겨눴
다. F-16 전투기들이 굉음과 함께 머리 위를 날아다니며 우주선 사
진을 찍고 A) 우주선을 둘러싼 역장(力場)이 있는지 B) 무기를 탑재
하고 있는지 C) 외계인이 대학본부를 폭파할 수 있는지(그들은 폭파
할 수 없었다) 알아내려고 애썼다. 시민 절반이 공포에 질려 산으로
도망가는 바람에 I-70번 고속도로에 엄청난 교통 체증이 발생했고,
나머지 절반은 무슨 일이 일어나고 있는지 보려고 대학 캠퍼스로
차를 몰고 가는 바람에 에번스가에 엄청난 교통 체증이 발생했다.

　덴버대학의 천문학과 교수가 "그 외계인들이 독수리자리에 있는
알타이르에서 왔다"고 발표하는 바람에(나중에 사실과 다른 것으로
밝혀졌다), 모두가 그들을 알타이르인이라고 불렀다. 알타이르인들
은 이 모든 일에 아무런 반응도 보이지 않았기 때문에 덴버대학 총
장은 그들이 영화 〈인디펜던스 데이〉에 나오듯 대학을 폭파하지는
않을 거라고 확신하게 된 모양이었다. 총장은 밖으로 나와서 알타
이르인이 지구와 덴버대학에 온 것을 환영했다.

　알타이르인들은 계속 대학본부 정문 앞에 서 있었다. 덴버 시장
이 와서 그들이 지구와 덴버에 온 것을 환영했고, 콜로라도 주지사
도 와서 그들이 지구와 콜로라도에 온 것을 환영했다. 주지사는 사

람들에게 콜로라도 방문이 매우 안전하다고 장담하며, 알타이르인들은 장엄한 로키산맥을 보기 위해 각지에서 몰려든 수많은 관광객 중 가장 최근에 온 관광객일 뿐이라고 넌지시 내비쳤다. 하지만 그런 것 같지 않았다. 알타이르인들은 로키산맥 반대쪽을 향해 서 있었고, 주지사가 그들 곁을 지나며 파이크스피크산을 가리킬 때조차 돌아보지 않았다. 그들은 대학본부를 마주 보며 그 자리에 서 있기만 했다.

과학자와 국무부 관리, 외국 고위 인사, 교회와 경제계 지도자들이 끝도 없는 환영 연설을 하고, 나뭇가지를 부러뜨리고 전깃줄을 끊어버린 4월 말의 눈보라를 포함한 온갖 날씨가 지나가는 동안 알타이르인들은 착륙 후 3주 내내 그 자리에 서 있었다. 표정만 아니었다면 사람들은 알타이르인들을 식물이라고 생각했을 것이다.

하지만 식물들은 그런 식으로 노려보지 않는다. 사람을 기죽이는, 철저하게 못마땅한 표정이었다. 내가 처음으로 그런 표정을 직접 봤던 것은, 맙소사, 주디스 고모의 얼굴에서였다.

주디스 고모는 사실 아버지의 고모였다. 고모는 한 달에 한 번꼴로 정장을 입고 모자를 쓰고 흰 장갑을 낀 모습으로 우리 집에 들러 의자 끝에 걸터앉아 우리를 노려봤다. 그 눈빛 때문에 엄마는 주디스 고모가 온다는 것을 알게 될 때마다 발작적으로 청소하고 빵을 구웠다. 주디스 고모가 엄마의 살림 실력이나 요리 솜씨를 비난했다는 말이 아니다. 고모는 비난하지 않았다. 고모는 엄마가 대접한 커피를 한 모금 마실 때도, 먼지가 있는지 보려고 흰 장갑을 낀 손가락으로 벽난로 위 선반을 쓱 만질 때도 얼굴을 찌푸리는 법이 없었다. 그럴 필요도 없었다. 엄마가 고모와 대화하기 위해 필사적으로 노력하는 중에도 고모는 냉랭한 침묵을 지키며 앉아서 못마땅한 감정을 온몸으로 드러냈다. 그 노려보는 눈빛을 보고 있자면, 고모가 우리를 깔끔하지도 않고 예의도 없고 무식하며 경멸할 가치조차 없는 사람들로 여기고 있다는 사실이 분명하게 느껴졌다.

고모는 절대로 무엇 때문에 불쾌한지 말하지 않았기 때문에(가끔 "가정교육을 제대로 받은 아이들은 말하라고 할 때까지는 함부로 말하지 않아!"라고 이야기했던 걸 빼고는), 엄마는 미친 듯이 은 식기를 닦아서 윤내고 쿠키를 굽고, 트레이시 언니와 나에게 풀 먹인 긴 앞치마를 억지로 입히고 에나멜 구두를 신기고, 주디스 고모가 우리에게 생일 선물로 1달러짜리 지폐가 들어 있는 카드를 주시면 예의 바르게 감사 인사를 하라고 명령했고, 집 안 구석구석을 문질러 닦고 먼지를 털었다. 엄마는 심지어 거실 전체를 다시 꾸미기까지 했다. 하지만 그 어느 것도 별 도움이 되지 않았다. 주디스 고모는 여전히 경멸감을 발산했다.

아무리 강한 사람이라도 그런 태도가 계속되면 진이 빠지기 마련이다. 엄마는 주디스 고모가 다녀가고 나면 이마에 차가운 수건을 얹고 드러눕는 일이 잦았는데, 알타이르인들은 그들을 보러 왔던 고위 인사와 과학자, 정치인들에게 똑같은 효과를 일으켰다. 그들을 처음 만난 다음, 주지사는 다시는 외계인을 만나지 않겠다고 했고, 지지율이 이미 20퍼센트 초반까지 내려가서 격분한 시민들의 모습에 지친 대통령도 알타이르인들을 절대로 만나지 않겠다고 했다.

그 대신 대통령은 알타이르인에 관해 연구하고 그들과 의사소통할 방법을 찾기 위해 국방부와 국무부, 국토안보부, 하원, 상원, 그리고 연방재난관리청 대표들로 구성된 초당파적인 위원회를 설립했는데, 그 위원회가 실패하자 천문학과 인류학, 우주 생물학, 소통 전문가들로 이루어진 두 번째 위원회를 만들었다. 하지만 그것도 실패하자 세 번째로 누구든 그들이 끌어모을 수 있는 사람들과 알타이르인에 대한 이론이나 그들과의 의사소통 방법에 대한 이론 비슷한 것들을 만든 사람들로 구성된 위원회를 꾸렸다. 그곳이 바로 내가 속하게 된 위원회였다. 나는 알타이르인의 착륙 전후로 외계인에 대한 칼럼을 신문에 연재했었다(나는 그 외에도 관광객 문제, 운전 중 휴대폰 사용 문제, I-70의 교통 체증 문제, 데이트할 좋은 남자 구하기가 힘들다는 문제, 그리고 주디스 고모에 대해서도 칼럼을 썼다).

나는 "가족들과 더 많은 시간을 보내고 싶다"며 위원회를 그만둔 언어 전문가를 대체하기 위해 11월 말에 채용되었다. 나를 채용한 사람은 위원장이었던 모스맨 박사였지만(박사는 내 칼럼이 익살스러운 농담이었다는 사실을 이해하지 못한 게 분명했다), 그 사실은 그다지 중요하지 않았다. 어차피 모스맨 박사는 내 말이건 다른 위원들의 말이건 귀 기울여 들을 생각이 없었기 때문이다. 그 당시 위원회에는 언어학자 세 명, 인류학자 두 명, 우주론자 한 명, 기상학자 한 명, (그들이 정말 식물일 경우를 대비해) 식물학자 한 명, (그들이 영장류나 조류나 곤충일 경우를 대비해) 영장류와 조류 및 곤충 행동학 전문가들, (그들이 피라미드를 지었던 것으로 밝혀질 경우를 대비해) 이집트 학자 한 명, 동물 심령술사 한 명, 공군 대령 한 명, 군 법무참모 한 명, 외국 관습 전문가 한 명, 비언어 의사소통 전문가 한 명, 무기 전문가 한 명, (내가 보기에는 어느 분야의 전문가도 아닌) 모스맨 박사, 그리고 콜로라도 스프링스가 덴버와 가깝다는 이유로 참가한 '유일한 진리의 길 대교회'의 수장인 트레셔 목사가 있었다. 트레셔 목사는 알타이르인의 착륙이 종말의 전조라고 확신했으며, "신이 그들을 덴버에 착륙하게 하신 데에는 이유가 있다"고 떠들어댔다. "그렇다면 왜 알타이르인은 콜로라도 스프링스에 착륙하지 않았을까요"라고 트레셔 목사에게 묻고 싶었지만 목사 역시 남의 말을 듣는 사람이 아니었다.

내가 위원회에 참가하기 전에 이 사람들과 전임자들이 이룬 유일한 진전은 알타이르인들이 온갖 장소로 그들을 따라다니도록 만든 것뿐이었다. 외계인들은 그들을 연구하기 위해 대학본부에 만든 온갖 연구실로 위원들을 졸졸 따라다녔다. 하지만 내가 비디오테이프로 봤을 때는 알타이르인이 위원들의 말이나 행동에 반응하는 것인지 분명하지 않았다. 내가 보기에는 오히려 알타이르인 스스로 모스맨 박사와 다른 위원들을 따라다니기로 한 것 같았다. 그들은 매일 밤 9시가 되면 몸을 돌려 미끄덩/뒤뚱뒤뚱 대학본부 밖으로 나와 자기네 우주선 안으로 사라져버렸기 때문이다.

처음 알타이르인들이 그런 행동을 했을 때, 사람들은 외계인들이 떠난다고 생각해서 크게 당황했다. 그날 저녁 뉴스 헤드라인은 '외계인, 떠나다! 지구에 질렸나?'였다. 하지만 나는 사람들이 무슨 명확한 증거가 있어서라기보다는 순전히 알타이르인에게서 받은 느낌 때문에 그런 결론을 내린 거로 생각했다. 알타이르인들은 그저 〈데일리 쇼〉에 출연하는 존 스튜어트를 보기 위해 우주선으로 돌아간 것일 수도 있었다. 그러나 일종의 마감 시한 같은 것이 있어서 기한 내에 알타이르인들과 의사소통하지 못한다면 지구가 잿더미가 될 거라는 주장은 다음 날 그들이 다시 나타난 후에도 사라지지 않았다. 주디스 고모도 늘 내게 정확하게 똑같은 느낌, 고모의 기대에 미치지 못하면 난 끝장날 것이라는 느낌을 줬었다.

나는 고모의 기대에 전혀 미치지 못했지만, 고모가 내게 1달러 짜리 지폐가 든 생일카드를 더 이상 보내지 않는다는 사실을 제외하면 특별한 일은 일어나지 않았다. 알타이르인들이 트레셔 목사와 몇 번 대화를 나누긴 했지만(목사는 끊임없이 성경 구절들을 읽으며 그들을 개종시키려고 했다), 아직 우리를 없애버리지 않았고 앞으로도 그럴 기미는 보이지 않았다.

하지만 자기들이 여기에서 무엇을 하고 있는지 우리에게 말해줄 것 같지도 않았다. 위원회는 페르시아어와 나바호 암호*와 런던 토박이 속어 등 거의 모든 언어를 이용해 알타이르인에게 말을 걸어보려 했다. 음악을 들려주고 드럼을 치고 연하장을 적어 보내기도 했으며, 파워포인트 프레젠테이션을 하고 문자를 보내고 로제타 스톤도 보여줬다. 알타이르인이 들을 수 있다는 건 분명했지만 수화와 팬터마임도 사용해봤다. 하지만 누군가가 알타이르인에게 말을 걸거나 선물을 줄 때마다(혹은 그들을 위해 기도할 때마다), 오히려 그들의 못마땅한 표정은 경멸감으로 깊어져만 갔다. 주디스 고모가 그랬던 것처럼.

내가 위원회에 합류했을 무렵 위원들은 우리 엄마가 거실을 완전히 다시 꾸몄을 때처럼 필사적인 상태가 되어, 알타이르인들이 호의적인 반응을 보일 수도 있다는 기대를 품고 덴버와 콜로라도 관광을 통해 그들을 감동시켜 보기로 했다.

"소용없을 거예요." 내가 말했다. "저희 어머니는 커튼을 새로 달

---

* 2차 대전 때 미 해병대가 나바호족 지원병을 통신병으로 양성하면서 개발한 암호

고 벽지까지 새로 바꿨지만 전혀 소용이 없었어요." 하지만 모스맨 박사는 내 말을 듣지 않았다.

우리는 알타이르인들을 덴버 미술관과 로키산 국립공원과 '신들의 정원'과 브롱코스 미식축구 경기에 데려갔다. 그들은 못마땅함의 파장을 내뿜으며 그저 그 자리에 서 있기만 했다.

모스맨 박사는 단념하지 않았다. "우리는 내일 저들을 덴버 동물원으로 데려갈 거네."

"과연 좋은 생각일까요?" 내가 물었다. "제 말은, 그들에게 잘못된 생각을 불어넣어 주고 싶지 않다는 거예요." 그러나 모스맨 박사는 내 말을 듣지 않았다.

다행히 알타이르인들은 동물원에 있는 어느 것에도, 시민회관의 크리스마스 조명에도, 발레 〈호두까기 인형〉에도 반응하지 않았다. 그리고 우리는 쇼핑몰로 향했다.

그 무렵 위원회는 언어학자 두 명과 동물 심령술사가 그만둔 바람에 열일곱 명으로 줄어들긴 했어도 여전히 관찰자 수가 너무 많아서 알타이르인들이 사람들 틈에 짓밟힐 위험이 항상 있었다. 하지만 위원들 대부분은 직접적인 관찰이 요구되지 않는 "대체 연구 방식을 추구하고 있다"며 현장 조사 나가는 걸 그만두었는데, 이는 사실 현장에 있을 때나 승합차를 타고 돌아오는 내내 알타이르인들이 자신들을 노려보는 것을 견딜 수 없다는 의미였다.

그래서 우리가 쇼핑몰에 갔던 그 날도 일행이라고는 모스맨 박사와 아로마 전문가인 와카무라 박사, 트레셔 목사, 그리고 나뿐이었다. 언론매체 하나 동행하지 않았다. 알타이르인이 처음 착륙했던 날에는 모든 TV 방송국과 CNN이 그들을 다뤘지만, 외계인들이 몇 주가 지나도록 아무런 행동도 하지 않자 방송국들은 〈에이리언〉과 〈우주의 침입자〉와 〈맨 인 블랙 2〉에 나오는 훨씬 흥미진진한 장면들을 보여주기로 방향을 틀었다가 나중에는 외계인에 완전히 흥미를 잃어 패리스 힐튼과 좌초된 고래 이야기로 돌아갔다. 유일하게 우리와 함께했던 카메라맨 레오는, 모스맨 박사가 우리의 나들이를 촬영하기 위해 채용한 십대 소년이었는데 쇼핑몰에 들어서자마자 내게 말했다. "멕, 촬영 시작하기 전에 살짝 빠져나가서 여자친구에게 줄 크리스마스 선물을 사와도 될까요? 뭐, 솔직히 말해서 쟤네 어차피 저 자리에 가만히 서 있기만 할 거잖아요."

레오의 말이 맞았다. 알타이르인들은 매장 몇 개를 미끄덩미끄덩 뒤뚱뒤뚱 지나치더니 그 자리에 멈춰 서서 '샤퍼 이미지'와 '갭' 매장 진열창에 전시된 물건들과, 가던 길을 멈추고 그들 여섯을 멍하니 쳐다보는 사람들을 동일한 방식으로 노려봤다. 사람들은 곧 알타이르인들의 표정에 질겁해서 황급히 눈을 돌리고는 가던 길을 갔다.

쇼핑몰은 유모차를 미는 부모들과 아이들, 쇼핑백을 잔뜩 든 연인들, 그리고 노래 부를 차례를 기다리는 초록색 성가복의 여중생 무리로 가득 차 있었다. 연말이 되면 쇼핑몰은 학교 합창단과 교회 성가대를 초대해 식당가에서 공연을 열었다. 성가대 여자아이들이 키득대며 재잘거렸고, 한 어린아이는 "하기 싫어!"라고 소리를 질렀고, 쇼핑몰에서 틀어놓은 뮤잭*에서는 줄리 앤드루스가 부르는 〈기쁘다 구주 오셨네〉가 흘러나왔고, 트레셔 목사는 팬티와 브래지

* 백화점 등 공공장소에서 배경음악으로 방송하는 음악

232

어를 입고 날개가 달린 마네킹들이 전시된 '빅토리아 시크릿' 진열 창을 가리키며 고함을 질렀다. "저것 봐. 사악한 것들!"

"이쪽으로." 모스맨 박사는 마차 행렬을 지휘하는 사람처럼 팔을 휘두르며 알타이르인들을 이끌었다. "저들에게 산타클로스를 보여주고 싶네." 나는 알타이르인들과 나 사이를 막고 나란히 걷고 있던 십대 남자애 세 명을 돌아서 지나가기 위해 옆으로 걸음을 옮겼다.

그때 갑자기 헉하는 소리와 함께 쇼핑몰이 일제히 조용해졌다. 들리는 건 뮤직 소리뿐이었다. "이게 도대체…?" 모스맨 박사가 큰 소리로 말했다. 나는 무슨 일이 일어났는지 보기 위해 남자애들을 밀치고 나아갔다.

알타이르인들이 매장들 사이에 있는 널찍한 공간 한복판에 조용히 앉아서 노려보고 있었다. 이 광경에 매료된 쇼핑객들이 둥그렇게 그들을 에워쌌고, 쇼핑몰 관리자인 듯 보이는 정장 차림의 남자가 허겁지겁 달려와 따져 물었다. "도대체 무슨 일이에요?"

"굉장해." 모스맨 박사가 말했다. "여기저기로 데리고 다니면 언젠가 반응할 줄 알았어." 박사가 나를 돌아봤다. "멕은 알타이르인들 뒤쪽에 있었지? 저들이 무엇 때문에 앉은 거야?"

"잘 모르겠어요." 내가 말했다. "제가 있던 자리에서는 알타이르인들이 보이지 않았어요. 혹시…?"

"가서 레오를 찾아오게." 그가 명령했다. "그 애가 녹화했을 거야."

레오가 그 장면을 찍었을 것 같지는 않았지만 나는 그 애를 찾으러 갔다. 레오는 선명한 핑크색의 작은 쇼핑백을 들고 '빅토리아 시크릿'에서 막 나오던 참이었다. "멕, 무슨 일 있었어요?" 그 애가 물었다.

"알타이르인들이 앉았어." 내가 말했다.

"왜요?"

"우리가 알아내려는 게 바로 그거야. 너, 촬영 안 하고 있었지?"

"안 했죠. 말했잖아요. 여자친구한테 줄…. 제기랄, 모스맨 박사가 날 죽여 버리려고 하겠네." 레오는 핑크색 쇼핑백을 청바지 호주머니에 쑤셔 넣었다. "그럴 거라고는…."

"그럼 지금이라도 녹화 시작해." 내가 말했다. "나는 가서 혹시 휴대폰 카메라로 촬영한 사람이 있는지 알아볼게." 산타클로스를 보여주려 아이들을 데리고 온 이 많은 사람 중에는 카메라를 가지고 있는 사람이 분명 있을 것이다. 나는 둥글게 모여서 알타이르인들을 쳐다보고 있는 구경꾼들부터 둘러보기 시작했다. 나는 모스맨 박사로부터 멀찍이 떨어져 있었는데, 박사는 쇼핑몰 관리자에게 쇼핑몰 이쪽 끝을 차단하고 이 안에 있는 모든 사람을 격리해야 한다고 말하고 있었다.

"이 안에 있는 사람들을 전부 다요?" 관리자가 화를 누르며 말했다.

"당연하지. 반드시 그래야 해. 알타이르인들이 반응하게 된 원인은 분명히 저들이 보거나 듣거나…."

"냄새로 맡은 것 때문이겠죠." 아로마 전문가 와카무라 박사가 끼어들었다.

"그래서 그게 무엇인지 우리가 알아내기 전까지는 아무도 이곳을 떠날 수 없습니다." 모스맨 박사가 말했다. "그게 뭔지 알아내야 우리가 알타이르인들과 의사소통을 할 수 있을 테니까."

"하지만 크리스마스까지 2주밖에 안 남았어요." 쇼핑몰 관리자가 말했다. "그렇게 간단히 쇼핑몰을 봉쇄할 수 있는 상황이…."

"지구의 운명이 위기에 처했다는 걸 모르는 모양이군." 모스맨 박사가 말했다.

나는 그 말이 사실이 아니기를 바랐다. 지금은 알타이르인들이 노려보든 말든 사람들 모두 휴대폰을 꺼내 그들을 찍고 있지만, 당시 상황을 녹화한 사람은 아무도 없는 듯했기 때문이다. 나는 빙 둘러서 있는 쇼핑객들을 훑어보며 행여 어느 부모나 할머니, 할아버지가….

성가대. 그 여자애들의 부모 중에는 비디오카메라를 가져온 사람이 있을 게 틀림없었다. 나는 서둘러 초록색 성가복을 입은 소녀들에게 다가갔다.

"애들아, 있잖아." 내가 아이들에게 말했다. "난 알타이르인들이랑 같이 온 사람인데…."

실수였다. 아이들은 곧장 나에게 질문 공세를 퍼붓기 시작했다.

"왜 외계인들이 앉아 있어요?"

"왜 말을 안 해요?"

"왜 계속 화를 내고 있어요?"

"저희 노래하나요? 아직 노래 못 불렀어요."

"저분들이 우리더러 계속 여기에 있어야 한대요. 얼마나 있어야 해요? 저흰 6시에 플랫아이언 몰에 가서 노래해야 해요."

"저 외계인들이 우리 몸속으로 들어가서 배를 뚫고 나오나요?"

"혹시 너희 부모님 중에 비디오카메라 가지고 오신 분 계시니?" 나는 쏟아지는 질문들 사이로 목소리를 높여 보았지만, 소용이 없었다. "너희 지휘자 선생님이랑 이야기해야겠다."

"레드베터 선생님이요?"

"언니가 선생님 여자친구예요?"

"아니." 나는 성가대 지휘자처럼 생긴 사람을 찾으려고 애를 쓰며 말했다. "어디 계셔?"

"저기 계세요." 한 아이가 캐주얼한 바지와 상의를 입은 키가 크고 마른 남자를 가리키며 말했다. "저희 레드베터 선생님이랑 사귈 거예요?"

"아니." 나는 그가 있는 쪽으로 가려고 발길을 돌리며 말했다.

"왜요? 정말 괜찮은 분이에요."

"언니는 남자친구 있어요?"

"아니." 나는 지휘자에게 다가가면서 말했다. "레드베터 씬가요? 저는 멕 예이츠라고 합니다. 알타이르인에 관해 연구하는 위원회에서 일하고 있는데…."

"바로 제가 이야기하려고 찾던 사람이군요." 그가 말했다.

"죄송하지만 저도 이 상황이 언제까지 계속될지는 잘 모르겠어요." 내가 말했다. "6시에 다른 곳에서 공연이 있다는 이야기를 아이들에게 들었어요."

"맞습니다. 저는 오늘 밤에 리허설도 해야 하고요. 하지만 제가 이야기하려는 건 그게 아닙니다."

그때 한 여자애가 말했다. "레드베터 선생님, 이 언니는 남자친구가 없대요."

나는 그 아이가 우리의 대화를 방해한 틈을 타 말했다. "혹시 성가대와 함께 온 사람 중에 방금 일어났던 일을 비디오카메라로 촬영한 사람이 있을…."

236

"아마 있을 거예요. 벨린다?" 레드베터는 나에게 남자친구가 없다고 말했던 바로 그 아이를 불러서 말했다. "가서 엄마 좀 모시고 와라." 아이가 사람들 틈으로 사라졌다. "저 아이의 어머니는 저희가 교회를 떠날 때부터 녹화를 시작하셨어요. 그분이 못 찍었다면 아마 캐니샤의 어머니가 하셨을 거예요. 아니면 첼시 아버지가 하셨을 수도 있고."

"아, 정말 다행이네요." 내가 말했다. "저희 카메라맨이 미처 그 상황을 못 찍었거든요. 무엇이 그들에게 행동을 일으키도록 했는지 알아내려면 녹화된 영상이 필요해요."

"무엇이 알타이르인들을 앉게 했느냐, 그 말이죠?" 그가 말했다. "비디오테이프는 필요 없습니다. 그게 뭐였는지는 제가 알아요. 노래였어요."

"노래라뇨?" 내가 물었다. "저희가 쇼핑몰에 들어왔을 때 공연 중인 합창단은 없었어요. 게다가 알타이르인들은 이전에도 음악에 노출된 적이 있었는데 전혀 반응이 없었어요."

"어떤 종류의 음악이었죠? 혹시 영화 〈미지와의 조우〉에 나오는 그런 멜로디였나요?"

"네." 내가 방어적인 태도로 말했다. "그리고 베토벤과 드뷔시, 찰스 아이브스 음악도요. 온갖 작곡가들의 음악을 다 들려줬죠."

"하지만 그 곡들은 연주 음악이었지 노래는 아니잖아요. 맞죠? 저는 지금 노래 이야기를 하는 겁니다. 뮤잭에서 흘러나오던 크리스마스 캐럴 중 하나였어요. 저는 알타이르인들이 앉는 모습을 봤어요. 저들은 분명…."

"레드베터 선생님, 저희 엄마 찾으셨죠?" 벨린다가 비디오카메라를 든 몸집 큰 여자를 끌고 오면서 말했다.

"그래." 그가 말했다. "칼슨 부인, 오늘 찍으신 성가대 비디오를 제가 좀 봐도 될까요? 저희가 쇼핑몰에 도착했을 때부터요."

칼슨 부인은 레드베터의 요구대로 비디오카메라에서 그 부분을 찾아 그에게 건네줬다. 지휘자는 잠시 테이프를 빨리 감으며 영상을 훑어봤다. "좋았어. 여기 있네요." 그는 테이프를 되감은 다음 내가 작은 화면을 볼 수 있도록 손으로 받쳐줬다. "자, 보세요."

화면에는 옆면에 '제일장로교회'라고 적힌 버스와 버스에서 내리는 여자애들, 그리고 여자애들이 쇼핑몰로 우르르 몰려 들어가는 모습과 그 애들이 인테리어 전문점인 '크레이트 앤드 배럴' 앞에 모여 키득키득 수다 떠는 모습이 나왔지만, 소리가 너무 작아 그들이 뭐라고 하는지 통 알아들을 수가 없었다. "볼륨을 좀 높여 주시겠어요?" 레드베터가 칼슨 부인에게 말하자, 그녀가 버튼을 눌렀다.

여자애들의 목소리가 들렸다. "레드베터 선생님, 공연 끝나고 프레첼 먹으러 식당가에 가도 되나요?"

"레드베터 선생님, 하이디 옆에 서기 싫어요."

"레드베터 선생님, 버스에 립글로스를 놓고 내렸어요."

"레드베터 선생님…."

'여기에 알타이르인들이 찍혀 있을 리가 없지.' 나는 생각했다. 잠깐… 거기, 초록색 성가복을 입은 여자애들 뒤쪽으로 모스맨 박사와 비디오카메라를 든 레오와 알타이르인들이 보였다. 하지만 언뜻언뜻 지나갔기 때문에 확실하게 보이지 않았다. "죄송하지만…." 내가 말했다.

"쉿!" 지휘자가 볼륨 버튼을 다시 누르며 말했다. "들어보세요."

그가 볼륨을 끝까지 높였다. 트레셔 목사의 목소리가 들렸다. "저것 봐. 사악한 것들! 정말 구역질이 난다니까!"

"비디오에서 뮤잭 소리가 들리세요?" 지휘자가 내게 물었다.

"어렴풋이 들려요." 내가 말했다. "무슨 곡이죠?"

"〈기쁘다 구주 오셨네〉입니다." 내가 볼 수 있게 비디오카메라를 손에 든 채로 그가 말했다. 비디오에서 모스맨 박사를 따라가는 알타이르인들의 모습을 가리는 사람들이 없는 거로 볼 때 칼슨 부인은 알타이르인들을 좀 더 잘 찍기 위해서 장소를 이동했던 게 틀림없다. 나는 알타이르인들이 유모차나 크리스마스 장식, '빅토리아 시크릿' 마네킹, 아니면 화장실 안내표시 같은 특정한 사물을 노려보고 있었는지 알아내려 애썼다. 하지만 설령 외계인들이 특정한 사물을 노려보고 있다고 할지라도 나로서는 그게 뭔지 알 수 없었다.

"이쪽으로." 모스맨 박사가 비디오 속에서 말했다. "저들에게 산타클로스를 보여주고 싶네."

"좋아요, 바로 여기예요." 지휘자가 말했다. "들어보세요."

"목자들이 한밤중에 자기 양 떼를 지키고 있을 때…." 뮤잭 속 합창단이 가냘픈 목소리로 노래했다.

트레셔 목사가 "이건 신성모독이야!"라고 말하는 소리와 한 여자애가 "레드베터 선생님, 노래하고 나서 맥도날드 가도 되나요?"라고 묻는 소리가 들려오는 중 알타이르인들이 느닷없이 주저앉았다. 마치 영화 〈바람과 함께 사라지다〉에서 스칼렛 오하라가 크리놀린[*]이 받혀진 드레스를 입은 채 마룻바닥에 털썩 주저앉는 모습 같았

---

[*] 치마를 불룩하게 보이려고 안에 입던 틀

다. "뮤잭에서 나오는 노래 들었나요?" 지휘자가 물었다.

"아니요…."

"'모두가 땅에 앉아 있었는데' 부분이에요. 여기요." 그가 테이프를 되감으면서 말했다. "잘 들어봐요."

지휘자가 그 부분을 다시 틀었다. 나는 소음들 사이에서 뮤잭 소리를 집어내기 위해 집중하면서 알타이르인들을 지켜봤다. "목자들이 한밤중에 자기 양 떼를 지키고 있을 때 모두가 땅에 앉아 있었는데…." 합창단이 노래했다.

레드베터의 말이 맞았다. 알타이르인들은 '앉아'라는 단어가 끝나자마자 그 자리에 주저앉았다. 나는 그를 쳐다봤다.

"봤죠?" 그가 기쁜 목소리로 말했다. "노래에서 앉으라는 말이 나오자마자 알타이르인들이 앉았어요. 제가 뮤잭을 따라 부르고 있었기 때문에 우연히 알아챘지요. 제 나쁜 습관이에요. 이것 때문에 여자애들이 절 항상 놀린답니다."

하지만 9개월이 넘는 시간 동안 우리가 했던 그 어떤 말에도 반응하지 않았던 알타이르인들이 크리스마스 캐럴에 들어 있는 단어에는 왜 반응한 걸까? "이 비디오테이프를 빌릴 수 있을까요?" 내가 부탁했다. "이것을 다른 위원들에게도 보여줘야겠어요."

"그럼요." 지휘자는 그렇게 대답하더니 칼슨 부인에게 물었다.

"글쎄요." 칼슨 부인이 주저하며 말했다. "저는 벨린다의 공연 테이프를 하나도 빠짐없이 다 보관하거든요."

"이 분이 테이프를 복사한 다음 원본을 돌려드릴 거예요." 지휘자가 칼슨 부인에게 말했다. "그럴 거죠?"

"네." 내가 말했다.

"좋아요." 그가 말했다. "멕, 당신은 저한테 테이프를 보내줘요. 그럼 제가 책임지고 벨린다에게 돌려주겠습니다. 그렇게 하면 될까요?" 그가 칼슨 부인에게 물었다.

칼슨 부인은 고개를 끄덕이더니 비디오카메라에서 테이프를 꺼내어 나에게 건네줬다. "감사합니다." 나는 인사를 하고 서둘러 모스맨 박사에게 돌아갔다. 모스맨 박사는 아직도 쇼핑몰 관리자와 언쟁 중이었다.

"쇼핑몰 전체를 닫는다는 게 그리 간단한 일이 아닙니다." 쇼핑몰 관리자가 말하고 있었다. "지금은 1년 중 수익이 가장 많은 시기이고…."

"모스맨 박사님." 내가 말했다. "알타이르인들이 앉는 장면이 담긴 테이프를 가져왔어요. 이 장면을 녹화한 사람은…."

"나중에." 모스맨 박사가 말했다. "레오에게 가서 알타이르인들이 쳐다봤을 만한 것들을 모조리 찍으라고 하게."

"하지만 레오는 지금 알타이르인들을 찍고 있어요." 내가 말했다. "만일 알타이르인들이 또 다른 행동을 하면 어쩌죠?" 하지만 모스맨 박사는 내가 하는 말을 듣고 있지 않았다.

"레오더러 알타이르인들이 반응했을지 모르는 것들을 죄다 찍으라고 해. 매장, 쇼핑객, 크리스마스 장식, 전부 다. 그리고 경찰서에 전화해서 주차장을 봉쇄하라고 하게. 아무도 이곳을 떠나게 해서는 안 된다고 경찰에게 전해."

"봉쇄라뇨!" 쇼핑몰 관리자가 말했다. "이 많은 사람을 모두 여기에 붙잡아 둘 수는 없어요!"

"이 사람들 전부 다 쇼핑몰 여기에서 데려가 조사받을 수 있는 곳으로 이동시켜야 해." 모스맨 박사가 말했다.

"조사를 받아요?" 쇼핑몰 관리자는 거의 졸도하기 직전이었다.

"그렇지. 이 사람들 중 누군가는 무엇이 알타이르인들의 행동을 유발했는지 봤을 수도 있고…."

"본 사람이 있어요." 내가 말했다. "제가 방금 이야기하고 왔는데…."

모스맨 박사는 듣고 있지 않았다. "이 사람들 전부 다 이름과 연락처, 진술서가 필요하겠군." 그가 쇼핑몰 관리자에게 말했다. "그리고 여기 이 사람들 모두 전염병 검사도 받아야 하겠소. 알타이르인들이 앉은 게 몸이 좋지 않아서인지도 모르니까."

"모스맨 박사님, 알타이르인들은 아픈 게 아니에요." 내가 말했다. "저들은…."

"나중에! 레오에게 말은 전했나?" 모스맨 박사가 말했다.

나는 포기했다. "지금 가서 말할게요." 나는 레오가 알타이르인들을 촬영하고 있는 곳으로 가서 모스맨 박사의 지시사항을 전달했다.

"알타이르인들이 뭔가 다른 행동이라도 하면 어쩌죠?" 레오가 자리에 앉아 노려보고 있는 알타이르인들을 보며 말했다. 그리고 한숨을 쉬었다. "모스맨 박사 말이 맞는 것 같네요. 당분간 움직일 것 같진 않아요." 레오는 카메라를 휙 돌려 '빅토리아 시크릿' 매장의 진열창을 찍기 시작했다. "여기에 얼마나 오래 잡혀 있을 거 같아요?"

나는 모스맨 박사가 했던 말들을 그 애에게 해줬다.

"젠장, 이 사람들을 다 조사하겠다고요?" 레오가 '윌리엄스 소노마' 매장의 진열창으로 자리를 옮기며 말했다. "전 오늘 밤에 갈 데가 있어요."

나는 아기를 유모차에 태운 엄마, 어린아이, 노부부, 십대 청소년, 그리고 지금으로부터 1시간 후 다른 곳에서 공연하기로 되어 있는 50명의 여중생을 바라보며 생각했다. '이 사람들 모두 오늘 밤에 갈데가 있어.' 모스맨 박사가 좀처럼 내 말을 들으려 하지 않는 것이 성가대 지휘자의 책임은 아니다.

"모든 사람을 수용할 만한 큰 방이 하나 있어야겠소." 모스맨 박사가 말했다. "큰 방 옆에 이들을 조사하는 데 쓸 방들도 필요하고."

쇼핑몰 관리자가 소리를 질렀다. "여기는 쇼핑몰입니다. 관타나모가 아니라고요!"

나는 조심스럽게 모스맨 박사와 쇼핑몰 관리자에게서 물러나 사람들을 헤치며 여학생들에 둘러싸여 있는 성가대 지휘자에게 갔다. "그래도, 레드베터 선생님," 한 여학생이 말했다. "저희, 금방 돌아올게요. 프레첼 가게는 바로 저기에 있잖아요."

"레드베터 씨, 잠깐 이야기할 수 있을까요?" 내가 물었다.

"물론이죠. 얘들아 쉿." 그가 여자애들에게 말했다.

"그래도, 레드베터 선생님…."

그는 아이들을 무시했다. "크리스마스 캐럴 이론에 대해 위원회는 어떻게 생각하던가요?" 지휘자가 나에게 물었다.

"의견을 물어볼 기회가 없었어요. 저기요, 5분 내로 쇼핑몰 전체가 봉쇄될 거예요."

"하지만 전…."

"알아요. 다른 공연이 있죠. 그러니 떠나려면 지금 바로 떠나세요. 저라면 저쪽으로 가겠어요." 내가 동쪽 문을 가리키면서 말했다.

"정말 감사합니다." 그가 진심으로 말했다. "하지만 곤란해지지 않겠어요?"

"성가대의 진술이 필요하게 되면 제가 전화할게요." 내가 말했다. "전화번호가 어떻게 되세요?"

"벨린다, 펜이랑 적을 종이 같은 것 좀 주겠니?" 지휘자가 말했다. 벨린다는 그에게 펜을 건네준 후 자기의 백팩을 뒤지기 시작했다.

"놔둬라." 그가 말했다. "시간이 없네요." 레드베터는 내 손을 잡더니 손바닥 위에 자기 전화번호를 적었다.

"선생님이 우리한테는 몸에 뭘 적지 말라고 하셨잖아요." 벨린다가 말했다.

"넌 안 돼." 그가 말했다. "정말 감사합니다, 멕."

"어서 가세요." 나는 초조하게 모스맨 박사가 있는 쪽을 바라보며 말했다. 앞으로 30초 안에 출발하지 못하면 그들은 절대로 다음 공연시간에 맞추지 못할 것이다. 하지만 레드베터가 그렇게 짧은 시간에 50명이나 되는 여중생들을 모을 수 있을 것 같지 않았다. 하다못해 아이들이 그의 말을 듣기나 할는지….

"아가씨들," 레드베터는 이렇게 말하며 성가대를 지휘하듯 두 손을 들어 올렸다. "줄 서!" 그러자 놀랍게도 여자애들이 즉시 지휘자의 말에 따라 조용히 한 줄로 서더니 동쪽 문을 향해 빠르게 걸어갔다. 키득대거나 "레드베터 선생님?" 하고 부르는 아이도 없었다. 그에 대한 내 호감도가 급상승했다.

나는 곧장 사람들을 헤치며 아직도 모스맨 박사와 쇼핑몰 관리자가 입씨름하는 곳으로 갔다. 레오는 '버라이즌 와이어리스' 매장을 찍으러 동쪽 문에서 멀리 떨어진 쇼핑몰 안으로 멀리 들어가 있었다. 잘됐다. 나는 모스맨 박사가 고개를 돌려 나를 쳐다보더라도 동쪽 문은 볼 수 없도록 박사의 오른쪽으로 가서 섰다.

"하지만 화장실은 어떻게 할 건데요?" 쇼핑몰 관리자가 고래고 래 소리를 질렀다. "쇼핑몰 화장실은 이 사람들이 다 사용할 수 있을 만큼 많지가 않다고요."

성가대가 동쪽 문을 거의 빠져나갔다. 나는 마지막 한 명이 시야에서 사라지고, 지휘자가 그 뒤를 따라 나갈 때까지 지켜봤다.

"이동식 화장실을 들여올 거요. 멕, 이동식 화장실 설치 문제를 처리하게." 모스맨 박사가 나를 쳐다보며 말했다. 그는 내가 자리를 비웠었다는 사실을 전혀 몰랐던 게 분명했다. "그리고 국토안보부를 전화로 연결해주게."

"국토안보부라뇨!" 쇼핑몰 관리자가 울부짖었다. "언론에서 떠들어대면 영업에 어떤 영향을 미칠지 아세…?" 그가 말을 멈추더니 알타이르인들 주위에 몰려 있던 사람들을 건너봤다.

사람들이 갑자기 "헉!" 하는 소리를 내더니 조용해졌다. 어느 시점에 누군가가 뮤잭을 꺼버렸는지 아무런 소리도 들리지 않았다. "뭐야…? 좀 지나갑시다." 모스맨 박사가 정적을 깨고 말했다. 그는 무슨 일이 일어나고 있는지 보기 위해 둥글게 모여서 있는 쇼핑객들을 밀치고 안쪽으로 들어갔다.

나도 모스맨 박사를 뒤따라갔다. 알타이르인들이 팽팽히 당겨지는 현(絃)처럼 천천히 일어서고 있었다.

"오, 감사합니다." 쇼핑몰 관리자가 대단히 안도하는 목소리로 말했다. "자, 이제 다 끝났으니 쇼핑몰을 다시 개방해도 되죠?"

모스맨 박사는 고개를 가로저었다. "이것은 또 다른 행동으로 이어지는 시작에 불과할지도 몰라. 또 다른 자극에 대한 반응일 수도 있고. 레오, 저들이 일어서기 바로 직전에 무슨 일이 있었는지 비디오를 보여줘."

"촬영 못 했는데요." 레오가 말했다.

"못 했다고?"

"박사님께서 쇼핑몰에 있는 것들을 촬영하라고 하셨잖아요." 레오가 말했지만, 모스맨 박사는 그 애가 하는 말을 듣고 있지 않았다. 박사는 알타이르인들을 쳐다보고 있었고, 그들은 몸을 돌려서 미끄덩미끄덩/뒤뚱뒤뚱 천천히 동쪽 문으로 돌아가는 중이었다.

"저들을 따라가." 모스맨 박사가 레오에게 명령했다. "눈에서 놓치면 절대 안 돼. 이번에는 꼭 테이프에 담아." 박사가 나에게 고개를 돌렸다. "자네는 여기 남아서 쇼핑몰에 감시카메라 테이프들이 있는지 찾아보게. 그리고 여기 있는 모든 사람의 이름과 연락처를 받아. 조사해야 할지도 모르니까."

"가시기 전에 아셔야 할 게 있는데…."

"나중에! 알타이르인들이 떠나고 있잖아. 저들이 다음에 어디로 갈지는 아무도 몰라." 모스맨 박사는 그렇게 말하더니 알타이르인들을 따라 자리를 떴다. "혹시라도 그 상황을 비디오카메라에 담은 사람이 있는지 알아보게."

나중에 알게 된 일이지만, 알타이르인들은 우리가 그들을 쇼핑몰로 데려올 때 타고 왔던 승합차까지밖에 가지 않았고, 거기에서 덴버대학으로 다시 데려다주기를 기다리며 노려보고 있었다. 내가 대학으로 돌아갔을 때, 알타이르인들은 와카무라 박사와 주 실험실에 있었다. 나는 대학으로 돌아가기 전까지는 4시간 가까이 쇼핑몰에 머무르며 "어린애 두 명을 데리고 쇼핑몰에 6시간이나 있었어요. 6시간이나!"라든가 "우리 손자가 나오는 크리스마스 공연을 놓쳤다고요. 아시겠어요?" 같은 말들을 퍼붓는 크리스마스 쇼핑객들로부터 이름과 전화번호를 받아 적었다. 레드베터와 그가 맡은 중학교 1학년짜리 여자애들을 몰래 내보낸 것은 정말로 잘한 일이었다. 그러지 않았다면 절대로 공연시간에 맞춰 다른 쇼핑몰에 도착하지 못했을 것이다.

이름 받아적기와 욕 얻어먹기를 모두 끝낸 뒤 쇼핑몰 감시카메라 테이프들에 관해 물어보기 위해서 쇼핑몰 관리자를 찾아갔다. 욕을 더 얻어먹을 각오를 했지만, 그는 쇼핑몰을 다시 열게 되었다는 사실 덕분에 무척 기분이 좋은 상태여서 곧바로 테이프들을 넘겨줬다. "이 테이프에 소리도 녹음되어 있나요?" 내가 묻자 그는 아니라고 대답했다. "방송으로 내보내셨던 그 크리스마스 음악은 테이프가 없죠?" 내가 물었다.

나는 테이프가 없을 것이라고 거의 확신하고 있었다. 뮤잭은 보통 전송받아서 틀기 때문이다. 하지만 놀랍게도 쇼핑몰 관리자는 있다고 하더니 CD 한 장을 건네줬다. 나는 CD와 테이프들을 가방 속에 찔러 넣은 뒤 덴버대학으로 돌아가서 모스맨 박사를 찾기 위해 주 실험실로 갔다. 모스맨 박사는 주 실험실에 없었고, 대신 와카무라 박사가 알타이르인들에게 콘도그, 팝콘, 초밥 등 온갖 식당의 냄새를 뿜어대고 있었다. 와카무라 박사는 혹시라도 그 냄새 중 하나가 알타이르인들을 앉게 한 것은 아닌지 알아보려는 것이었다. "저는 저들이 쇼핑몰에서 나는 냄새에 반응했다고 확신합니다."

와카무라 박사가 말했다.

"제 생각에 이들은 아마…." 내가 말했다.

"정확히 무슨 냄새였는지만 찾으면 됩니다." 박사가 알타이르인들에게 피자 냄새를 뿌려 대며 말했다. 알타르인들이 우리를 노려봤다.

"모스맨 박사는 어디 계세요?"

"옆방에요." 그는 퍼널 케이크 추출액을 알타이르인들에게 뿌리면서 말했다. "다른 위원들과 회의 중이에요."

나는 주춤거리다 옆방으로 갔다. "쇼핑몰 바닥재를 살펴볼 필요가 있습니다." 쇼트 박사가 말하고 있었다. "알타이르인들은 목재와 석재의 차이에 반응했을지도 모릅니다."

"그리고 공기 표본도 채취해야 합니다." 자비스 박사가 말했다. "지구의 대기를 구성하는 물질 중에 그들에게 독이 되는 무언가에 반응했을 수도 있습니다."

"독이요?" 트레셔 목사가 말했다. "신성모독적인 것을 말씀하시는 거겠지. 음란한 속옷을 입은 천사라니! 알타이르인들은 그 악의 소굴에 들어가지 않겠다고 거부한 게 틀림없소. 그래서 연좌시위를 한 것이고. 심지어 외계인도 죄악은 알아볼 수 있단 말이오."

"저는 동의하지 않습니다, 자비스 박사님." 쇼트 박사가 트레셔 목사가 하는 말을 무시하고 말했다. "쇼핑몰 안의 공기가 박물관이나 체육관 안의 공기와 다르게 구성되었을 리가 없잖아요. 저희가 지금 찾고 있는 것은 변수예요. 소리는 어떨까요? 소리가 요인이 될 수 있을까요?"

"네. 될 수 있습니다." 내가 대답했다. "알타이르인들은…."

248

"멕, 감시카메라 테이프들은 확보했나?" 모스맨 박사가 끼어들었다. "다 훑어보고 알타이르인들이 앉기 바로 직전부터 틀어볼 수 있도록 맞춰 오게. 저들이 무엇을 보고 있었는지 내가 봐야겠어."

"알타이르인들은 무엇을 보고 앉은 게 아닙니다." 내가 말했다. "그들은…."

"그리고 쇼핑몰에 전화해서 바닥재 표본들을 받아오게." 모스맨 박사가 말했다. "쇼트 박사, 방금 뭐라고 했죠?"

나는 감시카메라 테이프들과 쇼핑객 명단을 모스맨 박사의 책상 위에 올려놓고 음향실로 가서 CD 플레이어를 찾아 CD에 수록된 노래들을 들어봤다. 〈산타클로스가 왔어요〉, 〈화이트 크리스마스〉, 〈기쁘다 구주 오셨네〉….

여기 있다. "목자들이 한밤중에 자기 양 떼를 지키고 있을 때, 모두가 땅에 앉아 있었는데, 주의 천사가 내려와, 영광이 저희를 두루 비추었네." 알타이르인들은 이 노래가 자기들의 우주선이 하강하는 모습을 이야기한다고 생각한 건 아닐까? 그들은 전혀 다른 것에 반응했는데 그저 우연히 시점이 맞아 떨어졌던 건 아닐까?

알아낼 방법은 한 가지뿐이었다. 나는 주 실험실로 돌아갔다. 그곳에서는 와카무라 박사가 불이 붙은 초들을 알타이르인들의 코앞에 꽂고 있었다. "맙소사, 이건 뭐죠?" 내가 코를 찡그리면서 물었다.

"월계수-목련 향초예요." 그가 말했다.

"냄새가 지독하네요."

"백단-제비꽃 향을 맡고 나면 그런 소리 안 할 걸요." 그가 말했다. "알타이르인들이 앉았던 곳은 '바람 앞의 촛불' 매장 바로 옆이었어요. 향초 매장에서 나온 향에 반응했을 가능성이 있지요."

"무슨 반응이 있었나요?" 나는 알타이르인들이 이번만큼은 아주 적절한 표정을 짓고 있다고 생각하면서 물었다.

"아무 반응이 없었어요. 가문비나무-수박 향에조차 반응이 없었어요. 정말로 외계스러운 향인데도 말이에요. 모스맨 박사는 감시 카메라 테이프에서 무슨 단서라도 찾았대요?" 와카무라 박사가 기대에 찬 목소리로 물었다.

"아직 보지도 않으셨어요." 내가 말했다. "박사님 실험이 끝나면 알타이르인들은 제가 우주선까지 데려다줄게요."

"그렇게 해줄래요?" 와카무라 박사가 고마운 표정을 지으며 말했다. "그렇게 해주면 정말 감사하죠. 저들은 우리 장모랑 정말 똑같이 생겼어요. 지금 데리고 갈래요?"

"그러죠." 나는 그렇게 말한 뒤 알타이르인들에게 가서 나를 따라오라고 손짓했다. 9시가 거의 다 되었기 때문에 나는 그들이 방향을 틀어 우주선으로 돌아가지 않기만 바랐다. 알타이르인들은 우주선으로 가지 않았다. 그들은 나를 따라서 복도를 지나 음향실로 들어왔다. "해보고 싶은 것이 있어서요." 나는 알타이르인들에게 말한 다음 〈목자들이 한밤중에〉를 틀어줬다.

"목자들이 한밤중에 자기 양 떼를 지키고 있을 때…." 합창단이 노래를 불렀다. 알타이르인들의 표정에는 아무런 변화가 없었다. 레드베터가 틀렸다는 생각이 들었다. 저들은 다른 것에 반응했던 게 분명해. 노래를 듣지도 않잖아. "…모두가 땅에 앉아…."

알타이르인들이 앉았다.

레드베터에게 전화해야 해. 나는 CD를 멈추고, 그가 내 손에 적어 주었던 전화번호를 눌렀다. "안녕하세요, 캘빈 레드베터입니다."
자동응답기에 녹음된 목소리였다. "죄송하지만 지금은 전화를 받을
수 없습니다." 그제야 그가 리허설이 있다고 말했던 게 기억났다. "혹
시 리허설에 관해 전화하셨다면 리허설 일정은 다음과 같습니다.
마일하이 여성 합창단 리허설은 목요일 오후 8시, 몬트뷰 감리교회
성가대의 금요일 오전 11시 리허설은 취소, 삼위일체 성공회 덴버
심포니 리허설은 오후 3시…." 레드베터는 집에 없는 게 분명했다.
게다가 그는 알타이르인들에 대해 걱정하기에는 너무도 바빴다.

나는 전화를 끊고 알타이르인들을 건너다봤다. 그들은 여전히 앉
아 있었다. 그 노래를 들려주지 말았어야 했다는 생각이 들었다. 나
는 무엇이 그들을 다시 일으켜 세웠는지 전혀 알지 못했기 때문이
다. 그들을 다시 일으켜 세웠던 것은 뮤잭이 아니었다. 뮤잭은 그때
이미 꺼져 있었기 때문이다. 그들을 일으켜 세웠던 자극물이 쇼핑
몰에 있던 것이라면 우리는 음향실에 밤새 있어야 할지도 모른다.
하지만 몇 분이 지나자 알타이르인들은 현이 당겨지는 것 같은 그
기괴한 움직임으로 자리에서 일어나 나를 노려봤다. "목자들이 한
밤중에 자기 양 떼를 지키고 있을 때," 내가 그들에게 말했다. "모두
가 땅에 앉아 있었는데."

알타이르인들은 계속 서 있었다.

"땅에 앉아 있었는데," 내가 반복해서 말했다. "앉아 있었는데!
앉아!"

전혀 반응이 없었다.

나는 같은 노래를 다시 틀었고 알타이르인들은 정확히 같은 부
분에서 자리에 앉았다. 그렇더라도 그들이 노래 가사가 시키는 대

로 하고 있다는 증거는 되지 못한다. 그들은 그저 노랫소리에 반응하는 것일 수도 있었다. 알타이르인들이 쇼핑몰에 들어섰을 때는 주변이 무척 시끄러웠다. 어쩌면 〈목자들이 한밤중에〉가 그들이 들을 수 있었던 첫 노래여서 그다음부터 노래가 들릴 때마다 앉은 것일 수도 있다. 나는 알타이르인들이 다시 일어설 때까지 기다렸다가 그 노래 앞에 수록된 노래 두 곡을 틀어줬다. 그들은 빙 크로스비가 부르는 〈화이트 크리스마스〉에도, 줄리 앤드루스가 부르는 〈기쁘다 구주 오셨네〉에도, 그리고 노래와 노래 사이의 짧은 막간에도 전혀 반응하지 않았다. 그들이 누군가 노래 부르고 있다는 사실을 인식하고 있다는 기미조차 없었다.

"목자들이 한밤중에 자기 양 떼를 지키고 있을 때…." 합창이 시작됐다. 나는 혹시라도 내가 주는 비언어적 신호에 알타이르인들이 반응하게 될지도 몰라서 꼼짝도 하지 않고 무표정한 얼굴로 있으려고 노력했다. "…모두가 땅에 앉아 있었는데…."

알타이르인들은 정확히 같은 부분에서 앉았다. 그렇다면 이 특정한 가사가 원인인 게 분명했다. 아니면 그 부분을 노래하는 목소리거나, 그 부분의 특정한 음정 배열이거나, 리듬이거나, 그 단어들에 해당하는 음정의 주파수거나.

그게 무엇이든 내가 하룻밤에 알아낼 수는 없었다. 벌써 10시가 다 되어 가고 있었으므로, 나는 알타이르인들을 우주선으로 돌려보내야 했다. 나는 그들이 일어서기를 기다렸다가, 노려보는 그들을 데리고 우주선으로 갔다. 그러고는 내 아파트로 돌아왔다.

자동응답기의 메시지 알림등이 반짝이고 있었다. 내가 쇼핑몰로 돌아가 공기 표본을 채취하기를 바라는 모스맨 박사일지도 몰랐다.

나는 재생 버튼을 눌렀다. "안녕하세요. 레드베터입니다." 성가대 지휘자의 목소리였다. "쇼핑몰에서 만났었는데, 기억하세요? 당신께 말씀드릴 게 있습니다." 그가 자신의 휴대폰 번호를 알려주었고, 집 전화번호도 다시 알려줬다. "손에 적어드렸던 번호가 지워졌을까 봐 다시 알려드리는 겁니다. 11시까지는 집으로 돌아갈 거예요. 그때까지 당신이 무엇을 하든 그 외계인 녀석들에게 크리스마스 캐럴은 절대로 들려주지 마세요."

두 번호 모두 응답이 없었다. 리허설 중에는 휴대폰을 꺼놓는 모양이다. 시계를 보니 10시 15분이었다. 나는 전화번호부 책을 펴서 몬트뷰 감리교회의 주소를 찾은 뒤 교회를 향해 출발했고, 가는 길에 알타이르인들의 우주선이 있는 쪽으로 우회해서 아직도 우주선이 그 자리에 있는지, 그리고 혹시 포문을 열고 발포하기 시작했거나 불길한 불빛들을 번쩍이고 있는 건 아닌지 확인했다. 그런 일들은 일어나지 않았다. 우주선은 평소와 다름없이 스핑크스 같은 모습 그대로 있었다. 나는 안심이 됐다. 살짝.

교회까지 가는 데 20분이 걸렸다. 리허설이 끝나버려서 그를 놓친 게 아니길 바랐는데, 다행히 주차장에 차들이 많았고 아직도 스테인드글라스 창문을 통해 불빛이 비쳐 나오고 있었다. 하지만 교회 앞문은 잠겼다.

나는 건물을 돌아서 옆문으로 갔다. 옆문이 열려 있었는데 안쪽 어딘가에서 노랫소리가 들렸다. 나는 노랫소리를 따라 어두워진 복도를 걸어갔다.

노래가 가사 중간에 갑자기 멈췄다. 나는 잠깐 기다리며 귀를 기울여 봤지만 노래는 다시 시작되지 않았다. 나는 문을 하나씩 열어 봤다. 처음 문 세 개는 잠겨 있었지만 네 번째 문이 열리며 예배당이 나왔다. 여성 성가대가 맨 앞쪽에 서 있었고 그들과 마주 보고 서 있는 레드베터는 나를 등졌다. "10페이지 맨 위." 그가 이야기하고 있었다.

레드베터가 아직 교회에 있다니 정말 다행이었다. 나는 슬쩍 안으로 들어갔다.

"'오, 천사의 목소리를 들으라'부터입니다." 지휘자는 그렇게 말하고 오르간 연주자를 향해 고개를 끄덕이더니 지휘봉을 들어 올렸다.

"잠깐만요. 숨을 어디에서 쉬어야 하나요?" 한 여자가 물었다. "'목소리를' 다음인가요?"

"아니요, '신성한' 다음에서 쉬세요." 그가 앞에 있는 악보대 위에 놓인 악보를 보면서 말했다. "그다음에는 13페이지 맨 아래에서 쉬면 됩니다."

또 다른 여자가 말했다. "알토 파트 한 번만 연주해 주시겠어요? '무릎을 꿇어라'부터요."

리허설은 분명 꽤 오래 걸릴 것 같았고 나에겐 기다릴 여유가 없었다. 내가 성가대를 향해 통로를 따라 걸어가자 성가대원 모두가 악보에서 고개를 들어 나를 노려봤다.

고개를 돌린 레드베터의 얼굴이 환해졌다. 그가 여자들에게로 다시 고개를 돌리고 말했다. "바로 돌아올게요." 그가 전속력으로 나에게 달려왔다. "안녕하세요, 멕. 그런데 무슨…?" 그가 내게로 와서 물었다.

"방해해서 죄송해요. 남기신 메시지를 받았는데…."

"방해는 아니에요. 정말이에요. 어차피 거의 다 끝났어요."

"크리스마스 캐럴을 들려주면 안 된다는 게 무슨 뜻인가요? 쇼핑몰에서 가져온 CD에서 캐럴 몇 개를 틀어준 뒤에야 메시지를 확인했어요."

"그리고 무슨 일이 있었죠?"

"아무 일도 없었어요. 하지만 메시지에서…."

"무슨 노래들이었어요?"

"⟨기쁘다 구주 오셨네⟩랑…."

"4절까지 모두 다요?"

"아니요, 두 개 절만요. CD에 녹음된 건 그게 전부였어요. 1절이랑 '놀라운 그의 사랑'이 들어 있는 절이었어요."

"1절과 4절이군요." 레드베터가 다른 곳을 응시하며 말했고, 그의 입술이 가사를 읊는 듯 빠르게 움직였다. "그 부분은 괜찮을 거예요…."

"무슨 의미죠? 왜 그런 메시지를 남겼어요?"

"알타이르인들이 ⟨목자들이 한밤중에⟩의 가사에 문자 그대로 반응하고 있는 거라면 위험한 크리스마스 캐럴이 많아서요…."

"위험하다고요?"

"네. ⟨동방박사 세 사람⟩을 예로 들어보죠. 설마 그 노래를 들려주지는 않으셨죠?"

"아니요. ⟨기쁘다 구주 오셨네⟩랑 ⟨화이트 크리스마스⟩만 들려줬어요."

"레드베터 선생님." 한 여자가 교회 앞쪽에서 소리쳤다. "얼마나 걸리세요?"

"곧 가겠습니다." 그가 여자에게 대답한 뒤 내게로 다시 고개를 돌렸다. "〈목자들이 한밤중에〉는 어디까지 들려주셨나요?"

"'모두가 땅에 앉아 있었는데'가 나오는 부분까지만요."

"다른 절은 안 들려주셨고요?"

"네. 그런데 도대체…?"

"레드베터 씨." 같은 여자가 조급한 목소리로 말했다. "저희 중에 가야 할 사람이 있어요."

"곧 가겠습니다." 레드베터가 그녀에게 큰 소리로 외친 뒤 내게 말했다. "5분만 기다려 주세요." 그러고는 통로를 전속력으로 달려 성가대에게 돌아갔다.

나는 신도석 뒷자리에 앉아 찬송가 책을 집어서 〈동방박사 세 사람〉을 찾으려 했으나 말처럼 쉽지 않았다. 찬송가에 번호가 매겨져 있었지만 특정한 순서로 되어 있는 것 같지는 않았다. 나는 목차를 찾기 위해 책 뒤쪽을 펼쳤다.

"하지만 저희는 아직 〈이방인들의 구주여, 오소서〉도 못 해봤어요." 빨간 머리의 젊고 귀여운 여자가 말했다.

"그 곡은 토요일 밤에 하도록 하죠." 지휘자가 말했다.

목차를 봐도 〈동방박사 세 사람〉이 어디에 있는지 찾을 수 없었다. 목차에는 일련의 번호들(5.6.6.5와 8.8.7.D)이 있었고, 번호 밑에는 라반, 허슬리, 올리브즈 브라운, 아리조나와 같은 이상한 단어들이 암호처럼 적혀 있었다. 알타이르인들은 《다빈치 코드》처럼 캐럴 속에 숨겨진 일종의 암호 같은 것들에 반응하고 있었던 건 아닐까? 제발 그런 것이 아니기를 바랐다.

"저희가 거기로 몇 시까지 가면 될까요?" 여자들이 물었다.

"7시요." 레드베터가 말했다.

"그럼 〈이방인들의 구주여, 오소서〉를 다시 해볼 시간이 부족할 텐데, 그러지 않을까요?"

"게다가 〈울면 안 돼〉는 어쩌죠?" 아까 그 빨간 머리 여자가 물었다. "세컨드 소프라노 파트가 한 명도 없어요."

나는 목차를 포기하고 찬송가들을 훑어보기 시작했다. 간단한 찬송가 책 하나 이해하지 못하고서, 어떻게 우리와 전혀 다른 외계 종족의 의사소통 방식을 이해하길 바라겠는가? 그들이 소통하고 싶은 건지는 모르겠지만 말이다. 어쩌면 알타이르인들은 우리가 꽃을 보려고 걸음을 멈추듯이 음악을 듣기 위해 앉았던 것인지도 모른다. 아니면 그저 발이 아팠든지.

"어떤 신발을 신어야 하나요?" 성가대가 물었다.

"편한 신발로 신으세요." 레드베터가 말했다. "아주 오래 서 있게 될 거예요."

나는 계속해서 찬송가 책을 샅샅이 뒤졌다. 〈저 아기 잠들었네〉, 내가 제대로 찾고 있는 것이 틀림없었다. 〈횃불을 가져오거라, 쟈넷, 이사벨라〉, 거기 어디쯤 있어야 했다. 〈크리스마스 날 밤, 모든 이들이 노래를 부르네〉.

마침내 여자들이 자기 물건들을 챙겨 교회를 떠나고 있었다. "토요일에 만나요." 레드베터가 그들을 문밖으로 이끌면서 말했다. 귀엽게 생긴 빨간 머리 여자만이 문에서 그를 붙잡고 이런저런 소리를 늘어놓았다. "저랑 남아서 세컨드 소프라노 파트 한 번 다시 해보는 건 어떠세요? 몇 분 걸리지 않을 거예요."

"오늘 밤에는 안 되겠습니다." 레드베터가 말했다. 그녀가 고개를 돌려 나를 노려보았는데, 나는 그 눈빛이 무엇을 의미하는지 정확히 알고 있었다.

"토요일 밤에 다시 말씀해 주시겠어요? 그때 해보지요." 그가 말했다. 그리고 문을 닫아서 그녀를 내보내고 내 옆에 와서 앉았다. "죄송합니다. 토요일에 큰 공연이 있어서요. 자, 이제 외계인 이야기를 해보죠. 어디까지 이야기했었죠?"

"〈동방박사 세 사람〉이요. 당신이 그 가사가 위험하다는 이야길 했어요."

"아, 맞아요." 레드베터는 내게서 찬송가 책을 가져가더니 전문가다운 솜씨로 정확한 페이지를 펼친 다음 손가락으로 가리켰다. "4절. '슬퍼하며, 탄식하며, 피 흘리며, 죽어가며.' 알타이르인들이 돌처럼 차가운 무덤에 스스로 가둬버리길 원하지는 않으시겠죠?"

"당연하죠." 내가 열띤 목소리로 말했다. "〈기쁘다 구주 오셨네〉도 마찬가지로 위험하다고 하셨는데, 그 곡에는 어떤 내용이 들어 있나요?"

"고통과 죄악, 땅을 뒤덮는 가시덤불이 나와요."

"알타이르인들이 찬송가에서 하라는 대로 뭐든지 하고 있다고 생각하는 건가요? 그들이 찬송가를 따라야 할 명령처럼 대하고 있다고요?"

"잘 모르겠어요. 하지만 알타이르인들이 그러는 거라면, 그들이 하지 않았으면 좋겠다고 당신이 생각할 만한 온갖 행동들이 크리스마스 캐럴에 들어 있어요. 지붕 위를 뛰어다니고, 횃불을 가져오고, 아기들을 죽이고⋯."

"아기들을 죽인다고요?" 내가 말했다. "그건 어느 캐럴에 들어 있죠?"

"〈코번트리 캐럴〉이에요." 레드베터가 또 다른 페이지를 펼치며 말했다. "헤롯왕에 관한 대목이죠. 보이세요?" 그가 가사를 가리켰다. "이날 그가 심히 노하여… 모든 어린 아기들을 죽였으니."

"맙소사. 그 곡이 쇼핑몰에서 가져온 캐럴에 들어 있었어요. CD로 받아왔거든요." 내가 말했다. "당신을 보러 오길 정말 잘했네요."

"저도 그렇게 생각합니다." 그가 나를 보며 활짝 웃었다.

"저에게 〈목자들이 한밤중에〉를 얼마만큼 틀어주었는지 물어보셨는데," 내가 말했다. "그 캐럴에도 유아 학살 장면이 나오나요?"

"아니에요. 하지만 2절에 '두려움'과 '엄청난 공포'라는 가사가 있죠. '그들의 불안한 마음을 점령하라'도 있고요."

"절대로 알타이르인들이 그런 짓을 하게 해서는 안 돼요." 내가 말했다. "하지만 지금 전 무엇을 해야 할지 모르겠어요. 알타이르인들과 의사소통할 방법을 구축하려고 9개월 동안이나 노력했는데, 그들이 처음으로 반응한 게 바로 그 노래였어요. 그런데 크리스마스 캐럴을 틀어줄 수 없다면…."

"틀어줄 수 없다는 말이 아닙니다. 알타이르인들에게 들려주는 캐럴에 살인이라든가 폭력 같은 게 들어 있는지 확인할 필요가 있다는 거죠. 쇼핑몰에서 틀어줬던 음악 CD를 가지고 있다고 하셨죠?"

"네. 제가 그들에게 틀어준 게 그 CD예요."

"레드베터 씨?" 망설이는 목소리가 들려왔다. 성직복을 입고 머리가 벗겨진 남자가 문에 기대어 있었다. "얼마나 더 계실 건가요? 문단속을 해야 해서요."

"아, 죄송합니다, 맥킨타이어 목사님." 레드베터가 자리에서 일어났다. "지금 나가겠습니다." 그는 통로를 뛰어가 악보를 움켜쥐고 다시 돌아왔다. "고통에 참가하시죠, 그렇죠?" 그가 맥킨타이어 목사에게 말했다.

'고통이라고? 내가 잘못 들은 것이 분명해.'

"글쎄요." 맥킨타이어 목사가 말했다. "제 핸들이 꽤 녹슬었거든요."

'핸들이라고? 이 사람들이 도대체 무슨 이야기를 하는 거지?'

"특히나 〈할렐루야 합창〉은 몇 년 만에 불러보는 거라서요."

'아, 핸들이 아니라 헨델 이야기였구나.'

"내일 11시에 삼위일체 성공회 성가대와 그 곡 리허설을 하는데, 오셔서 저희와 함께 연습해 보실래요?"

"그래야겠네요."

"아주 좋습니다." 레드베터가 말했다. "그럼, 안녕히 주무세요." 그가 나를 예배당 밖으로 안내했다. "주차는 어디에 하셨어요?"

"앞쪽에요."

"잘됐네요. 제 차도 거기에 있거든요." 그가 교회 옆문을 열었다. "제 아파트까지 뒤따라오시면 됩니다."

갑자기 눈앞에 주디스 고모의 얼굴이 환영처럼 눈부시게 어른거렸다. 고모는 나를 못마땅하다는 눈초리로 노려보면서 이렇게 말했다. "숙녀는 절대 남자가 사는 아파트에 혼자 들어가지 않아."

"쇼핑몰에서 받아온 CD를 가지고 오셨다고 하셨죠?"

나는 레드베터를 뒤따라 그의 아파트로 가면서 혹시라도 그가 빨간 머리 세컨드 소프라노와 사귀는 것은 아닌지 궁금하던 참이었는데, 이래서 별 근거도 없이 지레짐작하면 안 된다.

"제가 오는 길에 생각해 봤는데요," 레드베터의 아파트 건물에 도착했을 때 그가 말했다. "우리가 첫 번째로 해야 할 일은, 알타이르인들이 '모두가 땅에 앉아 있었는데' 부분에서 정확히 어떤 요소에 반응했는지 알아내는 것입니다. 음정에 반응한 건지, 단어들에 반응한 건지…. 물론 이전에도 알타이르인들이 음악에 노출됐었다고 말씀하셨던 거 압니다. 하지만 그 음들이 이루는 특정한 배열에 반응했을 수도 있어요."

나는 알타이르인들에게 그 캐럴의 가사를 읊어 주었던 일을 그에게 말해줬다.

"좋아요, 그렇다면 다음으로 우리가 해야 할 일은 혹시 반주 음악에 반응하는지 알아보는 일입니다." 그가 문을 열면서 말했다. "아니면 박자나 키에."

"키요?" 내가 그의 손에 들려 있는 열쇠들을 내려다보며 말했다.

"네. 영화 〈위기의 암호명〉 보셨어요?"

"아니요."

"대단한 영화예요. 우피 골드버그가 출연했지요. 그 영화에서 음조의 키가 정보 요원의 암호였어요. 문자 그대로 B플랫이 암호였죠. 〈목자들이 한밤중에〉의 키는 C지만, 〈기쁘다 구주 오셨네〉의 키는 D예요. 그래서 〈기쁘다 구주 오셨네〉에는 반응하지 않았는지도 몰라요. 아니면 특정 악기 소리에만 반응하는 것일 수도 있고요. 알타이르인들에게 베토벤의 어떤 음악을 들려줬죠?"

"9번 교향곡이었어요."

레드베터가 눈살을 찌푸렸다. "그렇다면 그랬을 가능성은 없군요. 하지만 〈목자들이 한밤중에〉의 반주에 기타나 마림바 같은 악기가 사용되었을 수도 있어요. 한번 들어보죠. 들어오세요." 그가 그렇게 말하면서 문을 열더니 곧장 침실 안으로 사라져 버렸다. "냉장고에 탄산음료가 있어요." 그는 침실에서 밖을 향해 큰소리로 내게 말했다. "쭉 들어가서 앉아 있으세요."

말처럼 쉽지는 않았다. 소파와 의자, 커피 탁자가 온통 CD와 악보와 옷가지들로 뒤덮여 있었다. "미안해요." 레드베터가 노트북 컴퓨터를 가지고 돌아오며 말했다. 그는 노트북을 책더미 위에 놓고, 내가 의자에 앉을 수 있도록 수북이 쌓인 빨랫감을 치웠다. "12월은 고약한 달이에요. 게다가 올해는 늘 해왔던 콘서트 5천 개와 교회 예배들과 칸타타 공연들에다 고통(aches)까지 지휘하고 있거든요."

그렇다면 내가 아까 잘못 들었던 것이 아니었다. "고통이라뇨?"

"아, A-C-H-E-S, '명절맞이 전국 초교파 합창제(All City Holiday Ecumenical Sing)'요. 우리 중학교 1학년 여자애들은 '고통과 고난'이라고 부르긴 하죠. 아주 거대한 콘서트예요. 뭐, 관객들까지 다 함께 노래를 부르니, 정확히 말하자면 콘서트는 아니에요. 하지만 전국의 모든 시립 합창단들과 교회 성가대들이 합창제에 참가한답니다." 그는 소파에 쌓여 있던 레코드판들을 바닥에 내려놓고 내 맞은편에 앉았다. "매년 덴버에서 열려요. 컨벤션센터에서요. 합창제에 가 보신 적 있으세요?" 그가 물었다. 난 고개를 가로저었다. "꽤 감동적입니다. 작년에는 44개 합창단에 3천 명이 참가했어요."

"당신이 그것을 지휘한다고요?"

"네. 사실 교회 성가대들을 지휘하기보다 훨씬 쉽지요. 중학교 1학년 여학생 합창단 지휘보다는요. 게다가 재밌기도 해요. 본래는 참가한 사람들이 모두 함께 모여서 헨델의 〈메시아〉를 부르는 '전국 메시아 합창제'였어요. 그런데 유니테리언 교파*에서 솔스티스** 노래를 넣어달라고 요구한 뒤 일이 눈덩이처럼 커져 버렸죠. 지금은 하누카*** 노래들과 〈즐거운 크리스마스 보내세요〉와 〈콴자****의 일곱 밤〉도 부르죠. 크리스마스 캐럴과 〈메시아〉 중에서 선정한 곡들도 물론 부르고요. 아 참, 그 노래들도 알타이르인들이 들으면 안 돼요."

"거기에도 유아 학살 장면이 들어 있나요?"

"머리를 박살 내죠. '당신이 그들을 쇠몽둥이로 부수고'와 '그들을 내동댕이쳐서'라는 가사가 있어요. 상처를 입히고, 두들겨 패고, 칼로 베고, 조롱하고, 경멸하며 비웃기도 하죠."

"사실 알타이르인들이 경멸에 관해서는 이미 잘 알고 있어요." 내가 말했다.

"나라들을 뒤흔드는 것에 관해서는 모르길 바랍니다. 어둠으로 땅을 뒤덮는 것에 관해서도 말이죠." 그가 노트북을 열었다. "좋아요. 제가 첫 번째로 하려는 일은 그 캐럴을 살펴보는 일입니다. 그리고 나서는 보컬 부분만 틀어줄 수 있도록 반주 부분을 없앨 거예요."

"저는 무엇을 하면 되죠?"

"당신은," 지휘자가 다시 다른 방 안으로 사라지더니 높이가 족히 30센티미터쯤 되는 낱장 악보와 악보집 더미를 가지고 돌아와서 내 무릎 위에 내려놓았다. "알타이르인들이 듣지 않았으면 하는 노

* 삼위일체론을 반대하고 예수의 신성을 부정하는 교파
** 하지와 동지. 유니테리언 교파는 하지와 동지를 기념한다.
*** 히브리력에 따라 겨울에 열리는 유대교 축제
**** 12월 26일에서 1월 1일까지 이어지는 일부 아프리카계 미국인들의 축제

래들을 모두 목록으로 만들어 주세요."

나는 고개를 끄덕이고 《거룩하고 즐거운 크리스마스 노래집》을 훑어보기 시작했다. 캐럴은 평화와 온정에 대한 노래라고 늘 생각했었는데, 폭력적인 가사가 담긴 캐럴이 그렇게 많다니 놀라울 따름이었다. 유아 학살 장면은 〈코번트리 캐럴〉에만 있는 게 아니라 〈크리스마스 날이 왔어요〉에도 있었다. 게다가 거기에는 죄악과 전투와 군사들에 대한 언급도 있었다. 〈곧 오소서, 임마누엘〉에는 전투는 물론 질투와 다툼이 나왔고 〈호랑가시나무와 담쟁이덩굴〉에는 가시덤불과 피와 곰이 나왔다. 〈선한 왕 웬체슬라스〉는 사람들에게 살코기를 가져다주고 피를 얼리고 심장을 멈추는 잔인함에 관해 이야기하고 있었다.

"크리스마스 캐럴들이 이렇게 잔인할 줄은 꿈에도 몰랐어요." 내가 말했다.

"부활절 노래들을 들어보세요." 지휘자가 말했다. "보다가 '앉아(seated)'라는 가사가 들어 있는 노래가 있는지 찾아보세요. 그러면 알타이르인들이 바로 그 단어에 반응하고 있는 것인지 알 수 있겠죠."

나는 고개를 끄덕이고 다시 가사들을 읽기 시작했다. 〈주님 앞에 떨며 서서〉에 나오는 사람들은 앉아 있는 게 아니라 서 있었고, 가사에는 '공포', '전율하는'이란 단어들과 함께 자기 자신을 거룩한 음식으로 바치는 구절도 있었다. 〈저 들 밖에 한밤중에〉에는 '피'라는 단어가 있었고, 목자들은 앉지 않고 누워 있었다.

어떤 크리스마스 노래에 '앉아'가 들어 있지? 나는 기억해내려고 애를 썼다. 〈징글벨〉 가사에 미스 누군가가 어떤 사람 옆에 앉아 있다는, 뭐 그런 내용이 있었던 것 같은데?

그래, 〈징글벨〉에 '앉아'라는 단어가 있었다. 〈건배, 건배〉의 가사에는 불 옆에 '앉아 있는(sitting)'이란 구절은 있었지만 '앉아'는 없었다.

나는 계속 찾아봤다. 비종교적인 크리스마스 노래들도 캐럴만큼 끔찍했다. 심지어 〈크리스마스에 아무것도 못 받아요〉 같은 동요도 야구 방망이로 사람 머리를 아작내는 이야기를 신나게 해댔고, 〈할머니가 순록에게 치었어요〉 같은 유형의 노래들은 장르 하나를 완전히 새로 이루고 있는 것 같았다. 〈할머니의 죽여주는 과일 케이크〉, 〈길에서 치어 죽은 순록을 봤어요〉, 〈할아버지가 산타를 고소할 거예요〉.

가사가 폭력적이지 않을 때도 '온 땅을 지배하라'든가 '우리를 다스릴지니' 같은 구절들이 들어 있어서, 알타이르인들이 듣는다면 우리가 지구 정복을 요청한다고 생각하게 될지도 모른다.

해롭지 않은 캐럴이 몇 개쯤은 있을 거라고 생각하면서 나는 〈그어린 주 예수〉를 목차에서 찾아봤다. 찬송가 책에는 없었지만 《거룩하고 즐거운 크리스마스 노래집》에는 분명히 수록되어 있었다. '… 그의 사랑스러운 머리를 눕히고… 하늘의 별들….' 폭력은 없군. 그노래는 목록에 확실히 넣을 수 있었다. '사랑… 축복….'

'그리고 저희를 당신과 함께 그곳 천국으로 데려가소서.' 해로운 구절은 아니어도 알타이르인들에게는 전혀 다른 의미가 될 수 있다. 나는 독수리자리로 돌아가는 우주선에 타고 싶지 않았다. 아니그들이 어디에서 왔든 가고 싶지 않았다.

레드베터와 나는 거의 새벽 3시까지 일했다. 그 결과 우리는 '모두가 땅에 앉아 있었는데' 부분의 보컬과 반주, 그리고 레드베터가 피아노와 기타와 플루트를 연주하고 내가 녹음한 선율들과, 비록 좀 짧기는 하지만 알타이르인들이 안전하게 들을 수 있는 노래들의 목록과, '앉아(seated)'와 '앉다(sit)'와 '앉아 있는(sitting)'이 들어간 노래들의 더욱더 짧은 목록을 갖게 되었다.

"정말 감사드려요, 레드베터 씨." 내가 코트를 입으며 말했다.

"캘빈이라고 불러요." 그가 말했다.

"캘빈. 어쨌든 고마워요. 어떻게 감사해야 할지 모르겠네요. 알타이르인들에게 이 노래들을 들려준 다음에 결과를 알려줄게요."

"멕, 지금 농담하시는 거죠?" 그가 말했다. "노래를 들려줄 때 저도 함께 있고 싶습니다."

"하지만 제 생각에는… 당신은 그 고통인가 뭔가 때문에 합창단들과 리허설을 하셔야 되지 않나요?" 나는 캘빈이 자동응답기에 남겨 놓았던 빽빽한 일정을 떠올리며 말했다.

"네. 교향악단과도 리허설이 있고, 교회 성가대와 유치원 합창단과 크리스마스 이브 예배를 위해 핸드벨 합창단과도 리허설을 해야 하지요…."

"어머, 제가 너무 늦은 시간까지 붙잡아두고 있었군요." 내가 말했다. "정말 죄송해요."

"지휘자들은 12월에 잠을 안 자요." 그가 유쾌한 목소리로 말했다. "제가 하려고 했던 말은, 리허설 중간중간과 내일 오전 11시까지는 제가 한가하다는 거였어요. 얼마나 일찍 알타이르인들을 데려오실 수 있으세요?"

"알타이르인들은 우주선에서 보통 아침 7시쯤 나오지만, 그들과 일하고 싶은 위원이 있을 수도 있어요."

"모닝커피도 마시기 전에 그 번쩍거리는 얼굴들을 보고 싶어 하는 사람이 있을 거라고요? 제가 장담하는데, 당신이 알타이르인들을 독차지할 수 있을 거예요."

캘빈의 말이 아마도 맞을 것이다. 나는 자비스 박사가 알타이르인들을 만나려면 온종일 마음의 준비를 해야 한다던 말이 떠올랐다.

"저들은 제가 중학교 1학년 때 담임선생님과 정말 똑같이 생겼어요."

"정말로 아침에 눈 뜨자마자 알타이르인들을 마주하고 싶으세요?" 내가 물었다. "알타이르인이 노려보는 눈빛은….."

"하고 싶었던 솔로를 못 맡게 된 퍼스트 소프라노의 눈빛에 비하면 아무것도 아니죠. 걱정하지 말아요. 알타이르인쯤은 다룰 수 있어요." 그가 말했다. "그들이 무엇에 반응하는지 빨리 알아내고 싶어서 견딜 수가 없네요."

우리가 알아낸 것은 정말이지 아무것도 아니었다.

캘빈의 말이 맞았다. 알타이르인들이 모습을 드러냈을 때, 대학 본부 밖에서 그들을 기다리는 사람은 우리밖에 없었다. 나는 그들을 떠밀어 음향실 안으로 들어간 뒤 문을 잠그고 캘빈에게 전화했다. 그는 곧장 스타벅스 커피와 한 아름의 CD를 안고 음향실로 왔다.

"어이쿠!" 캘빈이 스피커 옆에 서 있는 알타이르인들을 보더니 말했다. "퍼스트 소프라노와는 비교할 게 아니군요. 이건 제가 '안 돼. 합창단 공연 도중에 문자 보내는 거 아니야'라든가 '얼굴에 반짝이 파우더 바르지 마'라고 중학교 1학년짜리에게 말했을 때 저를 쏘아보는 눈빛에 더 가깝네요."

내가 고개를 가로저었다. "주디스 고모가 노려보는 눈빛이에요."

"사람들 머리를 산산조각으로 때려 부수는 부분을 들려주지 않기로 한 건 정말 잘했군요." 캘빈이 말했다. "저들이 인간들을 몽땅 죽여 버리려고 지구에 온 게 아니라는 건 확실한가요?"

"잘 모르겠어요." 내가 말했다. "그래서 저들과의 의사소통 방법을 찾아야 해요."

"그렇죠." 캘빈이 전날 밤 우리가 녹음했던 반주를 틀었다. 아무 일도 일어나지 않았다. 피아노와 기타와 플루트로 이루어진 선율을 틀었을 때도 마찬가지였다. 하지만 보컬 부분만 따로 틀어주자 알타이르인들은 바로 그 자리에 앉았다.

"확실히 가사가 원인이네요." 캘빈이 말했다. 우리가 〈징글벨〉을 들려주자 그들은 '내 옆에 앉아(seated)'에서 다시 앉았다. 그로써 캘빈의 이론이 확인되는가 싶었다. 하지만 그가 뮤지컬 〈아가씨와 건달들〉의 첫머리에 나오는 〈앉아요(Sit down), 배가 흔들리잖아요〉를 틀었을 때나 〈바닷가 부두에 앉아서(sittin)'〉를 틀었을 때, 알타이르인들은 앉지 않았다.

"'앉아(seated)'라는 단어 때문이군요." 내가 말했다.

"아니면 크리스마스 노래에만 반응하거나." 캘빈이 말했다. "알타이르인들에게 틀어줄 수 있는 캐럴이 더 남았나요?"

"있기는 한데 '앉아(seated)'가 들어 있지는 않아요." 내가 말했다. "〈크리스마스에 내가 원하는 건 앞니 두 개뿐〉에 나오는 가사는 '앉아 있는(sitting)'이거든요."

우리는 알타이르인들에게 〈크리스마스에 내가 원하는 건 앞니 두 개뿐〉을 틀어줬다. 아무런 반응이 없었다. 하지만 뮤지컬 〈메임〉에 나오는 〈우리에게는 약간의 크리스마스가 필요해요〉를 틀어주자, 알타이르인들은 '앉아 있는(sitting)'이라는 단어가 나오자마자 그 자리에 앉았다.

캘빈은 그 캐럴에서 '내 어깨에 앉아 있는 한 명의 천사가 필요해요'라는 가사 중 '앉아 있는'이 나오는 구절 외의 나머지를 잘라냈다. 우리가 원하는 것은 우리 어깨에 앉아 있는 알타이르인들이 아니었기 때문이었다. 그리고서 그는 나를 쳐다봤다. "도대체 왜 〈우리에게는 약간의 크리스마스가 필요해요〉에 나오는 '앉아 있는'에는 반응하면서, 〈크리스마스에 내가 원하는 건 앞니 두 개뿐〉에 나오는 '앉아 있는'에는 반응하지 않는 걸까?" 캘빈이 혼잣말했다.

나는 "그거야 〈크리스마스에 내가 원하는 건 앞니 두 개뿐〉이 정말 형편없는 노래라서 그렇죠"라고 말하고 싶었지만 참았다. "목소리 때문일까요?" 내가 넌지시 말했다.

"그럴 수도 있겠네요." 캘빈이 CD들을 뒤져서 스태틀러 브라더스가 노래한 〈우리에게는 약간의 크리스마스가 필요해요〉를 찾아냈다. 알타이르인들은 정확히 같은 부분에서 그 자리에 앉았다.

그러니 목소리 때문이 아니었다. 크리스마스 노래에만 반응하는 것도 아니었다. 캘빈이 뮤지컬 〈1776〉의 첫 곡을 틀어주었을 때, 대륙회의 의원들이 노래로 존 애덤스에게 앉으라고 명령하자, 알타이르인들이 다시 자리에 앉았다. 더욱이 '앉다(to sit)'라는 의미가 들어간 가사 때문도 아니었다. 우리가 〈하누카 송〉을 틀어주자 그들은 진지하게 제자리에서 빙빙 돌았다.*

"좋아요. 교과를 뛰어넘는다는 사실은 알아냈군요." 캘빈이 말

---

* 〈하누라 송〉에는 '돌리다(spin)'라는 가사가 들어 있다.

했다.

"정말 다행이에요." 나는 트레셔 목사가 떠올랐다. 알타이르인들이 크리스마스 캐럴에 반응했다는 것을 트레셔 목사가 알아낸다면 그는 뭐라고 말할까. 하지만 '지구는 다시 공전하네'라는 구절이 있는 유니테리언 교파의 솔스티스 노래를 틀어주자 그들은 서서 노려보기만 했다.

"혹시 s로 시작되는 단어 때문이 아닐까요?" 내가 말했다.

"그럴지도 모르죠." 캘빈이 잇달아 〈눈이 내렸어요(The Snow Lay on the Ground)〉와 〈울면 안 돼(Santa Claus Is Coming to Town)〉와 〈수지 스노우플레이크(Suzy Snowflake)〉를 틀어줬다. 하지만 아무 일도 일어나지 않았다.

10시 45분이 되자 캘빈은 성가대 리허설에 가기 위해 떠났다. "리허설은 삼위일체 성공회 성당에서 있어요. 저를 만나시려면 정오에 그곳으로 오시면 됩니다." 그가 말했다. "그러면 성공회 성당에서 제 아파트로 곧바로 갈 수 있어요. 저들이 반응했던 구절들의 주파수 형태를 분석해보고 싶네요."

"좋아요." 나는 대답했다. 그리고 알타이르인들을 와카무라 박사에게 데려다줬다. 와카무라 박사는 '크랩트리 앤 에블린' 매장에서 파는 향수들을 알타이르인들에게 뿌려보고 싶어 했다. 나는 알타이르인들이 와카무라 박사를 노려보도록 내버려둔 채 모스맨 박사의 사무실로 갔다. 모스맨 박사는 사무실에 없었다. "페인트 표본들을 모으러 쇼핑몰로 가셨어요." 자비스 박사가 말했다.

모스맨 박사의 휴대폰으로 전화했다. "박사님, 제가 몇 가지 실험을 해봤는데," 내가 말했다. "알타이르인들이…."

"나중에. 지금 미국화학학회에서 올 중요한 전화를 기다리는 중일세." 모스맨 박사는 그렇게 말하고 전화를 끊어버렸다.

나는 음향실로 돌아갔다. 그리고 케임브리지 소년 합창단과 바브라 스트라이샌드와 베어네이키드 레이디스의 크리스마스 앨범들을 들으며, 동사 '앉다(sit)'와 '돌리다(spin)'의 변화형을 포함하면서도 유혈 사태가 나오지 않는 노래들을 찾으려고 애썼다. 동사 '돌다(turn)'가 나오는 경우들도 찾아봤다. 알타이르인들은 솔스티스 노래들에 나오는 '돌다'에 반응하지 않았지만, 그렇다고 해서 그것이 뭔가를 입증한다는 확신은 없었다. 그들은 〈크리스마스에 내가 원하는 건 앞니 두 개뿐〉에 나오는 '앉아 있는'에도 반응하지 않았다.

정오에 나는 캘빈을 만나기 위해 삼위일체 성공회 성당에 갔다. 리허설은 아직 끝나지 않았고, 곧 끝날 것 같지도 않았다. 캘빈이 합창을 시작했다 멈추기를 반복하며 말했다. "베이스, 두 박자 빨리 들어오고 있어요. 알토, '노래하면서'는 A플랫이라니까요. 다시 해보죠. 8페이지 위쪽부터."

성가대는 같은 악절을 네 번이나 다시 불러도 별다른 진전이 없었다. 결국 캘빈이 말했다. "자, 이제 그만 하죠. 모두 토요일 밤에 만나요."

"우리는 도입부를 절대로 못 마칠 거예요." 몇몇 성가대원들이 악보를 챙기며 투덜거렸고, 어제저녁에 보았던 대머리 성직자 맥킨타이어 목사는 완전히 의기소침한 모습이었다.

"아무래도 저는 노래 부르지 말아야겠어요." 맥킨타이어 목사가 캘빈에게 말했다.

"아니요, 하셔야 해요." 캘빈이 맥킨타이어 목사 어깨 위에 손을 올렸다. "걱정하지 마세요. 결국엔 다 돼요. 두고 보시면 알 겁니다."

"정말 그렇게 믿으세요?" 맥킨타이어 목사가 나간 뒤 내가 캘빈에게 물었다.

캘빈은 웃었다. "지금 저 사람들의 노래를 들어서는 믿기 힘드시겠죠. 저도 늘 사람들이 할 수 있을 거로 생각하지는 않았어요. 하지만 아무리 리허설이 엉망진창이더라도 막상 무대에 올라가면 어떻게든 해내고 말지요. 인간에 대한 믿음을 회복하기에 충분할 정도로요." 그가 얼굴을 찌푸렸다. "당신이 오면 함께 주파수 형태들을 살펴보려고 했는데…."

"그렇게 해요." 내가 말했다. "왜요?"

캘빈이 내 뒤쪽을 가리켰다. 그곳에는 알타이르인들이 맥킨타이어 목사와 함께 서 있었다. "이들이 밖에 있더군요." 맥킨타이어 목사가 미소를 지으며 말했다. "길을 잃은 게 아닌가 걱정돼서요."

"아, 맙소사. 저를 따라왔나 봐요. 정말 죄송합니다." 내가 말했다. 딱히 맥킨타이어 목사가 그들에게 겁먹은 것 같지는 않았지만, 그렇게 말할 수밖에 없었다.

"전 괜찮아요." 맥킨타이어 목사가 말했다. "제 설교가 맘에 들지 않을 때 신도들의 짜증스러워하는 표정에 비하면 아무것도 아니에요."

"제가 저들을 다시 데려갈게요." 내가 캘빈에게 말했다.

"아닙니다. 기왕 저들이 여기에 왔으니 차라리 제 아파트로 데리고 가서 노래를 좀 더 들려주는 편이 낫겠어요. 우리에게는 더 많은 자료가 필요해요."

나는 어찌어찌 그들 여섯 모두를 내 차 안에 쑤셔 넣어 캘빈의 아파트로 데려갔다. 그리고 내가 그들에게 노래를 몇 곡 더 틀어주는 동안 캘빈이 주파수 형태를 분석했다. 그들이 노래의 질적인 차이나 가수가 누구냐에 따라 반응하는 게 아니라는 것만은 분명했다. 알타이르인들은 윌리 넬슨의 〈예쁜 포장지〉에는 앉으려 하지 않았지만, 1940년대에 아이들이 소름 끼치는 가성으로 녹음한 〈꼬마 아가씨 머펫〉을 듣고는 그 자리에 앉았다.

단어의 의미 때문도 아니었다. 내가 알타이르인들에게 라틴어로 된 〈참 반가운 성도여〉를 틀어주었을 때, 합창단이 "당신께 영광이 있나이다(*tibi sit gloria*)"라는 구절을 부르자 알타이르인들이 앉았다.

"저들이 소리를 있는 그대로 받아들이고 있다는 증거예요." 그들이 우리의 대화를 들을 수 없는 부엌으로 내가 캘빈을 데려가자 그가 말했다.

"네. 알타이르인들이 동음이의어를 듣지 않게 확인해야 한다는 의미죠." 내가 말했다. 〈아름답게 장식하세(Deck the Halls)〉도 들려주면 안 돼요. 누굴 때려눕히기라도 할까 봐 겁나네요."*

"'구유에 눕혀진(laid in a manger)'이라는 구절도 절대로 들려주면 안 되죠." 캘빈이 씩 웃으면서 말했다.**

"재미없어요." 내가 말했다. "이런 식으로 가다가는 아무것도 못 틀어주겠어요."

"분명 문제없는 노래들이 있을 거예요…."

"도대체 무슨 노래들이요?" 나는 절망감에 빠졌다. "〈나에게는

---

* deck은 '장식하다'라는 뜻 외에 '때려눕히다'라는 뜻도 있다.
** lay의 과거분사인 laid는 '눕혀진'이라는 뜻 외에 '술이나 마약에 취해 있는', '섹스하는'이라는 뜻도 있다.

나를 따뜻하게 감싸줄 연인이 있어요〉는 불타는 심장에 관해 이야기하고 있고, 저들이 〈크리스마스 타이드〉를 들었다가는 쓰나미를 일으킬지도 모르고, 〈오늘 저희 안에서 태어나소서〉는 영화 〈에이리언〉의 한 장면 같잖아요."

"그러게요." 캘빈이 말했다. "걱정하지 마세요. 무언가 찾아낼 거예요. 이리 와 봐요. 제가 도와줄게요." 그는 부엌 식탁을 치우더니, 낱장으로 된 악보 더미들과 앨범들과 CD들을 가져와서 나를 그의 맞은편에 앉혔다. "제가 노래를 찾을 테니 당신이 가사를 확인해 주세요."

우리는 그 곡들을 훑어보기 시작했다. "안 되고…, 안 되고…, 〈크리스마스에 벨 소리를 들었어요〉는 어떨까요?"

"안 돼요." 내가 가사를 살펴보고 말했다. "가사에 '미워하다', '잘못된', '죽은', '절망'이 들어 있어요."

"재밌군요." 그가 말했다. 우리가 더 많은 노래를 살펴보는 동안 잠시 침묵이 흘렀다. "존 레넌의 〈해피 크리스마스〉는요?"

나는 고개를 저었다. "'전쟁', '싸움', '공포'."

다시 침묵이 흘렀다. 그러다 캘빈이 입을 열었다. "크리스마스에 제가 원하는 건 당신뿐이에요."

나는 화들짝 놀라서 고개를 들고 캘빈을 바라봤다. "뭐라고 하셨어요?"

"〈크리스마스에 제가 원하는 건 당신뿐이에요(All I Want for Christmas is You)〉" 그가 되풀이해서 말했다. "노래 제목이에요. 머라이어 캐리."

"아." 내가 가사를 찾아봤다. "제 생각에는 괜찮을 것 같아요. 살인이라든가 폭력 따위는 보이지 않네요." 하지만 레드베터는 고개를 저었다.

"다시 생각해보니 들려주지 않는 게 낫겠어요. 사랑이 전쟁보다 훨씬 더 위험할 수 있죠."

나는 거실 쪽을 바라봤다. 거실에는 알타이르인들이 문이 열린 틈으로 나를 노려보며 서 있었다. "저들이 지구 여자들을 훔쳐 가기 위해 왔다고는 생각하지 않아요."

"하지만 저들이 그런 생각을 하게 해서도 안 되겠죠."

"그럼요." 내가 말했다. "절대로 그러면 안 되죠."

우리는 다시 노래 찾는 일로 돌아갔다. "〈크리스마스엔 집에 있을 거예요〉는 어때요?" 캘빈이 패티 페이지의 앨범을 들어 보이며 말했다.

〈크리스마스엔 집에 있을 거예요〉는 심사를 통과했어도 알타이르인들은 그 노래에 반응하지 않았고, 에드 에임스가 부르는 〈크리스마스 당나귀의 발라드〉에도, 미스 피기가 부르는 〈산타 베이비〉에도 반응하지 않았다.

그들의 반응에 무슨 규칙이나 이유가 있는 것 같지는 않았다. 키, 음정, 악기 모두 달랐다. 앤드루스 시스터스에는 반응했지만 랜디 트래비스에는 반응하지 않았고, 줄리 앤드루스의 〈깨어나라, 깨어나라. 졸고 있는 영혼들아〉에 반응하는 것으로 보아 목소리 때문도 아니었다. 우리는 그녀가 부른 〈실버벨〉을 틀어줬다. 그들은 웃지도 않았고(별로 놀랍진 않았다) 분주히 움직이지도 않았지만, 신호등 불빛들이 빨간색과 초록색으로 깜빡이는 대목에 이르러서는 그들 여섯 모두 눈을 깜빡였다. 우리는 그녀가 부른 〈일어나라, 목자여, 그리고 따르라〉를 틀어줬다. 하지만 그들은 그냥 앉아 있었다.

"〈크리스마스 왈츠〉는 어떨까요?" 내가 앨범 표지를 보며 말했다.

캘빈이 고개를 저었다. "그 노래에도 사랑이 들어 있어요. 분명히 남자친구 없다고 하셨죠, 맞죠?"

"맞아요." 내가 말했다. "알타이르인이랑 데이트할 생각도 없고요."

"좋네요." 그가 말했다. "'깜빡이다'가 들어간 노래가 뭐 또 없을까요?"

캘빈이 교향악단과 리허설을 하러 떠날 때까지도 우리는 별다른 진전이 없었다. 나는 알타이르인들을 다시 와카무라 박사에게 데려다주었는데, 박사는 그들을 보는 게 그다지 달갑지 않은 모양이었다. 나는 '깜빡이다'가 들어간 노래를 찾으려 애를 썼지만 소용없었고, 저녁을 먹은 후에 다시 캘빈의 아파트로 갔다.

캘빈은 벌써 아파트로 돌아와 일하는 중이었다. 나는 낱장으로 된 악보들을 살펴보기 시작했다. "〈기뻐하라 온 세상 만민들아〉는 어떨까요?" 내가 말했다. "가사에 '고개를 숙이다'라는 부분이 있네요." 그때 전화벨이 울렸다.

그가 전화를 받았다. "무슨 일이니, 벨린다?" 그는 잠시 귀를 기울여 듣더니 "멕, TV 좀 켜봐요"라고 말하면서 리모컨을 내게 건네줬다.

텔레비전을 켰다. 화성인 마빈이 벅스 버니에게 지구를 불태워버릴 계획이라고 말하고 있었다. "CNN이요." 그가 말했다. "40번 채널이에요."

채널 번호를 누른 게 후회스러웠다. 트레셔 목사가 기자들이 떼

거리로 몰려 있는 음향실 앞에 서서 이렇게 말하고 있었다. "…어제 알타이르인들이 쇼핑몰에서 보였던 행동에 대한 해답을 발견했다는 발표를 하게 되어 매우 기쁩니다. 그때 쇼핑몰의 음향 시스템을 통해 크리스마스 캐럴이 방송되고 있었는데…."

"아, 안 돼." 내가 말했다.

"감시카메라 테이프에 소리는 녹음 안 됐잖아요?" 캘빈이 말했다.

"안 됐어요. 쇼핑몰에 비디오카메라를 가지고 있던 사람이 또 있었겠죠."

"…알타이르인들은 그 거룩한 노래들을 듣자," 트레셔 목사가 말하고 있었다. "그 메시지 속에 담긴 진리와 하나님의 복된 말씀이 지닌 능력에 압도되어…."

"맙소사." 캘빈이 말했다.

"…자신들의 죄를 회개하며 땅바닥에 주저앉았습니다."

"말도 안 돼." 내가 말했다. "그냥 앉았던 거잖아."

"지난 9개월 동안 과학자들은 왜 알타이르인들이 우리 행성으로 왔는지 알아내고자 노력해 왔습니다. 하지만 진작에 그 대신 성스러운 우리 구세주께로 고개를 돌려야 했었습니다. 모든 해답이 그분 안에 있기 때문입니다. 알타이르인이 왜 이곳으로 왔을까요? 바로 구원받기 위해서입니다. 그들은 거듭나기 위해서 왔습니다. 여러분에게 보여드리겠습니다." 트레셔 목사가 크리스마스 캐럴 CD 한 장을 들어 보였다.

"아! 안 돼!" 캘빈과 내가 동시에 소리쳤다. 나는 휴대폰을 집어 들었다.

"알타이르인들은 과거의 동방박사들처럼 그리스도를 찾아 이곳으로 왔습니다. 이는 기독교만이 유일하게 참된 종교임을 증명하고 있습니다." 트레셔 목사가 말했다.

한참을 기다려도 모스맨 박사는 전화를 받지 않았다. 마침내 그가 전화를 받았다. "모스맨 박사님, 알타이르인들에게 크리스마스 캐럴을 들려주면 절대로…."

"지금은 이야기할 수 없네." 모스맨 박사가 말했다. "우리는 지금 기자회견 중이야." 그리고 박사가 전화를 끊어버렸다.

"모스맨 박사…." 나는 재다이얼 버튼을 눌렀다.

"그럴 시간이 없어요." 캘빈이 자기 열쇠들과 내 코트를 낚아챘다. "어서요. 제 차를 타죠." 우리가 요란스럽게 아래층으로 내려가는 동안 그가 말했다. "기자들이 엄청나게 많이 있었어요. 그런데 트레셔 목사는 지구에 사는 모든 유대교도와 이슬람교도, 불교도, 주술사, 비복음주의 기독교인들까지 열 받게 만들 말을 해버린 거예요. 재수 좋으면 우리가 그곳에 도착할 때까지 기자들의 질문에 답하고 있을 거예요."

"재수가 없으면요?"

"알타이르인들이 불안한 마음들을 점령하러 나올 테니 우리는 성전을 치러야겠죠."

우리는 가까스로 늦지 않게 도착했다. 캘빈의 예상대로 엄청나게 많은 질문이 쏟아지고 있었는데, 트레셔 목사가 낙태 문제와 동성애자 결혼 문제 그리고 다음 선거에서 모든 행정직에 공화당원들을 선출해야만 할 필요성에 관해 알타이르인들이 자기와 뜻을 같이 했다고 말한 뒤에는 더 많은 질문이 쏟아졌다.

하지만 아우성치는 기자들이 계단과 문과 복도까지 막고 있어서 그들을 뚫고 지나간다는 것은 불가능에 가까웠다. 우리가 음향실에 도착했을 때 트레셔 목사는 한쪽 면에서 보면 거울이고 다른 쪽에서 보면 유리창인 편면 거울 너머에서 무릎을 꿇고 앉아 있는 알타이르인들을 자랑스럽게 가리키며 기자들에게 말하고 있었다. "보시다시피, 크리스마스 메시지를 들은 알타이르인들이 존경심에 무릎을 꿇었고….."

"아, 안 돼요. 〈오, 거룩한 밤〉을 듣고 있는 게 분명해요." 내가 말했다. "아니면 〈구주 탄생하실 때〉를 듣고 있거나."*

"저들에게 무엇을 틀어줬죠?" 캘빈이 무릎을 꿇고 있는 알타이르인들을 가리키며 소리쳐 물었다.

"유일한 진리의 길 대교회 크리스마스 CD죠." 트레셔 목사가 CD 케이스를 높이 들며 자랑스럽다는 듯 말하자, 기자들은 기다렸다는 듯이 케이스를 낚아채서 촬영한 후 자기들의 아이팟에서 다운로드했다. 〈참된 기독교인들을 위한 크리스마스 캐럴〉.

"아니, 제 말은 대체 무슨 노래냐고요."

"각각의 캐럴이 저들에게 특별한 의미가 있나요?" 기자들이 소리쳤다. "외계인들이 쇼핑몰에서 무슨 캐럴을 듣고 있었죠?", "알타이르인들이 침례를 받았나요, 트레셔 목사님?" 그사이 나는 모스맨 박사에게 간신히 말했다. "박사님, 음악을 꺼야 해요."

"음악을 끄라고?" 모스맨 박사가 믿을 수 없다는 투로 기자들의 목소리보다 더 크게 외쳤다. "드디어 알타이르인들과의 의사소통이

---

* 두 곡에는 모두 '무릎을 꿇고'라는 구절이 나온다.

진전을 보이는 바로 지금 말인가?"

"어떤 노래들을 틀었는지 말하세요!" 캘빈이 소리쳤다.

"도대체 당신은 누구요?" 트레셔 목사가 따졌다.

"저랑 함께 온 사람이에요." 나는 이렇게 대답한 뒤, 모스맨 박사에게 덧붙였다. "지금 당장 음악을 꺼야 해요. 캐럴 중에 위험한 곡들이 있어요."

"위험하다고?" 모스맨 박사가 고함을 지르자 기자들의 시선이 우리에게 쏠렸다.

"위험하다니, 그게 무슨 뜻이죠?" 기자들이 물었다.

"말 그대로 위험하다는 의미입니다." 캘빈이 말했다. "알타이르인들은 회개하고 있는 것이 아니에요. 저들은….

"어떻게 감히 알타이르인들이 거듭나지 않았다는 말을 할 수 있소?" 트레셔 목사가 말했다. "찬송가의 감동 어린 가사에 저들이 반응하는 모습을 내 두 눈으로 똑똑히 봤단 말이오. 저들이 무릎 꿇는 광경을….

"알타이르인들은 〈실버벨〉에도 반응했어요." 내가 말했다. "〈하누카 송〉에도요."

"〈하누카 송〉이라고요?" 기자들이 다시 질문을 퍼붓기 시작했다. "외계인들이 유대교도란 말인가요?", "정통파 유대교도인가요, 아니면 개혁파 유대교도인가요?", "힌두교 챈트에는 어떤 반응을 보였나요?", "몰몬교 성가대 노래는 어떤가요? 그 노래에도 반응했나요?"

"종교와는 아무 상관이 없습니다." 캘빈이 말했다. "알타이르인들은 노래에 나오는 특정한 가사에 문자 그대로 반응하고 있습니다.

지금 저들이 듣고 있는 가사 중 일부는 매우 위험해서 그들에게….”

“신성모독이오!” 트레셔 목사가 소리쳤다. “신성한 크리스마스 메시지가 어떻게 위험할 수 있단 말이오?”

“〈크리스마스 날이 왔어요〉는 저들에게 어린 아기들을 죽이라고 말하죠.” 내가 말했다. “다른 캐럴들의 가사에는 피와 전쟁과 불덩어리를 빗줄기처럼 쏟아붓는 별들이 나오고요. 그래서 지금 당장 음악을 꺼야 하는 겁니다.”

“너무 늦었어요.” 캘빈이 편면 거울 너머를 가리켰다.

알타이르인들이 사라졌다. “외계인들이 어디 갔죠?” 기자들이 소리치기 시작했다. “어디로 간 거죠?” 트레셔 목사와 모스맨 박사가 동시에 나를 쳐다보더니 그들에게 무슨 짓을 한 거냐며 따져 물었다.

“멕을 내버려둬요. 그녀도 당신들처럼 알타이르인이 어디에 있는지 모릅니다.” 캘빈이 성가대 지휘자 목소리로 말했다.

그 목소리는 중학교 1학년짜리들에게나 그 방에 있는 사람들에게나 똑같이 효과가 있었다. 모스맨 박사는 나를 놓아주었고 기자들은 입을 다물었다. “자, 무슨 노래를 틀어주고 계셨습니까?” 캘빈이 트레셔 목사에게 말했다.

“〈만백성 기뻐하여라〉.” 트레셔 목사가 말했다. “하지만 그 곡은 가장 유래 깊고 가장 사랑받는 크리스마스 캐럴이오. 그걸 듣는다고 누군가가 위험에 빠질 수 있다는 건 말도 안 되는….”

“〈만백성 기뻐하여라〉라는 노래 때문에 알타이르인들이 떠난 건가요?” 기자들이 소리쳤다. “가사가 어떻게 되죠? 전쟁에 대한 언급이 있나요? 유아 학살은요?”

"주께서 너희를 편히 쉬게 하리니…." 나는 가사를 기억해내려 애쓰며 낮은 목소리로 중얼거렸다. "그 어떤 일에도 실망하지 말라…."

"그들이 어디로 갔나요?" 기자들이 아우성쳤다.

"…오, 밀려오는 위안과 기쁨…." 내가 중얼거렸다. 힐끗 캘빈을 건너다봤다. 그도 나와 똑같이 하고 있었다. "…우리 모두를 구원하시기 위해… 우리가 길을…."

"그들이 어디로 갔을 거로 생각하시나요?" 기자 한 명이 소리쳤다.

캘빈이 나를 바라보며 불길하게 말했다. "…길을 잃고 헤맬 때…."

알타이르인들은 다른 실험실이나 캠퍼스 내 다른 건물에도 없고, 자기네 우주선에도 없었다. 최소한 우주선으로 올라가는 경사로가 내려오거나 외계인들이 안으로 들어가는 걸 본 사람은 없었다. 그들이 캠퍼스를 돌아다니거나 주변 도로를 걷는 모습을 본 사람도 없었다.

"이건 전적으로 자네 탓일세, 멕." 모스맨 박사가 나에게 말했다. "전국에 지명수배령을 내리세요." 박사가 경찰에게 말했다. "그리고 아동 납치 경보를 내보내요."

"그건 어린아이가 납치되었을 때나 하는 거잖아요." 내가 말했다. "알타이르인들이 납치를 당한 건 아니…."

"그야 알 수 없지." 그는 날카롭게 쏘아붙이고 경찰관에게 돌아갔다. "FBI에도 연락하세요."

경찰관이 캘빈에게로 고개를 돌렸다. "모스맨 박사님 말씀에 의

하면, 알타이르인들이 '길을 잃고 헤매다'라는 말에 반응했다고 당신이 말했다던데, 이 노래에 위험한 단어가 또 있나요?"

"사⋯." 내가 말하기 시작했다.

"없습니다." 캘빈이 대답했다. 그리고 모스맨 박사가 그 경찰관에게 국토안보부에 전화해서 적색경보 발령을 요청하라고 말하고 있는 사이, 캘빈은 인도까지 나를 떠밀고 내려가더니 알타이르인의 우주선 뒤로 데려갔다.

"왜 그렇게 말했죠?" 내가 물었다. "'사탄의 힘'은 어떡하고요? '경멸'은요?"

"쉿!" 그가 낮은 소리로 말했다. "경찰관이 벌써 국토안보부에 전화하고 있어요. 공군에까지 연락하게 할 수는 없잖아요. 핵무기라도 동원하면 어떡해요." 그가 말했다. "저 사람들에게 설명해줄 시간이 없어요. 우리가 알타이르인들을 찾아야만 해요."

"혹시 그들이 어디로 갔을지 짐작되는 곳 있으세요?"

"아니요. 적어도 우주선은 아직 여기 있네요." 그가 우주선을 보며 말했다.

하지만 알타이르인들이 문이 잠긴 음향실을 빠져나갈 수 있는 능력을 보여준 이 마당에 그건 아무 의미도 없었다. 내가 캘빈에게 그 이야기를 하자 캘빈도 동의했다. "애초에 그들이 '길을 잃고 헤맬 때'에 반응한 게 아니었을 수도 있어요. 구유나 목동들을 찾으러 떠났을 수도 있죠. 게다가 그 노래는 여러 번 개작됐어요. 〈참된 기독교인들을 위한 크리스마스 캐럴〉에는 더 오래된 판이 들어 있었을지도 몰라요.

"그렇다면 음향실로 돌아가 그들이 들었던 게 정확히 무엇이었는지 알아내야겠군요." 내가 말했다. 심장이 쪼그라드는 기분이었다. 모스맨 박사가 나를 체포하라고 할 가능성도 있었다.

캘빈도 같은 결론에 도달한 모양이었다. "돌아가면 안 돼요. 그건 너무 위험한 데다, 트레셔 목사가 알타이르인들을 찾기 전에 우리가 먼저 찾아야 해요. 그 인간이 알타이르인들에게 다음엔 무엇을 틀어줄지 모르잖아요."

"하지만 어떻게…?"

"그들이 정말로 길을 잃고 헤매고 있다면, 아직 이 근처에 있을 거예요. 당신은 차를 몰고 캠퍼스 북쪽에 있는 거리들을 확인해 주세요. 전 남쪽을 확인해볼게요. 휴대폰 가지고 있죠?"

"있어요. 그런데 차가 없어요. 제 차는 당신 아파트에 있어요. 당신 차를 타고 왔잖아요."

"알타이르인들을 태우고 왔을 때 사용했던 그 승합차는 어떨까요?"

"너무 눈에 띄지 않을까요?"

"그들이 찾고 있는 건 걸어 다니는 알타이르인 여섯이에요. 승합차에 탄 알타이르인이 아니라." 그가 말했다. "게다가 만일 알타이르인들을 찾게 되면 그들을 태울 게 필요할 겁니다."

"당신 말이 맞네요." 나는 모스맨 박사도 똑같이 생각하지는 않았길 바라며 교직원 주차장을 향해 출발했다.

모스맨 박사는 주차장에 없었다. 주차장에는 아무런 인기척이 없었다. 나는 승합차의 뒷문을 열며 알타이르인들에게 '길을 잃고 헤매다'가 '승합차에 있다'를 의미하면 좋겠다는 기대도 살짝 해보았지만, 그들은 승합차에 없었고 덴버대학 북쪽 3킬로미터 내에 있는 그 어느 도로에서도 보이지 않았다. 나는 유니버시티 대로를 따라 북쪽으로 올라간 다음 골목길들을 위아래로 천천히 오가며 살펴봤다. 차에 치여 도로 위에 으깨진 모습으로 그들을 발견하게 될까 봐 겁이 났다.

날이 벌써 어두워졌다. 캘빈에게 전화했다. "흔적도 없네요. 쇼핑몰로 되돌아갔을지도 몰라요. 제가 그리로 가서…."

"안 돼요. 가지 마세요." 그가 말했다. "모스맨 박사와 FBI가 쇼핑몰에 있어요. CNN을 보고 있는데 그 사람들이 지금 '빅토리아 시크릿'을 수색하고 있어요. 그리고 알타이르인들은 쇼핑몰에 없어요."

"그걸 어떻게 아세요?"

"그들이 지금 여기 제 아파트에 있으니까요."

"정말이요?" 안도감에 맥이 풀렸다. "어디에서 찾았어요?"

그는 대답하지 않았다. "여기로 올 때 절대로 큰길로는 오지 마세요." 그가 말했다. "그리고 주차는 골목에 해요."

"왜요? 그들이 무슨 짓을 저질렀나요?" 내가 물었지만 그는 이미 전화를 끊은 후였다.

내가 도착했을 때 알타이르인들은 캘빈의 거실 한가운데에 서 있었다. "〈만백성 기뻐하여라〉의 다른 가사 판본들을 확인하러 아파트로 돌아왔다가 저를 기다리고 있는 이들을 발견했어요." 캘빈이 설명해줬다. "주차는 골목에 했죠?"

"네. 이 구역 반대편 끝에요. 저들이 무슨 짓을 저질렀나요?" 묻는 것조차 두려웠지만 나는 거듭해서 물었다.

"아무 짓도 안 했어요. 적어도 CNN에 나올 만한 일은 하지 않았어요." 그가 TV를 가리키며 말했다. 경찰들이 향초 매장을 수색하는 모습이 방영되고 있었다. TV 소리를 줄여 놓긴 했지만 화면 하단을 가로질러 자막이 떠 있었다. "외계인, 무단이탈!"

"그런데 왜 이렇게 비밀스럽게 조심하세요?"

"알타이르인들이 왜 저런 행동을 하는지 우리가 밝혀내기 전까지는 저 사람들이 알타이르인을 찾아선 안 되기 때문이에요. 길을 잃고 헤매는 거야 해로울 게 없지만, 다음에도 그럴 거란 보장이 없어요. 그래서 당신 아파트로 갈 수도 없어요. 그들이 당신이 사는 곳을 알고 있잖아요. 이곳에 몸을 숨겨야만 해요. 저와 함께 일하고 있다는 이야기를 누구에게 한 적 있나요?"

곰곰이 생각해 봤다. 쇼핑몰에서 돌아왔을 때 모스맨 박사에게 캘빈에 대해 말하려고 했지만, 캘빈의 이름은 꺼내지도 못했다. 그리고 트레셔 목사가 "도대체 당신은 누구요?"라고 물었을 때 나는 "저랑 함께 온 사람이에요"라고만 했다.

"아무에게도 당신 이름은 말 안 했어요." 내가 말했다.

"좋아요." 그가 말했다. "알타이르인들이 여기로 오는 것도 아무도 못 본 게 틀림없어요."

"하지만 어떻게 그걸 장담하죠? 이 동네 사람들이…."

"알타이르인들은 아파트 안에서 저를 기다리고 있었어요." 캘빈이 말했다. "지금 있는 바로 저 자리에서요. 즉, 자물쇠를 열 수 있거나 벽을 통과할 수 있거나, 아니면 순간이동을 할 수 있는 거죠. 전 순간이동을 한 거라고 확신해요. 위원회도 이들이 어디에 있는지 전혀 모르고 있군요." 그가 TV를 가리켰다. 범죄자 수배 사진처럼 생긴 알타이르인들 사진이 '이런 외계인들을 보셨습니까?'라는 자막과 함께 화면에 떠 있었고, 사진 중간에 걸쳐 제보 전화번호가 적혀 있었다. "다행히 지난번에 식료품 가게에 갔을 때 먹을 걸 좀 사뒀어요. 그러면 공연들 사이에 장 보러 갈 필요가 없거든요."

"맞다. 공연이랑 전국 합창제가 있었죠! 전 까맣게 잊고 있었어요." 나는 죄책감에 사로잡혔다. "오늘 밤에 리허설에 가셔야 하는 거 아니에요?"

"취소했어요." 캘빈이 말했다. "필요하다면 내일 아침 리허설도 취소할 수 있어요. 합창제는 내일 밤에 있고요. 이걸 알아낼 시간은 충분해요."

나는 TV를 보며 생각했다. '저들이 먼저 우리를 찾아내지만 않는다면 말이지.' 그들은 쇼핑몰 식당가를 수색하고 있었다. 결국 그들이 어디서도 알타이르인들을 찾아내지 못하면 나도 보이지 않는다는 걸 알아차리고 우리를 찾기 시작할 것이다. 그리고 기자들은 레오와는 달리 그날 있었던 모든 일을 비디오테이프에 담았다. 만약 그들이 캘빈의 사진을 제보 전화번호와 함께 TV에 방송한다면 성가대 단원들이나 중학교 1학년짜리들 중 한 명이 전화해 그가 누군지 알려줄 게 뻔했다.

그것은 우리가 신속히 일해야 한다는 걸 의미했다. 나는 우리가 수집한 노래와 행동 목록을 집어 들고 캘빈에게 물었다. "어디부터 시작할까요?" 그는 쌓여 있는 레코드판들을 살펴보던 중이었다.

"〈눈사람 프로스티〉는 빼죠." 그가 말했다. "여기저기 쫓아다니는 건 못 참을 것 같아요."

"〈방황하며 생각했죠〉는 어때요?"

"무척이나 재밌군요." 그가 말했다. "'무릎을 꿇다'에 반응했다니 거기부터 시작해보죠."

"좋아요." 우리는 알타이르인들에게 '너희 무릎을 꿇으라'와, '와서 무릎 꿇고 숭배하라', '몸을 낮추고'라는 구절들을 틀어줬는데, 그들은 어떤 구절에는 반응하면서도 또 어떤 구절에는 반응하지 않았다. 왜 그러는지는 알 수 없었다.

"〈저 들 밖에 한밤중에〉의 가사에 '매우 경건하게 무릎을 꿇었네'라는 부분이 있어요." 내가 말하자 그가 노래를 찾기 위해 침실 쪽으로 갔다.

캘빈이 TV 앞을 지나다 걸음을 멈췄다. "와서 이것 좀 보시는 게 좋겠어요." 그가 TV 볼륨을 높였다.

"기대했던 바와 달리, 알타이르인들은 쇼핑몰에 없었습니다." 모스맨 박사가 말하고 있었다. "그리고 위원회 일원인 맥 예이츠 또한 보이지 않는다는 것을 알게 됐습니다." 모스맨 박사와 기자 뒤로 음향실에서의 상황을 담은 비디오가 방송되고 있었고, 내가 모스맨 박사에게 음악을 끄라고 소리치는 모습이 보였다. 이제 곧 어떤 캐럴을 틀었냐고 따지는 캘빈의 모습이 화면에 나타날 것이다.

나는 휴대폰을 집어 들고 모스맨 박사에게 전화를 걸었다. 그들이 휴대폰 번호를 추적하지 못하기를, 그리고 TV에 나오는 중이기는 하지만 박사가 전화를 받기를 빌었다.

모스맨 박사가 전화를 받았다. 다행히 카메라가 그를 클로즈업한 덕에 비디오는 극히 일부분만 화면에 보였다. "지금 어디에서 전화하고 있는 건가?" 그가 다그쳤다. "알타이르인들은 찾았나?"

"아니요." 내가 말했다. "하지만 그들이 어디에 있는지 알 것 같아요."

"어디지?" 모스맨 박사가 물었다.

"알타이르인들이 길을 잃고 헤매고 있을 것 같지는 않아요. 그 노래의 다른 가사에 반응하고 있다는 생각이 드네요. '쉬어라'나 어쩌면…."

"그럴 줄 알았어." 트레셔 목사가 모스맨 박사를 밀치고 앞으로 나오며 말했다. "알타이르인들은 '우리 구세주 그리스도께서 크리스마스에 태어나셨음을 기억하세요'에 반응하고 있었던 겁니다. 그래 맞아, 그들은 교회로 갔어요. 그들은 바로 지금 '유일한 진리의 길 대교회'에 있을 겁니다."

내가 생각했던 건 이게 아니었지만 TV에 캘빈의 사진이 나오는 것보다야 '유일한 진리의 길 대교회' 사진이 나오는 편이 훨씬 나았다. "적어도 2시간은 벌었네요. 그 교회는 저 아래쪽 콜로라도 스프링스에 있거든요." 나는 볼륨을 다시 줄이고 알타이르인들에게 노래를 틀어주며 그들의 반응과 무반응을 기록하는 일로 돌아갔다. 그런데 30분 후 캘빈이 루이 암스트롱 CD를 찾으러 침실로 들어가다가 TV 앞에서 다시 걸음을 멈추고 눈살을 찌푸렸다.

"무슨 일이에요?" 나는 무릎 위에 있던 악보 더미를 옆에 있는 소파 위에 내려놓고, 캘빈에게 가기 위해 알타이르인들의 곁을 옆걸음으로 지나갔다. "그들이 미끼를 물었나요?"

"네, 제대로 물었네요." 그가 TV 볼륨을 높였다.

"저희는 알타이르인들이 베들레헴에 있다고 믿습니다." 모스맨 박사가 말하고 있었다. 그는 덴버 국제공항의 출발 안내판 앞에 서 있었다.

"베들레헴?" 내가 말했다.

"가사에 '베들레헴'이 두 번이나 나와요." 캘빈이 말했다. "그들이 이스라엘로 가면 우리에게 시간 여유가 더 많아지겠네요."

"국제적 사건이 터지는 셈이기도 하죠." 내가 말했다. "그것도 중동에서요. 모스맨 박사에게 전화해야겠어요." 하지만 그는 휴대폰을 꺼 놓은 모양이었다. 위원회 연구실도 연락되지 않았다.

"트레셔 목사에게 전화해봐요." TV 화면을 가리키며 캘빈이 말했다.

트레셔 목사는 기자들에 둘러싸여 자신의 렉서스에 올라타고 있었다. "저는 지금 알타이르인들에게 가는 길입니다. 그리고 오늘 밤 저희는 기도 예배를 열 것입니다. 여러분은 그들이 그리스도인으로서 신앙 간증을 하는 이야기와 처음 그들을 주님께 인도했던 크리스마스 캐럴을 부르는 걸 들으실 수…."

캘빈이 TV를 껐다. "베들레헴까지는 비행기로 16시간이나 걸려요." 그는 격려하는 목소리로 말했다. "우리는 그 전에 분명 알아낼 겁니다."

전화벨이 울렸다. 캘빈이 나를 힐끗 쳐다보더니 전화를 받았다. "안녕하세요, 스타인버그 씨." 그가 말했다. "제 메시지 못 받으셨어요? 오늘 밤 리허설은 취소했어요." 그는 한참을 들었다. "12페이지 도입부가 걱정이시라면, 합창제 전에 다시 한 번 해볼게요." 이번에는 좀 더 오래 들었다. "잘 될 거예요. 늘 그러잖아요."

나는 알타이르인의 퍼즐을 푸는 일도 그러길 바랐다. 그러지 않는다면 우린 납치 죄목으로 기소되거나 종교 전쟁을 불러일으키게 될 거다. 하지만 그 두 가지 모두, 트레셔 목사가 저들에게 '천천히 죽어가는'이나 '가시덤불이 땅을 뒤덮고'를 들려주는 것보단 나았다. 결국 우리가, 그것도 빨리, 알타이르인들이 무엇에 반응하고 있는지 알아내야 한다는 의미였다. 우린 그들에게 돌리 파튼과 맨해튼 트랜스퍼와 톨레도의 바버샵 합창단과 딘 마틴의 노래들을 틀어줬다.

좋은 생각이 아니었다. 나는 지난 이틀 동안 거의 잠을 못 잔 탓에 처음 몇 마디가 시작되자마자 꾸벅꾸벅 졸기 시작했다. 똑바로 앉아서 알타이르인들에게 집중하려고 애써봤지만 소용없었다. 정신을 차려보니 내가 캘빈의 어깨에 머리를 기대고 있었고, 캘빈이 내게 묻고 있었다. "멕? 멕? 알타이르인들도 잠을 자나요?"

"잠이요?" 나는 자세를 바로 하고 눈을 비비며 말했다. "죄송해요. 깜빡 잠이 들었나 봐요. 지금이 몇 시죠?"

"4시 조금 지났어요."

"새벽이요?"

"네. 알타이르인들도 잠을 자나요?"

"적어도 위원회는 그렇다고 생각해요. 뇌파의 형태가 변하고 자극에 반응하지 않거든요. 그런데 문제는 그러고 나면 전혀 반응하지 않는다는 거예요."

"잠들었다는 사실을 알려주는 시각적 표시 같은 게 있나요? 눈을 감는다거나 자리에 눕지는 않나요?"

"아니요. 조금 쳐지긴 해요. 한동안 물을 주지 않은 꽃처럼요. 그리고 눈빛이 약간 약해지죠. 왜요?"

"시도해보고 싶은 게 있어서요. 다시 주무세요."

"아니에요, 괜찮아요." 나는 하품을 억지로 참으며 말했다. "자야 할 사람이 있다면 그건 바로 당신이죠. 지난 이틀간 저 때문에 한숨도 못 주무셨잖아요. 게다가 오늘 밤 그 합창제 지휘도 하셔야 하고요. 제가 할 테니 당신은 가서….”

그가 고개를 가로저었다. “전 아무렇지도 않아요. 말씀드렸잖아요. 전 연말에는 잠을 안 자요.”

“그럼, 당신이 시도해보고 싶은 계획이 뭔가요?”

“〈고요한 밤, 거룩한 밤〉 1절을 틀어보고 싶어요.”

“‘아기 잘도 잔다.’”

“맞아요. 다른 행위 동사가 없는 데다, 저에게 최소한 50가지의 〈고요한 밤, 거룩한 밤〉이 있거든요. 조니 캐시, 케이트 스미스, 브리트니 스피어스….”

“50가지를 다 틀어줄 만한 시간이 있을까요?” 내가 TV를 건너다보며 물었다. 둘로 나뉜 화면에는 이스라엘 지도와 유일한 진리의 길 대교회의 바깥 풍경이 나오고 있었다. 볼륨을 높이자 기자의 목소리가 들렸다. “안쪽에서는 수천 명의 신도가 알타이르인들이 나타나기를 기다리고 있습니다. 트레셔 목사는 그들이 이제 곧 언제라도 모습을 드러내리라 예상하고 있고, 뜨거운 열기 속에 계속되고 있는 24시간 철야 기도회는….”

나는 볼륨을 다시 줄였다. “시간은 충분하겠네요. 뭐라고 하셨죠?”

“〈고요한 밤, 거룩한 밤〉은 진 오트리, 마돈나, 벌 아이브스 등 모든 가수가 다 녹음했던 곡이에요. 다른 목소리, 다른 반주, 다른 키로요. 어떤 판에 저들이 반응하는지….”

“그리고 어떤 판에 반응하지 않는지 보면, 저들의 반응에 대한 단서를 얻게 될 수도 있겠네요.” 내가 말했다.

"바로 그거예요." 그가 CD 케이스를 열며 말했다. 그는 CD를 플레이어에 넣은 뒤 4번 트랙을 틀었다. "자, 갑니다."

"고요한 밤, 거룩한 밤⋯." 엘비스 프레슬리의 목소리가 방 안을 가득 채웠다. 캘빈이 소파로 돌아와 내 곁에 앉았다. 엘비스의 노래가 '감사기도 드릴 때'란 대목에 이르렀을 때, 우리 둘 다 기대를 품고 알타이르인들을 쳐다보며 몸을 앞으로 기울였다. "아기 잘도 잔다⋯." 엘비스가 낮은 목소리로 부드럽게 노래했지만 알타이르인들은 여전히 뻣뻣하게 똑바로 서 있었다. '아기 잘도 잔다'가 반복되는 내내 그들은 줄곧 그렇게 있었다. 칩멍크 엘빈의 솔로에도. 셀린 디온에도.

"노려보는 눈초리가 약해지는 것 같진 않군요." 캘빈이 말했다. "굳이 변화를 찾으라면, 오히려 눈빛이 점점 더 무서워지는 것 같아요."

정말이었다. "차라리 주디 갈랜드를 틀어주시는 게 낫겠어요." 내가 말했다.

캘빈은 주디 갈랜드는 물론, 돌리 파튼과 해리 벨라폰테도 틀어줬다. "이 노래들에 전혀 반응하지 않으면 어쩌죠?" 내가 물었다.

"그럼 다른 걸 시도해 봐야겠죠. 〈할머니가 순록에게 치었어요〉를 스물여섯 곡 가지고 있어요." 그가 씩 웃어 보였다. "농담이에요. 하지만 〈내 사랑, 밖은 추워요〉는 아홉 곡 가지고 있지요."

"세컨드 소프라노인 빨간 머리에 쓰려던 거 아닌가요?"

"아니에요." 그가 말했다. "쉿. 제가 좋아하는 판이에요. 냇 킹 콜."

나는 입을 다물고 음악을 들으며 알타이르인들이 어떻게 잠을 참을 수 있는지 궁금해졌다. 냇 킹 콜의 목소리는 딘 마틴의 목소리보다 훨씬 더 나른했다. 나는 소파에 등을 기댔다. "고요한 밤 거룩한…."

또 잠이 들었나 보다. 정신을 차려보니 음악은 이미 멈췄고 밖은 대낮이었다. 시계를 봤다. 오후 2시. 알타이르인들은 그 자리에 그대로 서서 노려보고 있었고, 캘빈은 부엌 의자에 웅크리고 앉아서 턱을 손으로 받친 채 걱정스러운 표정으로 그들을 쳐다보고 있었다.

"무슨 일이 있었나요?" 나는 TV를 슬쩍 쳐다봤다. 트레셔 목사가 말하고 있었는데 '트레셔 목사, 은하 차원의 기독교 십자군 전쟁 개시'라는 자막이 떠 있었다. '중동 공습 시작'이라고 적혀 있지 않은 게 다행이었다.

캘빈이 천천히 고개를 흔들었다.

"〈고요한 밤, 거룩한 밤〉에는 전혀 반응이 없었나요?" 내가 물었다.

"있었지요." 그가 말했다. "당신이 냇 킹 콜 노래에 반응했어요."

"알아요." 내가 말했다. "죄송해요. 알타이르인들은요? 〈고요한 밤, 거룩한 밤〉 노래들 중에 저들이 반응한 건 없었나요?"

"있었어요." 그가 말했다. "딱 한 곡에 반응했어요."

"하지만 잘된 거 아니에요?" 내가 물었다. "이제 우린 저들이 반응한 곡이 다른 곡들과 어떻게 다른지 분석할 수 있잖아요. 어떤 판이었어요?"

그는 대답 대신 CD 플레이어로 걸어가 재생 버튼을 눌렀다. 콧소리를 잔뜩 내는 여성 합창단이 요란스러운 목소리로 힘차게 노래를 시작했다. "고요한 밤! 거룩한 밤!" 외치듯 노래하는 그들의 목소리가 쨍그랑거리고 달그락거리는 불협화음 위로 겹쳐 들렸다.

"도대체 이게 뭐죠?" 내가 물었다.

"뮤지컬 〈42번가〉에 출연한 브로드웨이 합창단이 〈고요한 밤, 거룩한 밤〉을 부르면서 노래에 맞춰 탭댄스 하는 소리예요. 브로드웨이 크리스마스 자선사업을 위해 특별히 녹음했던 곡이죠."

나는 캘빈이 틀렸고 알타이르인들이 정말 잠이 든 건 아닐 거라 생각하면서 그들을 돌아봤는데, 그런 소음 속에서도 그들은 축 늘어진 채 머리가 거의 땅에 닿을 지경이었고 심지어 평화로워 보이기까지 했다. 노려보던 눈초리도 흐릿해져서, 주디스 고모가 완전히 경멸스러워 할 때의 눈빛에서 살짝 못마땅해할 때의 눈빛으로 약해져 있었다.

나는 〈42번가〉의 여성 합창단이 〈고요한 밤, 거룩한 밤〉을 힘차게 부르며 거기에 맞춰 탭댄스 하는 소리를 좀 더 들어봤다. "약간 끌리는데요?" 내가 말했다. "특히 '주의 부모 앉아서' 대목을 소리질러 부를 때요."

"그렇죠?" 그가 말했다. "우리 결혼식에서 틀면 좋겠네요. 알타이르인들이 취향 하나는 확실히 우리랑 비슷하군요. 하지만 그것 말고는, 이게 도대체 무슨 의미인지 모르겠어요."

"알타이르인들이 쇼에 나오는 곡들을 좋아한다는 것?"

"맙소사. 만약 그렇다면 트레서 목사가 무슨 짓을 할지 생각해보세요." 그가 말했다. "그런데 저들은 〈앉아요, 배가 흔들리잖아요〉에는 반응하지 않았어요."

"맞아요. 하지만 〈메임〉에 나오는 노래에는 반응했죠."

"그리고 〈1776〉에 나오는 노래에는 반응했지만, 〈뮤직맨〉이나 〈렌트〉에는 반응하지 않았고요." 그가 낙담한 목소리로 말했다. "결국 원점으로 돌아왔군요. 저들이 무엇에 반응하고 있는지 전혀 모르겠어요!"

"그러게요." 내가 말했다. "정말 죄송해요. 처음부터 당신을 이 일에 끌어들이는 게 아니었어요. 고통인지 뭔지를 지휘하셔야 하잖아요."

"합창제는 7시에 시작해요." 캘빈이 무더기로 쌓여 있는 레코드판들을 뒤지면서 말했다. "4시간은 더 일할 수 있다는 뜻이에요. 알타이르인들이 반응하는 〈고요한 밤, 거룩한 밤〉을 하나만 더 찾아낼 수 있다면 대관절 저들이 뭘 하고 있는지 밝혀낼 수 있을 텐데 말이죠. 제기랄, 〈스타워즈 크리스마스〉 앨범은 어디로 간 거지?"

"그만 해요." 내가 말했다. "이건 말도 안 돼요." 난 그에게서 앨범들을 빼앗았다. "당신은 너무 지친 데다 큰일을 앞두고 있어요. 잠 한숨 자지 않고 그 많은 사람을 모두 지휘할 수 없다고요. 이건 천천히 해도 돼요."

"하지만⋯."

"한숨 자고 나면 머리가 더 잘 돌아가는 법이에요." 내가 단호하게 말했다. "자고 일어나면 해답이 분명하게 보일 거예요."

"그러지 않으면 어쩌죠?"

"그럼 당신은 가서 합창제를 지휘하고⋯."

"합창⋯." 그가 생각에 잠겨 말했다.

"전국 합창제인지 고통과 고난인지 뭔지, 전 여기 남아서 당신이 돌아올 때까지 알타이르인들에게 〈고요한 밤, 거룩한 밤〉을 더 들려줄게요. 그리고⋯."

"〈앉아라, 요한아〉는 합창단이 불렀어요." 캘빈이 축 늘어져 있

296

는 알타이르인들을 바라보며 말했다. "〈목자들이 한밤중에〉도 그렇죠. 그리고 〈고요한 밤, 거룩한 밤〉 중에서 〈42번가〉에 나오는 곡만 솔로가 아니었어요." 그가 두 손으로 내 어깨를 붙잡았다. "그 곡들 모두 합창이에요. 그래서 저들이 줄리 앤드루스가 부른 〈일어나라, 목자여, 그리고 따르라〉나, 스터비 케이가 부른 〈앉아요, 배가 흔들리잖아요〉에는 반응하지 않았던 거예요. 저들은 합창에만 반응하고 있어요."

내가 고개를 저었다. "〈깨어나라, 깨어나라, 졸고 있는 영혼들아〉를 잊으셨군요."

"아." 그가 고개를 떨구었다. "당신 말이 맞아요. 잠깐만요!" 그가 달려가 줄리 앤드루스의 CD를 가져오더니 플레이어 안에 집어넣었다. "제 기억으로 줄리 앤드루스가 노래를 시작한 다음 합창단이 들어갔어요. 들어보세요."

그의 말이 맞았다. 합창단이 노래했다. "깨어나라, 깨어나라."

"당신이 쇼핑몰에서 가져온 CD에서 〈기쁘다 구주 오셨네〉는 누가 불렀죠?" 캘빈이 물었다.

"줄리 앤드루스 혼자 불렀어요." 내가 말했다. "그리고 브렌다 리가 〈크리스마스 트리에서 춤을 춰요〉를 불렀고요."

"조니 마티스가 〈영광 나라 천사들아〉를 불렀죠." 그가 기쁜 목소리로 말했다. "하지만 〈하누카 송〉은요? 저들이 분명히 반응했잖아요. 그 노래는…." 그가 CD 케이스를 보고 읽었다. "샬롬 싱어즈가 불렀네요. 이게 답인 게 확실해요." 그가 다시 레코드판들을 훑어보기 시작했다.

"뭘 찾으세요?" 내가 물었다.

"몰몬교 성가대요." 그가 말했다. "그들도 틀림없이 〈고요한 밤, 거룩한 밤〉을 녹음했을 거예요. 그걸 알타이르인들에게 틀어보죠. 만일 저들이 잠든다면 우리가 제대로 가고 있는지 알게 될 겁니다."

"하지만 이미 잠들었는걸요." 나는 일주일 지난 꽂꽂이용 꽃처럼 축 늘어진 그들을 가리켰다. "어떻게…?"

캘빈은 벌써 앨범들을 다시 뒤지고 있었다. 그는 케임브리지 소년 합창단 앨범을 찾아 레코드판을 꺼낸 다음 혼잣말로 제목을 읽었다. "여기에 있었는데…. 그래, 여기 있군요." 그가 레코드판을 틀자 감미로운 목소리의 소년 합창단이 노래를 시작했다. "믿는 자들아, 깨어나, 행복한 아침에 인사를 건네자."

알타이르인들이 즉시 곧게 일어서더니 우리를 노려봤다. "당신이 맞았어요." 내가 부드러운 목소리로 말했지만, 캘빈은 내 말을 듣고 있지 않았다. 그는 레코드판을 턴테이블에서 들어 올리고는 또 중얼거리며 제목을 읽고 있었다. "자, 너희도 분명 〈고요한 밤, 거룩한 밤〉을 불렀을 거야. 〈고요한 밤, 거룩한 밤〉은 누구나 부른다고." 그가 레코드판을 뒤집어 보더니 "그럼 그렇지." 그가 레코드판을 턴테이블 위에 다시 올려놓았다. 그러고는 전문가다운 솜씨로 바늘을 내려놓았다. "감사기도 드릴 때…" 소년들이 천사와 같은 목소리로 노래를 불렀다. "…잘도 잔다."

알타이르인들은 '잔다'라는 단어가 끝나기도 전에 축 늘어졌다. "이거예요!" 내가 말했다. "이게 바로 공통분모였어요."

캘빈이 고개를 흔들었다. "우리에겐 더 많은 자료가 필요해요. 단순한 우연일 수도 있어요. 합창단이 부른 〈일어나라, 목자여, 그리고 따르라〉가 필요해요. 〈앉아요, 배가 흔들리잖아요〉도요. 〈아가

298

씨와 건달들〉은 어디에 두셨어요?"

"하지만 그것은 솔로 곡이었잖아요."

"우리가 틀어주었던 첫 부분은 솔로였죠. 하지만 나중에 도박꾼 모두가 함께 노래를 불러요. 노래 전체를 틀어줘야 해요."

"하지만 틀어줄 수 없어요, 기억나세요?" 내가 CD를 그에게 넘겨주며 말했다. "너를 끌어내릴 거라는 구절이랑 물에 빠져 죽는 구절이 있다는 걸 기억하세요. 도박과 음주는 말할 것도 없고요."

"아, 그렇죠." 캘빈이 말했다. 그는 헤드폰을 쓰고 노래를 듣다가 헤드폰 플러그를 뽑았다. "앉으라고…." 남성 합창단이 힘찬 목소리로 노래를 부르자 알타이르인들이 앉았다.

우리는 합창으로 부르는 〈크리스마스에 내가 원하는 건 앞니 두 개뿐〉과 〈일어나라, 목자여, 그리고 따르라〉를 틀어줬다. 알타이르인들이 그 자리에 앉았다가 다시 일어섰다. 그들은 플레터스가 부르는 〈저 들 밖에 한밤중에〉에 무릎을 꿇었다. "당신 말이 맞았어요." 캘빈이 말했다. "이것이 바로 공통분모네요. 좋아요. 하지만 왜 이러는 걸까요?"

"저도 모르겠어요." 내가 인정했다. "어쩌면 합창단보다 적은 수가 부르는 것은 이해하지 못하는 걸 수도 있어요. 그렇다면 저들이 왜 여섯인지도 설명되겠네요. 어쩌면 저들 각자가 특정 주파수들만 듣는 건지도 모르죠. 개별적으로는 의미가 없지만 여섯이 모이면…."

그가 고개를 가로저었다. "3인조 앤드루스 시스터즈를 잊고 있군요. 4인조 베어네이키드 레이디즈도요. 그리고 설령 저들이 합창이라는 측면에 반응하고 있다 해도, 그것으로는 저들이 지구에서 도

대체 뭘 하는 건지 여전히 알 수가 없어요."

"그래도 이제 우리에게 말하도록 하는 방법은 알잖아요." 내가 《거룩하고 즐거운 크리스마스 노래집》을 손에 쥐며 말했다. "영어로 된 〈참 반가운 성도여〉 합창곡을 찾아 주실 수 있으세요?"

"찾을 수 있을 거예요." 그가 대답했다. "왜죠?"

"왜냐면 가사 중에 '우리는 그대를 환영합니다'라는 구절이 있거든요." 나는 〈기뻐하라 온 세상 만민들아〉의 가사를 손가락으로 훑어 내려가면서 말했다.

"〈파수꾼이여, 그날 밤에 대해 말해주오〉라는 노래도 있어요." 그가 말했다. "〈큰 기쁨의 좋은 소식〉이라는 노래도 있고요. 그 노래 중 한 곡 정도엔 반응할 거예요."

하지만 알타이르인들은 반응하지 않았다. 피터, 폴 앤 메리가 그들에게 '가서 말하라'고 명령했지만(우리는 '산에서'라는 부분을 지워버렸다), 그들이 포크 음악을 좋아하지 않았거나 앤드루스 시스터즈 경우가 요행이었던 모양이다.

아니면 우리가 너무 성급하게 결론을 내렸을 수도 있었다. 앤드루스 시스터즈가 불렀던 노래를 보스턴 코먼즈 합창단 곡으로 다시 시도해보았을 때 아무 반응이 없었다. '내가 말하는 동안'이 들어 있는 〈아름답게 장식하세〉와 '아무에게도 말해주지 마세요'가 들어 있는 〈명랑한 성 니콜라스 할아버지〉를 '마세요'를 뺀 나머지 부분만 틀어주었을 때도 마찬가지였다. 심지어 〈다정한 동물들〉에도 반응이 없었다. 1절부터 6절까지 가사 모두에 '말한다'가 들어 있는데도 말이다.

캘빈은 시제가 문제일지도 모른다며 '이야기'와 '이야기했다'가

들어 있는 〈꼬마 성 닉〉과 '이야기하고 있는'이 들어 있는 〈벨의 캐럴〉을 들려주었지만, 소용이 없었다. "어쩌면 단어가 문제인지도 몰라요." 내가 말했다. "저들이 '이야기하다'라는 단어를 모를 수도 있잖아요." 하지만 그들은 '말하다', '말하고 있다', '말했다', '메시지'나 '선언하다'에도 반응하지 않았다.

"우리가 세웠던 합창 이론이 틀린 게 분명해요." 캘빈은 그렇게 말했지만, 딱히 그런 것도 아니었다. 그가 합창제를 위해 침실에서 턱시도를 입는 동안, 내가 베어네이키드 레이디스 CD에서 〈저 들밖에 한밤중에〉와 〈지붕 위에서〉의 일부를 틀어주었는데, 그들은 정확한 대목에 이르러 무릎을 꿇거나 폴짝 뛰었다.

"어쩌면 저들이 지구가 체육관이고 지금은 체육 시간이라고 생각할지도 모르죠." 알타이르인들이 세인트폴 대성당 성가대의 〈12일간의 크리스마스〉에 맞춰 껑충껑충 뛰고 있을 때, 캘빈이 거실로 들어오며 말했다. "'부르는'이란 단어도 아무런 효과가 없나 보네요."

"네." 내가 그의 나비넥타이를 매어주면서 말했다. "'나는 당신에게 아주 간단한 말을 하고 있는 거예요'도 효과가 없었어요. 음악이 아무런 영향도 주지 못한다는 생각은 안 해보셨어요? 그 가사들이 나올 때 저들이 그저 우연히 앉고 뛰고 무릎 꿇는 걸 수도 있잖아요."

"아니요." 그가 말했다. "분명 연관이 있어요. 그렇지 않다면 우리가 아직도 알아내지 못했다는 사실에 저렇게까지 화를 내고 있지는 않겠죠."

캘빈의 말이 맞았다. 알타이르인들이 노려보는 눈빛은 한층 사나워졌고, 자세만 보아도 그들이 내뿜는 불만을 느낄 수 있었다.

"우리에겐 더 많은 자료가 필요해요. 그 방법밖에 없어요." 그가 검은색 구두를 가지러 가며 말했다. "제가 돌아오자마자 함께…." 그가 말을 멈췄다.

"무슨 일이에요?"

"이거 보시는 게 좋겠어요." 그가 TV를 가리키며 말했다. 화면은 우주선의 모습을 보여주고 있었다. 모든 조명이 켜져 있고 측면 분사구들을 통해 분사 가스가 뿜어져 나오고 있었다. 캘빈이 리모컨을 들고 볼륨을 높였다.

"이제 알타이르인들은 우주선으로 돌아가 출발 준비를 하는 것으로 보입니다." 뉴스 진행자가 말했다. 나는 힐끗 알타이르인들을 쳐다봤다. 그들은 아직 그곳에 서 있었다. "점화 장치 회전을 분석한 바에 의하면, 우주선은 6시간 안에 이륙할 것으로 보입니다."

"이제 어떡하죠?" 내가 캘빈에게 물었다.

"우리가 알아낼 거예요. 들으셨죠? 발사까지 6시간 남았어요."

"하지만 합창제는…."

캘빈이 나에게 코트를 건넸다. "이제 합창과 관련 있다는 사실을 알잖아요. 당신이 원하는 모든 종류의 합창곡이 저한테 다 있어요. 일단은 알타이르인들을 컨벤션센터로 데려가면서 가는 길에 좋은 생각이 떠오르길 바랍시다."

가는 길에 좋은 생각 따위는 떠오르지 않았다. "아무래도 저들을 다시 우주선으로 데려다줘야 할까 봐요." 컨벤션센터 주차장으로 들어서며 내가 말했다. "저 때문에 알타이르인들이 지구에 남겨지기라도 하면 어떡해요."

그러자 캘빈이 말했다. "알타이르인들은 E.T.가 아니에요."

나는 직원용 출입구에 주차한 뒤, 차에서 내려 승합차의 뒷문을 밀어서 열기 시작했다. "아니요, 일단 승합차에 남겨두죠." 캘빈이 말했다. "데리고 들어가기 전에 먼저 저들을 놔둘 만한 곳을 찾아야 해요. 차 문을 잠가요."

그게 무슨 소용일지 의문스럽긴 했지만, 나는 차 문을 잠그고 캘빈을 따라 '합창단 전용'이라고 적힌 옆문을 통해 '성 베드로 소년 합창단', '빨간 모자 합창단', '덴버 게이 남성 합창단', '스윗 아델린즈 쇼 합창단', '마일하이 재즈 싱어즈'라고 적힌 문들이 줄줄이 있는 미로 같은 통로를 걸어갔다. 건물 앞쪽은 와자지껄했다. 중앙 복도를 지나자 금색과 초록색과 검은색 합창복을 입은 사람들이 서로 이야기하며 서성거리는 게 보였다.

캘빈은 몇 개의 문들을 하나씩 열어보고, 방 안에 슬쩍 들어가 문을 닫았다가 고개를 가로저으며 다시 모습을 드러냈다. "알타이르인들이 〈메시아〉를 들으면 안 되는데, 여기서는 객석의 소음까지 다 들려요." 그가 말했다. "방음 장치가 된 곳이 필요해요."

"아니면 더 멀리 있거나요." 나는 그렇게 말하고 통로를 따라 내려가 옆으로 난 복도 쪽으로 방향을 틀었다. 그때 회의실에서 나오던 캘빈의 중학교 1학년짜리들과 정면으로 마주쳤다. 칼슨 부인이 여자애들을 녹화하고 있었고 다른 엄마는 여자애들을 입장시키기 위해 줄 세우려 애쓰는 중이었는데, 아이들은 캘빈을 보자마자 그를 둘러싸고 떠들었다. "레드베터 선생님, 어디 계셨어요? 안 오시는 줄 알았어요.", "레드베터 선생님, 칼슨 부인이 저희더러 휴대폰

끄라고 하셨는데 그냥 진동으로 해 놓으면 안 될까요?", "레드베터 선생님, 셸비랑 저랑 같이 입장해야 하는데, 셸비는 대니카랑 같이 가고 싶대요."

캘빈은 아이들의 말을 무시했다. "캐니샤, 안에서 의상 입을 때 다른 합창단 리허설 소리 들렸니?"

"왜요?" 벨린다가 물었다. "우리가 입장 순서를 놓쳤나요?"

"들렸니, 캐니샤?" 그가 재차 물었다.

"조금이요." 캐니샤가 말했다.

"그럼 안 되겠네요." 그가 내게 말했다. "제가 맨 끝에 있는 방을 확인해볼게요. 여기서 기다려요." 그는 전속력으로 복도를 달려갔다.

"그날 쇼핑몰에 있던 언니 맞죠?" 벨린다가 나에게 따지듯 물었다. "레드베터 선생님이랑 같이 사라지신 거 맞죠?"

알타이르인들이 지구에서 뭘 하고 있는지 알아내지 못하면, 우리 모두 다 같이 펑 소리와 함께 사라질지도 모른다. "아니야." 내가 대답했다.

"둘이 잤어요?" 첼시가 물었다.

"첼시!" 칼슨 부인이 충격을 받은 듯 소리쳤다.

"그런 거예요?"

"너희, 줄 서야 하는 거 아니니?" 내가 물었다.

캘빈이 전력 질주해서 돌아왔다. "괜찮을 것 같아요." 그가 내게 말했다. "방음이 꽤 잘 되는 것 같네요."

"왜 방음이 되어야 해요?" 첼시가 물었다.

"그래야 섹스할 때 아무도 못 듣지." 벨린다가 말하자 첼시가 키스 소리를 흉내 냈다.

"아가씨들, 입장할 시간이야." 캘빈이 그 합창단 지휘자 톤으로 말했다. "줄 서!" 그는 정말 대단했다. 아이들이 즉시 두 명씩 짝을 지어 한 줄로 서기 시작했다.

"모두 강당으로 들어갈 때까지 기다리세요." 그가 나를 옆으로 잡아당기며 말했다. "그 뒤 알타이르인들을 데려와 방 안에 집어넣으세요. 그들이 방으로 들어갈 동안 음악을 듣지 못하도록 제가 오케스트라와 조직위원회를 소개하고 있을게요. 방 안에 아무도 들어오지 못하게 문을 막을 만한 탁자가 있어요."

"하지만 알타이르인들이 떠나려고 하면 어쩌죠?" 내가 물었다. "탁자로는 그들을 막을 수 없어요. 아시잖아요."

"제 휴대폰으로 전화해요. 관객들에게는 소방훈련이나, 뭐 그런 게 있다고 말할게요. 아시겠죠? 최대한 빨리 끝낼게요." 그가 씩 웃었다. "〈12일간의 크리스마스〉만큼 오래 걸리진 않을 거예요. 걱정하지 말아요, 멕. 우리가 밝혀낼 거예요."

"내가 말했잖아. 레드베터 선생님 여자친구라니까."

"정말이에요, 선생님?"

"갑시다, 아가씨들." 그는 여자애들을 데리고 복도를 따라 걸어가 강당 안으로 들어갔다. 마지막으로 꾸물거리며 들어간 아이들 뒤로 강당 문이 닫히자마자 휴대폰이 울려대기 시작했다. 모스맨 박사였다. "수색을 중단하게. 알타이르인들은 우주선 안에 있어." 그가 말했다.

"어떻게 아세요? 그들을 보셨어요?" '알타이르인들을 차에 남겨두는 게 아니었어.' 나는 그렇게 생각하며 물었다.

"아니네. 하지만 우주선이 점화 과정을 시작했는데, 나사가 앞서 예측했던 것보다 훨씬 빨리 움직이고 있어. 이제 이륙까지는 4시간도 채 남지 않았다고 하는군. 자네는 어디 있나?"

"돌아가는 중이에요." 나는 휴대폰 너머로 내가 주차장으로 뛰어가 승합차를 여는 소리가 들리지 않게 하려고 무척 조심했다. 다행히 승합차는 아직 그 자리에 그대로 있었다.

"그럼 어서 서두르게." 모스맨 박사가 날카롭게 말했다. "여기 보도진들이 있네. 정확히 어떻게 알타이르인들을 탈출시켰는지 자네가 설명해야 할 거야." 나는 승합차의 문을 열었다.

알타이르인들이 안에 없었다.

아, 안 돼. "이 사태에 대한 모든 책임을 자네에게 물을 걸세." 모스맨 박사가 말했다. "만일 국제적인 파문이라도 일게 된다면…."

"최대한 빨리 그쪽으로 가겠습니다." 나는 전화를 끊고, 운전석 쪽으로 달려가려 몸을 돌렸다.

그러고는 알타이르인들과 충돌했다. 보아하니 그들은 그동안 계속 내 뒤에 서 있었던 모양이었다. "이런 식으로 사람 놀라게 하지 마요." 내가 말했다. "이제 이쪽으로 오세요." 난 그들을 이끌고 컨벤션센터로 재빨리 들어가서 닫혀 있는 강당 문을 지나 긴 복도를 따라서 캘빈이 알려주었던 방으로 들어갔다. 강당을 지날 때 말소리가 들리긴 했지만, 천만다행으로 노랫소리는 들리지 않았다.

방은 캘빈이 말해줬던 탁자를 제외하곤 텅 비어 있었다. 나는 알타이르인들을 방 안쪽으로 몰아넣은 뒤, 탁자를 옆으로 눕혀 문 쪽으로 밀어서 손잡이 밑에 억지로 끼워 넣었다. 그러고는 문에 귀를 대고 강당에서 무슨 소리가 나는지 들어봤다. 캘빈의 말이 맞았다. 지금쯤이면 분명 합창제가 시작되었을 텐데 아무 소리도 들리지 않았다.

자, 이제 어떡하지? 우주선이 이륙하기까지 4시간밖에 남지 않은 상황에서, 일분일초도 낭비할 수 없었다. 하지만 방 안에는 내가 사용할 수 있는 거라곤 아무것도 없었다. 피아노도, CD 플레이어도, 레코드판들도 없었다. 중학교 1학년 아이들의 분장실을 이용하는 게 좋았을 거라는 생각이 들었다. 아이들에겐 적어도 아이팟이나 뭐 그런 비슷한 것들이 있었을 것이다.

하지만, 설령 내가 알타이르인들에게 합창단이 부른 크리스마스 캐럴을 수백 곡 들려주고 그들이 그 모든 합창곡에 반응한다 해도 (절을 하고, 아름답게 장식하고, 한 마리의 말이 끄는 썰매를 타고 눈 속을 달리고, 저 멀리 있는 별을 쫓는다 해도) 왜 그들이 지구에 왔는지, 왜 떠나기로 했는지 여전히 알 수 없을 것이다. 알타이르인들이 〈42번가〉의 합창단이 시끄러운 탭댄스를 추면서 부른 '천상의 평화 속에 잠자네'를 왜 지시로 받아들였는지도, 그들이 '자다', '앉아', '빙빙 돌다', '깜빡이다'와 같은 단어들의 의미를 알긴 했는지도, 우린 알아내지 못할 것이다.

캘빈은 알타이르인들이 두 명 이상이 부르는 노래의 가사만 이해할 수 있을 거로 추측했지만, 그럴 리가 없었다. 누구든 어떤 단어를 처음 들으면 그게 무슨 뜻인지 알 수 없다. 알타이르인들은 '모두가 땅에 앉아 있었는데'라는 말을 쇼핑몰에 갔던 그 날 처음으로 들었다. 그 단어들이 무슨 뜻인지 알고 있었으려면 그 전에 그 단어를 들어봤다는 의미인데, 그렇다면 그 단어를 노래가 아닌 말로 들을 수밖에 없다. 그 말은, 즉 그들이 노래로 나온 단어는 물론 말로 들은 단어도 이해할 수 있다는 것을 의미한다.

나는 쇼트 박사가 알타이르인들에게 준 로제타 스톤과 사전이 떠올라서, 그들이 단어들을 그 전에 읽어봤을 수도 있겠다는 생각이 들었다. 하지만 저들이 어찌어찌 독학으로 영어를 읽을 수 있게 됐다 하더라도, 발음하는 법을 알 수는 없다. 그러니 단어를 말로 들어도 그게 무슨 단어인지 알지 못했을 것이다. 저들이 어떤 단어인지 알아들을 수 있으려면 말로 하는 단어를 들어보는 방법밖에 없다. 그 말은, 알타이르인들이 지난 9개월 동안 우리가 했던 모든 말을 듣고 이해했다는 걸 의미했다. 캘빈과 내가, 저들이 아기들을 살해하고 이 행성을 파괴할지도 모른다고 이야기했던 것까지 포함해서 말이다. 그러니 알타이르인들이 떠나려고 할만도 했다.

하지만 그들이 우리의 말을 이해했다면, 그것은 둘 중 하나를 의미했다. 그들은 우리와 말하고 싶지 않거나, 말을 할 수 없는 거다. 그들이 자리에 앉는 등 여러 반응을 보였던 건 몸짓으로 대화하려는 시도가 아니었을까?

아니, 그럴 리도 없었다. 그랬다면 벌써 수개월 전에 '앉다'라는 단어를 들었을 때 알타이르인들은 그 말에 반응해 행동을 보였을 것이다. 그리고 그들이 소통하기 위해 노력하고 있다면, 그저 거기 가만히 서서 '우리는 지금 기분이 좋지 않다'는 식으로 노려보는 대신, 캘빈과 내가 맞는 길로 (혹은 틀린 길로) 가고 있는지 암시라도 주지 않았을까? 게다가 나는 단 한 순간도 그 표정이 그들이 지닌 우연한 특성이라고는 믿지 않았다. 못마땅한 표정인지 아닌지는 보면 알 수 있다. 너무나도 여러 해 동안 주디스 고모를 봐온 탓에 모를 수가….

주디스 고모. 나는 호주머니에서 휴대폰을 꺼내 트레이시 언니에게 전화했다. 언니가 전화를 받자 내가 말했다. "언니, 주디스 고모에 대해 기억나는 대로 다 말해 줘."

"고모에게 무슨 일이라도 생겼어?" 언니가 놀란 목소리로 말했다. "지난주에 내가 고모랑 이야기했을 때만 해도…."

"지난주?" 내가 말했다. "주디스 고모가 아직 살아계신단 말이야?"

"글쎄, 지난주에 점심 같이 먹었을 땐 살아계셨지."

"점심? 주디스 고모랑? 지금 같은 사람 이야기하고 있는 거 맞아? 아빠의 주디스 고모? 고르곤 가의?"

"맞긴 한데, 성이 고르곤은 아니야. 고모도 알고 보면 무척 좋은 사람이지."

"주디스 고모가?" 내가 말했다. "항상 모두를 못마땅하단 눈초리로 노려봤던 그 고모가?"

"맞아, 지난 몇 년 동안 나를 노려본 적은 없지만 말이야. 내가 말했잖니, 고모도 막상 알고 보면…."

"언니가 정확히 어떻게 했길래 고모랑 가까워질 수 있었어?"

"생일 선물을 보내주시길래 감사하다고 했지."

"그리고…?" 내가 말했다. "그게 전부일 리가 없어. 엄만 늘 우리 둘에게 고모한테 선물에 대한 감사의 말을 상냥히 하라고 시켰었잖아."

"알아. 하지만 그건 예법에 맞지 않아. '곧장 감사의 손편지를 쓰는 것만이 예절에 맞는 감사의 형태지.'" 트레이시 언니가 말했다. 고모의 말을 인용한 게 확실했다. "내가 고등학생 때 수업 시간에 감사 편지 쓰기를 했어. 그때 마침 고모가 내게 1달러가 든 생일 카드를 보내셨길래 고모에게 감사 편지를 썼어. 그런데 다음 날 고모가 내게 전화를 걸어 일장연설을 하시는 거야. 바른 예절이 얼마나 중요한지, 더 이상 아무도 가장 기본적인 예절 규범조차 지키지 않는다는 게 얼마나 충격적인지, 그리고 적어도 어린애 하나는 제대로 처신하는 법을 안다는 걸 보게 되어서 얼마나 기쁜지, 그런 이야기들이었지. 그러고 나서 나한테 〈레미제라블〉을 같이 보러 가고 싶냐고 물어보시는 거야. 그래서 난 고모께 에밀리 포스트*가 쓴 책 한 권을 사 드렸어. 그때 이후로 우린 정말 사이좋게 지냈어. 에반과 내가 결혼할 땐 고모가 순은으로 된 생선 뒤집개도 보내 주셨어."

"언니가 고모에게 감사의 손편지를 보내서 그랬다고?" 내가 멍하니 말했다. 주디스 고모가 노려봤었던 이유는 우리가 천박하고 예의가 없었기 때문이었다. 그래서 알타이르인들이 저렇게 못마땅해 보이는 걸까? 우리가 감사의 손편지 같은 거라도 보내길 기다리고 있는 건가?

만일 그게 이유라면 우린 망했다. 예절 규범은 비논리적이고 문화적인 특성이 강하기로 악명이 높은데, 우리가 상담할 수 있는 은하계 차원의 에밀리 포스트는 존재하지 않기 때문이었다. 그리고 맙소사, 이륙까지는 이제 2시간도 채 남지 않았다.

"고모가 언니한테 전화했던 그 날 고모가 정확하게 무슨 이야길 했는지 말해 줘." 나는 어쩌면 고모가 실마리가 될 수 있을지도 모른다는 생각을 버리고 싶지 않았다.

"8년 전 일이라…."

"나도 알아. 그래도 기억을 좀 해봐."

---

* 에티켓에 관한 책들로 유명한 미국 작가

"그러지 뭐…. 고모는 많은 이야기를 하셨어. 장갑이며, 노동절 다음 날 흰 구두를 신어선 안 된다는 거며, 앉을 때 다리를 꼬면 안 된다는 이야기들이었지. '가정교육을 제대로 받은 숙녀들은 양 발목이 겹치게 앉는 법이야.'"

알타이르인들이 쇼핑몰에서 앉았던 게, 혹시 바르게 앉는 방법을 보여주려는 예절 수업이었을까? 그랬을 리가 없다. 하지만 주디스 고모는 특정 날짜에 잘못된 색의 신발을 신었다는 이유로 사람들과 말하길 거부했었다.

"…그리고 고모는, 내가 결혼할 때 돋을새김으로 인쇄된 초대장을 보내드려야 한다고 말씀하셨어." 트레이시 언니가 말했다. "그래서 그렇게 했지. 내 생각엔 그래서 고모가 우리에게 생선 뒤집개를 주신 것 같아."

"생선 뒤집개 따위엔 관심 없어. 고모는 언니가 보낸 감사 편지에 대해 뭐라고 하셨어?"

"고모는 '이제야 제대로 하는구나, 트레이시. 나는 너희 집안사람 중에 문명인다운 태도를 보여줄 사람이 과연 있을지 거의 희망을 접을 뻔했단다'라고 하셨어."

문명인다운 태도. 바로 그거였다. 알타이르인들은, 우리 집 거실에 앉아 우리를 노려봤던 주디스 고모처럼, 우리가 문명인이라는 표시를 보이길 기다리고 있었던 것이다. 그리고 노래가(정확히 말해서 합창이) 바로 그 표시였다. 그런데 합창은 흰색 구두나 돋을새김으로 인쇄된 초대장처럼 임의적인 예절 규범일까, 아니면 다른 무언가를 상징하는 걸까? 나는 캘빈이 수다 떠는 중학교 1학년 아이들에게 줄을 서라고 하자, 떼 지어 키득거리며 무질서하게 우왕좌

왕했던 여자애들이 질서정연하고 근사한 태도로 문명인답게 줄 섰던 일을 떠올렸다.

이제야 알 것 같았다. 알타이르인들이 지금껏 기다린 것은 문명화된 태도를 나타내는 징후였다. 그리고 그들은 지구에서 지낸 9개월 동안 그런 징후를 거의 보지 못했다. 위원회는 비조직적이었고 위원들은 계속해서 일을 그만뒀으며, 그나마 남은 위원들은 남의 말을 전혀 듣지 않았다. 그 끔찍했던 성가대 리허설에서 베이스는 도입부조차 제대로 해내지 못했고, 쇼핑몰 안의 쇼핑객들은 소리 지르는 아이들을 끌고 다니며 어쩔 줄 몰라 했다. 알타이르인들은 뮤잭에서 합창단이 부르는 〈목자들이 한밤중에〉를 들었을 때, 우리가 결국에는 서로 어울려 살아갈 수 있으리라는 가능성을 처음으로 보았을지(정확히 말해서 들었을지도) 모른다.

알타이르인들이 쇼핑몰 한가운데에서 그 자리에 앉아버린 것도 놀랄 일이 아니었다. 주디스 고모처럼 그들도 "이제야 제대로 하는구나!"라고 생각한 게 분명했다. 하지만 그렇다면 왜 그들은 우리에게 전화를 한다거나, 함께 〈레미제라블〉을 보러 가자고 하는 것 같은 행동을 하지 않았던 걸까?

어쩌면 자기들이 본 것이(정확히 말해서 들은 것이) 자기들이 생각한 바로 그 징후라는 확신이 들지 않았을지도 모른다. 그들은 사람들이 노래하는 모습을 본 적이 없었다. 캘빈과 그 한심한 베이스 단원들은 빼고 말이다. 그들은 우리가 조화를 이루며 아름답게 노래할 수 있다는 징후를 본 적이 없었다.

하지만 〈목자들이 한밤중에〉가 그들에게 어쩌면 그것이 가능할지도 모른다는 생각을 하게 하였고, 바로 그런 이유에서 우리를 졸졸 따라다니며 우리가 그들에게 합창을 들려줄 때마다 앉고 잠들고 길을 잃었다. 우리가 그 단서를 알아채길 바라며. 그리고 더 많은 증거를 볼 수 있길 바라며.

그렇다면 우린 이 방음실에 있을 게 아니라 강당에 가서 합창제를 들어야 했다. 특히 우주선이 이륙 준비를 하고 있다는 사실은, 그들이 포기하고 결국 자신들이 오해했던 거라고 결정했다는 의미이기 때문이다. "이쪽으로 와요." 내가 알타이르인들에게 말하며 자리에서 일어섰다. "당신들에게 보여줄 것이 있어요." 나는 탁자를 밀치고 문을 열었다.

문 앞에 캘빈이 있었다. "아, 잘됐네요. 여기 있었군요." 내가 말했다. "제가…. 그런데 지금 지휘하고 있어야 하는 거 아니에요?"

"당신에게 해야 할 말이 있어서 휴식 시간을 공지했어요. 제가 알아낸 것 같아요. 알타이르인들이 무엇에 반응해왔는지." 캘빈이 내 팔을 붙들고 말했다. "저들이 왜 크리스마스 노래들에 반응했는지 말이에요. 〈난롯불에 알밤을 구우며〉를 지휘하는 동안 생각해 봤어요. 거의 모든 크리스마스 노래들에 공통으로 나오는 게 뭔지 아세요?"

"모르겠네요." 내가 말했다. "알밤? 산타클로스? 종소리?"

"비슷해요." 캘빈이 말했다. "합창이에요."

합창이라고? "저들이 합창단이 부르는 노래에 반응한다는 건 이미 알고 있잖아요." 나는 혼란스러웠다.

"단지 합창단이 부른 노래가 아니었어요. 합창에 대한 노래들이었어요. 천사 합창단과 어린이 합창단, 크리스마스에 집집마다 돌아다니며 찬송가를 부르는 사람들이 하프를 뜯으며 합창을 한다는 노래들이었다고요!" 캘빈이 말했다. "〈천사들의 노래가〉에 나오는 천

사들은 들판 위에서 달콤하게 노래를 해요. 〈그 맑고 환한 밤중에〉
에서는 온 세상이 그들의 노래에 화답하고 있고요. 그것들 모두 노
래에 관한 노래였어요." 그가 흥분하며 말했다. "'저 영광된 옛 노래
가', '천사들이 달콤한 성가로 인사하는'. 자, 보세요." 캘빈은 구절들
을 가리키며 악보를 획획 넘겼다. "'오, 천사들의 목소리를 들으라',
'옛사람들이 노래했던 것처럼', '목자들이 지켜 주고 천사들이 노래
해 주던', '사람들로 하여금 힘껏 노래하게 하라.' 랜디 트래비스, 피
너츠 키즈, 폴 매카트니가 부른 노래들과 영화 〈그린치〉에 나오는
노래들에도 합창에 대한 언급이 있어요. 〈목자들이 한밤중에〉가 합
창이었기 때문만은 아니었던 거죠. 그 노래가 합창단이 노래하는
것에 대한 노래였기 때문이었어요. 합창하는 것만 중요한 게 아니었
어요. 무엇을 노래하는지도 중요했어요." 그가 마지막 절을 가리키
며 내 앞으로 악보를 내밀었다. "'이제 하늘로부터 인간에게 온정이
있을지니.' 이것이 바로 저들이 우리에게 전하려고 했던 것입니다."

내가 고개를 가로저었다. "아니에요. 저들은 이것을 우리가 자기
들에게 전해주길 기다려왔어요. 주디스 고모가 그랬듯이요."

"주디스 고모요?"

"나중에 설명해드릴게요. 지금 당장은 저들에게 우리가 문명인이
라는 사실을 증명해야 해요. 알타이르인들이 떠나버리기 전에요."

"그걸 어떻게 하죠?"

"우리가 노래를 불러주는 거예요. 아니, 차라리, '전국 초교파 합
창단'이 불러주는 편이 낫겠네요."

"무슨 노래를 불러야 하죠?"

그게 중요한 것 같진 않았다. 그들이 찾고 있는 것은, 우리가 서

로 협력해서 함께 조화롭게 일할 수 있는 존재라는 증거였고, 그렇다면 〈멜레 칼리키마카〉*도 〈평화의 캐럴〉만큼이나 효과가 있을 거라고 나는 확신했다. 하지만 할 수 있는 한 상황을 확실히 처리한다고 해서 나쁠 건 없었다. 트레셔 목사가 은하계 십자군 전쟁을 위한 무기로 사용할 수 없는 노래라면 더더욱 좋을 것이다.

"알타이르인들에게 우리가 문명화된 종족이라는 확신을 심어줄 그런 노래를 불러야 해요." 내가 말했다. "온정과 평화를 전하는 노래요. 특히 평화. 그리고 되도록 종교적인 노래는 빼죠."

"곡을 쓸 수 있는 시간이 얼마나 있죠?" 캘빈이 물었다. "복사도 해야 할 텐데…."

그때 내 휴대폰이 울렸다. 휴대폰 액정을 보니 모스맨 박사에게서 온 전화였다. "잠깐만요. 잠깐이면 될 거예요." 나는 통화 버튼을 눌렀다. "여보세요?"

"도대체 어디 있는 건가?" 모스맨 박사가 소리쳤다. "우주선이 최종 점화 회전을 시작하고 있단 말일세."

나는 몸을 돌려 알타이르인들이 아직 그 자리에 있는지 확인했다. 고맙게도 그들은 아직 그곳에서 나를 노려보고 있었다. "최종 점화 회전은 얼마나 걸리죠?" 내가 물었다.

"그야 아무도 모르지." 모스맨 박사가 말했다. "길어봐야 10분일 걸세. 자네, 지금 당장 여기로 오지 않으면…."

나는 전화를 끊었다.

"자, 그래서요?" 캘빈이 말했다. "시간이 얼마나 있죠?"

---

* 하와이풍의 크리스마스 캐럴. 하와이어로 메리 크리스마스를 뜻한다.

"없어요." 내가 말했다.

"그렇다면 이미 가지고 있는 곡을 사용해야겠군요." 그가 낱장으로 된 악보들을 휙휙 넘기며 말했다. "그리고 사람들이 화음을 알고 있는 노래여야 해요. 문명화된… 문명화된… 제 생각에는…." 그가 찾던 곡을 발견하고 훑어봤다. "…그래요, 단어 몇 개만 바꾸면 이 노래가 좋을 것 같네요. 알타이르인들이 라틴어를 이해할까요?"

"전 충분히 가능하다고 봐요."

"그럼 첫 번째 두 줄만 하지요. 5분만 기다려 주시면…."

"5분이나…?"

"그래야 제가 무엇이 바뀌었는지 모두에게 간단히 설명해줄 수 있어요. 그 뒤에 알타이르인들을 데리고 들어오세요."

"좋아요." 내가 말했다. 그가 강당으로 달려갔다.

알타이르인들과 내가 양쪽으로 여는 문을 통해 강당으로 들어가자 관객들이 기대에 차 웅성거렸다. 무대를 빙 둘러 배치된 합창단들의 대열, 그 적갈색과 금색과 초록색과 보라색 합창복들의 바다가 음악 소리 너머로 서로 속삭이기 시작했다.

캘빈이 이제 막 설명을 마친 모양이었다. 합창단들과 관객들 일부가 분주히 악보에 적고, 연필을 건네고, 서로에게 질문하는 중이었다. 무대 한쪽에서는 오케스트라가 끽끽거리는 소리와 뚜뚜거리는 소리, 떠들썩하게 지껄이는 소리들로 어수선한 불협화음 속에서 연주 준비를 하고 있었다.

다른 한쪽에서는 마일하이 여성 코러스의 소프라노 단원들이 알토 단원들에게 전날 밤 내가 리허설을 방해했던 일을 들려주고 있는 눈치였다. 그들이 일제히 고개를 돌려 나를 노려보았다. "우리가 알고 있는 가사로 노래할 수 없다니 어처구니가 없네." 장갑을 끼고 베일이 달린 모자를 쓴 나이 든 여성이 동료 단원에게 말했다.

동료가 고개를 끄덕였다. "그러게나 말이에요. 이 초교파인지 뭔지가 도를 넘어선 것 같아요. 인간들이야 그렇다 치고, 외계인이라니!"

나는 다른 아이들의 의자 너머로 몸을 기대어 깔깔대고 껌을 씹고 있는 캘빈의 중학교 1학년짜리 여자애들을 보면서 생각했다. '이건 절대로 성공하지 못할 거야.' 벨린다는 휴대폰으로 누군가에게 문자를 보내는 중이었고, 캐니샤는 아이팟으로 음악을 듣고 있었다. 첼시가 손을 번쩍 들어 큰소리로 외쳤다. "레드베터 선생님! 선생님! 셸비가 제 악보를 뺏어갔어요."

오케스트라 쪽에서는 타악기 연주자가 요란한 소리를 내며 심벌즈 연습을 하고 있었다. '가망이 없어.' 나는 노려보고 있는 알타이르인들을 건너다보며 그렇게 생각했다. 문명화는 고사하고, 우리가 지각이 있는 종족이라는 확신조차 심어줄 수 없을 것이다.

내 휴대폰이 울렸다. 망했군. 휴대폰 벨 소리가 최후의 한 방을 날렸다. 더듬더듬 휴대폰을 꺼내 들었다. 이제는 모든 사람이, 하다못해 심벌즈 연주자까지도 나를 노려봤다. "저렇게 예의가 없을 수가!" 흰 장갑을 낀 나이 든 여성이 말했다.

"우주선이 방금 카운트다운을 시작했어!" 모스맨 박사가 내 귀에 대고 소리소리 질렀다.

나는 '종료' 버튼을 누르고 휴대폰을 꺼버렸다. "서둘러요." 내가 캘빈에게 소리 없이 입 모양으로 말하자, 그가 고개를 끄덕이고 연단 위로 올라갔다.

캘빈이 지휘봉으로 악보대를 두드리자 강당 전체가 조용해졌다. "〈참 반가운 성도여〉." 모두가 자기의 악보를 펼쳤다.

"〈참 반가운 성도여〉라니?" 저 사람이 도대체 뭘 하는 거지? 우리에게 필요한 건 '믿음이 충만한 자여, 다 이리 오라'가 아니라고. 나는 머릿속으로 가사를 훑어 내려갔다. '베들레헴으로 오라… 가서 우리가 그를 경배케 하라….' 안 돼, 안 돼, 종교적인 것은 안 된다고!

하지만 너무 늦었다. 캘빈이 손바닥이 위로 향하게 손을 펼쳐서 양손을 들어 올리자 모두 자리에서 일어났다. 그가 오케스트라를 향해 고개를 끄덕이자 오케스트라가 〈참 반가운 성도여〉의 도입부를 연주하기 시작했다.

나는 고개를 돌려 알타이르인들을 바라봤다. 그들은 평소보다도 훨씬 더 비난하는 눈초리로 노려보고 있었다. 나는 그들과 문 사이로 자리를 옮겼다.

오케스트라의 연주가 도입부 끝부분에 다다르고 있었다. 캘빈이 나를 힐끗 쳐다봤다. 나는 격려의 뜻으로 보이길 바라며, 미소를 짓고 손가락으로 행운의 표시를 해 보였다. 그가 고개를 끄덕이더니, 다시 지휘봉을 들어 올렸다가 아래로 내렸다.

"합창제에 가 보신 적 있으세요?" 캘빈이 물었다. "꽤 감동적입니다."

사실이었다. 강당에는 족히 4천 명가량의 사람이 있었는데, 그들 모두 완벽한 화음을 이루며 노래를 불렀다. 설령 그들이 '칩멍크송'을 부르더라도 여전히 장엄했을 것이다. 하지만 캘빈과 내가 알타이르인들에게 지시할 가사를 써서 사람들이 바로 그 가사를 불렀다면 그보다 더 완벽할 수는 없었으리라. "노래하라, 지상의 합창단들이여." 그들이 떤꾸밈음으로 노래했다. "기쁘게 노래하라, 천상의 시민들에게." 그러자 알타이르인들이 통로를 따라 미끄덩미끄덩/뒤뚱뒤뚱 무대 쪽으로 가더니 캘빈의 발아래 앉았다.

나는 살그머니 복도로 빠져나가서 모스맨 박사에게 전화했다. "우주선 상황은 어때요?" 내가 그에게 물었다.

"지금 어디야?" 모스맨 박사가 다그쳐 물었다. "이쪽으로 오는 중이라고 했잖나."

"도로가 많이 막혀요." 내가 말했다. "우주선 상황은 어때요?"

"점화 과정을 중단하고 조명들도 다 꺼졌네." 그가 말했다.

다행이다. 우리가 하는 일이 효과가 있다는 뜻이었다.

"그냥 땅 위에 앉아 있네."

"적절하군요." 내가 중얼거렸다.

"도대체 그건 또 무슨 소리지?" 모스맨 박사가 비난조로 말했다. "스펙트럼 분석에 따르면 알타이르인들은 우주선 안에 없다더군. 자네가 그들을 데리고 있지, 그렇지 않나? 자네 지금 어디에 있고 대체 지금껏 그들에게 무슨 짓을 한 건가? 만일…."

나는 전화를 끊고 휴대폰을 끈 다음 강당 안으로 들어갔다. 사람들이 〈참 반가운 성도여〉를 마치고 〈천사 찬송하기를〉을 부르고 있었다. 알타이르인들은 여전히 캘빈의 발밑에 앉아 있었다. "…조화하니," 강당 안에 있는 사람들이 모두 노래했다. "기쁘도다, 너희 만국의 백성들이여 일어나." 그러자 알타이르인들이 일어섰다.

그리고 날아올랐다. 통로 위로 족히 60센티미터 높이까지. 헉 소리가 동시에 들렸고, 모든 사람이 노래를 멈추고 둥둥 떠다니는 알타이르인들을 뚫어지게 쳐다봤다.

'안 돼, 멈추면 안 돼.' 나는 마음속으로 외치며 서둘러 앞쪽으로 향했다. 다행히 캘빈이 상황을 잘 통제했다. 그가 주디스 고모에 버금갈 만한 눈빛으로 중학교 1학년 여자애들을 노려보자, 아이들이 마른침을 꿀꺽 삼키고 다시 노래하기 시작했다. 그리고 잠시 후 다른 사람들도 모두 마음을 진정하고 마저 노래를 불렀다.

노래가 끝나자 캘빈이 고개를 돌려 입 모양으로 내게 말했다. "다음엔 뭘 하죠?"

"계속 노래해요." 나도 입 모양으로 답했다.

"무슨 노래요?"

나는 '저도 몰라요'라는 뜻으로 어깨를 한 번 으쓱해 보이고는, 입 모양으로 "이건 어때요?" 하고 말한 뒤, 프로그램 안내 책자에 있는 노래 중 네 번째 노래를 가리켰다.

캘빈이 활짝 웃더니 합창단 쪽으로 고개를 돌려 이렇게 말했다. "이제 〈공중에는 노래〉를 부르겠습니다."

바스락바스락 악보 넘기는 소리가 들리더니 합창단이 노래 부르기 시작했다. 나는 알타이르인들이 하강하지는 않는지 주의 깊게 관찰했지만, 그들은 계속 공중을 맴돌고 있었다. 합창이 "그리고 아름다운 노래가"에 이르자 노려보던 눈빛이 약간 부드러워진 듯했다.

강당 안에 있는 사람들이 노래했다. "그리고 저 멀리 들리는 노랫소리가 땅 위를 휩쓸었도다." 그때 강당 문들이 쾅하고 열리더니 모스맨 박사와 트레셔 목사, 그리고 FBI 요원 수십 명과 경찰, 기자, 카메라맨들이 쏟아져 들어왔다. "꼼짝 마!" FBI 요원이 소리쳤다.

"이건 신성모독이야!" 트레셔 목사가 고함을 질렀다. "이것 좀 봐! 마녀들에, 동성애자들에, 자유주의자들이라니!"

"저 젊은 여자를 체포하세요." 모스맨 박사가 나를 가리키며 말했다. "그리고 지휘하고 있는 저 젊은 남자도…." 그가 말을 멈추고 입을 떡 벌린 채 무대 위를 맴돌며 날아다니는 알타이르인들을 바라봤다. 카메라 플래시들이 터지기 시작했고, 기자들은 마이크에 대고 떠들기 시작했으며, 트레셔 목사는 카메라 앞에 정면으로 자리 잡더니 두 손을 움켜쥐었다. "오, 주여." 그가 소리쳤다. "알타이르인들로부터 사탄의 마귀들을 몰아내소서!"

"안 돼!" 내가 중학교 1학년 아이들에게 소리쳤다. "노래를 멈추면 안 돼." 하지만 그들은 이미 노래를 멈춘 상황이었다. 나는 절망적으로 캘빈을 바라봤다. "지휘를 계속해요!" 하지만 경찰들이 벌써 캘빈의 손에 수갑을 채우기 위해 앞쪽으로 나아가며 알타이르인들 주위를 조심스레 걷고 있었다. 알타이르인들이 조금씩 바람이 빠져나가는 풍선처럼 천천히 아래로 내려왔다.

"또한 여기 있는 이 죄인들에게 그들의 과오를 가르치소서." 트레셔 목사가 읊조렸다.

"이러시면 안 돼요, 모스맨 박사님." 나는 간절히 말했다. "알타이르인들은…."

모스맨 박사가 내 팔을 붙잡아서 경찰관에게 끌고 갔다. "이 두 사람을 납치 죄목으로 고발하고 싶습니다." 박사가 말했다. "그리고 이 여자에게는 범죄 모의죄도 추가하겠습니다. 이 모든 일이 이 여자 책임…." 모스맨 박사가 말을 멈추더니 내 등 뒤를 뚫어지게 쳐다봤다.

나는 몸을 돌렸다. 알타이르인들이 바로 내 뒤에 서서 노려보고 있었다. 막 내 손에 수갑을 채우려던 경찰관도 내 손목을 놓고 뒤로 물러섰다. 기자들과 FBI 요원들도 마찬가지였다.

"친애하는 알타이르인 여러분," 모스맨 박사가 몇 발짝 뒤로 물러서며 말했다. "저희 위원회는 이 일과 아무 상관이 없다는 사실을 알아주셨으면 합니다. 저희는 아무것도 몰랐습니다. 순전히 이 젊은 여자 잘못입니다. 이 여자가….."

"환영해 주셔서 감사합니다." 중앙에 있는 알타이르인이 나에게 고개 숙여 인사하며 말했다. "저희 또한 당신을 만나 반갑습니다."

놀라움에 웅성거리는 소리가 강당 전체를 울렸고, 모스맨 박사는 말까지 더듬었다. "다, 당신들, 영어를 할 줄 아는 거요?"

"물론이죠." 나는 그렇게 말한 뒤 알타이르인들에게 고개 숙여 인사했다. "마침내 대화할 수 있게 되어 정말 좋네요."

"저희는 당신을 천상 시민의 일원으로 받아들입니다." 맨 끝에 있는 알타이르인이 말했다. "당신이 준 온정과 땅 위의 평화와 알밤들에 대한 응답입니다."

"또한 저희가 선물을 가지고 왔음을 알려드립니다." 반대쪽에 있는 알타이르인이 말했다.

"기적입니다!" 트레셔 목사가 외쳤다. "주께서 저들을 고치셨습니다! 주님이 저들의 입술을 열었습니다!" 목사는 무릎을 꿇고 기도하기 시작했다. "오, 주여, 저희는 이러한 기적을 일으킨 것이 바로 저희의 기도였음을 알며….."

모스맨 박사가 앞으로 튀어나왔다. "친애하는 알타이르인 여러분, 이 누추한 행성에 와주신 여러분을 제가 첫 번째로 환영해드리고자 합니다." 그가 손을 내밀며 말했다. "저희 정부를 대신해….."

알타이르인들은 모스맨 박사를 무시했다. "당신들의 세상에 대한 저희의 평가가 잘못됐던 거라는 생각이 들기 시작하고 있었습니다." 아까 이야기했던 그 알타이르인이 나에게 말했다. 그리고 또 그녀의? 그의? 옆에 서 있는 알타이르인이 말했다. "당신들이 충분히 지각 있는 종족인지 의심스러웠습니다."

"알아요." 내가 말했다. "저도 가끔 그게 의심스럽답니다."

"또한 저희는 당신들이 조화라는 개념을 이해하고 있는지 확신할 수가 없었습니다." 반대쪽에 서 있는 알타이르인이 말했다. 그러고는 몸을 돌려 캘빈의 손목을 날카롭게 노려봤다.

"레드베터 씨의 수갑을 풀어주시는 게 좋을 것 같아요." 내가 모스맨 박사에게 말했다.

"그래야지, 그래야지." 박사가 경찰관에게 몸짓으로 신호했다. "이게 모두 사소한 오해 때문이었다고 저분들에게 설명해주게나." 모스맨 박사가 내게 귓속말로 속삭이자 알타이르인들이 몸을 돌려 그와 경찰관을 차례로 노려봤다.

캘빈이 수갑에서 풀려나자 맨 끝에 있는 알타이르인이 말했다. "옛 사람들과 마찬가지로 저희가 틀렸다는 것이 증명되어 기쁩니다."

'우리도 마찬가지예요.' 나는 마음속으로 생각했다. "저희 행성에 오신 것을 기쁜 마음으로 환영합니다." 내가 말했다.

"이제 저희와 함께 덴버대학으로 돌아가시면," 모스맨 박사가 끼어들었다. "워싱턴으로 가셔서 대통령을 만나실 수 있도록 조치하겠습니다. 그리고…."

알타이르인들이 다시 노려보기 시작했다. '아, 안 돼.' 나는 캘빈을 절박한 눈으로 바라봤다. "저희가 사절단을 위한 환영 인사를 모두 마치지 못했습니다, 모스맨 박사님." 캘빈은 이렇게 말하고 알타이르인들을 향해 몸을 돌렸다. "여러분께 저희가 준비한 환영 노래들을 마저 불러드려도 될까요?"

"듣고 싶군요." 중앙에 있는 알타이르인이 말하자, 그들 여섯 모두 즉시 몸을 돌려 통로를 따라 되돌아가더니 자리에 앉았다.

"제 생각엔 여러분도 자리에 앉으시는 게 좋겠어요." 내가 모스맨 박사와 FBI 요원들에게 말했다.

"악보를 저분들에게도 나눠주시겠습니까?" 캘빈이 맨 마지막 줄에 앉아 있는 사람들에게 말했다. "그리고 악보를 찾는 일도 도와주시겠어요?"

"마녀들이랑 동성애자들과 함께 노래를 부를 생각은 추호도⋯." 트레셔 목사가 분개하기 시작하자 알타이르인들이 일제히 고개를 돌려 그를 노려봤다. 결국 목사도 자리에 앉았고, 야물커를 쓴 나이든 유대인 남자가 그에게 자기 악보를 건네줬다.

"〈할렐루야 합창〉의 가사는 어떻게 할까요?" 캘빈이 내게 귓속말로 속삭였는데, 알타이르인들이 자리에서 일어나더니 통로를 따라 우리에게 걸어왔다.

"당신들의 즐거운 노래를 바꿀 필요는 없습니다. 원래 가사대로 들었으면 합니다." 중앙에 있는 알타이르인이 말했다.

"저희는 당신들 행성의 신화와 미신들에 관심이 아주 많습니다." 맨 끝에 있는 알타이르인이 말했다. "구유 속 아기, 콴자 메노라에 불붙이기, 어린이들에게 장난감과 이빨을 가져다주는 일 등등 더 많은 것에 대해 배우고 싶습니다."

"궁금한 게 많습니다." 그 옆에 서 있던 알타이르인이 말했다. "그 아이는 사막에서 태어났는데, 어떻게 헤롯왕이 아이들을 썰매에 태울 수 있었죠?"

"썰매라고요?" 모스맨 박사가 물었고, 캘빈도 의문에 찬 눈빛으로 나를 쳐다봤다.

"모든 어린이들아, 썰매를 타자." 내가 속삭였다.

"게다가, 신성한 것이 즐거운 것이라면, 왜 그것은 짖어 대지요?" 반대쪽 끝에 있는 알타이르인이 물었다. "그리고 레드베터 씨, 멕이 당신의 여자친구입니까?"

"환영 인사가 끝나고 나면 질문과 협상과 선물을 위한 시간이 따로 있을 것입니다." 이제까지 한마디도 하지 않았던 왼쪽으로부터 두 번째 알타이르인이 말했다. 나는 분명 그가 리더일 거로 생각했다. 아니면 합창단 지휘자거나. 그가 말하자, 알타이르인들은 즉시 짝을 지어 대열을 갖추고 통로를 다시 올라가 자리에 앉았다.

나는 지휘봉을 집어 캘빈에게 건네줬다. "무슨 노래를 먼저 불러야 할까요?" 캘빈이 내게 물었다.

"크리스마스에 제가 원하는 건 당신뿐이에요." 내가 말했다.

"정말요? 제 생각엔 먼저 〈천사들의 노래가〉나 아니면….."

"노래 제목이 아니에요." 내가 말했다.

"아." 그리고 캘빈은 알타이르인들을 향해 돌아섰다. "여러분의 질문에 대한 제 대답은 '네, 맞습니다'입니다."

"이거야말로 크고 기쁜 소식이군요." 중앙에 있는 알타이르인이 말했다.

"키스하려면, 겨우살이 줄기들이 많이 있어야겠군요." 맨 끝에 있는 알타이르인이 덧붙였다.

왼쪽에서 두 번째 있는 알타이르인이 그들을 노려봤다. "이제 노래를 하는 게 좋을 것 같네요." 나는 그렇게 말한 뒤, 첫 번째 줄에 앉아 있는 맥킨타이어 목사와 터번을 두르고 꽃무늬 셔츠를 입은 아프리카계 미국인 여성 사이로 비집고 들어갔다.

캘빈이 지휘대 위로 올라섰다. "〈할렐루야 합창〉입니다." 캘빈이 말하자 사람들이 악보를 찾느라 페이지를 뒤졌다. 내 옆에 있던 여자가 악보를 함께 볼 수 있도록 내 쪽으로 내밀더니 귓속말을 했다. "전 이 곡을 들을 때는 자리에서 일어서는 게 예절에 맞는다고 생각해요. 조지 2세께 경의를. 그분이라면 이걸 처음 듣자마자 자리에서 일어나셨을 거예요."

"사실을 말하자면," 맥킨타이어 목사가 속삭였다. "조지 2세 그 양반은 깊이 잠들어 있다가 놀라서 벌떡 일어났을 겁니다. 하지만 존경과 찬양을 표하는 의미에서 일어서는 일은 여전히 적절한 화답이겠지요."

나는 고개를 끄덕였다. 캘빈이 지휘봉을 들어 올리자 알타이르인들을 제외한 강당 안의 모든 사람이 일제히 일어나 노래하기 시작했다. 〈참 반가운 성도여〉도 놀랍도록 아름다웠지만 〈할렐루야 합창〉은 정말 숨 막히게 아름다웠고, 나는 갑자기 영광스러운 옛 노래와 달콤한 찬송과 널리 울려 퍼지는 기쁨을 거듭 노래하는 것에 관한 모든 가사가 이해되기 시작했다. "그리고 온 세상이 노래로 화답하노라." 나는 생각했다. "이제 천사들이 노래를 부르니."

알타이르인들도 나만큼이나 음악에 감동한 것 같았다. '할-렐-루-야!'가 다섯 번째 나온 뒤에 아까처럼 그들이 공중으로 떠올랐다. 오르고, 또 올라, 높은 돔 천장 바로 아래를 미끄러지듯 떠다녔다.

그들이 어떤 기분일지, 나는 알았다.

　분명 그것은 의사소통에서의 대전환점이었다. 이전보다 특별히 더 친해졌다고 보긴 어려웠지만, 전국 합창제 이후 알타이르인들은 말하기를 멈추지 않았다. 그들은 대답하기보다는 질문하기에 훨씬 능숙했다. 자기들이 어디에서 왔는지도 마침내 우리에게 알려주었는데, 용자리에 있는 알사피라는 별이었다. 하지만 알타이르가 '날아다니는 자'를 뜻하기 때문에(알사피는 '요리용 삼각대'라는 뜻이다), 여전히 사람들은 그들을 알타이르인이라고 부른다.

　또한 알타이르인들은 자기들이 왜 캘빈의 아파트에 나타났으며 계속해서 나를 따라다녔는지도 말해주었다. "저희는 당신과 레드베터 씨 사이에 조화가 일어날 흥미로운 가능성을 어렴풋이 엿보았습니다." 자신들의 우주선이 어떻게 작동하는지도 대충 말해줬는데, 공군은 이 부분에 큰 관심을 보였다. 하지만 아직도 우린 왜 그들이 이곳에 왔는지, 그들이 무엇을 원하고 있는지 모른다. 알타이르인들이 우리에게 분명하게 말해 준 유일한 요구사항은, 모스맨 박사와 트레셔 목사를 위원회에서 제명해달라는 것과 와카무라 박사를 위원장으로 임명해달라는 것이었다. 위원회가 한 일 중 그나마 그들의 맘에 들었던 게 향수 뿌리기였던 것으로 밝혀졌다. 알타이르인들은 아직도 빤히 노려본다.

　주디스 고모도 마찬가지다. 고모는 전국 합창제 다음 날 나에게 전화를 걸어, 나를 CNN에서 봤다며 내가 지구를 구하는 훌륭한 일을 했다고 생각한다고 했다. 하지만 도대체 내가 무슨 옷을 입고 있었던 거냐며, 합창제에 가려면 정장을 입어야 한다는 것쯤은 알고 있어야 하는 거 아니냐고 말했다. 내가 고모에게 모든 일이 잘될 수 있었던 게 고모 덕분이라고 말하자, 고모는 나를 노려보다가(심지어 수화기 너머로도 느낄 수 있었다) 전화를 끊었다.

하지만 화가 아주 많이 나시진 않았던 모양이다. 고모는 내가 약혼했다는 소식을 듣곤, 트레이시 언니에게 전화를 걸어 웨딩 샤워*에 초대되길 기대한다는 이야길 전했다. 엄마는 지금 미친 사람처럼 청소하는 중이다.

나는 알타이르인들이 우리에게 생선 뒤집개를 주는 건 아닐지 궁금하다. 아니면 1달러가 들어 있는 생일카드거나, 혹은 초광속 여행일지도.

---

* 결혼식을 앞둔 신부에게 신혼살림 용품을 선물하는 파티

코펠리우스 장난감 가게

In Coppelius's Toyshop

그래서 나는 여기, 결코 오고 싶지 않았던 곳, 코펠리우스 장난감 가게에 갇혀 있다. 특히 크리스마스에는 절대로.

여기는 빽빽 울어대는 아기들과 쇼핑백을 든 여자들과 테디베어와 팅커벨로 변장한 사람들로 발 디딜 틈 없는 곳이다. 산타클로스를 만나려고 선 줄이 너무 길어 출입문 밖으로까지 뻗어 나가 매디슨가까지 이어지고 계산대 줄은 그보다 훨씬 더 길었다.

어딜 가도 꼬마 녀석들이 통로를 이리저리 내달리고 에스컬레이터를 오르내리고, 다짜고짜 비명을 질러대며 라푼젤 탑 주위에 몰려와 조그만 창이 줄지어 뚫린 곳을 넋을 빼고 올려다보았다. 창문하나가 열리면 발레리나가 나왔다. 발레리나가 빙글빙글 돌고 창문이 닫히면 다른 창문이 열렸다. 이번 창문에서는 생쥐가 나오고, 그 뒤에서 검은 고양이가 입을 벌리고 풀쩍 뛰어오르면 생쥐는 창밖에 매달려 "살려줘요! 살려줘요!" 하고 찍찍거렸다. 아이들은 손가락질하며 웃음을 터뜨렸다.

이 모든 난장판 위로 코펠리우스 장난감 가게의 주제가가 대략
천 번쯤은 흘러나왔다.

"오세요, 코펠리우스 장난감 가게
환하고 따뜻한 그곳으로
그 무엇도 두렵지 않아요.
이 코펠리우스 박사가
여러분을 안전하게 지켜줄게요."

여긴 내가 있을 곳이 아니었다. 원래 뉴욕 닉스팀의 농구경기를
보러 가기로 했었다. 오후에 재닌과 함께 닉스팀 대 보스턴 셀틱스
팀의 경기를 보며 데이트를 하기로 했었는데, 지금 나는 이 바보 같
은 장난감 가게에 갇혀 있다. 그녀에게 데이트 신청을 했을 때만 해
도 있는지도 몰랐던 그녀의 아들 녀석 때문에.

여자들은 늘 남자들더러 '거짓말을 한다', '결혼해놓고 말하지 않
는다'며 난리를 피우면서 자기들은 왜 그러는지 모르겠다. 자기들
이 부르기 좋아하는 말로 '관계'에서 가장 중요한 게 정직이라면서
우리 남자들 스스로 주머니를 탈탈 털고 마침내 그녀의 아파트까지
올라가게 해달라고 간절하게 속닥거리게 해 놓고, 막상 가보면 잠
옷 차림의 꼬마 녀석 셋을 줄줄 데리고 나와서 동물원에 데려가 달
라고 기대하는 얼굴로 쳐다보곤 했다.

이런 일이 내게도 대략 열 번 정도 일어났기 때문에 재닌에게 데
이트 신청을 하기 전 재닌의 회계사무소 동료인 비버리에게 재닌이

혼자 사는지 물어봤다. 비버리는 나와 한 달 넘게 데이트하는 동안 내게 자신의 아이에 대해 한마디도 하지 않았고, 결국 내가 차버렸을 때 머리끝까지 화를 냈던 그녀는, 재닌이 정말로 혼자 살고 약 1년 전 이혼했으며 현재 매우 '취약한' 상태이므로 나 같은 나쁜 놈은 재닌의 인생에서 절대로 필요하지 않을 거라고 말했다.

재닌에게도 똑같이 말했는지 재닌과 말을 트기까지만 해도 나의 숙련된 매력을 한껏 끌어당겨 써야 했고 마침내 허락을 받을 때까지 데이트 신청을 열다섯 번 정도는 해야 했다.

어쨌든 닉스팀 경기가 우리의 세 번째 데이트였다. 버나드 킹이 출전할 예정이었고 경기가 끝나면 행운도 거머쥘 수 있을 것 같아 꽤 흥겨운 기분으로 재닌의 집 문을 두드렸는데 웬 작은 꼬마 녀석이 문을 열더니 말했다. "우리 엄마, 아직 준비 안 됐어요."

그때 곧바로 돌아 나왔어야 했다. 재닌의 표는 암표로 팔면 50달러는 받았을 것이다. 그러나 그녀는 벌써 문으로 나와 휴지로 눈가를 훔치며 어서 들어오라고 하더니, 이 아이는 빌리이며 자신은 경기를 보러 갈 수 없게 되어 너무 미안하고 이번 주는 자기가 아이를 돌보는 주말이 아닌데 전남편이 멋대로 순서를 바꿔버렸고 그래서 나한테 전화하려 했지만 내가 벌써 출발한 뒤라고 줄줄 말했다.

나는 여전히 현관에 서 있었다. "경기 시작 몇 분 전에는 닉스팀 경기 표를 구할 수 없어요." 내가 말했다. "암표상들이 얼마나 부르는지 알아요?" 그녀는 몰라요, 몰라요, 말했고 내가 자신의 표까지 구했다는 예상은 하지 못한 것 같아 나는 몰래 안도의 한숨을 내쉬었는데, 그러지 말았어야 했던 게 그녀가 방금 전화를 한 통 받았는데 어머니가 심장마비를 일으켜 병원에 실려 갔으며 당장 퀸스까지 가서 어머니를 봐야 하는데 전남편에게 연락해도 그가 전화를 받지 않는다고 했다.

"내가 애를 데리고 닉스팀 경기에 갈 거라고 기대하지 않는 게 좋을 걸요." 내가 말하자 그녀는 아니에요, 아니에요, 라고 말하고 벌써 비버리에게 아이를 봐달라고 전화를 걸었으며 그녀가 내게 원하는 건 아이를 데리고 나가 5번가 58번지 모퉁이에서 비버리를 만나서 아이를 넘겨주는 것뿐이라고 했다.

"부탁할 사람이 따로 있었다면 당신에게 이러지 않았을 거예요. 하지만 병원에서 당장 와야 한다고…." 그녀는 다시 울기 시작했다. "지금 당장…."

그녀는 이야기하는 내내 코트를 입고 아이 코트를 입히고 문을 잠갔다. "우리 아가, 할머니한테 대신 '안녕하세요' 하고 말해줄게." 그녀는 아이에게 말하고 젖은 눈으로 나를 보았다. "비버리가 거기에 서 있겠다고 했어요. 우리 아가, 아저씨 말 잘 들어야 해." 그녀는 아이에게 당부하고 내가 절대로 안 된다고 하기 전에 계단을 내려가 아파트 정문 밖으로 나갔다.

그래서 나는 꼼짝없이 이 아이를 데리고 5번가 58번지로 가게 되었고, 그 모퉁이에 코펠리우스 장난감 가게가 있었다. 코펠리우스 장난감 가게는 뉴욕에서 가장 큰 장난감 가게였다. 정문은 빨간색과 황금색으로 알록달록했고, 장난감 병정 옷을 입은 두 사람이 양쪽에 서서 지나가는 사람들에게 경례를 붙이고, 빨간 모자로 변장한 젊은 아가씨들이 빨간색 망토 차림에 바구니를 들고 지나가는 사람들에게 지팡이 사탕을 나눠주었다.

엄청난 인파가 모여들어 동화를 주제로 꾸민 진열창을 들여다보

334

고 있었다. 알지 않나. 죽 한 그릇을 먹는 금발 머리가 숟가락을 계속 입으로 가져가는 모습이나 머리를 돌리고 눈을 깜박이는 봉제인형 곰 같은 것 말이다. 뉴욕 인구의 절반이 여기 몰려와 진열창을 들여다보는 것만 같았다. 딱 한 사람 비버리만 빼고.

손목시계를 들여다봤다. 정오였다. 비버리가 빨리 오지 않으면 저 꼬마 녀석은 혼자서 기다려야 할 것이다. 꼬마가 진열창을 보고 돌진했다. "당장 돌아와!" 나는 고함을 지르며 녀석의 팔을 붙들고 거칠게 진열창 밖으로 잡아끌었다. "이리 와!" 나는 녀석을 연석까지 잡아끌었다. "여기 서 있어."

꼬마는 울면서 코를 닦았는데 그 모습이 재닛과 판박이였다. "비버리 아줌마가 진열창 구경을 시켜준다고 했어요." 꼬마가 말했다.

"아무렴. 그렇겠지." 나는 말했다. "비버리 아줌마가 오면 해. 빌어먹을, 빨리 좀 와라! 난 온종일 여기 서 있을 수 없으니까."

"추워요." 꼬마가 말했다.

"코트 지퍼 올려." 나는 말하며 내 코트의 지퍼를 올리고 주머니에 손을 넣었다. 진짜 차가운 뉴욕의 바람이 길모퉁이에 휘몰아치고 있었고 눈이 내리기 시작했다. 손목시계를 봤다. 12시에서 15분이나 지나 있었다.

"화장실 가고 싶어요." 꼬마가 말했다.

나는 녀석에게 그 입 다물라고, 지금은 어디도 갈 수 없다고 말했다. 녀석은 다시 울기 시작했다.

"당장 울음 그쳐라. 안 그러면 더 울 일을 만들어줄 테니까." 내가 말했다.

곧바로 빨간 모자가 다가와 꼬마에게 지팡이 사탕을 건네며 물었다. "무슨 일이니, 얘야?"

꼬마가 옷 소매로 코를 닦았다. "춥고 화장실도 가고 싶어요." 꼬마가 말하자 빨간 모자가 말했다. "나랑 같이 코펠리우스 장난감 가게에 가자." 그러더니 내가 말릴 틈도 주지 않고 꼬마 손을 잡고 가게 안으로 들어가 버렸다.

"이봐요!" 나는 두 사람을 쫓아갔지만, 장난감 병정 놈들이 이미 그들 뒤에서 문을 닫아버리고는 뻣뻣한 팔로 경례 붙이는 동작을 처음부터 반복하고 나서야 문을 열어줘서 나는 뒤늦게 안으로 들어갔다.

마침내 안으로 들어갔을 때 차라리 오지 말 걸, 하는 생각이 절로 들었다. 그곳은 악몽 그 자체였다. 대략 백만 명의 꼬마들이 고함을 지르며 장난감과 장난감처럼 변장한 사람들로 가득한 거대한 공간을 이리저리 뛰어다녔다. 마술사가 야광공으로 저글링을 하고 누더기 앤이 감초 사탕을 나눠주고 초록 얼굴의 마녀가 끈 달린 비행기를 고객들의 귓가에 쌩하고 날리고 있었다. 매장 가장자리 둘레에는 장난감 기차들이 벽에 붙여 놓은 철로 위를 씩씩, 횟횟, 뿌뿌 소리를 내며 증기를 뿜으며 돌아갔다.

이 난장판 한가운데에 둥근 모양의 보라색 탑이 우뚝 서 있었는데 적어도 2층 건물 높이는 되었다. 꼭대기에 커다란 창이 하나 뚫렸고 기계장치 라푼젤이 그리로 몸을 내밀고 탑 바닥까지 금발 머리를 길게 늘어뜨리고 머리를 빗고 있었다. 라푼젤의 창 아래에는 작은 창들이 줄지어 뚫렸는데 차례로 열렸다 닫혔다 하면서 아기인형이나 흰 토끼, 우주선 같은 것들이 튀어나왔다. 아기인형은 "엄마." 하고 말했고, 흰 토끼는 주머니에서 회중시계를 꺼내 들여다보며 고개를 절레절레 흔들었고, 우주선은 위로 솟구쳤다.

아이들 한 무리가 탑 둘레에 서 있었지만, 재닌의 아이는 보이지 않았고 어디에도 녀석과 빨간 모자의 모습은 보이지 않았다. 뒤쪽 벽을 따라 에스컬레이터가 분주히 오르내리며 사람들을 다른 층으로 실어나르고 있었는데 거기에도 녀석은 보이지 않았고 '화장실' 표시도 보이지 않았으며 계산대 앞줄은 너무도 길어서 감히 직원들에게 물어볼 수도 없었다.

신데렐라로 변장한 젊은 아가씨가 통로 한가운데 서서 초록색 장난감 개구리의 태엽을 감아 바닥에 놓자 개구리들이 펄쩍펄쩍 뛰면서 사람들의 길을 가로막았다.

"화장실이 어디죠?" 내가 물어도 신데렐라는 내 말을 듣지 못했는데, 당연한 일이었다. 고함을 질러대는 아이들, 뿌뿌 소리를 내는 기차, 타다다다 발사되는 장난감 총, 그리고 이 모든 아수라장 위로 단조로운 가락의 주제가가 큰 소리로 흘러나오고 있었다.

"나는야 코펠리우스 박사,
모두 환영합니다.
여자아이 남자아이 모두
장난감이 가득가득
즐거움이 펑펑펑."

껄껄대는 노인의 목소리가 2절을 노래하면 곧바로 1절이 시작되었고 끝임없이 반복 또 반복되었다.

"이 지독한 소음을 어떻게 견디죠?" 신데렐라에게 소리쳤지만,

그녀는 방한복을 입은 작은 아이에게 말을 하느라 내 말을 무시했다.

물어볼 사람이 있나 주위를 둘러보다가 에스컬레이터 맨 위에서 빨간 모자를 얼핏 보고 서둘러 달려갔다.

에스컬레이터에 막 오르려는 순간 길쭉한 빨간색 코트와 회색 포니테일 가발을 쓴 노인이 내 앞을 가로막았다. "코펠리우스 장난감 가게에 오신 걸 환영합니다." 그는 한껏 꾸민 목소리로 말했다. "저는 어린이의 친구, 코펠리우스 박사입니다." 그는 허리를 푹 숙여 우스꽝스럽게 인사했다. "우리 코펠리우스 장난감 가게에서는 어린이가 최우선으로 대접을 받지요. 무엇을 도와드릴까요?"

"당장 내 앞에서 비켜요." 나는 그를 밀치고 에스컬레이터에 올라탔다.

이제 빨간 모자는 어디론가 가버렸고 에스컬레이터에는 아이들만 가득했다. 그중 절반은 움직이는 손잡이에 매달려 양옆에 줄지어 선 테디베어, 기린, 실물 크기의 벨벳 검은 표범을 구경했다. 표범의 분홍색 혀는 실크로 만들었고 실물처럼 보이는 날카로운 송곳니에 상표가 달렸다. "오직 하나." 상표에 이렇게 씌어 있다. 가격은 4천 달러였다.

에스컬레이터 맨 위에 도착했을 때 재닛의 아이도 빨간 모자도 보이지 않았지만 '신나는 바퀴나라', '아기나라', '테디베어의 소풍' 등 온갖 곳을 가리키는 빨간색과 황금색으로 만든 화살표 모양 이정표들이 있었다. 거기에 '화장실' 이정표가 있었는데, 화살표가 왼쪽을 가리켰다.

이정표가 가리킨 방향으로 갔지만, 그곳은 사방으로 뚫린 통로가 얽히고설켜 있고 통로마다 아이들이 득실득실한 미로였다. 나는 소방차와 화학실험 도구세트를 뚫고 마침내 우주총과 광선검과 우주 전사 등 스타워즈 관련 상품이 가득한 커다란 방에 도착했다. 그러나 거기에도 이정표는 없었다.

바보 같다고 느끼면서도 금색으로 칠한 로봇에게 방향을 물어봤다. 로봇이 대답했다. "이 통로를 지나서 왼쪽으로 돌아가세요. 그러면 블록쌓기가 나옵니다. 팅커토이에서 왼쪽으로 갔다가 다시 왼쪽으로 가세요. 레고 진열대 바로 옆에 화장실이 있습니다."

통로를 지나 왼쪽으로 돌아갔지만, 블록쌓기는 나오지 않았다. 거기는 인형 코너였고 봉제인형과 더 많은 기린과 토끼와 코끼리와 온갖 크기의 테디베어가 있었다. 걸음마쟁이 하나가 인형에 매달려 다짜고짜 소리를 질렀다. 꼬마는 사탕을 입에 물었는데 눈물이 흘러내려 사탕의 초콜릿과 섞이는 바람에 온몸이 완전히 끈적끈적 엉망이었다.

녀석은 "잃어버렸어." 하고 울부짖었는데 나를 보자마자 테디베어를 내려놓고 나를 향해 그 끈적거리는 손을 내밀며 돌진했다. "엄마를 잃어버렸어."

바지가 초콜릿 범벅이 되는 건 내가 절대로 원하는 일이 아니었다. "엄마 옆에 꼭 붙어 있지 그랬냐." 나는 말했다. "이렇게 뛰어다니니 엄마를 잃어버리지." 그리고 다시 인형 코너로 돌아갔는데, 코펠리우스 늙은이가 검은 표범에 대해 거짓말을 한 게 분명한 것이 바비인형 한가운데에서 또 다른 표범이 노란 유리 눈알로 나를 쏘아보고 있었다.

나는 길을 거슬러 올라가 인형의 집을 통과해 결국 세발자전거 코너에 도착했는데 여기는 더욱더 혼란스러웠다. 이 공간을 영원히 헤매다가 재닌의 꼬마를 절대로 찾을 수 없을 것만 같았다. 게다가 벌써 1시였다. 1시 30분까지 출발하지 않으면 경기 초반을 놓치고 말 것이다. 당장 가버릴 수도 있었지만 그러면 재닌은 화를 낼 것이고 나는 그녀의 전남편이 아이를 돌보는 주말에 그녀를 어떻게든 구슬려 하룻밤을 보낼 기회를 영영 잃고 말 것이었다.

그러나 이렇게 헤매 봐야 녀석을 찾지 못할 것이다. 다시 메인 층으로 돌아가 빨간 모자가 녀석을 데리고 올 때까지 기다려야 했다.

썰매 코너에서 내려가는 에스컬레이터를 발견하고 올라탔지만, 막상 내려가 보니 메인 층이 아니었다. 아기 유모차와 노란 고무 오리와 더 많은 테디베어가 가득한 '아기나라'였다.

이렇게 멀리 오는 게 아닌데. "에스컬레이터가 어디죠?" 나는 리틀보핍 아가씨에게 물었다. 그녀는 '우르르 까꿍' 하며 아기를 달래고 있어서 나는 다시 물어봐야 했다. "내려가는 에스컬레이터가 어디에 있습니까?"

리틀보핍이 고개를 들고 나를 보더니 얼굴을 찌푸렸다. "내려가는 에스컬레이터라고요?"

"예." 나는 화가 치밀어올랐다. "아래층으로 내려가는 에스컬레이터 말입니다."

그러나 아무 말도 없었다.

"제발 여기서 나가게 해줘!"

리틀보핍은 아기의 귀를 덮으려는 듯 아기에게 한 걸음 다가서더니 말했다. "놀이울타리를 지나 죽 걸어간 다음 왼쪽으로 돌아가세요. 승용완구 끝에 있어요."

그녀가 말한 대로 갔지만 도착해보니 이 에스컬레이터는 내려가는 게 아니라 올라가는 것이었다. 어쨌든 이걸 타고 다시 세발자전 거 코너로 돌아가 다른 에스컬레이터를 찾아보기로 했지만 '아기나라'는 지하층이었는지 올라가 보니 메인 층이 나왔다.

여긴 좀 전보다 훨씬 더 분주하고 붐볐다. 어릿광대가 밝은 주황색 요요로 시범을 보였고 험피덤피는 장난감 공룡의 태엽을 감는 중이었으며 너무도 많은 꼬마와 아기 유모차와 쇼핑백이 있어서 라푼젤의 탑까지 가는 데만 15분이나 걸렸다.

빨간 모자와 꼬마 녀석, 혹은 비버리의 흔적도 보이지 않았지만, 거기 서 있으니 정문과 온갖 에스컬레이터가 다 보였다. 코펠리우스 박사가 에스컬레이터 밑에 서서 사람들에게 인사를 건네며 큼직한 빨간 막대 사탕을 나눠주고 있었다.

탑 주변 아이들이 손가락질을 해대기에 나도 위를 쳐다봤다. 매부리코에 뾰족 모자를 쓴 꼭두각시 인형이 여러 창 중 하나로 몸을 내밀었다. 꼭두각시 손으로 막대를 붙잡고 둥근 모양으로 흔들었고, 아이들이 웃음을 터뜨렸다.

창이 닫히고 또 다른 창이 열렸다. 발레리나가 빙글빙글 돌았다. 표범만큼이나 이빨이 날카로운 검은 고양이가 생쥐 뒤에서 풀쩍 뛰어오르자 생쥐가 "살려줘요! 살려줘요!" 하고 찍찍거렸다. 라푼젤이 긴 금발 머리를 빗었다. 찍찍거리고 빙글빙글 돌고 빗질을 하는 모든 난장판 위로 그 노래가 반복해서 흘러나왔다.

"여자아이 남자아이 모두
장난감이 가득가득 즐거움이 펑펑펑."

거기 5분 정도 서 있었더니 노래 가사가 전부 머릿속에 박혀 버렸다.

시계를 봤다. 1시 15분이었다. 도대체 애를 데리고 화장실에 다녀오는 데 왜 이렇게 오래 걸리는 거야?

1절이 끝나고 2절이 시작됐다.

"오세요, 코펠리우스 장난감 가게
환하고 따뜻한 그곳으로"

저 시끄러운 노래를 한 번만 더 듣는다면 나는 아마 미쳐버릴 것이다. 도대체 비버리는 어디 있는 거야?

다시 시계를 봤다. 1시 30분이었다. 5분만 더 기다렸다가 한 번 더 둘러본 다음 꼬마가 보이거나 말거나 나는 그냥 경기를 보러 갈 것이다.

누가 내 코트를 잡아당겼다. "그래, 드디어 왔군." 내가 말했다. "도대체 어디 갔었던 거냐?" 나는 아래를 보았다.

구정물 같은 금발 머리에 안경을 쓴 여자애였다. "그는 언제 와서 그녀를 데려가나요?" 여자애가 물었다.

"누굴 데려가?" 내가 물었다.

아이가 콧잔등 위로 안경을 밀어 올렸다. "탑에 사는 라푼젤이요. 왕자는 언제 와서 그녀를 꺼내주지요?"

나는 허리를 굽혀 아이 곁에 바짝 다가가 말했다. "절대 안 와."

아이는 안경 너머로 눈을 깜박이며 나를 보았다. "절대 안 온다고요?"

"왕자는 기다리다 기다리다 신물이 났거든." 내가 말했다. "그녀를 기다리고 기다리다 질려버려서 그냥 가버렸어."

"혼자 놔두고요?" 여자애가 꺅 소리를 질렀다. 꼭 생쥐처럼.

"혼자 놔두고. 그 후로 영영."

"라푼젤은 탑 밖으로 못 나오나요?"

"아무 데도 못 가지. 그래도 싸. 다 제 잘못이니까."

아이는 뒷걸음질을 치더니 금방이라도 비명을 지를 것처럼 보였지만 비명을 지르지는 않았다. 그저 안경 너머로 빤히 나를 보다가 다시 탑을 올려다보았다.

흰 토끼가 시계를 들여다보았다. 용이 주황색 포일로 만든 불꽃을 내뿜었다. 아기 인형이 "엄마." 하고 말했다. 단조로운 노래가 울려 퍼졌다. "그 무엇도 두렵지 않아요." 그리고 다시 시작했다. "나는야 코펠리우스 박사." 나는 사람들을 밀치고 코펠리우스 박사가 서 있는 에스컬레이터 밑으로 갔다.

"잃어버린 아이는 어디서 찾죠?" 나는 코펠리우스 박사에게 물었다.

"이 에스컬레이터를 타고 화가 코너로 가세요." 그가 한껏 꾸민 목소리로 말했다. "점토 모형 진열대에서 오른쪽으로 돌아 끝까지 가세요." 그는 내 팔을 살짝 잡았다. "걱정하지 마세요. 아이는 완벽하게 안전합니다. 저희 코펠리우스 장난감 가게에서는 어떤 아이도 다치지 않는답니다."

"예, 뭐, 마침내 찾아내면 다칠 녀석을 하나 알고 있지요." 나는 말하고 에스컬레이터에 올랐다.

아까 올라갔던 것과 같은 에스컬레이터라고 생각했는데 아니었다. 검은 표범이 없었고 맨 위에 이정표도 없었지만, 통로 하나에 물감과 크레용이 보여서 그쪽으로 갔다. 그러나 통로 중간이 아이들과 유모차를 미는 엄마들로 막혀 있었다.

"대체 이게 다 뭡니까?" 나는 엘프 변장을 한 남자에게 물었다.

"산타클로스를 만나려는 줄이랍니다." 그가 말했다. "돌아가셔야겠네요. 저쪽 통로로 절반쯤 가다가 농구공 코너에서 왼쪽으로 돌아가세요."

나는 통로를 지나갔지만 농구공은 보이지 않았고, 커다란 아타리 게임회사 간판과 팩맨 게임을 하는 아이들이 잔뜩 모여 있어서 거기서 왼쪽으로 돌아갔더니 장난감 탱크와 바주카포가 가득한 방이 나왔다. 다시 돌아 나와 왼쪽으로 갔더니 산타클로스 줄과 정면으로 맞닥뜨렸다.

시계를 봤다. 2시 15분이었다. 여긴 정말 지옥이다. 벌써 경기 초반을 놓쳤으니 나머지는 절대로 놓치지 않을 것이다. 비버리가 왔다면 아이를 찾아다니겠지. 나는 이제 출발할 것이다.

산타클로스 줄을 겨우 뚫고 가장 가까운 에스컬레이터를 타고 아래로 내려갔지만, 아까 그곳은 3층이었는지 여기에는 스타워즈 장난감들이 있었다. 에스컬레이터를 타고 또 내려가 보니 '아기나라'가 나와서 다시 올라가는 에스컬레이터를 타야 했다. 그러나 적어도 이제는 내가 어디에 있는지 알았다. 놀이울타리를 지나 승용완구 코너로 갔다. 예상대로 에스컬레이터가 있었다. 에스컬레이터에 올라타려고 했다.

에스컬레이터 발치에 검은 표범이 날카로운 이빨에 상표를 매달고 서 있었다.

나는 마음을 바꿔 먹고 다시 승용완구 쪽으로 돌아가 왼쪽으로 돌았더니 이제 인형 코너가 나왔다. 이럴 리가 없는데. 나는 다시 놀이울타리 쪽으로 거슬러 올라가 보았지만 이제 거기도 찾을 수가 없었다. 어느새 퍼즐과 게임 코너에 와 있었다.

물어볼 사람을 찾아 주위를 둘러봤지만, 직원도 마더구즈도 없고 아이들도 없었다. 전부 산타클로스를 보러 간 게 틀림없었다. 나는 인형 코너로 돌아가 내가 어디에 있는지 위치를 파악해보기로 했지만 직소퍼즐이 있던 통로로 가자 나가는 길이 보이지 않았고, 저기 코펠리우스 박사가 보일 즈음에는 슬슬 걱정이 되기 시작했다.

그는 사탕나라 진열대를 지나 '위험!'과 '죄송합니다!'라고 씌어 있는 벽 사이 문으로 들어갔다. 얼핏 회색 벽과 금속 계단이 보였다. 틀림없이 직원용 계단일 것이다.

나는 어릿광대가 다른 데를 쳐다볼 때까지 몇 분을 기다렸다가 그 문을 열었다. 직원용 계단이 맞았다. 포장상자와 운반용 목제상자가 벽에 포개져 있고 계단 위에는 '매장 규칙'이라는 제목의 커다란 표지판도 있었다. 금속 계단을 올려다보니 저 멀리 위쪽에서 주제가가 들려오는 걸 보면 메인 층으로 가는 계단이 틀림없었다.

"여자아이 남자아이 모두
장난감이 가득가득 즐거움이 펑펑펑."

나는 등 뒤로 문을 닫고 계단을 오르기 시작했다. 문이 닫혀서 어둡고 올라갈수록 더 어둡고 좁아졌지만, 노랫소리는 꾸준히 커졌다. 대체 이 계단의 정체는 뭔가 생각하며 계속 올라갔다. 계속 돌고

도는 계단인 걸 보면 물건을 실어나르는 계단은 아닐 것이다. 다시 내려가는 게 낫겠다고 생각했을 무렵 누군가 아래쪽 문을 잠그는 소리가 났다. 계속 올라갈 수밖에 없었다. 계단은 점점 더 좁아지고 점점 더 어두워지다가 마침내 양옆 벽을 손으로 더듬어야 하고 벽 사이에 몸이 끼는 마지막 계단에 도착해서야 머리 위로 문이 보였다. 문 가장자리로 빛이 새어 들어오고 노랫소리가 정말로 크게 들렸다.

"오세요, 코펠리우스 장난감 가게
  환하고 따뜻한 그곳으로"

몸을 비집고 마지막 계단을 몇 칸 올라가 문을 열었더니 그것은 문이 아니었다. 생쥐와 발레리나와 흰 토끼가 나왔던 작은 창 중 하나였다. 어떻게 된 일인지 나는 라푼젤의 탑에 와 있었다. 기계장치 장난감이 고장 났을 때 고치러 올라오는 계단이 틀림없었다.

내가 창을 열자 위를 쳐다보던 아이들이 내가 마치 장난감이라도 되는 것처럼 손가락질하며 웃었다. 나는 창을 닫고 다시 좁은 틈을 비집고 계단을 내려갔다. 문을 여는 지레로 사용하려고 계단에 쌓여 있던 목제상자에서 널빤지를 부러뜨렸지만 어디선가 길을 잘못 들었는지 같은 자리로 돌아와 있었다. 나는 창문을 열고 소리쳤다. "이봐! 날 여기서 꺼내줘!" 그러나 아무도 관심을 보이지 않았다.

도와달라는 신호를 보내려고 주위를 둘러보며 빨간 모자나 로봇, 코펠리우스 박사를 찾아보았다. 그때 비버리가 정문으로 걸어가는 게 보였다. 그녀는 재닛의 아이를 데리고 있었고 아이는 빨간 막대 사탕을 꼭 쥐고 소매로 코를 닦았다. 비버리가 무릎을 꿇고 주저앉아 휴지로 아이의 눈물을 닦았다. 그녀는 아이 코트의 지퍼를 올려주고 문밖으로 나갔다. 장난감 병정이 그들을 위해 문을 잡아주었다.

"기다려!" 나는 그들의 시선을 끌려고 널빤지를 흔들며 소리쳤다. 아이들이 나를 가리키며 키득키득 웃었다.

나는 창밖으로 빠져나가 라푼젤의 머리채를 붙잡고 탑의 옆면으로 내려가려고 했다. 나는 창틀에 한 발을 내디뎠다. 창틀 너머로 다리를 빼려니 온몸이 꽉 끼지만, 겨우 해냈다. 여기서 나가면 저 막대 사탕을 든 꼬마 놈이 매우 유감스러워하겠지. 나는 한쪽 다리를 단단히 걸고 반대쪽 발을 창틀 위로 올리기 시작했다.

아래를 내려다봤다. 탑 발치에 검은 표범이 웅크리고 기다리고 있었다. 표범은 분홍색 실크 혀로 벨벳 입을 핥았다. 날카로운 이빨이 빛났다.

그렇게 해서, 나는 여기 코펠리우스 장난감 가게에 영원처럼 느껴지는 시간을 갇혀 있게 되었다. 아이들이 빽빽 고함을 지르며 이리저리 뛰어다니고 기차가 뿌뿌거리며 저 바보 같은 노래가 몇 번을 되풀이해 나오고 또 나왔다.

"나는야 코펠리우스 박사,
모두 환영합니다."

나는 시계를 꺼내 들여다봤다. 12시 5분 전이다. 여기에 얼마나 갇혀 있었는지 감각을 잃었다. 이틀은 안 되었겠지. 월요일에 재닌이나 비버리, 혹은 회사 아가씨 중 하나가 내가 출근하지 않은 걸 알아채고 내가 여기서 마지막으로 목격되었다는 것까지 알아낼 것이다. 그러나 더 오래된 일인 것처럼 느껴졌고 슬슬 걱정이 들기 시작했다.

창문이 열릴 때마다 못 보던 장난감이 보이는 것 같았다. 최신 컴퓨터 게임과 리모컨으로 움직이는 자동차와 바퀴가 한 줄로 달린 재미있어 보이는 롤러스케이트 같은 것이 나왔다. 또 장난감 시범을 보이고 지팡이 사탕을 나눠주는 사람들의 모습도 달라졌다. 인어와 헤드밴드를 한 거북이와 광대 모자를 쓴 곱사등이와 자주색 망토를 쓴 사람까지 있었다.

그리고 지난번 창밖을 내다보았을 때는 구정물 같은 금발에 안경을 쓴 여자가 탑 아래에 서서 나를 쳐다보았다. "내가 어렸을 때 말이야." 여자는 옆에 있는 남자에게 말했다. "난 여기가 정말 싫었어. 라푼젤이 너무 걱정이 되었거든."

여자는 콧잔등 위로 안경을 밀어 올리며 말했다. "그때는 라푼젤이 장난감인 줄 몰랐어. 진짜 사람인데 왕자가 그녀를 버리고 혼자 남았다고 생각했거든. 왕자가 기다리다 기다리다 신물이 나서 그녀를 놔두고 가버린 거라고 생각했어. 혼자 놔두고."

여자는 남자에게 말하고 있었지만, 시선은 나를 똑바로 보고 있었다. "그 후로 영영. 그래도 싸. 다 제 잘못이니까."

그러나 안경을 쓰는 사람은 흔했고 재닌의 어머니가 죽어서 장례식에 가야 했더라도 수요일쯤이면 다시 출근할 것이다.

나는 출구를 굽어보았다. 장난감 병정은 아직도 문 양쪽 옆에 서서 경례를 붙였고 그사이에 코펠리우스 박사가 미소를 지으며 허리를 숙여 인사했다. 그 위로 노래가 꽥꽥거렸다.

"그 무엇도 두렵지 않아요.
이 코펠리우스 박사가
여러분을 안전하게 지켜줄게요."

노래는 다시 1절부터 시작했다.
나는 시계를 꺼내 보고 나서 창문을 닫고 나가는 길을 찾아보았
지만, 계단이 헷갈리고 어디선가 길을 잘못 들어 결국 같은 자리로
돌아왔다. 조그만 창문이 열리면 나는 몸을 내밀고 외쳤다. "살려
줘! 살려줘!"
아이들이 손가락질하며 깔깔 웃었다.

장식하세닷컴

deck.halls@boughs/holly

승객이 거의 없는 자기부상열차가 역을 출발하자마자 리니는 잉게에게 접속했다. "쉴즈 부인에 대해 넷체크를 해봐야겠어." 리니가 말했다. "주소는 그레이터 덴버 아스펜가 3404번지야."

　"오늘?" 잉게가 말했다. "오늘은 추수감사절이야."

　'노르웨이에서도 추수감사절을 지내나?' 리니는 생각했지만, 잉게는 어딘가 갈 계획이 있는 게 분명해 보였다. 그녀는 어깨를 드러낸 벨벳 상의를 입고 반짝이 화장을 하고 있었다. "알아, 미안. 지금 새 고객을 만나러 가는 길이거든." 리니가 말했다. "넌 재무기록에 접속할 수 있잖아. 고객이 뭘 좋아할지 알려면 이력을 알아야 하거든. 직업이나 취미, 관심사 같은 거."

　"지금 당장?" 잉게가 애처롭게 말했다. "나 있잖아…. 그게 어떻게 된 거냐면…, 카를로하고 추수감사절 저녁 식사를 함께하기로 했는데, 약속 시간이 몇 분 안 남았거든."

"조금만 늦으면 안 될까?" 리니가 물었다. "이력 조회는 30분이면 될 것 같은데."

"안 돼. 카를로는 지금 톰보 우주정거장에 있고 거긴 통신창구가 딱 4시간 열리는데 개인적인 통신은 우선권이 없거든. 거기 저녁 시간에 맞춰서 카를로랑 대화하기로 약속했어. 우주정거장은 케네디 우주센터가 있는 케이프 커내버럴 시간대에 맞춰서 살고 있어."

카를로가 달에 가 있다는 사실을 깜박했다. "그럼, 어서 저녁 먹으러 가." 리니가 말했다. "카를로에게 추수감사절 잘 보내라고 전해줘. 오늘은 나 혼자 예비방문을 할 테니까 나중에 네가 넷체크로 자세히 알아봐 줘."

"정말? 고마워! 약속을 못 지킬까 걱정했어." 잉게가 말했다. 막상 리니가 허락을 하자 잉게는 별로 서두르는 기색이 없었다. "노월이랑 추수감사절 저녁 식사 같이 안 해?"

"노월은 오늘 설치작업이 있어." 리니가 말했다.

"그럼 추수감사절인데 같이 저녁을 먹을 사람이 아무도 없단 말이야?"

"엄마랑 벌써 먹었어."

"너희 엄만 사우디아라비아에 있잖아."

"응. 아까 온라인으로 같이 저녁 먹었어." 사실은 한밤중이었다. 리니는 야간근무 시간에 반쯤 졸린 얼굴로 화면 앞에 앉아 소이플레이크를 먹는다는 걸 엄마가 볼 수 없게 비디오캠 위치를 조심스럽게 맞췄다.

잉게가 코웃음을 쳤다. "지금이라도 얼마든지 노월이랑 저녁을 먹으러 갈 수 있잖아. 카를로와 나는 38만 킬로미터나 떨어져 있는

데도 너희 두 사람보다 데이트를 더 자주 하는 것 같아. 지금이 한창 바쁜 때라는 건 알지만 그래도….”

“혹시 나한테 메시지 온 거 없어?” 리니는 잉게의 말을 잘랐다.

“있어. ‘음악은사나운짐승을달랜다닷컴’에 베토벤이 다 팔렸대. 혹시 바흐도 괜찮으냐고 물어보래. 그리고 ‘잉크병닷컴’이 자기네 전자카드를 쓸 건지 알려 달래.”

‘좋아.’ 리니는 생각했다. 적어도 판도라 프리에게서 온 메시지는 없었다. 그 말은 곧 그녀가 아직은 학창시절 추억 주제에 만족하고 있다는 뜻이리라. 이런 식으로 유지할 수만 있다면 리니는 계약서를 가지고 판도라를 찾아갈 수 있을 것이다. 작년 판도라는 아홉 번이나 마음을 바꾸었고 마지막 변심은 설치작업 하루 전날이었다. 올해는 판도라가 이틀 이상 유지할 만한 크리스마스 장식 주제에 도달하기까지 사하라사막, 보드게임 외에도 아홉 가지 주제를 거쳤다. 리니가 쉴즈 부인를 면담하는 2시간 동안만 그 주제를 유지할 수 있다면….

“나 그만 가볼게.” 리니가 잉게에게 말했다. “넷체크에 들어가 봐야겠어.”

“응, 그럼 나도…. 악! 시간이 벌써 이렇게 됐어! 나 아직 눈에 잉크도 안 넣었던 말이야….” 그리고 잉게는 갑자기 접속을 끊었다.

리니는 ‘음악은사나운짐승을달랜다닷컴’에 접속했다. ‘추수감사절 서비스 중지’라는 알림창이 떴다. 그녀는 넷체크 사이트에 접속해 ‘쉴즈 부인’이라고 입력하고 일반적인 이력 조회와 마케팅 프로필을 요구했다.

아무것도 나오지 않았다. ‘내가 뭘 잊은 거지?’ 그녀는 생각했다.

넷체크에 들어온 지 꽤 오래되긴 했다. 그동안 전부 잉게가 해주었다. 아무래도….

삐삐 소리와 함께 화면에 우선알림창이 떴다. 노월이었고, 짜증이 난 얼굴이었다.

"어디 갔었어?" 그가 닦아세웠다. "자기한테도 잉게한테도 45분이나 접속 시도를 했어."

"잉게는 오후에 휴가를 줬어. 추수감사절이잖아. 그리고…."

"아주 잘됐네." 그가 말했다. "요즘 벌어지는 일들만큼이나 잘됐어. 테디 로페즈가 방금 전화했어. 주제를 바꾸고 싶대."

"왜? 테디도 에밀도 재즈 주제를 아주 마음에 들어 하는 줄 알았는데?"

"마음에 들어 했지. 하지만 두 사람이 약혼했거든." 노월이 역겹다는 듯이 말했다.

"와, 정말 잘됐다…." 리니가 말을 시작했다.

"자기가 그렇게 생각한다니 다행이네. 지금 그들은 처음부터 완전히 새로운 사랑 관련 디자인과 하트와 큐피드, 오렌지 꽃 등등을 원하고 약혼 파티 날까지 설치를 완료할 수 있게 설치작업일을 12일로 바꿔주길 원하는데 말이지."

"'예배당에가요닷컴'에 굉장히 근사한 다이아몬드 반지 장식물이 있어." 리니가 말했다. "또 반짝이는 광섬유 크리스마스 트리라면 완벽할 거야."

"법적으로는 우리 쪽에서 주제 변경을 허락하지 않아도 돼. 그들은 벌써 계약서에 서명했으니까. 우리에겐 계약 내용을 고수할 권리가 있어."

"하지만 노월. 그들은 이제 막 약혼했잖아." 리니가 항의했다. "그리고 크리스마스야."

"그건 굳이 알려주지 않아도 돼. 앞으로 엿새 동안 크리스마스 설치작업을 네 군데나 해야 하니까." 알림창 안의 노월이 마치 리니 뒤에 무엇이 있는지 자세히 보려는 듯 앞으로 몸을 숙였다. "움직이는 게 보이는데? 자기 지금 어디 있어?"

"자기부상열차 안이야. 아스펜가에 가는 길이야."

"아스펜가? 설마 판도라 프리가 아직도 계약서에 서명하지 않은 건 아니겠지? 자긴 너무 물러 터져서 고객들이 만만하게 보잖아. 리니, 좀 더 단호해지라고. 이건 낭만이 아니라 사업이야."

전에도 이런 설교를 들은 적이 있다. "판도라 프리는 오늘 계약서에 서명하기로 했어."

"얼마나 걸리겠어? 여기 설치작업장 옥외설치물에 조명을 달아야 하는데 자기가 도와줬으면 해."

"안 돼." 리니가 말했다. "고객 면담이 있어."

"면담? 설마 지금 새 고객을 받겠다는 건 아니지? 오늘이 11월 28일이야! 새 고객을 받는 건 6월이 마감이라고 말했어?"

"이분은 한 번도 전문적인 크리스마스 장식 의뢰를 해본 적이 없대. 늘 직접 꾸미면서 전문적인 장식 절차가 어떤 식으로 굴러가는지 몰랐대."

"그래서 그 고객이 딱했던 거야?"

리니는 고개를 끄덕였다. "정말 절박해 보였어." 게다가 아주 집요하기까지 했다. 리니로선 거절할 틈이 없었지만, 노월에게 그 이야기까지 할 수는 없었다. "우리 고객층을 넓힐 기회야. 게다가 나

지금 상태가 괜찮거든. 내가 맡은 설치작업 중 세 군데가 벌써 끝났고 이 고객도 15일 이후에나 설치하면 된다고 했어. 새 고객을 받아도 전혀 문제가 없을 거야."

"그 고객이 판도라 프리처럼 계속 변심하지만 않으면 말이지."

"그렇지 않을 거야. 이분은 내가 일을 맡아주기만 해도 엄청나게 고마워했어."

"그래. 그래놓고 자기 친구들에게 우리가 12월에 신청해도 기꺼이 새 고객을 받아주더라고 떠들겠지. 그런데 대체 그 고객이 누구야? 재정상태 조회해 봤어?"

"응." 리니는 거짓말을 했다. 하지만 쉴즈 부인이 판도라 프리처럼 부자 동네에 산다는 사실은 적어도 그녀가 적당히 부자라는 뜻이었고, 어쨌든 그녀는 노월이 아니라 리니의 고객이었으므로 만에 하나 알고 보니 쉴즈 부인이 손이 많이 가는 고객인 게 밝혀지더라도 그건 리니의 문제였다.

"어쨌든 계약서에 서명도 받지 않고 나오지는 마. 그런데 자기가 왜 그렇게 먼 곳까지 직접 가는 거야? 사무실에서 온라인으로 면담하면 되잖아."

"그 고객이 온라인으로 대화하는 걸 좋아하지 않아. 컴퓨터를 잘 모르는데."

"덕분에 자기는 온종일 거기까지 가서 하루 시간을 낭비하고 나는 조명을 설치해줄 사람이 없는 거로군. 새 고객을 구하러 직접 나설 정도로 자기가 한가했다면 내 작업을 도와줄 수도 있었을 텐데 말이야." 노월은 그렇게 말하고 리니가 추수감사절 잘 보내라는 인사를 하기도 전에 접속을 끊어버렸다. 하긴 이런 분위기에서는 하나마나 한 인사였을 것이다.

리니는 다시 넷체크에 접속했다. 곧바로 삐삐 소리와 함께 우선 알림창이 튀어나왔다. 판도라 프리였다. "오늘 오후 계약서 가지고 오는 거 맞죠?"

"예. 4시에요."

"오, 맙소사."

악, 안 돼. "무슨 문제라도 있나요?" 리니는 속으로 떨며 물었다.

"내가 생각을 좀 해봤는데 말이야, 셰익스피어 흉상이 없으면 학창시절 추억이라는 주제가 아무런 의미가 없겠어. 영어는 내가 가장 좋아하는 과목이었고 또…."

"흉상 있어요." 리니가 말했다. "벌써 주문해놨어요."

"그렇지만 스푼메이커 선생님의 영어 시간에 있던 그 흉상과 다르면 어떡해? 흉상을 직접 보기 전까진 서명 못 해요."

'내가 직접 흉상을 들고 가서 당신 눈앞에 대령하길 바란다는 말이지.' 리니는 생각했다. "오늘 공급상이 문을 열었는지 모르겠네요." 리니가 말했다.

"아, 급하진 않아요. 계약서 서명이야 다음 주에 하면 되니까."

그때쯤이면 판도라는 반대할 거리를 열두 가지 정도는 더 찾아낼 수 있을 것이다. "제가 한번 연락해볼게요." 리니가 말했다.

'바위와 벽 사이'에 접속했더니 다행히 5시까지 영업을 한다고 해서 다시 판도라에게 접속해 약속 시간을 7시로 변경했는데, 그 시간도 빠듯했다. 쉴즈 부인과의 면담이 2시간을 넘기면 안 되고, 면담 후에 다시 시내로 돌아와 한 사람이 들기엔 너무 무거울 거라고 '바위와 벽 사이' 주인이 말한 셰익스피어 흉상을 받아서 이 동네로 다시

와야 했다. 아무래도 노월에게 연락해야 할 것 같았다.

리니는 노월에게 접속했다. "자기 바쁜 거 아는데 홍상을 역까지 가져가는 것만 도와주면 거기서부턴 내가 어떻게 해볼게." 역에서 판도라의 집까지 열 블록을 어떻게 갈지는 확신이 서지 않았지만 정 안되면 택시를 타면 될 것이다.

"불가능해." 노월이 말했다. "여기 자정까지 있어야 해. 아까 말한 대로 면담을 마치자마자 판도라 프리의 서명을 받아냈으면 일이 이렇게 꼬이지도 않았을 거 아니야. 어쩔 수 없네. 자기 새 고객한테 연락해서 일을 맡을 수가 없게 됐다고 말…."

"역에 도착했어. 나 그만 가볼게." 리니가 말했다.

'게다가 난 아직도 넷체크에 접속하지도 못했지.' 리니는 생각하며 쉴즈 부인의 집을 향해 걷기 시작했다. 뭐, 넷체크 조회 없이 해야지. 어쩌면 집만 둘러봐도 대강 알 수 있을지도 모른다. 이미 쉴즈 부인이 첨단기술 공포증이 있다는 건 알지 않았나. 또 이전에 대화할 때 화면으로 본 인상에 의하면 그녀는 오십대 후반의 나이에 머리를 염색하지 않았다. 또 '부인'이라는 구식 호칭을 쓰는 걸 보면 복고를 좋아한다는 뜻이니 아마 전통적인 크리스마스 주제 중 하나면 될 것이다. 23번 '초원의 집 크리스마스'나 119번 '강을 건너고 숲을 지나서'면 되겠지.

아스펜가 3404번지에 도착했다. 집은 기대했던 것만큼 비싸 보이지는 않았다. 판도라 프리가 사는 동네의 집들은 전부 어마어마한 저택일 거로 생각했는데 3404번지는 도로에서 상당히 멀찌감치 떨어진 길쭉하고 지붕이 낮은 집이었다. 아무래도 넷체크로 재정상태를 조회했어야 했다는 생각이 들었다.

그러나 널찍한 잔디밭은 전문가가 손질한 듯 보였고 큼직한 전면유리창 너머로 보이는 가구는 소박하면서도 무게 있는 미션식 공예품이었다.

출입문에는 센서도 식별용 스크린도 없고 구식 초인종만 있었다. 리니가 초인종을 누르자 잠시 후 키가 큰 젊은 남자가 양모 스웨터를 입고 목에 냅킨을 두른 채 문을 열어주었다. "무슨 일이죠?" 그가 얼굴을 찌푸리고 물었다.

"리니 치앙이라고 합니다." 그녀는 말했다. "약속이 있어요."

"들어와요, 들어와! 브라이언, 아가씨를 그렇게 밖에 세워두면 어떡하니?" 쉴즈 부인이 젊은이를 밀고 앞으로 나와 리니를 말 그대로 집 안으로 끌고 갔다. "정말 춥죠!"

부인도 손에 냅킨을 들고 있었다. "추수감사절 저녁 식사를 하시는데 제가 방해했나요?" 리니는 불안하게 물었다.

"오, 아니에요. 전혀 아니에요. 우린 다 먹었어요." 부인은 여전히 얼굴을 찌푸린 채로 있는 브라이언 쪽을 날카롭게 쳐다보며 말했다. "브라이언, 아가씨 코트를 받아 드려야지." 부인은 씨름하듯 리니의 코트를 벗기더니 브라이언에게 건넸다. "얼른 가서 서재의 난로를 켜두렴."

브라이언이 코트를 들고 나갔다. "저 잘생긴 젊은이가 내 조카예요. 브라이언 웨스트." 쉴즈 부인이 말했다. "우린 둘 다 아가씨가 추수감사절까지 포기하고 여기까지 와준 걸 대단히 고맙게 생각해요. 저녁 먹었어요? 칠면조랑 드레싱이 있는데 좀 들겠어요? 우리 조카가 환상적인 굴 드레싱을 만들었답니다."

"감사합니다만 괜찮습니다. 저녁을 일찍 먹었어요."

"가족이랑 함께 먹었어요?" 부인은 리니를 거실을 지나 서재로 안내하며 물었다.

"어머니와 온라인으로 먹었어요. 어머니가 사우디아라비아에 계시거든요."

"그랬다면 한밤중에 먹었겠군요."

리니는 쉴즈 부인이 사우디아라비아의 시간대를 알고 있다는 사실에 깜짝 놀랐다. 심지어 리니의 어머니마저도 시차를 정확히 알지 못했다. "거기 시간대로 하면 아가씨는 늦게 먹었겠네요." 부인이 계속 말했다. "몇 시쯤이었으려나? 9시?"

"그 후로 아무것도 안 먹었다는 말이에요?" 쉴즈 부인이 걱정스럽게 계속 물었다. "크랜베리 소스랑 설탕에 졸인 참마가 있는데…."

"아니, 정말로 괜찮아요. 감사합니다. 자기부상열차에서 먹었어요." 리니는 거짓말을 했다.

"그럼 차라도 마셔요. 요즘 젊은이들은 뭘 마시나? 맥스프레소? 레드티?"

뭐든 먹거나 마시겠다고 하기 전에는 부인의 맹공이 멈출 것 같지 않았다. "차가 좋겠어요." 리니가 말하자 쉴즈 부인은 부산스럽게 서재 밖으로 나갔다.

리니는 주위를 둘러보았다. 여기에도 미션식 가구가 있었는데 겉모양을 보니 진짜 구스타프 스티클리가 디자인한 명품이었고 카펫도 낡기는 했지만 나바호족이 손수 짠 골동품이었다. 리니는 쉴즈 부인의 재정상태 추정치를 몇 단계 위로 올렸다.

하지만 온갖 잡동사니 장식품이 없는 것으로 미루어 몇 가지 가능한 주제를 추측해볼 수 있었다. 우선 유니콘 봉제인형이나 원주민 가면, 복엽비행기 모형은 안 된다. 또 애완동물의 흔적이 없는 것도 리니로선 안타까운 일이었다. 애완동물이 있는 집은 꽤 쉬웠다. '어떤짐승도동요하지않았다닷컴'에 접속해 애완동물이 무슨 종인지 입력만 하면 오디오 장식물, 자수 양말, 리본 장식한 밀크본 개과자, 심지어 개나 고양이 캐럴 시디까지 구할 수 있었다.

이 집에는 홀로그램도 없이 다리를 그린 유화만 한 점 난로 위에 걸려 있었다. '세상의 다리가 되어' 주제는 어떨까? 옥외설치물로 금문교와 뚜껑을 씌운 다리 디오라마는 어떨까? 아니면 쉴즈 부인은 그림이나 특정 화가에게 관심이 있을지도 모른다. 리니는 그림의 서명을 보려고 몸을 앞으로 숙였다.

"우리 조카 브라이언이 다리 일을 해요." 쉴즈 부인이 부산스럽게 들어오며 말했다. "엔지니어거든요. 두 사람이 비슷한 또래일 것 같은데?" 부인은 리니에게 차가 담긴 머그잔을 건넸다. "조카는 스물여덟 살이에요." 그리고 기대하는 얼굴로 리니를 보았다.

"저는 스물일곱 살입니다." 리니가 말했다. "면담은 여기서 할까요?"

"그래요. 혹시 전원이나 인터넷에 연결해야 하나요? 나는 컴퓨터라면 일자무식이라서요. 브라이언이라고 딱히 더 나은 수준은 아니랍니다."

"아니요. 제가 다 준비해왔어요." 리니가 노트북을 열고 스위치를 누르자 쉴즈 부인이 소리쳤다. "브라이언! 브라이언!"

브라이언이 이번에는 냅킨을 빼고 들어왔다. "이쪽은 우리의 새로운 크리스마스 디자이너 리니 치앙 양이란다." 부인이 말했다.

"크리스마스 디자이너라고요?" 그가 어리둥절한 얼굴로 자신의 이모를 보며 말했다.

"그래." 쉴즈 부인이 그를 향해 빙그레 웃더니 다시 리니를 바라보았다. "난 크리스마스마다 늘 직접 장식을 했어요. 하지만 올해는 너무 힘이 들어서 전문적인 크리스마스 장식을 받기로 결심했지요."

"그러셨죠." 브라이언이 말했다.

그는 분명히 못마땅해 보였다. 리니는 전에도 이런 식의 거부감을 목격한 적이 있다. 주로 가족의 크리스마스를 해왔던 방식대로 지내길 바라는 남자들이었다. 그 말은 그 많은 일을 전부 여자가 해왔다는 뜻이었다.

"요즘 크리스마스는 과거보다 훨씬 많은 계획과 일이 필요해요." 리니가 말했다. "쇼핑도 해야 하고 장식도 해야 하고 집 청소도 하고 케이크도 굽고 선물을 사서 포장도 하고 전자카드도 보내야 하죠. 한 사람이 그 많은 일을 다 하기란 불가능해요. 어찌어찌 해낸다고 해도 너무 스트레스를 받고 지쳐버려 휴일을 제대로 즐기지도 못하겠죠."

"내 말이!" 쉴즈 부인이 브라이언을 보며 말했다. "나도 크리스마스를 진짜로 즐기고 싶어. 이 아가씨가 날 도와줄 거다. 그러니 넌 나를 말릴 생각은 하지도 마라, 브라이언. 나는 이미 마음을 굳혔으니까. 혹시 생각해둔 게 있으면 우리에게 보여주겠어요?"

"고객님 생각이 중요하죠." 리니는 휴대용 홀로그램 프로젝터를 설치했다. "저희 '장식하세닷컴'에서는 고개 여러분이 원하는 대로 맞춤형 크리스마스를 제공합니다. 저희는 총 900가지의 크리스마스 주제를 마련해두고 있으며 그중 원하는 게 없으면 고객을 위한 단 한 가지 주제를 디자인해 드립니다. 마음에 둔 거라도 있으세요?"

"아, 있어요. 이모는 분명히 마음에 둔 게 있을 거예요." 브라이언이 말했다.

리니가 궁금한 얼굴로 쉴즈 부인을 보았다.

"난 모르겠구나." 쉴즈 부인이 말했다. "우리 집 크리스마스는 늘 무척 소박했잖니. 그저 트리 하나 세우고 난롯가에 양말이나 걸어 둔 게 다였지."

"맞아요. 화려한 건 전혀 없었죠." 브라이언이 말했다.

"그럼 우선 소박한 것들을 보여 드리죠."

"아니요. 난 아가씨 아이디어를 전부 보고 싶어요. 전문적인 크리스마스를 처음 보내는데 전부 보는 게 좋죠."

"알았어요. 그럼 저희가 제공하는 서비스를 대략 설명하는 것으로 시작하겠습니다." 리니는 쉴즈 부인에게 소형기기 하나를 건넸다. "마음에 드는 주제가 나오면 거기에 번호를 쓰세요. 저희는 완전한 범위의 서비스를 제공합니다. 장식부터 조명, 선물 포장, 쇼핑…."

"쇼핑도요?" 브라이언이 몹시 놀란 말투로 말했다.

"예. 고객님이 주신 목록대로 구입하기도 하고 마케팅 프로필을 이용하기도 합니다. 또 크리스마스 카드나 전자메일, 음성메일도 보내드립니다. 완전한 그래픽카드나 손으로 쓴 카드 모두요. 또 파티 초대장도 보내드립니다. 여기에 캐럴을 마련해 드리기도 합니다. 원하는 서비스를 선택하세요."

리니는 두 가지 가격 내역을 인쇄해 그들에게 건넸다. 두 사람 다 종이를 한번 흘낏 보고 그만이었다. 리니는 다시 재정상태 추정치를 올렸다.

"그럼 이제 몇 가지 가능한 주제를 보여 드릴게요. 이것은 68번

'이상한 나라의 겨울'입니다." 리니는 말하며 코드를 입력했다.

온통 하얀 공간의 계단 위로 눈부신 흰색과 은색 빛이 쏟아지는 총천연색 홀로그램이 나타났다. 계단 밑에는 다이아몬드를 가득 단 크리스마스 트리가 흰색 벨벳 천사 매듭을 매달고 있고 공중에 크리스털 눈송이가 떠 있다. "크리스털 눈송이는 워터포드 제품이고 다이아몬드는 각각 0.125캐럿입니다."

"조금 덜 형식적인 것을 좋아하신다면 241번 '네스 호의 크리스마스'도 있습니다." 하얀 방이 빨간색과 초록색의 스코틀랜드 격자무늬 방으로 바뀌었다. 격자무늬 소파와 격자무늬 의자 사이에 커다란 자주색 헤더 덤불이 서 있고 거기에 스코틀랜드 전통 모자 탬 오섄터, 스코틀랜드 국화인 엉겅퀴, 큰 바다뱀이 걸렸다. "가구와 장식 커튼, 카펫 전부 가문 특유의 타탄 무늬로 제작 가능합니다." 리니가 말했다.

"어떤 분들은 자신의 취미를 주제로 크리스마스를 꾸미기도 합니다." 리니는 110번 '십자말풀이 크리스마스'를 클릭했다. 배경이 전부 흑백 사각형으로 바뀌었다. "또 정치 성향과 관련해 꾸미기도 하고요. '코끼리는 절대로 잊지 않는다'라는 주제입니다." 리니는 빨간색과 흰색, 파란색으로 된 코끼리 문양 깃발이 펄럭이는 방의 홀로그램을 보여주었다. 빨간색 크리스마스 트리는 성조기와 백악관 모형으로 뒤덮여 있고 맨 위에는 레이건과 뉴트 깅그리치, 세 명의 부시 얼굴로 이루어진 러시모어산 모형이 올라가 있었다.

"이거 농담이죠?" 조카가 말했다.

"물론 민주당 버전도 있습니다." 리니는 말했지만 쉴즈 부인이 별로 열띤 반응을 보이지 않자, 바로 다음으로 넘어갔다. "또 국제화 크리스마스도 있습니다. 이것은 '세계는 작다' 주제입니다." 그러나 쉴즈 부인은 전혀 감동한 얼굴이 아니었다.

"대다수 고객은 자신의 직업을 반영하는 크리스마스를 선택합니다." 리니는 이들에게 보여줄 다리 주제가 있으면 얼마나 좋을까 생각했다. "아니면 개인적인 관심사도 있고요. 좋아하는 꽃이랄지." 그녀는 309번 '튤립밭을 살며시 지나가 볼까'를 불러냈다. "또 좋아하는 색깔도 있습니다." 방 안이 자주색으로 변했다. "이건 저희의 '접시꽃 멜로디' 주제입니다." 곧 방 안이 연두색으로 변했다. "이건 116번 '샤르트뢰즈 칸타타'이고요. 또 가족의 추억이나 다가올 행사를 위주로 꾸밀 수도 있어요. 얼마 전 제 파트너의 고객 두 분이 약혼해서 하트와 큐피드를 주제로 정했답니다."

"어머나, 멋져라." 쉴즈 부인이 말하고는 자기 조카를 향해 물었다. "저런 건 어떠니?"

"사랑에 관한 주제가 몇 가지 더 있어요. '달빛과 장미'랄지." 리니가 말하며 방 한가운데에 홀로그램을 띄웠다. "'로미오와 줄리엣', '할리퀸 로맨스'…."

"아가씨는 약혼할 때 어떤 주제로 했지요?" 쉴즈 부인이 물었다.

"저요?" 리니가 말했다. "오, 저는 약혼 안 했어요."

"아, 아까 파트너라고 하기에 아가씨가 약혼한 줄…."

"아니에요. 사업 파트너 노윌 허쉬를 말한 거었어요."

"그 사람이 아가씨 남자친구는 아니고요?" 쉴즈 부인이 집요하게 물었다.

'남자친구라는 말을 쓰다니, 확실히 복고풍이야.' 리니는 생각했다. "아니요. 제 말은, 그러니까, 예, 데이트를 하기는 하지만…."

"약혼한 사이는 아니다?" 쉴즈 부인이 말했다. "브라이언도 약혼

안 했어요. 만나는 사람도 없다지 뭐예요. 이 사람도 크리스마스에 아가씨랑 함께 일하나요?"

"브라이언이요?"

"아니, 아가씨 파트너요."

"아니요. 우리는 각자 담당 고객이 따로 있어요."

"하지만 사무실 공간은 같이 쓰겠군요."

확실히 복고풍이다. "저희는 자체 사무실이 없어요. 설치작업을 제외하곤 전부 무선이나 인터넷으로 해요. 저희 비서 잉게는 노르웨이 오슬로에 살아요."

"당신 파트너는요?"

"여기 살아요." 그녀가 말했다. "하지만 서로 얼굴 보는 일은 거의 없어요." 그리고 조용히 속으로 덧붙였다. 심지어 추수감사절에도 못 본답니다.

"오슬로라…." 쉴즈 부인이 말했다. "나는 늘 스칸디나비아에 가보고 싶었어요. 스칸디나비아에 관한 주제는 없나요?"

"오, 있어요." 리니가 말하고 다시 메인메뉴로 돌아갔다. "몇 가지 있어요. '산타루치아의 날', '노르웨이의 크리스마스', '스웨덴의 크리스마스', '놀랍고 놀라운 코펜하겐'. 아니면 가고 싶은 도시로 꾸밀 수도 있어요. 지역의 명물을 홀로그램으로 넣고 루테피스크*나 링곤베리를 넣은 팬케이크, 블러드 푸딩 같은 지역 음식을 곁들이죠."

"오, 음식도 하는군요." 쉴즈 부인이 말하자 브라이언은 정말 싫다는 듯이 고개를 절레절레 흔들었다.

---

* 말린 대구로 만든 노르딕 국가의 전통 음식

"기본 패키지에는 각 주제에 맞는 크리스마스 만찬이 포함되어 있어요." 리니가 말하며 음식 제공업체 명단과 샘플 메뉴를 인쇄했다. "또 크리스마스 이브 저녁 식사와 파티, 뷔페도 제공합니다. '피오르의 크리스마스'를 보시겠어요?"

쉴즈 부인은 고개를 저었다. "청어는 좋아한 적이 없어요. 또 다른 장소로 어디가 있죠?"

"지구 안이나 지구 밖이나 어디든 다 돼요. 우주 관련 주제도 완벽하게 갖춰져 있습니다. 달 기지와 화성도 있고요. 태양계도 명왕성이 있는 것과 빠진 것 전부 준비되어 있어요. 모든 국가와 모든 주요 도시도 다 있고요. 런던, 뉴델리, 파리," 리니는 하나씩 차례로 클릭하며 말했다. "라스베이거스⋯."

에펠탑이 사라지고 네온사인이 번쩍이는 결혼식장과 슬롯머신, 산타클로스와 분홍색 타조 깃털 꼬리를 단 쇼걸 사이에서 결혼식 주례를 보는 엘비스 프레슬리 분장배우가 나타났다. "또 허구의 공간도 있어요." 리니가 말했다.

"라스베이거스는 허구가 아니었던 것처럼 말하는군요." 조카가 말했다.

리니는 그의 말을 무시했다. "네버랜드." 그녀는 차례로 클릭하며 말했다. "가운데땅, 아틀란티스, 호그와트. 그리고 역사적인 유적지도 있어요. 게티즈버그, 워털루, 사이공. 저희 '장식하세닷컴'은 역사 관련 주제라면 사건과 인물 모두 완벽하게 준비되어 있습니다. 클레오파트라, 패튼 장군, 빌 게이츠⋯."

"돌리 레비." 브라이언이 말했다.

"영화 〈헬로, 돌리〉에 나오는 중매쟁이 말인가요?" 리니는 브라이언의 암시를 알아들은 게 기뻤다. 그녀는 곧 영화 관련 메뉴를 불러왔다. "브로드웨이 연극, 영화, TV 주제도 완벽하게 갖춰져 있습니다. 〈레미제라블〉, 〈스타워즈: 에피소드 9〉, 〈아이스맨 코메스〉, 〈캣츠〉." 그녀는 〈헬로, 돌리〉를 클릭했다. "보시다시피 아이린 몰리 여성모자 상점에서 구한 모자들로 크리스마스 트리를 장식했고 주방은 하모니아 가든스 제품으로 꾸몄으며 집 앞은," 그녀는 잔디밭 장식물을 클릭했다. "실물보다 큰 바바라 스트라이젠드와 주제가를 연주하는 루이 암스트롱의 움직이는 모형이 있어요."

쉴즈 부인은 브라이언을 향해 고개를 흔들었다.

"바바라 스트라이젠드를 좋아하지 않으시면 캐롤 채닝도 있습니다." 리니가 말했다. "아니면 브리트니 스피어스와 리메이크에 출연한 다른 배우들도 있어요."

"그건 출연이 아니죠. 〈헬로, 돌리〉는 리메이크를 하지…."

"정말로 크리스마스와 관련된 건 없습니까?" 브라이언이 끼어들었다.

"아, 그래요." 쉴즈 부인이 마지못해 말했다. "사람들이 매년 똑같은 주제를 원하지 않아서 뭔가 새롭고 색다른 걸 원한다는 건 알겠지만…."

"저희는 전통적인 크리스마스 패키지도 다양하게 갖추고 있습니다. '호두까기인형의 크리스마스', '12일간의 크리스마스', '실버벨', '그린치는 어떻게 크리스마스를 훔쳤나' 등이 있고요." 리니는 브라이언을 보며 말했다. "종교적인 주제를 선호하신다면," 그리고 새로운 메뉴를 클릭했다. "'우리 여관에는 방이 없어요', '동방박사 세 사람', '천사들의 노래가'가 있고요. 물론 하누카와 라마단, 동지, 콴자도 전부 갖추고 있습니다. 아니면 역사 메뉴도 있어요. '르네상스의 크리스마스', '빅토리아 시대 크리스마스', '막돼먹은 90년대의 크리스마스'…."

"오, 그거 좋겠다." 쉴즈 부인이 휴대폰과 포켓용 컴퓨터로 장식한 크리스마스 트리를 보며 말했다. "90년대 젊은이들은 누굴 만날 기회가 아주 많았죠. 인터넷 대화방도 있고 개인광고, 온라인 데이트 서비스도 있고. 서로 알아갈 방법이 많았어요. 요즘은 심지어 함께 일하지도 않으니, 원. 좁아터진 칸막이 안에 앉아 화면에 뜬 이미지만 보고 헤드셋으로만 말을 하죠. 꼭 소설 같아요. 뭐더라. 브라이언, 너는 알지? 아주 오래전 작가가 쓴 소설 말이야. 너도 좋아하잖아. H. G. 웰즈 말고 다른 사람인데…."

"아이작 아시모프요?" 브라이언이 물었다.

"아니, 다른 작가야. 미래에 다들 실내에만 있고 컴퓨터로만 소통하는데, 물론 그때는 컴퓨터가 없었지만, 아무튼 아무도 어딜 가지 않고 얼굴을 직접 보고 만나는 일도 없는 이야기. 아, 그게 뭐더라?"

"《기계가 멈춘다》." 리니가 말하자 두 사람 모두 깜짝 놀라 그녀를 보았다. "E. M. 포스터요."

"맞아요." 쉴즈 부인이 몹시 기뻐하며 말했다. "아가씨도 E. M. 포스터 팬인가요?"

"2년 전 레드베터스 댁 크리스마스 주제가 E. M. 포스터였어요."

"E. M. 포스터와 크리스마스라, 안 봐도 알겠네요." 브라이언이 비꼬듯이 말했다. "거실에는 레너드 배스트* 위로 책장이 무너지는

---

* E. M. 포스터의 《하워즈 엔드》의 등장인물

모습의 홀로그램을 띄우고 집 앞 잔디밭에는," 브라이언이 두 팔을 활짝 벌렸다. "《천사들도 발 딛기 두려워하는 곳》의 마차가 뒤집히면서 아기가 죽는 모습의 조형물을 설치했겠죠."

"아니요. 당연히 아니죠." 리니는 발끈하며 말했다. "《전망 좋은 방》의 키스 장면이었어요."

"어머, 보리밭에서 조지가 루시에게 키스하던 그 장면이요?" 쉴즈 부인이 말했다. "나 그 장면 정말 좋아해요. 조지가 루시를 향해 성큼성큼 걸어 보리밭을 헤쳐가더니 한마디도 하지 않고 루시를 끌어안고 키스했지. 크리스마스였는데 보리밭은 어떻게 꾸몄어요?"

"'매직 카펫'에서 곡식 밭 매트를 아주 잘 만들어요." 리니가 말했다. "특히 옥수수밭이 좋아요. 작년에는 그 옥수수밭 매트를 '오클라호마의 크리스마스' 주제에 사용했어요. 거기가 양귀비도 아주 잘 만들어요."

"양귀비는 '아편 중독자의 크리스마스' 주제에 쓰면 되겠군요." 브라이언이 말했다.

"그 보리밭에도 양귀비가 피어 있었던 게 기억나요." 쉴즈 부인이 말했다. "조지가 루시에게 성큼성큼 다가가는 동안 루시가 그 자리에 딱 서 있던 모습도 정말 좋았지."

"'E. M. 포스터의 크리스마스'는 부인댁에도 잘 어울릴 거예요." 리니는 말하며 생각했다. 'E. M. 포스터 주제를 다시 한다면 완벽하게 할 수 있을 거야. 이젠 어디서 의상을 구하고 피렌체의 홀로그램을 구할지 정확히 알고 있으니까.' "부인댁 거실 전면유리창에서 보는 전망이 정말 좋으니까요." 리니가 말했다.

그러나 쉴즈 부인은 다시 고개를 저었다. "좋은 생각이긴 하지만 이번이 처음이니까 뭐랄까…, 조금 더 크리스마스다운 걸 해보고 싶어요. '크리스마스다운 크리스마스'는 없나요?"

"물론 있죠." 리니는 말하며 생각했다. 이러다가 내가 가진 디자인을 전부 보여줘야겠군. "여기 멋진 '커리어와 이브스의 석판화 크리스마스'가 있어요. 또 '장난감 나라의 크리스마스', '웨일스 어린이의 크리스마스'도 있고요." 리니는 빠른 속도로 홀로그램을 클릭하며 말했다. "'월튼네 사람들 크리스마스', '클리버 가의 크리스마스', '맨해튼의 크리스마스'도 있고 아, 이건 정말 재미있어요. 엠파이어스테이트 빌딩과 자유의 여신상을 장식물로 달고 로켓 무용단과 메이시 백화점 퍼레이드에 쓰이는 실물 크기 풍선 인형이 정원에 전시된답니다."

"세상에." 쉴즈 부인이 말했다. "혹시 조금 더… 뭐라고 해야 하나…, 전통적인 건 없을까요?"

"물론 있습니다." 리니는 '과거의 크리스마스' 메뉴를 클릭했다. "'니킨스의 크리스마스', '윌리엄 버그의 크리스마스'가 있어요." 리니는 빠른 속도로 홀로그램을 보여주며 말했다. "'섭정시대의 크리스마스', '바람과 함께 사라지다 크리스마스'가 있죠. 혹시 특별히 마음에 둔 시대가 있나요? 부인댁은 '광란의 20년대 크리스마스'에 이상적이에요. 밀조한 진에 러쿤 코트에…."

"젤다와 스콧 피츠제럴드 부부는 집 앞 잔디밭에서 죽었죠." 조카가 끼어들었다.

리니가 그를 노려보았다. "원하시면 구체적인 연도를 주제로 꾸밀 수도 있어요. 구체적인 날짜도 가능하고요. 3년 전에는 '2001년의 크리스마스'를 아주 재미있게 꾸몄죠. 밀레니엄을 축하하는 불꽃

놀이를 재현하고 스탠리 큐브릭 장식물을 달고…."

조카가 씩 웃으며 뭔가 또 예리한 말을 하려고 했다.

"아니면 좋아하는 10년을 주제로 할 수도 있어요." 리니가 먼저 재빨리 말했다. "여기 좋아하실 만한 게 있어요." 그녀는 '복고 크리스마스'를 클릭했다. "이 트리는 알루미늄으로 만들었고 진짜로 켜졌다 꺼졌다 하는 색 전구가 달렸어요."

"어머, 우리 할머니 댁에도 이런 게 있었어." 쉴즈 부인의 말에 리니는 희망을 품었지만, 부인은 그것도 원하지 않았다.

"어쩌면 조금 더 현대적인 것이 나을지도 모르겠네요." 부인이 미심쩍게 말하자 리니는 '레이저광선 크리스마스', '우주정거장의 크리스마스', '복제된 크리스마스', '사이버공간의 크리스마스' 등을 훌훌 넘겨 보였는데 아무것도 소용이 없었다.

"정말 모르겠네요. 전부 다 너무 화려해서… 아가씨도 보면 알겠지만 나는 소박한 걸 좋아하거든요. 어쩌면 자연과 관련한 게 나을까요?"

리니는 몰래 시간을 확인해보았다. 4시가 거의 다 되었다. 조각상 가게가 문을 닫기 전에 도착하려면 지금쯤은 출발해야 했다.

"내가 아가씨를 너무 붙들고 있었죠?" 쉴즈 부인이 말하고 자기 손목시계를 들여다보았다. "어머! 저녁 시간이 다 되었잖아. 조금 있다가 저녁 먹고 가요, 예?"

"죄송하지만 안 될 것 같아요. 약속이 있어요."

"내가 아직 결정을 못 내렸는데 어쩌나." 쉴즈 부인은 당황한 얼굴로 말했다. "꼭 오늘 결정해야 하나요? 난 아직…."

"아니요. 당연히 아니에요." 리니는 말하며 생각했다. '노월이 알면 노발대발하겠군.'"제가 이 저장장치를 두고 갈게요. 편한 시간에 한번 살펴보시고 결정을 내렸거나 질문이 있으면 언제든지 저에게 연락하세요." 리니는 명함을 불러내고 거기에 주소를 덧붙여 출력했다. "제 사무실 주소예요. 거의 가진 않지만요. 주로 설치작업을 감독하느라 현장에 있어요. 브이메일을 보내시는 게 가장 좋을 거예요. 저는 '복고풍 크리스마스'를 추천합니다. 아주 고전적이니까요." 그녀는 브라이언에게 말했다. "제 코트를 가져다주시겠어요?"

"그러지 말고 얼른 저녁만 먹고 가요." 쉴즈 부인이 말했다. "금방이면 돼요. 칠면조 껍질 샌드위치와 파이거든요."

"정말 괜찮습니다. 제가 자기부상열차를 타야 해서요."

"브라이언이 태워다 줄 거예요." 부인이 말했다. "물론 브라이언도 기뻐할 거예요."

그는 전혀 기뻐 보이지 않았다.

"정말 괜찮습니다. 돌아가는 길에 처리할 일도 몇 가지 있고요. 물건을 받아다가⋯."

"그럼 더 태워다줘야겠네. 짐을 잔뜩 들고 자기부상열차를 탈 수는 없잖아요."

"브라이언 씨께 폐를 끼치고 싶지 않습니다." 리니는 불편한 마음으로 말했다. "제가 가야 할 곳 중 한 군데는 그레이터 덴버의 동쪽 끝에 있거든요."

"그럼 더더욱 자기부상열차를 탈 수가 없겠네요. 브라이언이 곧바로 집 앞까지 태워다 줄 거예요. 그렇지, 브라이언?" 쉴즈 부인은 브라이언에게 대답할 기회도 주지 않고 말했다. 부인은 자동차 열쇠와 두 사람의 코트를 가져왔고 리니가 만류했는데도 굳이 칠면조

껍질 샌드위치까지 차에 실어주었다. 자동차는 페라리의 새로운 모델 퓨전셀 인사이트였고, 리니는 다시 부인의 재정상태 추정치를 몇 단계 위로 올렸다.

"브라이언한테 목적지만 말해요." 쉴즈 부인은 말하고 차 문을 닫았다.

"이렇게 부담을 끼쳐도 될지 아직도 모르겠어요."

"부담 끼치는 거 아니에요. 브라이언은 즐겁게 하고 있는 걸요. 또 이 기회에 두 사람이 대화도 나누고 하면 좋잖아요." 부인은 그렇게 말하고 진입로 쪽으로 나가라고 손을 흔들었다.

"어디로 갈까요?" 브라이언이 물었다.

"저기, 이모님 선의는 알겠지만, 당신의 추수감사절을 망치고 싶지 않아요. 그냥 기차역에 내려주시면 돼요."

"내 추수감사절을 망치고 있지 않아요." 그가 말했다. "어디로 가요?"

리니는 그에게 조각상 창고로 가는 방향을 알려주었다.

그는 페라리의 컴퓨터에 길 찾기를 입력하지도 않았고 심지어 운전도움장치에 손을 대지도 않았는데, 이건 분명히 아무 말도 하고 싶지 않다는 신호였으므로 리니도 보울즈에 도착할 때까지 아무 말도 하지 않았다. "여기서 왼쪽으로 가세요. '바위와 벽 사이'는 오른쪽으로 여섯 블록 떨어진 곳에 있어요. 앞쪽에 '조각상과 석조물'이라는 간판이 있어요."

"거기서 뭘 가지고 가려는 거죠? 257번 '묘지의 크리스마스'를 위한 비석?"

"당신은 내가 하는 일이 영 못마땅하군요?" 리니가 물었다.

"난 그저 십자말풀이와 비석이 대체 크리스마스랑 무슨 상관인지 이해할 수 없을 뿐이에요."

"비석이 아니에요. 셰익스피어의 흉상을 가지러 왔어요."

"'고전적인 크리스마스'용인가요? 《사일러스 마너》* 장식물을 달고 잔디밭에 《무명의 주드》** 조형물을 설치하고요? 그냥 크리스마스와 관계있는 걸 하면 안 돼요?"

"겨우살이 같은 거요?" 그녀가 물었다. "드루이드***가 끌어들인 그거요? 우리가 크리스마스와 연관 짓는 거의 모든 것이 드루이드의 작품이에요. 크리스마스 장작불도 드루이드에게서 온 거고요. 크리스마스 트리와 선물은 로마의 농신제에서 왔죠. 심지어 산타 썰매와 날아다니는 순록도 스칸디나비아 신화에서 훔쳐 왔어요."

"하지만 아무리 미약해도 그것들은 크리스마스와 관계가 있어요. 아틀란티스나 코카콜라 장식물하고는 달라요."

"크리스마스 카드 말인가요?" 리니가 말했다. "크리스마스 카드는 1843년 출판사 광고를 위해 고안되었어요. E. M. 포스터 시절부터 사람들은 크리스마스가 지나치게 상업화되었다고 불평해왔어요."

어느새 '바위와 벽 사이' 매장에 도착했다. 브라이언과 리니는 차에서 내려 창고로 들어갔다. 곳곳에 조각상과 흉상이 서 있었다. 벤

---

* 조지 엘리엇의 1861년 소설
** 토마스 하디의 1895년 소설로 작가의 마지막 작품이다.
*** 켈트족의 사제 계급

프랭클린과 곰돌이 푸와 팻시 램지*의 조각상까지 있었다. 리니는 양 떼 석상 사이를 지나 주문대로 가서 컴퓨터에 이름을 입력하고 주문을 넣었다.

"그래도 나는 크리스마스를 축하하려면 어느 정도는 원래 의미를 지켜야 한다고 생각해요." 브라이언이 아주 젊은 시절의 앤젤리나 졸리 조각상 위에 한쪽 팔을 두르며 말했다.

"어떤 의미요?"

"인간을 향한 선의. 친절, 나눔, 용서, 사랑."

수레로봇이 셰익스피어 흉상을 가져왔다. "날 따라와." 리니는 수레로봇을 자동차 쪽으로 안내했다. 수레로봇이 흉상을 뒷좌석에 실어주자 브라이언이 흉상에 안전띠를 매주었다.

"194번 '중생대의 양치식물' 같은 주제에서 인간을 향한 선의나 가족끼리의 화목을 포착할 수는 없겠죠." 브라이언이 말했다.

"굴뚝에 세심하게 매달아 놓은 양말도 그런 것들은 포착할 수 없어요. 크리스마스 트리나 촛불도요."

"엘비스 분장배우도요."

"그저 전부 미끼일 뿐이에요." 그녀가 말했다. "그런 것들은 크리스마스 정신에 어떤 영향도 주지 않아요. 제가 설치작업을 맡은 분들은 대부분 사랑하는 사람들과 더 많은 시간을 함께 보내려고 절 고용해요. 그래야 쇼핑도 하고 요리도 하고 모두에게 소리를 질러가며 크리스마스 장식을 하다가 녹초가 되지 않을 테니까요."

"그렇다고 265번 '뱁새가 황새 따라잡기' 같은 주제가 설명되지는

---

* 크리스마스날 실종되었다가 자택에서 시신으로 발견된 여섯 살 존 베넷 램지의 어머니

않아요."

　'판도라 프리처럼 말이지.' 그녀는 생각했다. "사람들은 늘 이웃에게 좋은 인상을 주고 싶어 해요. 그래서 필요 이상으로 크고 화려하게 꾸미기도 하죠. 옷부터 집까지요. 심지어 자동차도요." 그녀는 날카롭게 덧붙였다.

　브라이언이 씩 웃었다. "이제 그 '자동차'로 어딜 가야 할까요?"

　"아스펜가로 돌아가 주세요."

　"왜요?" 그가 날카롭게 물었다.

　"당신 이모님 댁은 아니에요. 판도라 부인에게 갈 거예요." 리니는 주소를 알려줬다. "이렇게 왔다 갔다 하게 해서 미안해요."

　"말했죠, 전혀 부담되지 않는다고." 브라이언이 차를 출발시켰다. "사람들이 필요 이상으로 한다는 당신 말, 맞는 것 같아요." 그는 고속도로로 들어서며 말했다. "바벨탑을 봐요. 고층건물을 짓는 것만으로 충분하지 않아서 천국으로 향하는 탑을 세우려고 했죠. 아니, 말하지 않아도 알겠어요." 그는 그녀의 표정을 보고 말했다. "당신네 회사에 '바벨탑의 크리스마스'도 있는 거죠?"

　"605번이요. 복음 메뉴 중 하나죠." 리니는 인정했다. "'노아의 방주', '사자 소굴에 간 다니엘', '아마겟돈의 전투'도 있어요."

　"그건 당연히 666번이겠죠?"

　그녀는 웃었다. "바보 같은 짓이 많다는 거 알아요. 하지만 전부 사람들이 원하는 것들이에요. 고객들의 크리스마스를 최대한 행복하고 스트레스 없는 날로 만드는 게 제가 하는 일이에요. 그건 당연히 크리스마스 정신에 포함되죠."

　판도라의 집으로 가는 길은 전혀 시간이 걸리는 것 같지 않았다.

다행히 7시가 가까워지고 있었다. 자기부상열차를 탔다면 절대로 제시간에 맞춰 오지 못했을 것이다.

"지금 가는 집의 주제는 뭐죠?" 브라이언이 판도라의 저택 앞에 차를 세우며 물었다. "포브스 선정 500대 부자의 크리스마스?"

"아니요. '학창시절의 추억'이요. 이 흉상을 제대로 골라왔다면 말이죠." 그녀는 문 센서를 눌렀다.

"누구십니까?" 센서가 말했다.

"리니 치앙이에요." 그녀는 ID 패드에 손을 누르며 말했다.

"배달부도 같이 왔습니다." 브라이언이 말했다.

문이 열리자 그들은 안으로 들어갔다. 리니는 브라이언이 흉상을 내려놓을 자리를 찾아 주위를 둘러봤지만, 그전에 판도라 프리가 나타나 탄성을 질렀다. "어머! 이걸 여기까지 들고 오다니, 딱하기도 해라!"

"같은 셰익스피어가 아닌가요?" 리니가 물었다.

"아니요, 맞아요! 스푼메이커 선생님 영어수업시간에 있던 흉상과 완전히 똑같아요. 턱수염에 푹 패인 자국까지 똑같네요. 어머, 너무 똑같아서 똑바로 바라보지도 못하겠어!" 판도라는 브라이언에게 물러가라는 듯한 손짓을 했다.

"자동차에 다시 실어놓을까요?" 브라이언이 리니에게 속삭였다.

그녀는 고개를 저었다. "이렇게 완벽한데 왜 그러세요?"

판도라는 그 말을 못 들은 척했다. "너무 훌륭한 주제라 누가 훔칠 게 뻔해요. 그러니 완전히 새로운 주제를 다시 생각해내야 해요!"

리니의 심장이 쿵 내려앉았다. "누가 '학창 시절의 추억'을 하고 있대요?"

"그럴 만도 하죠." 판도라는 소파에 풀썩 주저앉으며 말했다. "조 앤과 클로뎃 프라우델이 '라! 라! 시스 붐 바!'를 하고 있어요."

리니는 브라이언 쪽을 쳐다볼 수조차 없었다. "라! 라! 시스 붐 바!'라고요?"

"집 전체에 말이죠." 판도라는 팔을 마구 휘두르며 말했다. "붐비 나와 메가폰을 들고 주름치마를 입은 소녀들이 다리 찢기를 선보이 는 홀로그램을 꾸미고 있대요."

"아." 리니는 마침내 판도라의 말을 이해했다. "고객님이 거실에 꾸미려고 했던 농구경기 홀로그램과 겹친다고 생각하시는군요. 하 지만 그 부분은 다른 거로 바꿀 수 있어요. 타자 수업이나 점심식 당 홀로그램으로요."

"점심식당이라고요?" 판도라가 흠칫 어깨를 떨었다. "고교 시절 점심식당에 대해 행복한 기억을 품은 사람이 누가 있어요? 마지막 종이 울리기 직진 다들 결승전 경기를 치러야 했다고요. 군중이 함 성을 지르고 치어리더가 공중으로 풀쩍풀쩍 뛰어오르는 그런 경기 요." 판도라는 아직도 셰익스피어 흉상을 들고 있는 브라이언에게 설명했다.

"아, 이쪽은 브라이언이에요." 리니는 브라이언이 흉상을 내려놓 을 수 있게 작은 테이블로 이끌며 말했다. "이분 이모님이 올해 처 음으로 크리스마스 장식을 의뢰하셨어요. 근처에 사세요."

"정말요? 성함이 어떻게 되시죠?"

"쉴즈입니다." 브라이언이 머뭇거리며 말했다. 하긴 그럴 만도 하지.

판도라가 됐다는 듯한 손짓을 해 보였는데 그건 그녀가 쉴즈 부인을 모른다는 뜻이었으므로 놀라웠다. 판도라가 마음을 바꿀 때마다 언급한 친구와 친척의 수로 미루어 짐작해보면 판도라는 이 집에서 천오백 킬로미터 반경 안에 있는 사람은 전부 알고 있을 것만 같았다.

"이모한테 계약서에 서명하기 전에 같은 주제를 하는 사람이 하나도 없다는 것을 꼭 보증받으라고 전해줘요." 판도라가 말했다. "그래야 크리스마스 한 달 전에 마음을 바꾸고 모든 걸 처음부터 다시 시작하지 않게 된다고 말이죠."

"오, 절대로 그럴 일은 없을 거예요." 리니는 실제 마음만큼 절박하게 들리지 않으려고 애쓰며 말했다. 벌써 화학실험실을 꾸미기 위한 온갖 유리기구와 검은색 고무 앞치마, 크리스마스 트리에 걸 고등학교 무도회 장식품과 디스코 볼까지 주문해두었단 말이다.

"'학창시절의 추억'을 '오늘날의 고등학교'로 바꾸면 어떨까요?" 리니가 말했다. "요즘 학교에는 치어리더도 없고 여학생 보체볼과기 수업, 가상체험학습실도 넣을 수 있고 고객님의 셰익스피어 흉상도…."

"요즘 고등학교에서는 셰익스피어는 가르치지도 않아요." 판도라가 코웃음을 쳤다. "그리고 나는 이 흉상이 없는 크리스마스는 하지 않을 거예요. 절대로. 완전히 다른 주제가 필요해요. 조앤과 클로뎃이 다 망쳐버렸어. 이제 고등학교라면 떠올리기도 싫어요. 그래서…." 판도라가 갑자기 밝은 얼굴로 물었다. "어떤 주제를 제안할 건가요?" 그녀는 양손을 맞잡고 기대감에 서린 얼굴로 리니를 쳐다보았다.

"저는…." 오, 맙소사. 셰익스피어 흉상이 들어가는 뭔가가 필요하다. 스트랫퍼드온에이번*의 크리스마스? 아니다. 리니는 그 주제를 시도한 크리스마스 디자이너를 적어도 두 명은 알고 있었다. 어깨 바로 아래서 잘려나간 유명인들?

"저기요." 브라이언이 말했다. "이 셰익스피어 흉상을 보니 생각나는 게 있어요. 셰익스피어의 희곡을 주제로 하면 어떨까요?"

"그림쇼 포웰의 전 부인이 2년 전에 벌써 '맥베스'를 했어요." 판도라가 말했다.

"아니요. 제가 생각한 건 크리스마스와 관련된 희곡이에요. 우리도 방금까지 그 이야기를 했거든요." 브라이언이 리니를 향해 고개를 끄덕이며 말했다. "크리스마스 장식 주제 중 많은 것이 실제 크리스마스와 상관이 없다고요."

'학창시절의 추억처럼 말이지.' 리니는 생각했지만 판도라는 전혀 기분이 상한 것 같지 않았다. "셰익스피어가 크리스마스와 관련된 희곡을 썼는지는 몰랐어요." 그녀가 말했다.

'나도 몰랐네.' 리니는 생각했다.

"이, 썼어요." 브라이언이 말했다. "《십이야》라는 희곡인데 크리스마스 즈음 상연하려고 주현절**에 관해 썼어요. 완벽한 주제가 될 거예요. 난파선이 나오고 또…."

"궁궐도 나와요." 리니가 거들었다. "아름다운 벨벳과 새틴 의상도 나오죠."

"십자형 대님도요." 브라이언이 말했다.

"십자형 대님이라고요?" 판도라가 의심스럽게 물었다.

"'나는 남다르고 굳건하니 노란 양말을 신고 십자형 대님을 묶어

---

* 셰익스피어의 출생지

** 동방박사가 아기 예수를 만나러 베들레헴을 찾은 것을 기리는 축일

야겠소.'" 브라이언이 희곡의 대사를 인용했다. "또 반지와 사랑의 쪽지와 변장과 낭만도 있습니다. '음악이 사랑의 음식이라면 계속 연주하거라.'"

"그러면 셰익스피어 흉상이 잘 어울리겠네요." 리니가 끼어들었다.

"게다가 전에 이런 걸 한 사람은 아무도 없을 겁니다." 브라이언이 말했다.

"그건 의심하지 않아요." 판도라가 얼굴을 찌푸리며 말했다. "하지만 많이 유명한가요? 나는 들어본 적이 없거든요. 사람들이 뭔지 못 알아보면 어쩌죠?"

"그게 바로 고려 사항이죠." 브라이언이 말했다. 리니는 그가 왜 방금 스스로 제안한 것을 깎아내리려고 하는지 궁금했다. "라! 라! 시스 붐 바! 보다는 확실히 무게감이 있을 겁니다."

판도라는 기뻐 보였다. "나는 경박한 주제가 싫어요." 그녀가 말했다. "게다가 당신이 말했듯이 크리스마스와 직접 관련도 있고요. 치어리더가 크리스마스랑 무슨 상관이 있담!"

"바로 그겁니다." 두 사람이 동시에 말했다.

"그러면 셰익스피어 흉상을 포기할 필요도 없겠네요."

"현관에 놔두면 되겠어요." 리니가 말하자마자 브라이언이 신속하게 흉상을 들어 옮겼다. "손님들이 도착하자마자 가장 먼저 볼 수 있는 자리죠."

"마음에 쏙 들어요!" 판도라가 턱 아래에서 양손을 꼭 맞잡고 말했다. "《십이야》가 딱이야."

"당신은 천재예요." 자동차로 돌아가는 길에 리니가 말했다. "혹시 크리스마스 디자이너가 될 생각 없어요?"

"절대 없을 걸요." 그가 차 문을 열며 말했다. "나는 그저 아까 그 물건을 다시 비석 가게에 가져가고 싶지 않았을 뿐이에요. 혹시 나 때문에 일이 많이 늘어난 건 아니죠?"

"지금 농담해요?" 리니가 차에 타며 말했다. "판도라가 '학창시절 추억'으로 결정하기 전에 고려했던 주제는 '고래잡이'였어요."

브라이언이 웃음을 터뜨렸다. "자, 다음 행선지는 어디죠?"

"자기부상열차 역에 내려주면 고맙겠어요." 그녀가 말했다. "판도라의 집이 마지막 볼일이었고 이제 나를 태우고 다시 시내로 돌아갈 필요는 없어요. 여긴 당신 이모님 댁에서 몇 블록 밖에 떨어져 있지 않으니까요."

"필요 이상으로 크고 화려한 내 자동차를 뽐내고 싶어요." 그는 말하고 거리로 출발했다.

"아니에요. 정말 괜찮아요." 그녀는 사양했다. "《십이야》를 제안 해준 것만으로도 이미 충분히 해줬어요. 마구 영감이 떠오르는 주제예요. 주방은 마리아의 부엌으로 꾸미고 거실은 올리비아의 정원으로 꾸미고 또 옥외설치물은… 아, 미안해요." 브라이언이 자신을 보고 있다는 걸 깨닫고 그녀가 말했다. "내가 좀 흥분했나 봐요."

"당신은 이 일을 정말로 좋아하는군요?"

"재미있어요." 그녀가 말했다. "취재하다 보면 정말 많은 걸 새로 발견하게 되죠."

"E. M. 포스터처럼요."*

* 미국의 영문학자이자 평론가인 라이오넬 트릴링은 E. M. 포스터를 두고 읽을 때마다 무엇인가 배웠다는 느낌을 주는 유일한 소설가라고 평가했다.

그녀는 고개를 끄덕였다. "요즘은 대부분 직업이 아주 좁은 영역에 초점을 맞추잖아요. 저는 아이디어를 떠올리고 그걸 조명과 트리 장식에 어떻게 적용할까 생각하는 게 참 좋아요. 당신도 같은 일을 하지 않아요? 다리 말이에요."

"다리요?" 그가 멍하니 물었다.

"당신 이모님이 엔지니어라고 했어요. 그래서 당신이 다리를 건설하는 줄 알았죠."

"아니에요." 그가 얼굴을 찌푸리며 말했다. "댐이에요. 저는 댐을 건설해요."

"아, 하지만, 물이 지나가야 할 곳을 보고 그걸 청사진으로 옮기고 그런 다음 콘크리트로 만드는 건 결국 같은 종류의 일 아닐까요?"

"지금까지 디자인한 것 중 가장 힘든 크리스마스는 어떤 거였죠?"

"잇몸질환이요." 그녀는 신속하게 대답했다. "고객이 구강외과 의사였어요. 가장 재미있었던 주제는 버블스 오할로란이라는 이름의 전직 스트리퍼를 위한 설치작업이었는데…."

"제가 맞혀볼게요. 혹시 거품?"

그녀는 고개를 끄덕였다. "거품 모양 조명을 달고 거품 기계와 거품 검과 거품 포장과 1960년대 거품 드레스까지 구했어요."

"뭐야, 샴페인은 없었어요?"

"없었어요. 하지만 옥외 조형물로 하와이 가수 돈 호가 '작은 거품'을 부르는 자동인형을 설치했죠."

두 사람은 집에 가는 길 내내 수다를 떨었다. 브라이언은 리니에게 지금까지 설치한 것 중 최고의 크리스마스 장식과 가장 쉬웠던 장식, 가장 미친 짓이었던 장식을 물었다. 그는 내내 자동운항장치

없이 직접 차를 몰았고 어쩌다 한 번만 그녀를 보았는데, 그녀는 어두워진 차 안에서 이미 꽤 편안해졌기 때문에 자동운항장치를 켜지 않은 게 고마울 지경이었다.

리니는 누구와 사적으로 이렇게 가까이 있었던 적이 거의 없었다. 심지어 노월과 나란히 앉아 있었던 게 마지막으로 언제였는지도 기억나지 않았다. 누군가의 이미지를 화면으로 보는 것과는 완전히 달랐다. 무엇보다 여기에는 향기가 있었다. 브라이언에게서 희미하게 비누 향과 애프터셰이브 로션 냄새, 그리고 땀 냄새가 풍겼다. 아무리 고화질이라도 비디오 이미지로는 운전대를 잡은 그의 손등에 난 미세한 털까지 잡아내지는 못할 것이다.

요즘 사람들은 혼자서 화면을 응시하며 보내는 시간이 너무 많다는 쉴즈 부인의 말도 일리가 있었다. 리니 자신이 증거였다. 다른 사람이 그저 옆에 있기만 해도 그녀는 판도라의 치어리더 중 한 사람으로 변하고 있었다.

자동차가 그녀의 동네로 들어섰다. "모퉁이에 세워주세요." 그녀가 말했다.

"피타 빵이나 레드티 아이스크림을 먹을 시간은 없겠죠?"

"지금 농담해요?" 리니가 말했다.

"아니요. 나는 그냥, 요즘 많이 바쁘죠?"

"바쁘다는 말로는 표현이 안 될 정도죠. 아주 신경질적인 수준이에요. 바쁜 계절은 예비 계획을 세우고 정리정돈을 하는 1월부터 4월까지고 그 후는 혼돈의 시작이라고 불러요. 게다가 지금은 판도라의 장식 계획과 재정상태 추정을 처음부터 다시 해야 하죠. 앉아서 뭘 먹을 시간은 고사하고 정말이지 숨 쉴 시간도 없을…." 리니는 순간 자신이 꽤 매몰차게 말하고 있다는 사실을 깨달았다. "하지만 물어봐 줘서 고마워요. 그리고 판도라에게 《십이야》를 설득해준 것도 정말 고마워요. 언제 시간이 되면 꼭⋯."

"1월부터 12월까지만 빼고요." 브라이언이 말했다. "당신이 '인내'라고 쓴 비석*을 주문하게 되면 내가 '바위와 벽 사이'에 데려다줄 수는 있겠네요."

"괜찮아요. 온라인으로 주문하면 되니까." 리니는 웃으며 말했다. 그녀는 자동차에서 내려 운전석의 브라이언을 향해 몸을 숙이고 말했다. "정말 그럴 수 있으면 좋겠어요."

"괜찮아요. 당신은 어서 가서 가짜 수염**을 주문해야 할 거고 나도 이모한테 할 말이 있으니까요. 이모와 상의하고 싶은 게 몇 가지 있어요." 브라이언이 짐짓 지겹다는 듯 얼굴을 찡그리며 말했다.

"아직도 전문적인 크리스마스 장식을 하지 말자고 당신 이모를 설득할 생각이군요?"

"절대로 아니에요. 941번 '댐과 크리스마스'를 고려 중이죠. 당신 생각은 어때요?" 그가 말할 때마다 너무 좋은 냄새가 풍겨서 리니는 하마터면 '좋아요. 레드티 아이스크림이나 먹으러 가요.'라고 말할 뻔했다.

그러나 꾹 참아낸 게 잘한 일이었다. 그사이 226개의 메시지가

---

* 《십이야》의 주인공 바이올라의 대사 중 '그 사랑, 고백하지 않고 가슴 속에 묻어 둔 채 꽃봉오리를 벌레가 좀 먹듯, 그 장미빛 양 볼이 상아 비석으로 깎아 세운 인내의 석상처럼 슬픔에 잠긴 채 웃음을 띠고 있었죠'가 있다.
** 《십이야》의 바이올라는 내내 가짜 수염을 붙이고 남장을 한다.

들어와 있었고 그중 19개는 응급 우선알림창 메시지였다. 레드베터 가족은 설치작업을 14일로 옮겨달라고 했고 잭과 질 할시 부부는 8일로 당겨달라고 했으며, '매달릴 나무'에서는 수달 양초가 다 떨어졌는데 울버린 양초도 괜찮으냐고 물어왔다. '미리미리 한땀 한땀'에서는 호두색, 에스프레소색, 진흙색 중 어떤 것을 원하는지 물어봤다.

'사이버플로랄'은 행복한 추수감사절을 보내라는 움직이는 전자 메시지를 보내주었고, '온라인 의료기 상사'는 '독특한 크리스마스 주제를 위하여'라는 메시지를 보내주었다.

캐린 에버렛은 채식주의 크리스마스 이브 뷔페를 앉아서 먹는 비건 저녁 만찬으로 바꿔달라고 했다. 오피 하퍼그로브스는 로트와일러 견종을 스카이 테리어로 바꿔달라고 했다. 트록모턴 가족은 24구경 포를 9밀리미터 권총으로 바꾸기를 원했다.

놀랍게도 판도라 프리에게서 온 메시지는 없었다. 보통 판도라는 리니가 제안한 내용에서 흠을 잡아내는 데 10분도 걸리지 않았다. 브라이언의 제안이 꽤 인상적이었던 모양이었다.

브라이언이 인상적이었던 것은 리니도 마찬가지였다. 셰익스피어의 희곡과 E. M. 포스터의 소설을 모두 읽은 사람을 만나기란 흔한 일이 아니었다. 뭐, 누구라도 직접 만나는 일 자체가 흔한 일이 아니었으니. 쉴즈 부인의 말이 옳았다. 요즘은 로맨틱할 기회가 거의 없다. 노월을 제외하고 리니가 직접 만나는 사람들이란 페덱스-UPS 직원들과 딜리버리닷컴 직원들이 전부였고 그들이 하는 말이라곤 무신경하게 "저는 몰라요. 제가 받은 건 이 상자 두 개뿐이었으니까요."가 다였다. 상상조차 할 수 없지만 만에 하나 그녀가 그 사람들 가운데 누구라도 데이트를 하고 싶었다고 해도 도무지 시간을 낼 수가 없었다. 쌓인 메시지를 다 읽기도 전에 17개의 메시지가 더 들어왔다.

리니는 220개의 메시지를 읽고 에모리 가족의 설치작업 날짜를 옮기고 테일러 가족에게 레드베터 가족이 14일에 설치작업을 할 수 있도록 13일로 작업일을 옮길 수 있겠느냐고 브이메일을 보냈다. 또 '알파파닷컴'에 브이메일을 보내 비건 메뉴가 가능한지 물었고, 색깔은 된장 갈색으로 정했으며, 전 세계에 수달 양초가 남아 있는지 검색했고, '강아지창고', '생물나라', '얼룩이 점박이'에 스카이 테리어 장식물을 주문하고 나서 노월에게 전화했다.

그는 받지 않았다(나쁜 신호). 그러나 브이메일함을 살펴봐도 노월에게서 온 메시지가 없었다(좋은 신호). 그리고 쉴즈 부인이 주제를 정했다는 내용의 메시지도 없었다. 그러나 판도라가 새로 보낸 메시지가 하나 있었다. 어쩐지 일이 잘 풀리더라니.

"《십이야》가 15세 미만 관람불가 등급은 아니겠죠?" 메시지 내용이 무슨 뜻인지 도저히 이해가 안 되어서 밤 11시가 넘은 시간이었는데도 판도라에게 직접 전화를 걸었다.

"아까 함께 온 젊은 남자가 대님(가터) 어쩌고 했던 게 기억났는데, 그날 차메인 가가사키의 전남편 아이들이 올 거라지 뭐예요." 판도라가 말했다. "설마 속옷으로 뭘 할 생각은 아니겠죠?"

"십자형 대님은 속옷과는 아무 상관도 없어요." 리니가 단호하게 말했다. "대님은 리본을 말해요. 노란색 리본이요."

"어나 번래스가 고용한 크리스마스 디자이너는 이란의 인질 위기에 대해 근사한 걸 준비하고 있다는데…" 판도라가 말했다. "어쩌면 정치적인 주제가 낫지….”

“그러면 셰익스피어 흉상을 넣을 수가 없잖아요.” 리니가 지적했다. “단언컨대 그 흉상이야말로 고객님 주제의 핵심이랍니다.”

“정말요?” 판도라가 만족스럽게 말했다.

“그럼요. 생각해봤는데 흉상을 현관 말고 거실에 놔두어야 할까봐요. 이를테면 특별히 마련한 벽감 같은 곳에 두는 거죠.”

그들은 이후 1시간 30분 동안 셰익스피어 흉상을 놔둘 최적의 장소가 어디인가를 논의했다. 그러나 적어도 판도라는 확실히 《십이야》에 집중한 것처럼 보였다. 훨씬 더 좋았던 점은 사흘 후 리니가 판도라에게 브이메일로 제안서를 보냈을 때 판도라가 급히 보낸 메시지가 단 두 개뿐이었고 그마저도 전부 뷔페에 관한 내용이었다. “‘음악이 사랑의 음식이라면 계속 연주하거라’ 아이디어도 마음에 들지만 바이올린보다는 트럼펫을 중심으로 하는 게 좋겠어요.”와 “프리뮬라 아웃리지의 새 동거인이 딸기 알레르기가 있다고 하네요.”였다.

그러나 13일에 니드모어 가족의 설치작업을 할 수가 없었다. 그들은 10일이나 18일을 원했는데 두 날짜 모두 예약이 되어 있었다. 된장 색깔은 구할 수가 없었고 진흙색은 3월 8일까지 주문이 밀려 있었다. 리니는 다시 한 번 단단히 마음을 먹고 일을 시작했다. 우선 왕호에게 전화를 걸어 혹시 설치작업을 13일로 조정해줄 수 있겠느냐고 물었고 쉴즈 부인에게서 메시지가 와 있는지 확인해보았다.

여전히 없었다. 아무래도 쉴즈 부인을 도와주어야 할 것 같았다. 그녀는 잉게에게 브이메일을 보내 넷체크를 마쳤는지 물었다.

"미안. 아직 못했어." 잉게가 말했다. "완전히 잊고 있었어. 추수 감사절 후에 일이 넘쳐났거든. 아, 그날 휴가를 내줘서 정말 고마워. 카를로가 향수병이 심해. 우주정거장에서 마련해준 음식은 정말 끔찍한 수준이더라. 지금 곧바로 넷체크에 접속해볼게."

"알았어." 리니가 말하고는 불쑥 궁금해져 물었다. "그런데 카를로랑은 어떻게 만났어?"

"언니가 소개해줬어." 잉게가 말했다. "참 '토네이도와 크리스마스' 오후 티타임에 내놓을 쿠키는 정했어?"

정하지 않았다. 리니는 쿠키를 정하고(회오리모양 초콜릿 쿠키와 다진고기 파이), 팬워시 가족 주방에 로데오 홀로그램을 설치할 수 있게 치수를 확인하고, 다시 매닝 가족의 설치작업으로 분주했다. 그날은 8일이었기 때문에 그때까지 깨어 있는 순간은 모두 준비작업으로 정신이 없어서 들어오는 메시지에 답장할 시간조차 없었다. 단 브라이언에게서 온 메시지는 예외였다. 그사이 그가 두 번 연락했는데 한 번은 이모가 음식 주문서비스는 하지 않기로 했다는 내용이었고 두 번째는 이모가 주제를 여섯 개로 좁혔다는 내용이었다. "정말 다행인 게 그중 332번 '할리 데이비슨의 크리스마스'가 빠졌어요."

잉게는 아직도 넷체크 조회결과를 보내지 않았지만, 괜찮았다. 어차피 읽을 시간도 없을 테니까. 리니는 3톤짜리 화강암 바위를 설치하느라 정신이 없었다.

매닝 가족의 설치작업은 이틀이 걸렸다. 둘째 날 리니가 사다리 위에 올라 끈으로 큰입우럭을 매달고 있는데 브라이언이 나타났다. "말하지 말아봐요." 그가 말했다. "54번 '잉어와 크리스마스'."

"틀렸어요." 그녀가 사다리에서 내려오며 말했다. "152번 '어부의 천국'이에요. 그런데 여기서 뭐 해요? 내가 여기 있는 거 어떻게 알았어요?"

"이모가 물어볼 게 있다고 보냈어요." 그가 말했다. "당신 메시지 수신함이 꽉 찬 것 같기에 그냥 직접 오기로 했죠. 이모가 설치 날짜를 옮길 수 있겠느냐고 물어보래요."

"언제로요?" 리니는 휴대용 패드를 펼치며 말했다. '14일까지는 안 돼. 제발 14일까지는 아니기를.'

"23일 아침이요." 그가 말했다. "그날 저녁 중요한 만찬 파티가 있어요. 크리스마스랑 너무 가깝긴 하지만…."

"아니요. 오히려 잘됐어요. 사람들은 항상 설치를 일찍 하기를 원하거든요. 그래야 크리스마스 무렵 내내 즐길 수 있으니까요."

"왜 그런지 알 것 같아요." 브라이언이 트리를 보며 말했다. 트리에 낚싯바늘, 봉돌, 깃털 달린 가짜 미끼가 달렸고 맨 위에는 도금한 캐스팅릴이 올라가 있었다.

"아직 제대로 못 봤을 걸요." 리니는 가족 거실로 브라이언을 안내했다. 인공 이끼로 만든 둑 사이로 개울이 졸졸졸 흐르고 있었다.

"〈흐르는 강물처럼〉." 그가 말했다.

"맞았어요. 매닝 가족 손님들이 낚시를 할 수 있게 물고기도 풀어놓았어요."

그는 '낚시 중' 표지판을 집어 들었다. "이걸 현관문에 걸어두고 잠깐 나랑 같이 차나 한잔 하러 가는 게 어때요? 새로운 주제를 위한 취재랄까. 928번 차와 수다."

"안 돼요." 그녀는 아쉽게 말했다. "아직 그물을 설치하지 못했어요. 침실 작업도 해야 하고요."

"거기엔 뭐가 들어올 예정이죠? 저수지?" 그는 가기 전에 다른 방
도 전부 둘러보겠다고 고집했다.

"당신은 전문적인 크리스마스 장식을 인정하지 않는 줄 알았어
요." 그녀가 말했다.

"인정하지 않아요." 그는 난로 앞에 매달린 길쭉한 낚시용 장화
와 난로 선반 위에 맥주가 가득한 스티로폼 아이스박스를 가리키
며 말했다. "하지만 으스스한 쪽으로 환상적이네요. 말이 나와서 그
러는데, 우리 친구 판도라는 어떤가요? 아직도《십이야》를 고수하
고 계신가요?"

놀랍게도 판도라는 아직《십이야》주제를 바꾸지 않았다. 물론
하루에 두 번씩 브이메일을 보내 질문을 퍼부어대고는 있었다. "잔
디밭 설치물을 홀로그램 대신 난파선으로 할 수 있을까요?" "과부
들의 상복을 입는 게 정말로 좋은 생각일까요? 난 검은색 옷을 입으
면 너무 뚱뚱해 보이거든." "배경이라는 일리리아가 설마 중동에 있
는 건 아니겠죠? 그렇죠?"

리니는 가능한 최선을 다해 대답했고 동시에 세 군데의 하누카
설치작업과 이머거트 가족의 '지구 반대편의 크리스마스' 설치작업
을 진행했으며 페덱스-UPS가 잃어버린 마사이족 북 세트의 위치
를 추적하려고 애썼다. 그것은 호놀룰루에 있었다. 리니는 경로를
재설정하며 북 세트가 도착할 때까지 얼마나 걸릴지 헤아리고 있는
데 삐삐 소리가 들렸다.

삭제 버튼을 향해 손을 뻗었다가 현관문에서 들리는 소리라는

걸 깨달았다. 마사이족 북 세트가 벌써 왔을 리가 없는데. 그녀는 문을 열었다.

브라이언이 아이스크림 두 개를 들고 서 있었다. "레드티 아이스 크림을 먹으러 가기엔 당신이 너무 바쁘니까 내가 알아서 여기로 사 가지고 왔어요." 그는 그녀에게 콘 하나를 건네고 앞장서 집 안으로 들어갔다. "여기가 당신 아파트인가요?" 그는 부엌으로 들어갔다가 침실로 들어갔다가 딱 한 사람만 들어갈 수 있을 정도의 방이자 컴퓨터가 있는 사무실로 들어갔다. "틀림없이 '기계가 멈춘다' 주제로군요." 그는 평면 스크린과 스트리머와 롬 파일들을 보며 말했다. "크리스마스 트리는 없어요? 큰입우럭은요?"

"난 크리스마스 디자이너를 고용할 여유가 없거든요." 그녀가 말했다. "그런데 여기서 뭐 해요? 제발 당신 이모가 주제를 골랐다고 말해줘요."

"아니에요. 하지만…." 그는 아이스크림콘을 내려놓고 과장되게 화려한 동작으로 재킷에서 종이 다발을 꺼내 그녀에게 내밀었다. "계약서를 가져왔죠. 서명도 끝나고 봉인도 끝나고 배달도 끝났네요."

"하지만 당신 이모가 아직 주제를 고르지 않았어요." 리니가 말했다.

브라이언은 다시 계약서를 가져다가 두 번째 페이지를 펼쳤다. "여기요." 그는 계약서를 보여주며 말했다. "주제는 크리스마스 디자이너가 선택한다." 그는 큰 소리로 읽었다. "이모 말이 당신이 전문가니까 주제도 당신이 선택하는 게 좋겠대요."

"아, 정말 멋져요." 리니가 말했다. 그녀가 주제를 선택하게 된다면 어떤 것이 가능하고 예쁜지 알고 할 수 있을 것이다. '오! 천국닷컴'에 구리를 두드려 만든 정말 아름다운 천사가 있다. 그거라면 쉴 즈 부인의 수제 가구와 완벽하게 어울릴 것이다.

"이모는 크리스마스랑 관계된 것이기만 하면 된다고 했어요. 라스베이거스나 고래잡이 말고요."

리니는 행복하게 고개를 끄덕였다. "물론이죠. 이렇게 와줘서 고마워요. 굳이 여기까지 차를 몰고 오지 않아도 됐는데 그랬어요." 그녀가 말했다. "그냥 이메일로 보내지 그랬어요."

"다비 이모는 컴퓨터를 믿지 않거든요. 특히 계약서와 관련해서는 더더욱 그렇죠. 이모는 실제 종잇조각이 눈앞에 있어야 좋아해요. 당신 컴퓨터가 삐삐 소리를 내는데요?"

리니는 사무실로 들어갔다. 판도라였다. 《십이야》는 안 되겠어요." 그녀는 차갑게 말했다. "방금 세실리아 토우스트랩하고 통화했어요. 왜 《십이야》에 의상도착증 환자가 나온다는 이야기는 하지 않았죠? 그저 십자형 대님 어쩌고 해서 만 15세 미만 관람불가 등급인 줄만 알았잖아요."

"의상도착증이 아니에요." 리니가 말했다. "바이올라가 남장을 하기는 하지만 그건 성적인 이유 때문이 아니라…."

"스피커로 연결해요." 브라이언이 따라 들어와 의자를 끌어당겨서 리니 옆에 앉았다. "판도라 부인, 저 기억하세요? 추수감사절에 봤었죠?"

"예. 나한테 《십이야》를 하라고 부추긴 사람이죠." 판도라는 말했지만 아까보다는 상당히 덜 차가웠다. "왜 의상도착증에 관한 내용이 있다는 말 안 했어요? 룰루 파자네타가 벌써 〈록키 호러 픽처 쇼〉를 하고 있단 말이에요. 난 절대로…."

"바이올라가 남장을 한 이유는 낯선 나라에서 여자 혼자 살아가기에 안전하지 못할까 봐 두려워서 그랬던 겁니다." 브라이언이 말했다. "일부러 공작을 속이려고 한 게 아니에요." 그는 몸을 숙여 화면을 똑바로 보았다. "바이올라는 공작에게 사실대로 말하고 싶지만 그럴 수가 없었어요. 공작에게 진실을 말하면 그를 속이고 거짓말했다는 걸 인정하는 셈이 될 테니까요."

리니는 이 방에 공간이 조금만 더 있으면 좋겠다고 생각했다. 자동차에 탔을 때보다 훨씬 더 가까이 붙어 앉아 있어서 그의 살 냄새와 판도라에게 열정적으로 말하는 숨결이 고스란히 느껴졌다.

"바이올라는 감히 공작에게 사실을 말할 수가 없었어요. 공작을 사랑하니까요." 그가 말했다. "하지만 공작이 조만간 진실을 알게 되리라는 것도 역시 알고 있고 공작이 알게 되면 어쩔 수 없이 배신감을 느껴서 다시는 그녀와 말도 섞고 싶어 하지 않을 것도 다 알았죠. 그래서 그녀는 덫에 걸린 거예요."

잠시 길고 고요한 침묵이 드리웠다. 잠시 후 판도라가 입을 열었다. "오, 정말 로맨틱하군요! 당신 말이 맞아요. 아주 훌륭한 주제예요. 세실리아가 바보였던 거야. 당신이 내게 확신을 주었어요. 어서 계약서 전송해요."

설마요. 리니는 거의 말할 뻔했다. 그러나 정신을 차리고 재빨리 계약서에 세부사항을 입력해 전송했다. "고마워요." 화면에 판도라가 사라지고 계약서가 뜨자마자 브라이언에게 속삭였다. "당신이 날 위해 얼마나 많은 일을 덜어주었는지, 말로 다 할 수 없을 정도예요."

"잘됐네요." 그가 말했다. 여전히 둘 사이의 거리가 너무 가까웠다. "그럼 나랑 같이 저녁 먹으러 갈 시간이 생겼겠군요."

"안 돼요." 그녀는 안타깝게 말했다. "아루바에서 5시에 시작하는 장거리 설치작업이 있는데 아직 방사능 오염방지복도 못 찾았어요."

"그 집 크리스마스 주제가 뭔지는 물어보지 않을게요." 그가 말했다. "이봐요. 지금이 가장 바쁜 계절이고 내년까지 고객들이 줄을 서 있다는 것도 알아요. 하지만 적어도 1년에 하루를 뺄 수 없다고는 말하지 마요. 크리스마스가 지난 다음에는 괜찮을 거 아니에요." 그녀가 뭐라고 해명하려고 했지만, 그가 계속 말했다. "나 지금 작업의뢰할게요."

판도라의 이미지가 화면에 다시 나타났다. "16일은 안 되겠어요. 내일 할 수는 없겠죠?"

차라리 할 수 있으면 좋겠다. 그러면 적어도 남은 시간은 판도라로부터 내내 자유로울 테니까. "안타깝지만 안될 것 같아요."

"오, 자기야. 나 내일 말고는 시간이 안 돼요. 그럼 달력을 보고 이리저리 궁리를 좀 해본 다음에 다시 연락할게요."

'그리고《십이야》는 아무래도 안 되겠다고 하겠지.' 리니는 판도라의 이미지가 다시 나타나길 기다렸다. 그러나 그녀는 단독 브이 메시지를 보내지 않았다. 계약서를 반송하지도 않았다. 적어도 마음을 바꾸지 않았다는 뜻이었다. 일주일 후에도 여전히 주제는 《십이야》였다.

"이건 기적이야." 12월 중반 3자 회의 도중에 리니는 노월과 잉게에게 말했다. "판도라가 정말로 계약서에 서명할 준비가 된 것 같아, 그럼 이제 쉴즈 부인만 남았어."

"아, 그 문제에 대해 할 이야기가 있어." 잉게가 말했다. "넷체크로 쉴즈 부인을 조회해 봤는데 아무것도 나오지 않아."

"무슨 소리야?" 리니가 물었다. "정보를 막아두기라도 했다는 거야?"

"재정상태 확인은 벌써 끝났다고 하지 않았나?" 노월이 말했다.

"막혀 있는 게 아니었어." 잉게가 말했다. "방화벽은 없었고 부인 이름을 입력하니까 다른 정보가 전혀 뜨지 않아. 개인정보, 재무기록, 의료기록을 요청했는데 아무것도 없어. 그냥 빈칸이야. 주소로 시도해봐도 마찬가지야. 집 소유주로 부인 이름이 뜨는데 다른 건 전혀 나오지 않아."

"뭔가 정교한 사생활 노출방지시스템인 모양인데." 노월이 말했다. "하지만 왜 그런 짓을? 부인 성이 뭐라고 했지?"

"쉴즈." 잉게가 말했다. "개인 이름은 나오지도 않아."

성과 주소만으로도 정보를 얻기에 충분했다. "쉴즈 철자를 제대로 입력했어?" 리니가 물었다.

"부인의 개인 이름 알아?" 노월이 물었다.

"응." 리니가 말했다. "다비."

"다비?" 노월이 순간 날카롭게 물었다. "그 엔지니어라는 조카 이름은 뭐야?"

"브라이언 웨스트."

"그 남자 이름으로 다시 시도해볼까?" 잉게가 물었다.

"아니. 내가 알아볼게." 노월이 말하고 접속을 끊었다. 여전히 의논할 사항이 몇 가지 남아 있는데도.

그것만이 아니었다. 마사이족 북 세트는 다시 종적을 감춰버렸고 거의 이틀이나 걸려서 위치를 추적해보니 내슈빌에 가 있었다. 리니는 콴자 설치작업과 '익스트림 스포츠와 크리스마스' 작업을 마치고 나서 판도라가 아직 메시지를 보내지 않았다는 사실에 용기를 얻어 그녀에게 《십이야》 관련 세부 계약서를 보냈다.

판도라가 곧바로 우선알림창 메시지를 보냈다. 그리고 판도라의 입에서 나온 첫마디가 "안 되겠어요."였기 때문에 기적이라고 말한 것을 곧바로 후회했다.

"왜요?" 리니가 물었다. 설마 다른 사람이 《십이야》를 하고 있는 건 아니겠지.

"어릿광대 페스터스 때문이에요. 찰턴 레브로크의 전 부인이 '도지 시티의 크리스마스'를 하고 있는데 거기에 '페스터스'가 나와요. 주정뱅이죠."

"어릿광대 이름은 '페스테'예요." 리니는 말해봤지만 소용이 없었다. 사실이야 어떻든지 판도라의 마음은 이미 정해졌다.

"다른 희곡을 해야겠어요. 아무도 하지 않았던 거로."

"《코리올라누스》." 리니는 제안하며 여기 브라이언이 있으면 얼마나 좋을까 생각했다. 그에게 우선알림창 메시지를 보내 볼까? "《템페스트》."

"사람들이 들어본 거로." 판도라가 말했다.

'《오셀로》가 어때.' 리니는 생각했다. '그럼 당신이 베개로 질식당하는 모습을 옥외설치물로 만들 수 있을 텐데.' "《뜻대로 하세요》, 《리처드 3세》."

그러나 사람들이 들어본 희곡은 전부 판도라의 친구나 판도라의 친구의 전 배우자들이나 그들의 전 배우자들이 해버렸다. '브라이언 말이 옳아.' 리니는 생각했다. '모든 게 감당할 수 없어졌어. 왜 사람들은 자기가 좋아하는 크리스마스를 보내지 않는 걸까? 왜 아무도 하지 않은 단 하나의 것을 해야 하는 거지?'

결국 《한여름밤의 꿈》으로 정했다. 꽃과 요정, 숲의 홀로그램 등 이건 비교적 쉬웠다. 리니는 당나귀 머리를 찾기 시작했다.

'의상닷컴'에는 없었다. '우리게이의류'에 알아봤다.

화면이 삐삐거리더니 노월의 이미지가 나타났다. "그 여자, 사라 다빙던이야." 노월이 말했다.

"누구?" 리니는 멍하니 말했다.

"자기 고객, 다비 쉴즈. 그 여자 갈라텍 인터내셔널 대표야."

"갈라텍 인터내셔널?" 리니가 말했다. "소프트웨어 회사 말이야?"

"소프트웨어 거대복합기업이지. 자기 고객은 그 기업을 창시한 컴퓨터 천재야."

"말도 안 돼." 리니가 말했다. "쉴즈 부인은 컴퓨터에 대해서는 아무것도 몰라. 심지어 이메일도 못 보내."

"그렇게 말했겠지. 내 말을 믿어. 내가 그 여자 완벽한 프로필을 알아냈으니까. 사라 다빙던 박사. 아스펜가 3404번지."

노월의 이미지가 사라지고 사라 다빙던의 뉴스 사진이 떴다. "갈라텍 CEO, 인텔과의 합병을 발표하다." 쉴즈 부인이었다.

"하지만 왜 거짓말을…?"

"그야 자기한테 정체를 드러내고 싶지 않았을 테니까. 그 여자가 노리는 건 틀림없이 우리 '장식하세닷컴'이야."

"'장식하세닷컴'을 노린다고? 그게 무슨 말이야?"

"그 사람들 인수할 기업을 알아보고 있을 거야. 아니면 자체 크리스마스 장식 회사를 설립하려고 하거나. 자기 아이디어를 훔치려는 거지. 그 여자한테 주제를 몇 개나 보여줬어?"

"꽤 많이." 리니는 첫 번째 면담 때 클릭해서 보여준 홀로그램의 수를 떠올려보았다. "하지만 왜? 부인은 전문적인 크리스마스 장식을 의뢰해본 적이 없다고 했어."

"이번에도 자기 생각이 틀렸어." 노월이 말했다. 화면에 목록이 떴다. "지난 10년간 갈라텍 인하우스 디자이너들이 담당한 가정과 사무실의 크리스마스 장식이야. 시골의 크리스마스, 거룩한 밤 고요한 밤, 노먼 록웰의 크리스마스, 코네티컷의 크리스마스…."

'적어도 전통적인 크리스마스를 좋아한다는 말은 진실이었네.' 리니는 어이가 없었다. "하지만 아직도 이해가 안 돼. 그 사람들한테 이미 크리스마스 디자이너가 있다면 왜…."

"우리 사업이 성공적이니까. 갈라텍 같은 거대복합기업은 늘 성공사례를 빼앗을 궁리만 하거든. 타임-워너-마이크로소프트가 졸업이벤트사업을 어떻게 했는지 생각해봐. 그들 때문에 개인 플래너들이 다 망했잖아. 설마 그 여자한테 시디롬을 주고 온 건 아니지?"

"어떤 주제로 할지 결정 못 하겠다고 해서…."

노월이 신음했다. "잘 가라, '장식하세닷컴'. 어서 와요, 주식회사 갈라텍 크리스마스."

그녀는 고개를 흔들었다. "하지만 부인은 정말 다정한 사람 같았어." 그녀는 말했지만, 부인이 계속 다른 주제를 보여달라고 했던 것이며 리니의 사무실에 대해 물어봤던 것, 브라이언에게 '바위와 벽 사이'까지 굳이 데려다주라고 채근했던 것을 떠올렸다. 아,

브라이언.

"자기가 틀렸어." 리니가 말했다. "부인이 사라 다빙던일 리가 없어. 뭔가 오해가 있을 거야. 부인의 조카가 판도라 프리의 주제를 떠올리게 도와줬어. 그런 사람이 한 패거리일 리가 없어."

"그 남자, 사라 다빙던의 조카가 아니야."

리니는 몇 초 후에야 겨우 말했다. "뭐?"

"갈라텍 직원이야. 다빙던 박사와 친척 관계도 아니고."

"믿을 수 없어." 그녀가 말했다. "그는 크리스마스를 전문가가 꾸민다는 생각 자체를 몹시 싫어했어."

"그야 자기가 눈치 못 채게 둘러댄 거지."

리니가 눈치 못 채게. 브라이언이 매닝 가족의 설치작업현장에, 리니의 아파트에 불쑥 나타났던 것, 그녀의 사무실에 들어와 장비를 살펴보던 것이 떠올랐다. 그 모든 것이 전부 그런 척했던 것이었다니.

"그 사람들, 분명히 자기 디자인을 노린 거야." 노월이 말했다. "자기가 고객 명단과 공급업체 명단을 줄줄 불게 했겠지."

"도대체 큰입우럭 같은 것은 어디서 구해요?" 브라이언이 물었었고 그녀에게 최고의 크리스마스 장식과 가장 어려웠던 장식이 무엇이었는지도 물었다.

"그 남자 이름은 그럼 뭐야?" 그녀가 물었다.

"누구? 아, 그 소위 조카라는 양반? 그는 본명을 썼어. 아마 자기가 알아볼 만한 이름이 아니라서 그랬겠지. 하지만 그 남자, 엔지니어가 아니야. 마케팅 디자이너야."

"나, 그만 가볼게." 리니가 말했다.

"그 집은 그 여자 것이 맞아. 나 놀랐어. 자기 제안서를 봤을 때는 임시로 빌린 집이라고 생각했거든. 하지만 아니었어. 그 여자 샌프란시스코에 없을 때는 실제로 그 집에 살고 있더라고. 아니면 스톡홀름에 가 있기도 하고. 거기에도 집이 몇 채 있어. 맨해튼과 시드니, 상파울루, 아디스아바바, 베이징에도 아파트가 있어. 아이슬란드에도 저택이 있고."

"난 소박한 걸 좋아하거든요." 부인은 말했었다.

"판도라 프리한테 우선알림창 메시지가 왔어." 리니는 거짓말을 했다. "그만 가볼게."

"판도라는 기다려도 돼." 노월이 말했다. "이 문제를 어떻게 처리할지 이야기를 나눠봐야지."

"이따가 연락할게." 리니는 말하고 그가 뭐라고 하기 전에 접속을 끊었다.

그리고 잠시 앉아 생각했다. '믿을 수가 없어.' 그러나 그녀는 믿었다. 결국, 이것은 책에 나오는 가장 오래된 속임수였다. 145번 '로맨틱한 사기꾼'. 달콤한 말을 속닥여 여자의 비밀을 털어놓게 하기. 여자에게 레드티 사주기. 무거운 짐을 대신 운반해주기. 사무실에서 지나치게 가까이 다가앉기. 추가로, E. M. 포스터를 좋아하는 척하기. 분명히 넷체크에서 알아낸 것이리라.

그리고 그녀는 속아 넘어갔다. 낚싯바늘과 봉돌과 낚싯줄에 낚이고 말았다. 182번 '어부의 천국'.

화면이 삐삐거리며 우선알림창 메시지가 떴다. 삭제키를 향해 손을 뻗었지만 노월이 아니었다. 판도라였다.

"《한여름밤의 꿈》도 안 되겠어요." 판도라가 말했다. "파샤드 트

404

위드로우가 작년 '그랜드 캐니언의 크리스마스'를 했어요."

"그랜드 캐니언이요?" 리니는 그게 무슨 관계가 있다는 건지 이해할 수가 없었다.

"그랜드 캐니언 밑바닥(보텀, bottom)까지 동물을 타고 내려갔어요." 판도라가 말했다.

'오, 설마….'

"나귀요." 판도라가 말했다. "나귀를 타고 내려갔죠."

"보텀은 당나귀로 변장했어요."*

"나귀나 당나귀나 똑같죠. 어쩌면 당신의 그 젊은 남자 말이 맞아요. 《십이야》를 해야겠어요."

'그 사람, 나의 젊은 남자가 아니에요.' 리니는 생각했다. '그는 갈라텍의 마케팅 디자이너예요.'

"하지만 《십이야》는 너무 안 유명해요. 혹시 셰익스피어가 쓴 다른 희곡은 없어요?"

"딱 39개예요." 리니가 말했다. "그리고 소네트가 154편이 있어요."

"소네트라…." 판도라가 생각을 해보며 말했다. "그것도 좋네요. 한번 생각해보겠어요." 판도라의 이미지가 깜박하고 사라졌다. 곧바로 화면이 삐삐거렸다.

브라이언이었다. 그녀는 '음성 녹음' 버튼을 눌렀다. 브라이언이 말했다. "저기, 당신이 미친 듯이 바쁘고 나랑 같이 레드티를 먹으러 갈 시간은 크리스마스 전에는 아예 없다는 거 알지만, 혹시 당신

---

* 《한여름밤의 꿈》에서 보텀이라는 이름의 남자가 당나귀 탈을 쓰고 등장한다.

이 핫도그나 싱크로나이즈드 수영선수들을 매달러 어디에 가는지 알려준다면 내가 아이스크림을 사다 줄게요. 심지어 당신이 닭털을 뽑거나 하느라 양손을 다 써야 할 때면 내가 옆에서 당신 아이스크림을 들어줄 수도 있어요."

'지적재산권 도둑놈과 싸우느라 바쁠 수도 있지.' 리니는 생각했다. 노월의 말이 맞았다. 이 문제를 어떻게 처리할지 이야기를 나눴어야 했다.

그녀는 노월에게 접속했다.

"자기는 아무것도 하지 마. 만약 그 여자가 계속 설치작업을 요구하면 어쩔 작정인지 다 알고 있다고 말하고 자기도 모르게 '장식하세닷컴'을 훔치는 걸 도와줄 생각은 없다고 말해줘."

'하지만 부인이 저녁 만찬에 초대한 그 많은 사람들은 어쩌고?' 리니는 생각했다가 곧바로 그것 역시 거짓말일지도 모른다고 생각했다.

"자기가 상대하는 게 무려 갈라텍이라는 거 알아." 노월이 말했다. "하지만 계약서가 없으니 그 여자는 법적 기반이 상당히 불안정해. 사기에, 허위 진술에…."

"계약서 있어." 리니는 후회하며 말했다. "어제 서명했어."

"온라인으로?"

"아니. 직접 서명했어."

노월이 고개를 끄덕였다. "그렇다면 각막 ID가 없겠네."

물론이다. "다비 이모는 컴퓨터를 믿지 않거든요. 특히 계약서와 관련해서는 더더욱 그렇죠."라니 기막혀! 그녀는 자신의 전자 서명이 드러나는 것을 원하지 않았던 것이다.

"그 여자, 계약서에 어떤 이름을 썼어?" 노월이 물었다. "쉴즈 부인이라는 이름을 썼다면 그 계약은 무효야."

리니는 정말로 그랬기를 바라며 계약서를 가져왔지만, 서명은 알아보기 어렵게 흘려 쓰여 있었다. 그녀는 계약서를 스캔해 노월에게 보냈다.

"아, 이건 분명히 사라 다빙던의 서명이야." 그가 말했다. "그리고 계약서에 소유주 이름 없이 집 주소만 나와 있네. 이러면 상황이 달라지지."

"어떻게?"

"자기가 법적 구속력이 있는 계약서를 받았다면… 그 여자가 재래식 우편으로 계약서를 발송한 건 아니지?"

"아니야. 그녀의… 브라이… 그 마케팅 디자이너가 가져왔어."

"안타깝네." 그가 말했다. "재래식 우편으로 보냈으면 우편사기라고 증명할 수 있었을 텐데. 이런 상황이라면 서명할 때의 조건에 사기성이 있었다고 증명해야 하거든."

"나는 계약 상대가 다른 사람인 줄 알았잖아." 리니가 말했다. "그게 사기성이 있었다고 봐야 하는 거 아냐?"

노월은 고개를 흔들었다. "자기 주장이 그 여자와 어긋나거나 갈라텍 법률자문팀의 의견과 어긋나면 그건 강물을 거슬러 올라가는 것과 같아."

"그러니까 부인이 내 아이디어를 훔쳐가려고 해도 나는 꼼짝없이 그 집 크리스마스 장식을 해줘야 한다, 이 말이야?" 생각만 해도 속이 메스거렸다. 만약 브라이언이 나타난다면 어쩌지?

"진정해." 노월이 말했다. "내가 '변호사닷컴'에 접속해서 우리 상황이 어떤지 알아볼게. 그러고 나서 어떻게 할지 결정하자. 이대로 넘어갈 수는 없지."

'그 사람들은 이미 이대로 넘어가고 있어.' 리니는 멍하니 생각했다. 그녀는 메시지함을 불러내 일을 마치려고 했지만 집중할 수가 없었다. 결국 셰익스피어의 소네트를 검색하고 판도라를 위해 사용할 만한 소네트를 찾아보았지만 괜찮은 게 많지 않았다. '저 폐허가 된 성가석?', 죽음이 영원한 냉기를 뿜어내는 싸늘한 분노?'

화면이 삐삐거렸다. "걱정했던 대로야. 그 계약서는 법적 구속력이 있고 벌써 자기 온라인 계좌에 계약금이 입금되어 있어. 자기는 법적으로 그 집 크리스마스 장식을 해줘야만 해."

"난 못해…." 리니가 말했다.

"우리 목적은 손실을 최소화하고 더는 사업상 비밀을 누설하지 않는 거야. 주제가 뭐야? 제안서가 어느 정도 구체적이지?"

"아직 제안서 없어. 쉴즈 부인, 아니 그 여자가 주제를 내 재량에 맡겼어."

"그 사실까지 계약서에 명시되어 있어?" 노월이 신나서 물었다.

"응. 아니. 내 말은 주제란이 비어 있고 내가 채워야 한다는 뜻이야."

"오호, 그렇다면 상황이 달라지는걸? 잠깐." 그의 이미지가 곧바로 사라졌다.

리니는 다시 소네트를 해부하기 시작했다. "장미에는 가시가, 은빛 샘물에는 진흙이 있는 법." "슬픔은 내 앞에, 기쁨은 내 뒤에 놓였어라."

그녀는 포기하고 노월의 우선알림창 메시지가 뜨기를 기다리며 앉아 있었다. "변호사닷컴에 알아봤어." 노월이 나타나 말했다. "완전히 합법적이야. 그 여자가 주제를 고르지 않은 건 하늘이 도운 거야. 다빙던 박사든 갈라텍이든 이 일에 대해서는 아무것도 할 수 없을걸."

"어떤 일?" 리니가 물었다.

"그 사람들을 향한 자기의 우아한 복수."

"복수라고?"

"응." 그가 열띤 얼굴로 말했다. "주제는 자기가 골라야 하잖아. 좋았어! '죽음과 파괴', '악몽', '으스스한 노천 채굴' 이런 걸 골라서 자기가 직접 설치작업을 하는 거야. 아, 그런데 설치일이 언제야?"

"지금부터 일주일 후. 23일이야. 하지만…."

"완전히 계약서대로 그 여자 집을 꾸며줘. '동굴 속 역겨운 생물', '복수는 달콤한 것' 그런 거로. 그 여자가 보고 자기가 크리스마스를 완전히 망쳤을 뿐만 아니라 더는 다른 사람의 아이디어를 훔칠 수 없겠구나, 하고 깨닫겠지. 자기는 복수를 하게 되고."

"그게 크리스마스와 무슨 관계가 있지?" 리니가 중얼거렸다.

"뭐라고?" 노월이 말했다.

"아무것도 아니야. 그냥 그들의 속셈을 우리가 알아차렸다고 말하고 설치작업을 거부하는 거로 충분하지 않을까?"

"그러면 그 여자는 갈라텍 디자이너에게 시키면 그만이야. 복수를 해야 그 여자도 공개적으로 망신을 당하지. 자기가 설치작업을 하기로 한 날 저녁 갈라텍 이사회와 만찬 파티가 있대."

'적어도 그건 거짓말이 아니었네.' 리니는 생각했다.

"내 생각엔 '여자가 한을 품으면 오뉴월에도 서리가 내린다'가 완벽할 것 같아." 노월이 말했다.

"하지만 크리스마스잖아. 크리스마스는 복수의 계절이 아니야. 용서와 선의의 시간이지."

"자긴 그렇게 당해놓고도 그런 말이 나와? 좋아, 복수 주제는 아니야. 하지만 고객들을 전부 그 사람들에게 넘길 생각이 아니라면 자기도 뭔가 하기는 해야 할 거야."

"내가 그 사람들하고 얘기해볼게." 그녀는 말했지만 생각만 해도 심장이 움츠러드는 기분이었다.

"복수가 싫다면 자기 방식대로 해." 노월이 손을 내저으며 말했다. "아니다. 이 문제는 내가 해결할게. 자기한테 맡겼다간 너무 무르게 나올까 걱정이야. 내가 하게 해줘."

"좋아." 리니가 고마워하며 말했다.

"좋아." 노월이 말했다. "걱정하지 마. 내가 다 알아서 할게."

그러나 리니는 걱정이 되었다. 소네트에 집중하면서 그 일을 마음에서 몰아내려고 해봤지만 별 소용이 없었다.

"시란 말이죠?" 리니가 제안서를 가지고 연락했을 때 판도라는 애매하게 말했다. "아, 나는 시는 별로야. 시는 너무… 뭐, 다른 아이디어 없어요?"

"개조자동차 경주는 어때요?" 리니는 아무 말이나 해보았다. "허브와 스파이스? 미끼용 오리? 언론의 편견?"

"흉상이 꼭 들어가야 해요."

파이크스 봉오리와 흉상? 그녀는 아무 생각이나 떠올렸다. 마돈나와 다이애나 도어스 포함 역사상 가장 위대한 흉상들? 2006년 주식 대폭락? "유명한 극작가는 어떨까요?"

"밋치 폴라카코스가 5년 전에 했어요."

'불을 주제로 하자고 설득해볼까?' 리니는 생각했다. 그러면 저 여자 집을 홀랑 태워버릴 수 있을 텐데. "글로브 극장*의 크리스마스는 어때요?"

"모르겠네요… 어쩌면 괜찮을 것 같기도 하고… 제안서를 써서 보내봐요."

리니는 제안서를 써서 보내고 골드파브스 가족의 크리스마스와 마르치아노 가족의 하누카를 설치하는 한편 간간이 노웰과 통화를 시도했다가 23일 정오 무렵에야 겨우 연락이 닿았다.

"다 됐어." 그가 말했다. "자기는 아무 걱정할 필요 없어."

"그 사람들하고 얘기해봤어?"

"했지. 그 여자한테 딱 부러지게 자기를 건드리지 말라고, 그랬다간 고소당할 줄 알라고 말했어."

"그랬더니 뭐래?" 그녀는 브라이언도 옆에 있었는지 물어보고 싶었다.

"그 사람들이… 앗, 피라미드가 무너졌어." 그가 말했다. "두 번 다시 생각하지도 마. 내가 다 해결했으니까. 그 사람들이 메시지라도 보내면 다 삭제해버려."

리니는 노웰 말대로 브라이언의 목소리조차 들을 필요 없게 모든 메시지를 '자동삭제'로 바꿨다. 그리고 다른 메시지들로 넘어가 카

---

* 런던 교외의 글로브 극장은 셰익스피어가 속한 극단의 본거지로 수많은 셰익스피어의 명작을 상연한 곳이다.

모디 가족의 플라밍고와 애벌레 무늬 포장지 대신 나비 무늬 포장지를 배달하는 문제와 '글로브 극장의 크리스마스'가 너무 복잡하다고 생각하는 판도라와의 여전한 문제를 해결해나갔다.

"사람들이 글로브라는 말을 듣고 지구를 예상하면 어쩌죠?" 판도라의 말을 흘려들으며 리니는 생각했다. '브라이언과 다빙던 박사가 내 사업을 훔치려는 걸 알았을 때 나는 왜 화가 났던 걸까? 차라리 기회를 덥석 거머쥐지 않고?'

"'웨스트민스터 사원의 크리스마스'는 어떨까요?" 리니는 제안했다. "촛불과 신도석의 홀로그램을 띄우고 바이런과 셰익스피어와 키이츠의 흉상들을 전시할 수 있어요. 유명한 시인들은 전부 그곳에 안치되었죠."

사실 셰익스피어는 아니었지만, 판도라나 그 친구들은 모를 것이다. "지금 눈앞에 보이는 것 같아요. 시인들의 묘역, 엘리자베스 여왕의 무덤, 왕관의 보석들···."

"왕관의 보석들이라···." 판도라가 흡족하게 말했다. "해리 왕의 대관식을 재현할 수는 없겠죠?"

"왜 안 되겠어요?" 리니가 말했다. '지금부터 25일까지 할 일이 하나도 없는데요.' 그녀는 '퍼지 장신구'에 접속해 왕의 대관식 가운을 예약하고 '바위와 벽 사이'에 연락해 시인들의 흉상 중 남은 게 뭐가 있느냐고 물었다.

"하나도 없어요. 조각상 몇 개만 남았어요. 그나마 전부 래퍼고 새미 소사 조각상이 하나 있네요. 아, 주문하신 유다도 없어요."

유다라고?

"그나마 가장 가까운 게 아도니스 조각상이네요." 주인이 말했다. "거기에 튜닉을 입히고 손에 은화 30냥을 들리면 될 것 같은데, 그거라도 보내드려요?"*

"어디로 보낸다는 말이죠?" 리니는 가라앉는 감정을 느끼며 물었다.

"아스펜가 3404번지, 쉴즈 부인댁이요." 그가 말했다. "아도니스 주문할 거예요, 말 거예요?"

"안 해요." 리니는 '종료' 버튼을 누르고 택시를 불렀다.

리니는 자기부상열차를 타고 기차역에 내려 택시를 잡아타고 가는 길 내내 자신이 곧 목격하게 될 풍경을 걱정했다. 그러나 택시가 그 집 앞에 멈춰 섰을 때 그녀의 눈에 들어온 것은 빨간색과 파란색 제복을 입은 실물 크기의 주석 병정들이 뻣뻣한 자세로 줄지어 서 있는 모습이었다.

"다행이야! 노월이 복수 주제를 포기했나 봐." 그녀는 중얼거리며 택시 리더기에 카드를 긁었다. 그는 가장 보편적인 크리스마스 주제로 계약서의 빈칸을 채우기로 한 모양이었다. 그래야 갈라텍이 아무것도 훔쳐가지 못할 테니까. '장난감 나라의 아기들'은 가장 보편적인 크리스마스 장식 주제였다.

그녀는 서둘러 길을 건너 진입로를 지나 현관문으로 향하다가 문득 멈춰 섰다. 주석 병정들은 소총을 든 채로 분홍색 드레스 차림에 안대를 한 실물 크기 여자 인형을 조준하고 있었다. "오, 안 돼." 리니는 중얼거리며 서둘러 집 안으로 들어갔다.

현관에 서 있는 크리스마스 트리는 범죄현장을 두르는 테이프와

---

* 유다는 은화 30냥을 받고 예수를 배신했다.

빨간색, 흰색, 파란색으로 번쩍거리는 경찰차 경광등으로 장식되어 있었고 그 뒤쪽 벽에는 베네딕트 아놀드*의 그림이 걸려 있었다.

리니는 거실로 들어갔다. 칼에 찔린 율리우스 카이사르의 홀로그램이 반복 상영되고 있었다. 그녀는 브루투스를 지나 식당으로 들어갔다.

벽과 테이블이 온통 검은색으로 덮였고 테이블 한가운데에 잘린 말 머리가 놓였는데 갈기에 메모가 하나 꽂혀 있었다. "이 모습은 우리 디자인을 훔쳐가려는 자들의 미래다. 메리 크리스마스. '장식하세닷컴'으로부터." 메모에는 이렇게 씌어 있었다.

리니는 경고문을 떼어내 구겨버리고 이번에는 또 뭐가 나올까 경계하며 서재로 들어갔다. 크리스마스 파티 현장처럼 다들 손에 커다란 와세일 술잔을 든 조각상들이 방 안을 가득 메우고 있었다. 네로, 다른 손으로 나치식 경례를 붙이고 있는 히틀러, 사이먼 레그리**, 손수건을 든 것으로 보아 이아고***로 추정되는 조각상도 있었다.

'오, 안 돼. 쉴즈 부인에게 이런 꼴을 보여줄 수는 없어.' 리니는 생각했다가 곧 그녀가 쉴즈 부인이 아니라는 사실을 떠올렸다.

'어쨌든 그녀가 이 모습을 보게 할 수는 없어.' 브라이언이 이 모습을 보면 뭐라고 말할지 생각하니 속이 또 메슥거렸다. 리니가 한 짓이라고 믿는다면 그는 어떻게 생각할까. 그렇더라도….

---

* 미국 독립전쟁 당시 장군 신분으로 영국군에 자진 투항해 '배신자'나 '매국노'의 대명사가 된 인물이다.
** 《톰 아저씨의 오두막》에 나오는 잔인하고 포악한 노예 주인
*** 셰익스피어 《오델로》에 등장하는 악인으로 손수건으로 오델로와 데스데모나 사이를 이간질하고 비극을 일으킨다.

"크리스마스는 복수와 아무런 상관이 없어." 그녀는 단호하게 말하고 방 안 곳곳에 걸린 검은색 화환을 끌어내리기 시작했다.

서재에도 트리가 하나 있었다. 빌리 더 키드* 뒤에 숨어 있는 트리는 단두대 밑에 놓여 있었고 꼭대기에는 싹둑 잘린 별이 꽂혔으며 그 아래로 온갖 고문 기구 장식물이 달려 있었다. 리니는 검은 화환을 모두 끌어내려 쓰레기봉투에 담고 트리 장식물을 내리기 시작했다.

그때 무슨 소리가 들렸다. '오, 맙소사, 브라이언이면 어쩌지?' 그녀는 현관문 쪽으로 달려가며 생각했다. 그러나 빨간색과 흰색, 파란색, 갈색이 들어 있는 페덱스-UPS 작업복을 입은 직원이 토가를 두르고 황금 월계관을 쓴 마네킹을 옮기고 있었다.

"이게 뭐죠?" 그녀가 물었다.

직원은 마네킹을 똑바로 세워 놓았다. "네로입니다." 그가 말했다. 리니는 이미 조각상의 턱 아래 괴어 있는 바이올린을 보고 네로인 줄 짐작하기는 했다. "어디에 놓을까요?"

"반송해주세요." 리니가 말했다. "다시 트럭에 싣고 가세요."

"이 주소로 배달 주문이 들어왔어요." 그가 휴대용 패드를 꺼내며 말했다.

"주문 취소할게요." 그녀는 패드로 손을 뻗어 '취소' 키를 클릭했다. "저것들도 전부 반송하고 싶어요." 그녀는 히틀러 등을 가리키며 말했다.

"저건 우리 물건이 아니에요." 택배사 직원이 말했다. "우리는 조

---

* 미국의 범죄자로 21년의 짧은 생애에 21명을 죽였다.

각상은 취급하지 않습니다. 허구의 인물도요. 허구 인물은 '달맞이 꽃'에서 보낸 겁니다. 우리 물건은 주석 병정하고 인형뿐이에요." 그가 배송목록을 확인하며 말했다. "아, 욕실에 있는 본디오 빌라도도 우리 물건이네요."

'오, 노월.' "그것도 가져가세요."

"예약 없는 배송이니까 추가 비용이 나올 겁니다."

"알았어요." 직원이 네로 마네킹을 다시 들자 리니가 말했다. "이 것들도 전부 가져가면 추가 비용이 얼마나 나올까요?" 그녀는 스탈 린 조각상을 앞으로 기울여 발바닥의 상표를 확인했다. "'바위와 벽 사이'하고 '달맞이꽃'으로 반송하면요?"

"크리스마스 이틀 전에요? 지금 농담해요?" 직원은 네로를 들고 나가기 시작했다. "트럭에 주석 병정을 실을 자리가 남아 있는 걸 다 행으로 아세요. 안 그랬으면 1월까지 기다려야 했을 겁니다. 크리스 마스 코앞에 미리 예약하지 않은 배송은 불가능해요."

직원의 말은 옳았지만 그녀는 어쨌든 노력해야 했기에 '바위와 벽 사이'와 '달맞이꽃'에 연락해보고, 어느 해인가 24일에 판도라의 집까지 응급 배송을 도와주었던 '여기말고아무데도화물'에도 연락 해봤지만, 세 곳 모두 음성메시지만 돌아왔고 우선알림창 메시지 는 작동하지 않았다. 페덱스-UPS 직원이라도 잘 구슬려 조각상 일 부라도 가져가 달라고 부탁하려고 했지만 그의 트럭도 벌써 가버 린 뒤였다.

'그래도 총살 집행부대라도 가져갔으니 다행이야.' 리니는 마구 짓밟힌 눈밭을 보며 생각하다가 집 안으로 들어갔다. 직접 철거할 수밖에 없었다. 쉴즈 부인이 아니라 다빙던 박사일지라도, 이 꼴을 보여줄 수는 없었다. 그녀는 식당으로 가 테이블 한가운데의 장식물과 접시를 비롯한 모든 것을 보따리 싸듯 테이블보로 싸서 쩡강 소리를 내가며 재활용 쓰레기통에 넣었다. 이번에는 서재로 돌아가 닉슨을 겨우 끌고 식당을 지나 뒷문 쪽으로 갔다.

식당에서 부엌으로 통하는 문까지 왔는데 이 문은 서재만큼 넓지가 않아서 닉슨의 트레이드마크인 승리의 브이(V) 모양을 하고 치켜든 양팔이 문에 끼어 꼼짝도 하지 않았다. 닉슨을 옆으로 돌려보려고 했지만 양팔이 완전히 끼어버렸다.

'팔을 떼어내야 해.' 그녀는 닉슨의 팔을 돌려서 빼려고 재킷 단추를 풀기 시작했다. 이때 현관문 열리는 소리가 들렸다. '오, 다행이다. 화장실에 있다는 빌라도를 가지러 아까 그 직원이 돌아온 모양이야.' "저 좀 도와줄래요? 저 식당에 있어요." 그녀는 소매를 벗기느라 씨름하며 외쳤다.

"도대체 이건 무슨 아이디어죠?" 브라이언이 말했다.

그녀는 고개를 들었다. 브라이언이 거실로 들어서는 문간에 서 있었다. 양손에는 경찰차 경광등과 범죄현장 테이프가 잔뜩 들려 있었다. 경광등이 아직도 눈부시게 번쩍이고 있었다.

"결국 알아버렸군요." 그가 말했다.

"알아버렸어요." 그녀가 말했다.

"그래서 이런 걸 했고요." 그가 브루투스를 보며 말했다.

"아니에요. 뭐, 적절한 반응일 수는 있겠지만요. 그럼 내가 어떻게 나올 거라고 생각했어요? 기뻐서 춤이라도 출 줄 알았나요?"

"아니요." 그가 말했다. "어쩌면… 아니요. 아니라고 생각해요."

전혀 그녀가 예상했던 반응이 아니었다. 그녀는 번드르르한 해명을 예상했지만, 그는 여전히 양손에 빨간색과 파란색으로 번쩍이는 경광등을 들고 서서 물끄러미 홀로그램을 바라보고 있었다. 꼭 배를 한 대 걷어차인 사람 같았다. 한참 후에 그가 씁쓸하게 말했다. "이력을 조회해보고 그녀가 정말로 누구인지 알아냈겠죠."

리니는 고개를 끄덕였다. "그야 새 고객을 만날 때마다 하는 일이니까요. '장식하세닷컴'처럼 보잘것없는 크리스마스 장식 회사라도 말이죠."

"결국 당신이 알게 될 거라고 말했어요." 그가 말했다. "당신에게 거짓말하는 것은 어리석은 짓이라고, 처음부터 사실대로 말해야 한다고."

"그랬으면 내가 더 받아들이기 쉬웠을까요?"

그는 잠시 기다렸다가 대답했다. "가능성이 있을 수도 있다고 생각했어요."

가능성이라니. 오만한 남자 같으니라고. "아니요. 그렇지 않아요." 그녀는 딱 잘라 말했다.

"당연히 아니겠죠." 그는 말하며 술잔을 들이키는 존 윌크스 부스*를 보았다. "그래서 당신이 이렇게…."

"말했죠. 내가 그런 게 아니라고. 사실 나는 누가 보기 전에 이걸 전부 철거하려고 했어요. 난 '눈에는 눈 이에는 이' 전략을 믿지 않아요. 특히 크리스마스에는 더욱더 아니죠." 그녀는 손을 내밀어 그에게서 경광등과 테이프를 뺏어다가 쓰레기봉투에 쑤셔 넣었다. "곧 다빙턴 박사가 올 거예요." 그녀가 말했다. "어떤 것들은 나 혼

---

* 미국의 배우로 링컨 대통령의 암살자

자 옮기기에 너무 무거우니까 당신도 박사가 이걸 보길 원하지 않는다면 날 도와줘요. 아, 내가 법적으로 계약에 묶여 있다는 말은 하지 않아도 돼요. 이미 뼈저리게 깨닫고 있으니까."

"당연히 그녀가 이걸 보길 원하지 않아요." 브라이언의 말은 진심인 것 같았다. 그는 닉슨을 들어 올렸다. "이걸 어디에 가져다 두면 될까요?"

"뒷문으로 나가서 당분간 가문비나무 뒤에 숨겨놓기로 해요." 리니는 말하고 부엌으로 먼저 들어가 뒷문을 열어주었다. 험상궂은 얼굴의 자동인형 마네킹이 감색 드레스를 입고 가스레인지 앞에 서서 냄비 속을 휘젓고 있었다.

"저건 누구죠?" 브라이언이 끙 소리를 내며 닉슨을 뒷문 너머로 옮겼다. "루크레치아 보르자*?"

"린다 트립**이에요." 그녀가 말했다. 브라이언이 닉슨을 데리고 뒷문 밖으로 나가자마자 그녀는 자동인형의 스위치를 끄고 제어장치의 플러그를 빼 전선을 둘둘 감기 시작했다. "이건 제가 할게요." 브라이언이 돌아오자 그녀는 말했다. "당신은 서재에 있는 것들을 치워요."

그녀는 린다 트립을 분해하고 거실의 단두대를 철거해 모두 밖에 내놓았다. 그사이 브라이언은 홀드먼과 에를리히맨***을 밖으로 옮겼

---

*　교황 알렉산더 6세의 사생아로 태어나 여러 차례 정략결혼과 출산으로 '팜므파탈'의 오명을 썼다.

**　클린턴 대통령과 모니카 르윈스키의 성추문을 언론에 알린 당시 백악관 직원

***　백악관 비서실장 밥 홀드먼과 내무담당 수석 보좌관 존 에를리히맨은 워터게이트 사건으로 사임했다가 청문회에서 혐의를 전면 부인한 적이 있다.

다. 리니는 '호랑가시나무와아이비닷컴'에 접속해 1번 장식품을 주문했다. 지금은 표준적인 장식품을 제외하고 어떤 것도 새로 주문할 시간이 없었다.

'호랑가시나무와아이비닷컴'은 전 상품 품절이었다. 그녀는 '크리스마스의 모든 것'에 접속했다. "사이트 임시 폐쇄." 경고문이 떴다. 그녀는 사이트의 응급 전화번호를 눌렀다. "19일에 전 상품 품절됐어요." 나디아가 말했다. "홀리데이헤븐에 알아봤어요?"

그녀는 '홀리데이헤븐'과 '우리는 크리스마스'와 '파티플러스'에 알아봤다. "전부 다 매진이에요." 리니는 O. J. 심슨을 들고 나타난 브라이언에게 말했다. "뭐라도 남아 있는 곳은 '거위는살찌네닷컴' 뿐이고 거기 있는 거라곤 마야의 뱀신 하나, 노란색 물방울무늬 비키니 24벌이 다예요. 양초도 조명도 없어요. 다빙턴 박사 지하실에 예전에 쓰던 장식물이 있지 않나요?"

그는 고개를 저었다. "갈라텍 디자이너들이 크리스마스 장식을 시작하면서부터 쓰던 장식물은 전부 자선단체에 기부했어요. 아무것도 안 남았대요?"

"없어요." 그녀는 말하고 전자제품 공급업체 명단을 훑어보았다. 어쩌면 이 가운데에 크리스마스 트리 조명으로 쓸 수 있는 LED 색등이 남아 있을지도 모른다.

리니의 화면이 삐삐거렸다. "웨스트민스터 사원은 안 되겠어요." 판도라 프리가 말했다.

"누구예요?" 브라이언이 물었다.

"방금 사샤인 내커티의 새 동거인의 옛 동거인이 작년에 '런던의 이층버스 관광'을 주제로 꾸몄다는 사실을 알게 되었어요. 런던탑,

마담 투소 밀랍인형박물관, 광우병, 빅벤….”

“누구예요?”

“지금은 통화할 수 없어요.” 리니가 다급하게 말했다. “급한 일이 있어요.”

“급한 일이라고요!” 판도라가 팔을 내저으며 말했다. “웨스트민스터 사원은 런던에 있단 말이에요! 제인이 그걸 보면 내가 일부러 옛 동거인을 떠올리게 하려고 그랬다고 오해할 거란 말이에요. 게다가….”

“대체 누구예요?” 브라이언이 말했다. “이모예요?”

“아니에요.” 리니가 쉿 소리를 내며 그도 들을 수 있게 ‘스피커’ 버튼을 눌렀다.

“게다가 웨스트민스터 사원은 이층버스 관광 중 지나가는 작은 정거장에 불과했어요!” 판도라가 말했다. “이 주제는 안 되겠어요. 다른 걸 생각해내요.”

“웨스트민스터 사원이라고요?” 브라이언이 속삭였다. 《십이야》 는 어쩌고요?”

“너무 지적이래요.” 리니가 속삭이며 대답했다. “그리고 판도라 는 반드시 셰익스피어 흉상이 포함되어야 한대요. 웨스트민스터 사 원 시인의 묘역이 내가 생각할 수 있는 최선이었어요.”

“…그리고 내일까지 완성해야 해요. 그리젤다와 카를로스가 내 일 온단 말이에요. 점심에 초대했거든요. 그런 것도 모르고….”

“셰익스피어는 웨스트민스터 사원에 묻혀 있지 않아요.” 브라이 언이 속삭였다.

“나도 알아요. 하지만 뭐라도 생각해내야 했어요. 그런데 당신이 언제부터 그렇게 엄격한 진실의 수호자가 되었다고 그래요?"

"정곡을 찌르는군요." 그가 말했다.

"상황이 안타깝네요." 리니는 전화기에 대고 말했다. "하지만 크리스마스 장식이 전혀 되어 있지 않은 곳에 곧 들이닥쳐야 하는 고객이 있어요. 제가 나중에 전화 드릴게요."

"아니, 무슨 일이에요?" 판도라가 즉각 관심을 보이며 말했다. "페덱스-UPS가 도착하지 않았나요? 나도 자기를 고용하기 전에 그런 일이 있었죠. 그것 때문에 내가 자길 고용하게 된 거잖아. 무인로봇 어쩌고 하는 트럭이었는데 철석같이 믿게 해 놓고는 글쎄…."

"아니에요. 트럭 문제가 아니에요. 이건…." 리니는 브라이언을 흘낏 보았다. "지금 당장 설명해 드리기엔 너무 복잡한 일이에요. 어쨌든 저는 지금 크리스마스 장식물을 구해야 해요."

"뭐가 필요하죠?" 판도라가 말했다. "내가 도와줄 수 있을지도 모르잖아요."

"아니에요. 제 말을 이해 못 하셨네요. 지금 공급업체가 전부 품절이라…."

"혹시 장식물 가지고 계십니까?" 브라이언이 끼어들었다.

"그럼요. 다락 가득 있죠. 우리 남편은 나더러 절대로 물건을 못버리는 사람이라고 하지만, 나는 늘 말하죠. 언젠가 이 물건들이 요긴하게 쓰일 날이 올지 누가 아느냐고. 전문가에게 맡기기 전에 내가 쓰던 장식품들이 있어요. 주제 같은 건 아예 없는 물건들이죠. 산타랑 눈사람이랑 징글벨 같은 거."

"제가 즉시 갈게요." 브라이언이 코트를 집어 들며 말했다.

"오, '목장의 크리스마스'를 내가 직접 꾸몄을 때 썼던 영양도 몇 마리 있답니다. 뿔만 달면 순록처럼 보일 거예요."

"당신은 하늘이 보내준 은인이에요." 브라이언은 말하고 문을 향해 출발했다.

"뭐, 결국, 크리스마스라는 게 이런 거 아니에요? 서로 돕는 거? 어머, 나 방금 생각났어요. 우리 집에 트리는 없어요. '건설현장의 크리스마스' 때 썼던 크레인은 있는데, 그거라도 가져갈래요?"

"트리는 있어요. 브라이언이 곧 갈 거예요." 리니는 말하고 전화를 끊었다. "크레인은 절대로 받아오지 마요!" 그녀는 브라이언의 등 뒤에 대고 외쳤다. "불도저도요! 또 돌아다니는 버펄로도요!"

그녀는 씨름하듯 O. J. 심슨을 뒷문 밖에 내놓고 브라이언이 페라리를 전속력으로 몰고 가면 판도라의 집에 다녀오는 데 얼마나 걸릴지 헤아리며 고문대와 아이언 메이든* 장식품을 떼어냈다.

결론은, 30분이 넘게 걸렸다. "판도라에게서 벗어나느라 정말 힘들었어요." 브라이언이 먼지 쌓인 플라스틱 동방박사와 훨씬 더러운 포인세티아 부케, 그리고 스티로폼 눈사람을 들고 들어오며 말했다.

"하고 싶은 새로운 크리스마스 주제에 대해 전부 말하고 싶어 하더라고요."

"판도라는 진심으로 원하는 건 뭐든 가질 수 있는 사람이죠." 리니는 단두대가 있던 자리에 동방박사를 놓으며 말했다. 그녀는 브라이언에게서 포인세티아 부케를 받아들었다.

"전부 꽤 더럽네요." 브라이언이 소매로 눈사람을 닦으며 말했다.

---

* 사람의 형상을 한 상자로 안에 못이 박혀 있는 중세의 고문기구

"이건 물로 씻어내야겠어요."

"그럴 시간 없어요." 리니는 포인세티아 부케를 꽂을 꽃병을 찾으러 서둘러 부엌으로 들어갔다. "여기 어디 있을 텐데. 으악, 5분밖에 안 남았어요. 아무래도 '다락방의 크리스마스'가 주제라고 둘러대야겠어요. 가서 나머지 장식물들을 가져와요."

그가 두 번째 동방박사와 도자기 엘프 두 개, 거미줄이 쳐진 물방울 조명을 한 아름 들고 왔다. "좋은 소식이 있어요. 전문적인 크리스마스 장식 속에도 크리스마스 정신은 아주 잘 살아 있더군요." 그가 조명을 건네며 말했다. "나쁜 소식도 하나 있는데, 판도라가 새 주제를 '역사상 하늘이 보내준 은인들'로 정했어요. 지난 역사를 통틀어 도움과 원조를 준 사람들로 하겠대요. 이를테면 착한 사마리아인이나 플로렌스 나이팅게일, 그리고 레이저 지방흡입술을 발명한 사람."

"반드시 필수라던 셰익스피어 흉상은 어쩌고요?" 리니가 트리 둘레에 조명을 아무렇게나 되는 대로 걸면서 물었다.

"그분은 차 안에 있어요." 브라이언이 말했다. "판도라가 동방박사를 두 개밖에 못 찾았지 뭐예요. 세 번째 동방박사로 쓰라고 셰익스피어를 보냈어요. 그 위에 입힐 목욕 가운도요. 엘프들은 어디에 둘까요?"

"커피 테이블에요." 그녀는 말하고 조명 플러그를 꽂았다. 전구두 개가 불이 들어오지 않았다. "혹시 여분 전구 보내지 않았어요?"

"찾아볼게요." 그가 말하고 온갖 장식물과 다 타버린 양초와 플라스틱 겨우살이와 더러워진 반짝이가 담긴 거대한 상자 속을 뒤졌다.

리니는 브라이언에게 트리 장식을 맡기고 자신은 양초와 깃털 몇 개가 빠진 헤엄치는 백조 다섯 마리와 날개가 구부러진 빅토리아 풍 천사 설치를 마치고 불안하게 시계를 들여다보았다. 다빙던 박사는 이미 늦었다.

"이건 어디에 둘까요?" 브라이언이 닭이 묶여 있는 썰매와 여덟 마리의 작은 순록을 들어 올리며 물었다.

"맙소사." 그녀가 말했다.

"알아요. 크리스마스 디자이너들을 욕했던 거 미안해요. 당신들 이야말로 하늘이 보내준 은인이에요. 욕실로 가져갈까요?"

리니는 고개를 끄덕였다. "그래요. 욕실로 가져가요." 그리고 보조탁자에 눈 쌓인 마을의 집들을 올려놓기 시작했다.

"리니!" 브라이언이 불렀다.

"왜요?" 그녀는 서둘러 욕실로 갔다. 182센티미터는 되어 보이는 토가 차림의 견고한 조각상이 욕조 앞에 서서 대리석으로 된 양손을 내밀고 있었다. "아! 빌라도를 까맣게 잊고 있었어요."

"빌라도라고요? 빌라도가 욕실에서 뭘 하고 있죠?"

"손을 씻고 있죠."

"물론 그렇겠죠." 그가 말했다. "설마 대리석으로 만든 거 아니겠죠?"

"아니에요. 석고일 거예요."

브라이언이 빌라도의 허리를 붙잡고 들어 올려 보았다. "대리석이 틀림없어요. 수레로봇을 부를 수 있을까요?"

그녀는 고개를 저었다. "배송이 여섯 건이나 남았대요."

"이모가 언제 오기로 했죠?"

리니는 시계를 보았다. "15분 전에요."

"그럼 빌라도를 우리 손으로 직접 들고 나가야겠군요. 기다려요." 리니가 빌라도의 손 하나를 잡으려고 움직이자 브라이언이 말했다. "내가 먼저 빌라도 뒤로 갈게요. 그런 다음 당신이 이걸 밀어주면… 이게 뭐죠?"

"뭐가요?" 리니도 보려고 빌라도 쪽으로 몸을 숙였다. 브라이언이 조각상 뒤에 붙은 표지판을 떼어내 읽었다.

"뭐예요?" 틀림없이 노월이 붙여 놓은 또 다른 경고문일 것이다. 브라이언이 아무런 대답이 없자 리니는 또 물었다. "뭐라고 씌어 있어요?"

"이렇게 씌어 있어요. '나의 아이디어와 고객을 훔치려 든다면 이 꼴을 맞이할 것이다.'" 브라이언이 표지판에서 눈을 들었다. "우리가 하려고 했던 게 이거였다고 생각했어요? 당신 고객들을 뺏어가는 것?"

"그럼 아니란 말이에요?"

"당연히 아니죠. 어떻게 그런 생각을 할 수 있어요? 결국 이것들 전부 당신이 설치한 거로군요." 브라이언이 빌라도와 집 안의 나머지 것들을 가리키며 말했다.

"말했잖아요. 내가 한 게 아니라고. 그렇지만 당신이 내 아이디어를 염탐하려던 게 아니라면," 그녀는 당황해서 말했다. "그럼 뭘 하고 있었던 거죠?"

"이야기가 길어요." 그가 말했다. "다비 이모가…."

"진짜 이모도 아니잖아요." 리니가 차갑게 말했다.

"아니라고요?" 그가 말했다. 이제 당황한 사람은 그였다. "그래요, 아니죠. 이모는 유전적으로는 나와 친척 관계가 아니에요. 이모는 우리 부모님의 가장 친한 친구예요. 어렸을 때 부모님이 톰보 우주정거장에 가 있는 동안 이모랑 같이 살았어요. 부모님이 소행성 대에 있었던 고교 시절에도 함께 살았고요."

'노월도 이 사실을 알고 있었겠지.' 리니는 생각했다. 잉게는 개인사까지 완벽하게 조사했을 것이다. '노월은 다 알고도 내게 말하지 않았어.'

"다비 이모라고 불렀을 때 그건 거짓말이 아니었어요." 그가 말했다. "늘 그렇게 부르니까요."

"그럼 그분 이름이 정말로 쉴즈 부인이고 당신은 정말로 댐을 건설하는 엔지니어라고 믿어야 하나요? 부인이 나한테 컴퓨터에 대해서는 아무것도 모른다고 말했던 건요? 한 번도 전문가에게 크리스마스 장식을 맡긴 적이 없고 늘 직접 꾸몄다고 말했던 건요?"

"이모는 당신이 자기 정체를 알게 되면 왜 갈라텍의 디자이너를 부르지 않고 당신을 불렀는지 이상하게 여길 거라고 걱정했어요. 할 일이 많으니 이모 일을 의뢰받지 않을 거라고, 특히 이렇게 늦게 신청하면 더더욱 안 해줄 거라고 생각했죠. 게다가 당신이 온라인으로 면담한다는 걸 알고서는 당신을 꼭 집으로 불러야 했기 때문에 어이없게 첨단기술 공포증이 있는 쉴즈 부인이라는 사람을 만들어낸 거예요. 그리고 이모가 뭘 하려는지 내가 알게 되었을 때는 이미 이모를 말리기엔 너무 늦어버렸어요. 이모는 벌써 당신에게 자기가 누구이고 우리가 뭘 하는 사람들인지 수없이 거짓말을 해버렸으니까요."

"뭘 말리려고 했는데요?"

"지난 10월에 하워드 그린펠드 씨의 크리스마스 장식을 해준 적이 있죠?"

"하누카였어요." 리니가 말했다. "'라플란드의 하누카'가 주제였죠. 곧 뉴팔레스타인으로 출발해야 한다고 일찍 설치작업을 해달라고 했어요."

"'라플란드의 하누카'라고요?" 브라이언이 말했다. "라플란드*에서 하누카를 보내기나 해요? 뭘 했는데요?"

"순록과 메노라 촛대**요. 그리고 북극광 홀로그램도요. 그래서 하워드 그린펠드 씨가 어쨌는데요?"

"그분은 다비 이모의 친구예요. 이모가 카리부 순록 사이에 서 있는 당신을 보고 나에게 꼭 필요한 사람이라고 생각했고 곧 그분하고 온라인으로 상의했나 봐요."

"필요한 사람이라고요?"

"다비 이모는 세계 제일의 해결사예요. 갈라텍은 기업을 인수하지 않아요. 문제가 있는 사업체를 고쳐서 쓰죠. 안타깝게도 다비 이모는 회사의 문제만 고치지 않아요. 사람들 문제도 해결하려 하죠. 아니, 이모가 문제라고 생각하는 것들을 고치기도 해요. 내가 열 살 때 이모는 내가 협응기술이 부족하다면서 튜바를 배워야 한다고 고집했어요. 그리고 볼링도 배우라고 했죠. 2년 전에는 내가 하는 일이 그다지 도전적이지 않다면서 갈라텍에서 일하게 했어요. 올해는 너무 일만 하느라 사람을 만나지 않는 게 제 문제라고 하더군요."

---

* 스칸디나비아반도와 핀란드의 북부, 러시아 콜라반도를 포함한 유럽 최북단 지역
** 유대교 전통의식에 쓰는 여러 갈래로 나뉜 큰 촛대

'그러니까 우리 두 사람을 엮어주려고 했다는 말이군.' 리니는 생각했다. '그래서 브라이언은 첫날 그토록 무례하게 굴었던 거고. 다빙던 박사는 계속《기계가 멈춘다》이야기며 요즘 젊은 사람들은 서로 만나기가 어렵다는 얘기를 했던 거야.' "그러니까 이모가 중매쟁이 노릇을 했다, 이 말이에요?" 그녀가 말했다.

그는 굳은 얼굴로 고개를 끄덕였다. "예. 이모가 중매쟁이 노릇을 한 거예요. 처음 계획은 당신을 갈라텍의 파티에 초대하는 거였어요. 그런데 넷체크로 확인해보니 당신이 이 시기에 눈코 뜰 새 없이 바쁘다는 걸 알게 됐고, 결국 이모 집에 당신을 고용하자는 반짝 아이디어를 낸 거예요."

"그리고 당신을 내 아파트와 매닝 가족의 설치작업현장에 보냈고요."

"아니에요." 브라이언이 말했다. "첫날 이후로 이모는 아무것도 할 필요가 없어졌어요. 그건 순전히 내 생각이었어요. 계약서는 그저 핑계였고요." 그가 비틀린 미소를 지었다. "나는 튜바를 배우는 게 정말 좋았어요."

"뭐라고요?" 그녀는 다시 당황하며 물었다.

"심지어 나중에는 볼링까지 사랑하게 됐죠. 다비 이모는 늘 옳았어요. 예전 일은 별로 도전적이지 않았어요. 나는 갈라텍에서 일하는 게 정말 좋아요. 이모는 늘 내게 필요한 게 뭔지 정확히 알아요. 나는 모르더라도요. 다만, 거기까지 가는 방식이 좀…."

그는 손바닥으로 빌라도의 뒤통수를 내리쳤다. "당신이 사실을 알게 되면 배신감을 느낄 거라고 이모한테 말했어요. 그리고… 결국 이 사달이 날 거라고도 했죠." 그는 집 전체를 가리키며 말했다.

"당신이 이렇게⋯."

"말했잖아요. 내가 한 게 아니라고."

그가 공중에 손을 뻗은 채로 문득 멈추었다. "당신은 내가 염탐을 하려고 했다고 생각했어요." 그는 천천히 말했다. "우리가 당신 사업을 훔치려 든다고 생각했죠. 그렇게 생각했는데도 우리가 도착하기 전에 이 설치물들을 철거하려고 했어요. 왜죠?"

"말했잖아요. 나는 당신 이모에게 이 꼴을 보이고 싶지 않았다고." 그녀가 말했다. "갈라텍 이사회가 저녁 만찬을 하러 여기 온다는 걸 알고 있었고 또⋯."

"이모가 거짓말을 했다고 생각했으면서도." 그가 빌라도의 뒤에서 돌아 나와 그녀에게 다가갔다. "내가 당신의 정보를 빼내려고 일부러 낭만적으로 굴었다고 생각했으면서도."

"나는⋯ 복수는 크리스마스와 아무 상관이 없다고 생각해요. 나는⋯ 그러니까⋯." 리니는 그의 향기를 의식하지 않으려고 애쓰다가 말을 더듬었다. "크리스마스는 용서와⋯ 또⋯ 선의와⋯ 그리고⋯."

"사랑?"

그녀가 욕조 쪽으로 물러났다. "자선이요." 순간 초인종이 울렸다. "오, 맙소사. 다비 이모예요." 브라이언이 말했다.

음식 대행업체였다. 브라이언이 그들을 주방으로 안내했고 그들이 데려온 수레로봇이 빌라도를 가문비나무 뒤로 가져다 놓는 걸 도와주었다. 리니는 집 안을 이리저리 뛰어다니며 빠진 게 없는지 확인했다.

없었다. 닭이 묶인 썰매와 순록만 빼고. 브라이언이 빌라도를 옮길 때 그만 구부러졌다. 그녀는 조금이라도 그걸 다시 폈다.

"장식이 전부 끔찍해 보여요." 그녀는 썰매와 순록 장식물을 욕조 위에 놓으며 말했다. "아무도 재미있어하지 않을 거예요."

"사람들은 충분히 재미있어할 거예요." 브라이언이 말했다. "다비 이모는 좋아할 거예요. 이모가 딱 원하는 거니까요. 당신이 말했듯이 크리스마스는 자선의 계절이잖아요."

"그러길 바라요."

"그리고 용서의 계절이기도 하죠?" 그가 다시 그녀를 욕조 쪽으로 밀면서 말했다.

"어머, 정말 마음에 쏙 든다." 웬 여자 목소리가 들렸는데 다비 이모는 아니었다. "완벽한 복고풍이야!"

"심지어 조명도 몇 개는 나갔어." 남자가 기뻐하는 소리도 들렸다.

"이 먼지를 좀 봐. 자기 말이 맞았어, 다비. 이 젊은 디자이너는 천재야!"

"그녀랑 브라이언이 어디 있는지 모르겠네." 다비 이모가 말했다.

"오, 세상에. 저길 좀 봐!" 또 다른 목소리가 탄성을 질렀다. "나 어렸을 때 우리 동네 어느 집 앞마당에 저것과 똑같이 생긴 불 들어오는 동방박사가 있었어!"

리니가 손으로 입을 막았다. "오, 안 돼! 잔디밭 설치물을 완전히 잊고 있었어요."

"나한테 꼭 맞는 게 있어요." 브라이언이 그녀의 손을 잡고 거실을 지나 저녁 만찬 손님들과 다비 이모도 지나 현관문을 통과해 잔디밭으로 데려갔다.

"전망 좋은," 브라이언은 다비 이모와 갈라텍 이사들이 지켜보는 창 쪽을 가리키며 말했다. "방."

"하지만 이건 E. M. 포스터가 아니라 다락방의 크리스마스예요." 그녀가 말했다.

"다비 이모는 이걸 아주 좋아할 거예요." 그가 말하고 인도 쪽으로 걸어갔다. "준비됐어요?"

"아니요." 그녀는 말했지만 움직이지 않았다. "보리밭이 없잖아요. 양귀비도."

"그건 내년 크리스마스에 준비합시다." 그는 말하고 그녀를 향해 성큼성큼 걸어갔다.

옮긴이 **이주혜**

저자와 독자 사이에서, 치우침 없는 공정한 번역을 하고자 노력하고 있다. 서울대학교 영어교육학과를 졸업
했으며, 옮긴 책으로 《멜랑콜리의 묘약》, 《온 여름을 이 하루에》, 《나의 진짜 아이들》, 《레이븐 블랙》, 《보이
A》, 《초콜릿 레볼루션》, 《사랑에 관한 모든 것》, 《프랑스 아이처럼》, 《양육쇼크》 등이 있다.

빨간 구두 꺼져! 나는
로켓 무용단
이 되고 싶었다고!

초판 1쇄 인쇄   2017년 12월 20일
초판 1쇄 발행   2017년 12월 25일

지은이   코니 윌리스
옮긴이   이주혜
펴낸이   박은주
기획   김창규, 최세진
디자인   김선예, 장혜지
마케팅   박동준, 정준호

발행처   아작
등록   2015년 9월 9일(제2017-000034호)
주소   04702 서울시 성동구 청계천로 474
            왕십리모노퍼스 903호
대표전화   02.324.3945   **팩스**   02.324.3947
이메일   decomma@gmail.com
홈페이지   www.arzak.co.kr

ISBN   979-11-87206-92-7 04840
            979-11-87206-91-0 04840 (세트)

책 값은 표지 뒤쪽에 있습니다.

아작은 디자인콤마의 문학 브랜드입니다.